图书在版编目（CIP）数据

北京大妞与袖犬的自驾奇遇 / 滕逮逮著 . —北京：
中国民主法制出版社，2018.6
ISBN 978-7-5162-1781-8

Ⅰ . ①北… Ⅱ . ①滕… Ⅲ . ①长篇小说—中国—当代
Ⅳ . ① I247.5

中国版本图书馆 CIP 数据核字（2018）第 073137 号

图书出品人：刘海涛
图书策划：谭 军
文案统筹：高文鹏 崔 一
责任编辑：翟琰萍 王 宜

书 名 / 北京大妞与袖犬的自驾奇遇
作 者 / 滕逮逮 著

出 版·发 行 / 中国民主法制出版社
地 址 / 北京市丰台区玉林里 7 号（100069）
电 话 / 010–63055259（总编室） 010–63057714（发行部）
传 真 / 010–63055259
http: //www.npcpub.com
E-mail: mzfz@ npcpub.com
经 销 / 新华书店
开 本 / 16 开 710mm × 1000mm
印 张 / 15.75 字数 / 239 千字
版 本 / 2018 年 6 月第 1 版 2018 年 6 月第 1 次印刷
印 刷 / 北京中兴印刷有限公司

书 号 / ISBN 978-7-5162-1781-8
定 价 / 38.00 元

目　录

第一章　它的名字叫大勇

决定去西藏这事儿属于临时起意。

国庆节快放假的时候，老板的大秘说，她老公入了一辆新车，揽胜！哎呀，好抖骚！

大秘说出去自驾吧，我说好呀。大秘说，那我帮你跟大老板请假了呀，咱们去西藏，我们正好去给车拉练！

我身体并不是特别好，上学的时候体育成绩基本就是及格线，后来上班在健身房跟着教练也就是减肥……没有 A4 腰，没有马甲线，并没有瘦多少，搞得最后教练都不爱带我了。所以听大秘说自驾去西藏的时候，我心里还是颤了颤。

倒是我爸挺支持我去的，他觉得人这一辈子一定要进一次藏区，一定要去。去了才知道什么叫信仰，什么叫自然的力量，什么叫感动。那好吧，我就各种准备起来，睡袋、冲锋衣、零食……

大秘名字好记，叫林嗒，英文名就叫 Linda，属于特别操心，老板特相信她，同时老板太太也相信她不会跟老板有什么的那种正直的秘书；她老公名字叫江湖，我也熟。两人都好霸气，属于有头脑，能赚钱，会来事儿那种北京大院孩子。

两人是纯粹自驾玩去，我，就是跟着混吧。

我一想，我有个高中学长，叫陈辉，是当时的学生会副主席，属于男神级别的，比我高两届，超级帅！当时校草评比，他高中连续三年都排名第一，连《昕薇》杂志的全国校草都排进前十。还是个学霸，高考上的是清华物理系，但是上到大二就休学了，跟着他爸去爬了珠峰，然后一直在那边。我俩原来就是点头之交，因为我也在学生会折腾过，一起做过几个活动。反正我们有绒布寺的线路点，有可能碰上。于是我就给他发了微信，大概内容就是过去看看，问他有什么需要的，我可以从北京带，比如芝麻酱、酱豆腐、臭豆腐、驴打滚什么的。但微信发出去了，在我准备东西的半个月里都没回音，也许是那边的人不用微信吧，我也就没太在意。

出发前一天，我那部生活手机突然接了一个陌生电话。我有两部手机，一部工作手机，一部生活手机。这部生活手机号八百年都没换过，但是知道的人特别少。打电话来的是个女人，我不熟悉，她声音有些沙哑，上来就问我："你是小喷子吧？"

我当时一愣，还以为是我老师呢。这外号是我上学时学生会老师嫌我话痨给我起的，知道的人也特别少。我说："是呀，您是？"

对方说："我是陈辉的母亲。小辉说你要去找他，还是自驾，所以托你给带点东西。

我微信里告诉陈辉，因为开车去，所以我能带点飞机不方便带的。但我有点吃惊，合着您十多天没理我，直接就让我带东西了。

得，谁让我提出来了呢！我说："成，不过明天就出发了，现在也挺晚的了，您看咱们怎么接头呢？"

陈辉母亲说："我找你吧，你把地址给我。"

估计她离我不远，没二十分钟，我手机又响了，人到了。

当时得晚上十点多了，我临行该准备的基本都弄好了，我爸说别是大件，就拉着狗陪我下楼了。当时我家除了柴犬黑妹还有大爷爷家的细犬，黑妹已经跟我妈准备睡了，我爸就拉着细犬跟我下了楼。

楼门口停下了一辆白色本田，然后一个穿着极宽松长袖中式大氅的中年妇女拉开车门下了车。当时是九月底，北京天儿真不凉快，穿这么一个大长袖要搁我非得流汗不可。

她看见我，直着就过来了："你是小喷子吧？"

我说我叫"肖哨"。可我还没说完，大爷爷家平时根本不叫的细犬就开始低声咆哮，类似防御那种。我发现，阿姨一只手的长袖里边，闪出两道极亮的精光。猜也知道是个什么动物，要不然我大爷爷那心机颇重堪称犬界"绿茶皇后"的细犬也不会这么低声咆哮。

我就那么看着，就见晃晃悠悠从袖口探出一个圆脑袋。整个脸上都是金色的毛，特长，有点冬，耳及前脚后方有饰毛，还挺有高雅感。不过脑袋说是圆，整个也没多大，比吉娃娃还得小半头。

"真萌。"我伸手就要摸。

"呜呜……"大爷爷家那条细犬不让我摸，直接咬住了我七分裤的裤角。我动作一慢，阿姨袖子里那小家伙已然张开大嘴，就要往我手上咬。

"这小玩意儿这么狠呀！"还好我慢了，没咬到。这玩意儿一嘴的小尖牙，看来咬合力够猛。

"肖哨，这是小辉爸爸当年带回来的西藏鹰獒。他们父子这次想让你帮忙带过去。"阿姨是真不客气，也不管我这一路怎么住宿，带狗能不能进什么的。那小家伙攻击之下没咬到我，自己缩回了袖子里。

"这玩意儿叫不叫呀？我们要是进酒店，它暴露了就完蛋。"我有点担心，别再跟着我，动不动就来一口。虽然我胖，但我也不想打那痛到死的狂犬疫苗，何况现在假疫苗那么猖獗，别再给我打傻了。

"你把右手给我。"阿姨长得慈眉善目，杏花眼，弯眉毛，年轻时候一定是个大美人，我觉得学长陈辉随他母亲更多些。

长辈说了话，我就伸了右手。

"妈呀！"等我回过神来的时候，阿姨手上多了一把尖尖的骨刀，已经把我右手无名指划破了一个口子！好几滴血珠子就流了出来，我爸看着都要过来玩命了。

阿姨不让我爸过来，然后捏我左手无名指塞我嘴里，蘸了口我的唾沫，再蘸了右手的血，就往那西藏鹰獒嘴里塞。

这是要干吗？难不成要光天化日之下养小鬼？关键是这会儿，我大爷爷家那细犬就立那瞪着两只大眼睛看着，完全就是"反正没扎我手，我跟主人没关系"的样子。

"呜呜。"阿姨袖子里的西藏鹰獒又探出了头，刚才眼里的凶光没有了。它回头看了看阿姨，然后如人一般扭头闭眼，跟要忘了什么一样。

"唉！"这玩意儿居然叹了一口气，然后张大嘴，把我左手无名指含到嘴里。

我整个人都在抖抖抖……我觉得，它的舌头在我左手无名指上窸窸窣窣的，还有舔舔，小家伙还是挺听话的嘛。我刚闭眼享受，就觉得一股穿透着脊椎、神经中枢那种钝麻搓了我一下，我整个人一激灵……孙子，咬我！我赶紧把手抽出来仔细看，明天就出发了，我这上哪打针去！可是左手无名指，什么伤口也没有。

阿姨双手合十，那小小的西藏鹰獒挺胸抬头地走了出来。

那天月亮极大极圆，它在阿姨的双手之中，与我对视，眼中是不屑与淡漠。我轻轻哼了一声，丫居然还瞥了我一眼。

"现在，它是你的了。好好待它。"阿姨示意我抬起双手，她如同看自己孩子般看着手中的西藏鹰獒。

我撇了撇嘴，抬起双手。小家伙傲气十足，一步一步走到我双手上。它颈部的鬃毛在微风中有些飘逸，深褐色的眼睛透着摄人心魄的亮光，小爪子中有羽毛状饰毛，踏在我手上极为有力。它的毛发如丝绸般滑润，闪着金色的柔光。

"你穿个长袖，跟我一样，它就跟着你，晚上睡觉也是贴身跟着。西藏鹰獒极为听话，你现在已经是它的主人了，记得帮它打理被毛，双层……"阿姨两眼含着温情，然而我听得有点犯困。

"嗯，双层被毛，洗完澡一定吹干是吧？它吃狗粮吗？"我问。

"随你就好，不要喂辛辣的就可以了。它很聪明，一定善待它。"阿姨说完，转头，上车，着车，走了……

我和我爸，还有那只半趴在地上的细犬，以及我手上的西藏鹰獒，跟傻瓜一样，看着阿姨急驰而去。第二天就出发，手上突然多了这么个玩意儿，我真有点抓狂。让你丫嘴欠，带东西，好了吧！

"走吧姑娘，明儿早上六点你们不就走了呀。"我爸就跟啥也没发生一样，自己先进了楼。细犬也在后边跟着，我托着这小祖宗跟着进了电梯。

因为我穿的是短袖，没地方让它待，就托着它进了家门。

柴犬黑妹看见这只西藏鹰獒，表现出一只日本柴犬一贯的慵懒和无关紧要，只是下意识看了看自己的狗粮和各种零食。

我妈一看不干了，开始叨叨："怎么回事，又弄条狗回来！你大爷爷就让我们代养了一只，现在又一只，你是不是要累死你妈呀！"

我爸一看我妈急了，赶紧说："别着急，姑娘给人家带西藏去的，就是想想一路折腾不好带呀。"

我妈一听才说："噢，不家养，那没事了。走，黑妹，陪妈睡觉去吧。"

黑妹一扭一扭陪着我妈去了大卧室。我爸看看我："这玩意儿吧，你爹没退休的时候还是在'海'里的时候见识过一次。当时，是个小活佛来会见的时候带了这么个东西，特别听话，就躲袖子里。其实，基本就是个藏獒缩小版。我估计刚才它是跟你认了门，这一路没啥大事。去西藏，还带个和当地有缘的活物，挺好。那个……太晚了，不说了，你把不带的银行卡、保险单什么的都留好了呀，我也睡觉了。"那只细犬也跟着我爸去了大卧室。一般是黑妹跟我爸妈上床，细犬在脚底下的大窝里，两人两狗分配得当。

好吧，我爸妈就是心大。

可我也不能老托着这只西藏鹰獒呀！我把它放到了单人沙发扶手上，开始清点自己明天要带的物件。小家伙倒是听话，不声不响就那盯着我往包里各种塞、填、压。当我把充电宝和电插板塞进登山包里，打开一瓶果粒橙，把自己扔到沙发上大喘气时，已经凌晨一点了。

回头看了看这只西藏鹰獒，它正在那不断地低头，想睡又忍着，长长的眼睫毛垂着，金色的被毛披遍全身。我伸手轻轻摸了摸它。这一举动显然给它惊着了，它抬头看了看是我，特别不乐意地瞥我一眼，然后盯着我手里的果粒橙。对呀，这么半天也没给人家喝点水。

"你喝呀？"我觉得这么晚了，喝这个是不是太甜了？

小家伙瞪着我。

"不能喝，你是狗，喝甜的不好。我给你倒点水吧。"我准备去拿凉杯。

小家伙还瞪着我。

"好吧，给你一瓶盖。"我倒出一点来，递给它。

"吧啦，吧啦"，看来它真渴了。我又给它倒了点，又喝了。最后，黑黑的鼻头上还沾了一个果粒，小家伙伸出粉色的小舌头，给舔了。

怎么看，它也不像个爱攻击的小家伙。

"得，挺晚了，跟姐姐洗澡睡觉啦！"我挠挠它的腹部，小家伙估计喝美了，挺享受，居然翻了个身，把肚子给我露出来了，还是个小男孩呢！也没问那阿姨这狗几岁了，我又把它托在手心里，"我给你起个名字吧，就叫大勇。"

小家伙又瞪着我。

我觉得自己相当有文化："你个儿小，可是英勇，所以就叫大勇。好听吧？"小家伙眯着眼，好像琢磨了一阵，然后蹦了一下，貌似很高兴，突然就嗷的一嗓子，震得我整个耳朵都嗡嗡的。柴犬黑妹和细犬两个同时就蹿了出来。

我爸妈也赶紧跑了出来："怎么回事？"

我满脸尴尬，灰溜溜地带着小家伙进了卫生间，洗澡，刷牙，敷面膜，回屋，倒下。

早上我是被一阵哼唧声给闹腾醒的。六点出发，我定的闹钟是五点半，现在才五点。原来是大勇在我枕头边上叫唤呢。不用说，以我多年来养狗的经验，这是要拉臭臭了。我赶紧给它抱去卫生间，用手纸铺在地砖上，人家就解决了。看着这个比吉娃娃还小半头的西藏鹰獒，我真有点不相信昨天晚上那一嗓子是它发出来的，一点不比我去北京周边藏獒园里见的大家伙动静小呀。

第二章　路见不平吼一声

反正已经起来了，我又把要带的东西捋了一遍，想了想从衣柜里翻出来了两件长款上衣，还有一件冲锋衣。想了想，我又装了一些黑妹的狗粮，两个罐头，一袋鸡柳零食和五个狗咬胶。大勇也不看，自己小腿飞快进了我的书房，抬起两只前腿，在书柜那扒拉。我跟过去一看，书柜二层有一个锦盒，打开一看，是我上回跑雍和宫赶上人家大喇嘛来讲经，我帮着人家摆坐垫，还帮着收拾完了，边上一老师傅给我的一个金刚杵胸针。

"哟，你要戴这个？不成呀！"我手拿胸针，拍了拍大勇的头。

然而小家伙一口咬了过来，直接跑出去。我赶过去一看，它正往我要随身带的双肩包边上塞呢。

"得得，别塞了，姐姐别上。"我自己拆了，别在了胸前。大勇看着我，心满意足地蹲在一边。

江湖他们的车准时到达，大秘林嗒给我打了电话，我爸买了油饼刚回来，我叼嘴里一个，开始往他们车上运我的行李。

我记得江湖看见我那么多件行李的时候都要抓狂了。好吧，我是带得多了点，我一个人的东西占了人家半个多后备厢……不过后来当我看到江湖还带了战备粮、军用炊事气罐等一系列灾难来临时才用到的物资时，对他表示了深深的敬意。

跟爸妈挥手告别，大勇就打我的外套防风衣袖子里挤出了头。两口子倒不害怕，林嗒也养狗，江湖养松鼠，两口子丁克有爱心，林嗒抬手就要摸。

"别动。"江湖坐驾驶座上，阻止了林嗒伸手，回头端详着大勇，"这是西藏鹰獒？"

"嗯呢。"江湖和林嗒没扯证之前，自驾去过两次西藏，新疆的南北疆也去过，属于见过大风大浪，黑白两道都沾着点的大哥级人物。

"在拉萨的药王寺我见过这个，当时以为眼花，是从喇嘛袍子里跳出来的，然后去转动经轮。但是，好像你这个，更小。林嗒，你可别乱摸，这玩意儿特别认主人，对于外界有一定的攻击性，咬了你可不好。"江湖发动了车子，我们开出了小区。

经他这么一说，我才想起来，昨天也没给大勇称个体重，不过估计也就不到三斤的样子，比我同事家养的吉娃娃都瘦，可大勇是虎头虎脑真真儿的壮实。

"那到时候别让它叫唤就成了，要不酒店肯定住不了。"林嗒事也不多，车开了她就在副驾上，帮着江湖盯路况。

我们从北京出发，路线是藏进青出，第一站是西安。京开高速转连霍高速，因为江湖说早年自驾的时候，京珠到河南段走得快吐了。我们导航语音用的是郭德纲叔叔，还装了电子狗，时不时超个速还是允许的。

本来打算是江湖主开，林嗒其次，我最次。在没上高速的时候，江湖让我试着开开，结果我这二把刀，也就能开到三四十迈，大勇还在我袖子里跟着晃悠，让我觉得各种刺激。于是，江湖放弃让我开车的念头。

中午我们在服务区买的麦当劳，因为阿姨说这狗不能吃辛辣，我就放弃了麦辣鸡腿堡，吃了巨无霸。大勇吃得倒真不多，我给了半片牛肉饼，几根生菜丝，它就开始拒绝了。小家伙还知道荤素搭配。我们几个正坐外边休息区吃呢，开来一辆大路虎，车上下来二男一女，打扮得那叫一个潮，那姑娘还牵着一只大丹，她那头上染得呀，跟飞天野毛鸡一样；当然那俩小伙儿也是，皮衣皮裤，铆钉系列。多年后，我和已经算是哥们儿的高诺坐在电影院看《老炮儿》的时候，小飞那拨手下，真的太像他们当时的样子。只不过没有吴亦凡，撑死像十二少的阿彪那样。

他们也买了麦当劳，坐我们边上。

那俩小伙儿，一人一根烟就抽上了，给我呛得直咳嗽。江湖平时不抽烟，林嗒也不抽，所以我们三个挺反感的。我撇了撇嘴，没说话，反正也快吃完了，一会儿就走。可是我们邻座还有一对年轻人，女的挺着个大肚子。那男的受不了了，跟那两个小伙儿说："哥们儿，我媳妇怀孕呢，你看也是吃饭的点儿，咱先别抽了成吗？"按理说，这话说得有理有面，挺客气。

结果那俩小伙儿张嘴就是："他妈大爷抽烟碍你什么事了？不爱闻，那滚呗！"

这搁谁都得生气吧，那男的挂不住脸了："你怎么这么说话呀！"

"怎么了，这么说话怎么了？我平时就这么说话。"其中一个染了绿毛打了三耳钉的，就站起来，昂着头看着那男的。

"哎哎，都出来玩，别较劲，踏实吃完饭就散了吧。"边上带着老伴和孙子吃饭的一个老爷子看不下去了。

"老东西，吃你的饭！"那女孩也张嘴就不客气。

老爷子气得直哆嗦，站起来，指着那女孩还没说话，那大丹犬倒护主子，本来是趴着的，立起来盯着老爷子就汪汪叫上了。那女孩本来链子就拉得松，这会儿应该管管狗呀，没承想，还更松了两圈拴狗的铁链子。

"你那狗链子，紧拉着点，别放出来，乱叫唤。"我看那大爷家的孙子吓得小脸都白了，仗义执言了句。也是，这狗四肢立着得有一米五了。

"你他妈说谁呢！"两男的里边染红毛加黄毛还有点紫毛的那个还算聪明，听出来我这夹带着骂他们呢。

"说在公众场合抽烟呢。"我站了起来。

江湖一看我这么出头，也陪着站了起来。还真爷们呀！

"你一小胖妞，还来劲了！"刚才那个绿毛男走过来，站我对面。一米八的大个，眼睛是真大，棱角分明，五观立体，嘴唇也很好看。小伙儿要是不这么捯饬，真挺帅的，何必呢！

"这就是欠抽！我狗怎么了，碍你事了？我爱怎么拉着就怎么拉着，我还让它立着呢！"那杂毛男扯过女孩手里的狗链子，拉着就过来了。

"王宇，拉着点 Jack。"绿毛男也害怕这狗真咬了人，阻止着。

"高诺，甭跟这帮弱智废话。"那叫王宇的还真不客气，他直接让那大丹两只后腿立着，在我面前示威。

这大黑家伙，大嘴奤拉着，还拖拉点哈喇子，立起来前腿都要碰到我头了，我都能闻见那股子腥臭味。这要是真杵我一下，真得给我翻个大跟头。

"嗷！"我袖子里传出一声巨吠，那大丹后腿一软，硕大的身子啪的一声趴那了。五体投地，就跟给我磕了一个一样！

我傻那了，叫高诺和王宇的那俩也傻那了；边上，都傻了。

大勇叫完，也不探个头，还窝我袖子里边。你是叫唤完了，你爽了，这周边包括江湖都盯着我看。

"走！"林嗒倒是反应了过来，拉着我们就上了车，着车就走。要不人家当大秘呢，跟咱们就是不一样，机敏，反应快，不然肯定被群众围观了。

"你个小家伙，别没事就嗷嗷，吓死个人。"我觉得我耳朵现在还嗡嗡的。

"人家那是保护你!"江湖也因为耳朵被震了,都改成嚷着跟我说话了。

我抬手看看缩在我那大款冲锋衣袖子里的大勇,人家那正后腿挠耳朵呢,完全没有一般狗狗护着主人那个骄傲劲。我拿手捅了捅它的腰,大勇极度不乐意地抬眼看了看我,一副主子见奴才的不耐烦劲儿。要不是它个太小,我真想掐它几下。

我们三人一狗开着车,坚持大声说话了三个小时,耳朵才好了点。一路高速,林嗒替着开了会儿,把江湖换到后边休息。

江湖盯着我袖口看了会儿:"这小个,嗓门真大,锉喇叭高音就说这个呢吧。"

"嗯,昨儿我给赐了个名儿,叫大勇,一听美了,在我家里半夜叫唤了一声,给我爹妈都吵醒了。"我这手老这么坠着也累,就把大勇整个给托出来,放在了后座上,用手挠它的脖子,丝绸般的手感真心好。大勇舒服了,又翻了肚皮,还时不时揣揣后腿,还要抖一抖自己满头的鬃毛,霸气、威武。然而,它也就比一个手掌大点吧,反正我那冲锋衣大两号,捡便宜时候买的,揣着它刚刚好。

午餐将就着吃了麦当劳,不到五点我就饿了。翻腾了点牛肉干给大家分了一下,大勇闻了闻一副爱搭不理的样子,明显不喜欢这种加了很多人工调味料的东西。

上了高架桥没一会儿,我们就进了西安。

西安真是个美食天堂,肉夹馍、烤羊肉串、凉皮、羊肉泡馍、灌汤包、胡辣汤、粉汤羊血……再加上冰峰汽水,除了肉就是主食,吃得我不亦乐乎。大勇喜欢羊肉串,什么都不加,最好盐也少放,一下干了三大串。我们都是坐在回民街的露天桌椅上吃的,我趁着人不注意,就往袖子里递。你别说这小家伙知道个饱,我从第四串上撸下来肉再往袖子里塞的时候,小家伙拿头拱我,不吃了!可我一拿起汽水,它就跟着哼哼。林嗒说这是渴着了,我赶紧又拿个小碗倒了半碗汽水。反正天黑了,它就伸出小脑袋,在那吧唧吧唧舔上了。

三人造完了一堆吃的,看见一家挺有名气的连锁酒店,就那订房住了。

因为临近国庆,房间还挺紧张。人家两口子一间,我自己和大勇一间,居然是走廊最后一间,林嗒和江湖住我对面。从走廊窗户能看见钟楼,也算安慰吧。我这是个单人房,床就挨着墙,脚下是个立着的酒柜,放着各种要收费却看着不咋样的洋酒，还有免费矿泉水。我喝了一瓶，给大勇也来了点，然后带它在卫生间上了大号，就坐床上打开电视看看新闻。

我的这房间真是挤，也有可能是最后一间吧，脚底下的大柜子我动不动就能踹着。

这家酒店一层到五层是住宿，六层是洗浴，住店可以免费有一人去泡澡。刚想去六楼洗浴，我爸来电话了，本来我是不打算接的，等一会儿给回过去，可我一回头，发现大勇正拿前爪在那滑我的 iPhone 那个接听键……我擦，这几天看我打电话看多了，这就学会了？

没办法，只能接了，无非先是我妈嘱咐我注意安全，听林嗒、江湖的话，人家岁数大，比我经验多；让我别开车，我水平不成；还有别胡吃海塞，注意卫生……反正就是当妈的那些叮咛。

这客房隔音一般，我小声接着电话就听着隔壁来人了。

"我擦，今天中午真他妈丢人。Jack 也不知道遇上什么了，直接给那胖妞跪了，还行了个大礼！"

呃，是中午那伙人！

"王宇，不管怎么说，Jack 还是不要扑人的好。万一伤了人不好。"

"高诺，要不是那胖妞拐着弯骂咱们，我哪儿至于？"

我对上号了，染红毛加黄毛还有点紫毛的应该叫王宇，是牵狗那主儿；染绿毛的应该叫高诺。我低头，看见大勇也跟我一样，趴床上拿耳朵贴着墙听。你别说，要是一般狗听着这么大动静说话就得叫唤了，它倒跟我一样改窃听了。

"露露今天累了，都睡了。我上去泡个澡，你去不？"应该是王宇说的。

"她折腾一天了，累了就睡吧。我不去了，一会我下去看看，Jack 还在车里呢。"这应该是高诺说的。

然后我就听着关门了，没一会儿，又一声关门，两人应该都出去了。

得，我也别上去泡澡了，再碰上不合适。我发了个短信给江湖，说明了一下情况，他说："井水不犯河水，别搭理他们。"

在客房洗完了澡，我做了个面膜，就在床上玩手机。

模模糊糊我听着，隔壁房间开了门，应该是回来了一个。开电视、洗澡，分析来讲这个应该是看完狗回来的高诺。

大勇这会儿把我那床当操场了，从床头跑到床尾，来回扯被子玩。这么一看，也是个不正常的狗。我拿被子盖上头，它就过来给扯开，我盖上，它扯开。我俩这么重复了得有二十多次吧，闹腾到我实在没精神了，才拿被子盖头上，睡着了。大勇也靠我边上趴下了。

"王宇！你别过来！"迷迷瞪瞪间就听隔壁叮咣乱响。我的床是挨着墙的，所以才好偷听，他们屋一闹腾，我立马就被吵醒了。我揉了揉眼，看了看睡我枕边的大勇，它眯着眼，一脸赖赖的，还有点不乐意。

"王宇，王宇！我靠……"高诺的声音已经变了调。

我一翻身就起来了，听着那边喊声有点超出正常打架斗殴范围了。披上衣服，就要开门过去看看，然而大勇一口咬住了我的外套。

我以为是因为没有放它进袖子里不高兴，可是此时它的鬃毛奓着，两眼瞪着我，一副警惕的样子，好像我要是没经它同意随便开门，它敢给我一口！

"王宇，我靠！放手！！"我一度怀疑是不是搞基未遂……可是高诺的声音真的没有半点调情之意，我伸手要拉门。大勇一蹿一跳就挡在了门前，小小的身子，死死地挡住屋门。

"大勇，那屋子有事。是，都是流氓混蛋，可是动静不对呀，姐姐过去看看。"我试图拍拍大勇的头，让它听话。

"呜呜呜呜……"小家伙压根不给我机会，一偏头躲过我的手，就这么直勾勾地看着我。一人一狗就这么对峙着，然而场面并不美妙，我居然被这么个小不点控制了。

"咣！咣！咣！"我和大勇一起看向我床脚下那个酒柜，只见它被隔壁撞得剧烈摇晃起来。大勇观察到什么，一跳到我脚踝边，嘴一张，"血盆大口"含着我的小腿肚子就给我拉到了电视右边。

"我擦，痛死我了……不过了呀！"我刚要把它甩开，就见那酒柜咣当一声，直接倒了！上边压着过来的是染着绿毛的高诺，他正被那个王宇掐着脖子。

高诺脖子的筋都绷着，整个脸憋得极红，两眼外突，眼看就要挂呀！按常理说，两个小伙儿都挺壮，这么干架，也是个势均力敌的状态，可高诺明显就是在招架，随时还有玩完的可能。压在他身上的王宇根本没有在乎身边环境的变化，就一直死命掐着高诺的脖子。

我一看这不成呀，你打架可以，别在我房间里出人命呀，万一酒店让我赔钱呢！

我刚要去拉王宇，大勇就拽我的袖口。那真是下狠嘴，我是往前冲，它是往后拉，我那T恤一下就撕了，这败家玩意！顾不上说它了，我就去拉王宇，可我一碰他身体，就觉得这哪是人的身体呀，硬邦邦的，用了吃奶的劲儿也拉不动。

再看大勇，就在电视下边的小书桌上看着我，那意思明明就是："我不让你去吧，你非去，去了也没大用。"

"救……救……救……"高诺基本就是有出气没入气了。

我一看这不成，突然想起我包里有一瓶刚才没喝完跟江湖耍赖连瓶买回来的冰峰汽水，我跳起来就抄了过来，照着王宇脑袋狠命砸了下去。

砰！瓶子碎了。

王宇整个人一颤，抓着高诺的双手松开了。

接下来一般电影就得演这人倒下了吧，可这哥们儿，回头就盯上我了。我这一看不要紧，本身他头发就染得花里胡哨的，刚才折腾半天衣服也撕烂了，眼睛瞪得老大，可这家伙……这家伙的眼珠呢？怎么全是眼白！

当时我就吓着了，我可明白为什么高诺那声音也不对了，饶是谁也得害怕呀，早知道我就不拿瓶子砸他了。

"大哥，大哥……我错了，我再给你买瓶汽水吧，挺好喝的……就比北冰洋差一点……"我一点点往后退，他是一步步逼过来。我这单人房间，面积真心不大，没两步我就贴墙了。

王宇的脑袋往下淌着血，说明我刚才那下真不轻，可是他怎么就跟没受伤一样呢？

"嘿嘿。"王宇的嗓子眼里发出一种诡异的笑声，就好像被人掐着往外挤的动静。

我那还研究着诡异的笑声，王宇突然抬起双手，照着我的脖子就掐了过来。我可没有高诺那力气，我是个姑娘！我抬脚就要踹他，可是王宇就跟铁塔一样，我踹上去一点感觉不到肉的弹性！我腿成了一个九十度，在那折着，而且他的手马上就要勾到我脖子了！

"大勇！大勇！出去叫人呀！"这要一般狗狗不得护个主呀，可大勇就站那小桌子上大眼睛瞪着，跟看前门打架凑热闹一样。我擦，不去叫人您叫一嗓子也成呀，您不是特别能叫吗？

我还在感叹这狗怎么这么不顶用的时候，就觉得一道金光突然闪到我面前。大勇纵身一跃，居然跳到了我踢成九十度的膝盖上，这样，它和王宇打了个照面。它死死地盯着王宇的眼睛，我觉得王宇的动作突然慢了下来。可我还没喘口大气呢，他又突然加了力。

大勇猛的蹬了我膝盖一下，弹跳到了王宇的锁骨偏上处，照着他的左手虎口就是一口。

"哇！"王宇就跟挨了烫一样，一下收回了双手，后退几步直接撞到了对面墙上。他极为恐惧地盯着大勇，就跟见了天敌一样。

大勇下落后还落在我膝盖上，我那特别不好看的姿势还保持着。我觉得自己要是减减肥，配合这个有点像白鹤亮翅的动作还是可以的。我拿手指点了点大勇脑门，不过小家伙立在上边，发出低低的犬吠，一刻不放松。如果不是它太小，我真觉得此刻鬃毛竖立的大勇和一头成年藏獒有一拼。

哗啦！王宇好像觉得打不过大勇，几步冲到窗台处，直接打碎了玻璃，跳了下去。

我擦，这是四楼啊！我赶紧跟了过去，只见一堆玻璃碎，哪还有王宇的人影？

"变异了？"我看着已经跳到我床上的大勇问。小家伙压根没理我，又跳到了地上，用小粗爪子在那里捅已经晕了的高诺的脸。

"醒醒，醒醒！"刚才看着还有气呢，怎么这就倒下了？我抬手就大嘴巴左右开抢，可是高诺这小子没一点反应。他脖子上留着两个发紫的手印，我的天呀，不会挂了吧？

大勇慢慢踱过来，嗅了嗅高诺的头，小鼻子还拱了拱他的下巴。接下来我觉得大勇会很萌地伸出粉色小舌头去舔舔高诺。

结果……这小东西转了一圈，抬起左腿，哗的一泡小尿就滋了上去。

"你妹呀……"我赶紧给它拉过来，大勇却瞪我一眼，一脸的瞧不上。

我要疯了！学长呀，你妈给我的是个什么东西呀！刚才对它英勇救主的所有感激，瞬间就被瓦解了。

第三章　西安酒店遇险

"呃……咳，咳……"我那还琢磨是不是给大勇一个脑嘣儿呢，高诺开始咳嗽了。

"哥们儿，哥们儿。"我不去拍他脸了，大勇那泡尿覆盖了高诺的鼻子、嘴、下巴、脖子……

"他大爷的……咳咳。"高诺撑着坐起来，眼睛还有些迷离，使劲甩了甩脑袋，又咳了两声。我拿了瓶矿泉水拧开递给他。

"小胖妞。"高诺八成已经清醒了，接水时手指着我就喊上了。

"怎么了肖哨？开门！肖哨开门！"门外是江湖的声音。

我撑坐起来，抱起大勇，开了门。

江湖和林嗒两口子看见我房间里一片狼藉，也吓了一跳。我们是对门，中间隔着走廊，他俩开始并没有听清什么，直到后来我这屋跟拆迁有一拼了，林嗒才叫醒打呼噜的江湖，两口子披上衣服就过来了。

"小子，你有仇冲我来，别他妈跟个姑娘叫板！"江湖冲过来就要擒高诺的脖领子。

我一看，赶紧把刚才的经过解释了一下。江湖听完过去架着高诺坐在了我床上，他打量着倒下来的酒柜，原来后边有扇门呀，难怪能倒了呢！没砸着我就不错了。合着这是一间连通房或者套房，酒店为了多赚钱，弄个酒柜搬那挡着，也没锁那门就隔成了两间卖钱，真是黑心！

"高诺是吧，多亏了这门没锁，要不你小子就被掐死了。"江湖坐在他身边，查看着他脖子上的痕迹，"这手下的，你们真是兄弟还互残？"

"我去车上看完了Jack，就回房间冲了个澡躺下了。后来我听王宇回来了，他也不开灯，我还和他打了个招呼，他没理我。我闭着眼，就觉得有人在那盯着我，特别不自在，我把床头灯给打开了，就看这小子直勾勾地看着我，还一个劲儿磨牙。当时我汗毛都竖起来了，还没等我反应，他双手一抬就掐过来了，嘴里还说着什么，没一个好东西……"高诺回想着刚才，还是心有余悸。

"那你们那个王宇，能往哪去？"还是江湖头脑清晰。

"我靠！丫会不会去找露露了？"高诺噌的一声站起来，踉跄着就往外奔。

因为长 T 恤撕破了，我披上那件大号冲锋衣，也赶紧跟上了。多个人多个帮手，再说帮不上手不是还能看看热闹嘛！露露住在二层，我们也没闲心等电梯，跟着就往下跑。

到了二楼，高诺几乎在擂门："露露！露露！"

大约有个四五分钟，里边门开了，露露穿了一件粉色性感低胸吊带开了门。哎呀，事业线还真不错。

"高诺，我就知道你得来找我。"她有点羞涩，几秒钟后，她发现我们三个在那歪头看她，"啊？你们是中午的人。"

"王宇没过来？"高诺往里探着头看。

"没有呀。"露露一脸的莫名其妙。

"嗯！"大勇在我袖子里探出了头，直接跑进了露露的屋子，然后跳上椅子，又跳到了窗台上。

"大勇，怎么了？"我也跟着冲了进去，就看小家伙用爪子疯了似的挠着玻璃。

这是在外边？我顺着大勇挠玻璃的方向看下去，外边黑压压的一片，但是好像有狗的吠鸣声，像是那种求饶服软的声音。酒店用的是很厚的隔音玻璃，因为露露这层是二楼，所以窗户还是锁着的，打不开。

"外边是停车场。"江湖也跟了过来。

"停车场？我靠，我们车里，Jack 在车上！"高诺有点发慌。

"王宇去你们车上找狗去了。"我意识到隔音玻璃外边的狗叫声不对劲，也有点怕了。那狗虽然中午对我不敬，可也是条生命。

"起开！"江湖反应最快，抄起了边上的化妆椅，冲着玻璃就砸了过去。本来就人高马大的，又练过力量，使起劲来我就觉得身边生风。

咣！隔音玻璃发了一声闷响，四周裂开了碎纹。江湖抬脚踹去，大块的玻璃飞溅了出去。这下，我更听清楚了，外边绝对是狗在危险情况下的悲鸣。

高诺也用椅子砸着边上的玻璃，要扩到足够大才能让他们通过。

"唰——"刚才怕被误伤，我把大勇抱在了怀里，此刻小东西直接蹿了我的胸口一脚，一下从碎玻璃中间飞了出去。我顾不上胸口痛，只见大勇跟发射的小导弹一样，呈抛物线般，落到了地上。它的鬃毛此时在深夜中，居然散发着淡淡的金光。

"我擦，你个二货！"我一看玻璃那儿我是出不去的，回身就往外跑，从酒店正门出去，正看见保安在那打瞌睡，我抄起他的手电和电棍就往停车场奔过去。

"哼唧，哼唧。"我跑过去，看到大勇正在那咬牙切齿，两眼死死盯着一嘴血的王宇。

"我擦！"我扳过大勇的头，开始检查它有没有受伤，连爪子底下我都打仔细看了两回。大勇一副你一边去的表情抽回了后腿，依然盯着王宇。

我一扭头，看见了中午那只大丹。它的大脑袋一脸的惊恐，大身子也发着抖，发达的四肢在那抽搐着，再拿手电一照，右前腿流血了。我蹲着挪过去，让它有足够的安全感。狗狗要看到可以平视或者比自己低的东西才不会攻击，饶是这样，它还是抬了头。

"Jack，别动。我看看。"我拍了拍它的头，抬起了他的右前腿，居然是一排牙印，伤口很深，还在往外冒着血。反正刚才的长袖 T 恤也被大勇给撕了，我一使劲就把右胳膊袖给撕下来，"乖，忍着点，Jack 最勇敢了！"

我看着 Jack，它眼里往外溢着泪光，它可能不明白，为什么自己那么听话，主人会咬自己。要不说你傻呢……当然，我不能说它傻，我得鼓励它。按住了伤口，我使着匀力给它迅速缠上，等明儿一早再找宠物医院打针吧。

我包扎得很快，扭头就看大勇还在那死死地盯着王宇。我明白了，虽然它中午教训过 Jack，但是它不能饶恕王宇如此伤害自己的同类。这要是我，也得在这茬架！

"哈！"王宇突然就冲着我和 Jack 扑了过来。

合着觉得自己打不过大勇，就拣我们这种软柿子捏呀，太孙子了！我下意识地用整个身子挡住了 Jack。要掐就掐我吧，别再伤我们的重病号了。刹那间我就觉着一股腥风迎面而来，他的右手冲着我左心房就去了。

"啊！"王宇的手沾到我衣服的一瞬间，叫了一声，往后蹦了好几步。

大勇好像计算好了一般，跑到王宇蹦起来最后一下的落脚地，打好埋伏，直接给丫绊了一个跟头。王宇坐在那，流着哈喇子，左手捧着右手，哈着气，好像被烫了一样。

我也觉得胸口发热，低头一看，居然是出门前大勇让我别在胸口的金刚杵，发着红光。王宇的右手，刚才应该是碰到了它。

"咚，咚。"我听着两下落地声，拿手电一照，是高诺和江湖，他俩把玻璃全砸开了，直接跳了下来。

"肖哨，没事吧？"江湖大步跑过来，看我的情况。高诺也跑过来，看了看地上的血。

"不是我，是 Jack，被王宇咬了。"我给他俩解释着。

"噢！"江湖刚要说什么，就见大勇一跃，张开嘴向着王宇飞了过去。那家伙还坐在地上，张着嘴瞪着眼不知道如何招架。

"呜！"我身后的大丹犬 Jack，本来是侧卧的，挣扎着变成了趴着，如果不是它的腿受伤了，它的姿势好像中午的那个跪式。它发出的声音悲哀转折，好像哀求一般。

大勇在空中稍一顿，本是张着嘴直奔王宇的咽喉，却低下了头，圆圆的头直接撞到了王宇两锁骨间的气管上。

咣！王宇整个人一震，朝后滑了出去，撞到了他们那辆路虎的后门上。

大勇落地后，抖了抖头上的鬃毛，后爪跺了跺地，似乎对刚才突然收力有点不满意，屁颠屁颠地跑向蒙了一脸的我。

"啊？这个，快看看你朋友去。"江湖咽了口唾沫，推了一下高诺。

两人跑过去，高诺摇晃着王宇。

大勇从我身边跑过，抬头看着那只还在持跪姿的大丹，立起两只后腿，前爪扒拉着大丹 Jack 的大脑袋。我靠，你不要瞬间这么萌好不？

Jack 脑袋又低了低，大勇用自己的小鼻子碰了碰它，然后回头，扭搭扭搭走过来。我赶紧把手伸下来，人家自己一拱就钻袖子里边，捣腾捣腾一窝，居然准备睡了。

我架着 Jack 又上了车，看它趴在后座上睡了。

江湖和高诺两人一头一脚把王宇弄到了露露的房间。这么大的动静，前台睡觉的保安居然没醒。

露露一看王宇，显然吓了一跳。也是，一身的土，嘴上还有血，锁骨间一块大瘀青，后脑勺子上还有个大包。江湖跟我说，刚才搬这哥们儿，他看了眼车，路虎的后门居然有个坑。

"可是怎么弄醒他？"林嗒提出了关键问题。

"明天去医院。"高诺用手摸着脖子说道。

我撇了撇嘴，对他的智商有了新的认知："明儿去医院你说什么，你俩打架斗殴？就你脖子这伤，还有他这样，直接派出所验伤吧。"

"刚才你说，他去了楼上洗浴，大约去了多久？"林嗒就是见过大世面，直接问了关键问题。她给我和江湖一人倒了一杯水，我用手试了下温度，沾了沾唇放进了袖口。大勇拿舌头舔着，还要。它显然是渴了。

"大约……去了一个多小时吧。"高诺直接开了瓶啤酒，一仰头下去半瓶多。

"上去看看。"江湖站起来，高诺赶紧跟着。

"你还挺放心你老公上去的。"露露披了件外套，拿了椅子坐在王宇对面。这屋子没窗户，小风嗖嗖的。她一弯腰，大约是想给王宇盖个被子。事业线都露出了大半，要不叫露露呢。

"别动！"林嗒手上突然多了一把小小的藏刀，架在了露露的脖子上。

露露的脸色当时就不好看了，手还要往王宇身上碰。我一看，林嗒大秘都对你出刀子了，这里边一定有猫腻，还想反抗？我打开手里的电棍就直接敲了她的手。

这姐们明显不知道电棍的厉害呀，那可是四万伏的呀，还好我开了最低档。只见露露一只手就跟粘上了一样，整个人在那哆嗦着。

"我的天呀！"我可不是故意学小岳岳的，我是看她那胸也跟着抖，抖得我直眼晕。

"关了！"江湖突然进来，冲着我喊，我赶紧拨到了 OFF 档。不对呀，这俩是根本没有上去吧，怎么回来得这么快。

藏刀交到了江湖手上，露露瘫在那，还好没有晕，估计是身上被过了电流，没力气了。她看着江湖拿出她的右手，用藏刀直接割了她的手腕子，但是力度不大，只是流了血，没有碰到血管。之后，他又划破了露露的眉心。

这一刀，露露不干了，估计也缓上劲来了，开始挣扎起来。江湖一手按住她的右手，一手从兜里居然拿出了一个金刚结，麻利地绑在了露露右手上。

说来也怪，手腕刚才还往外渗血，居然止住了。

江湖一抬手，高诺递过来一沓钱和一只打火机。

"姑娘，我知道你走得早，该享受的都没享受到呢。哥哥年长你几岁，见的也多了点。有的东西，该放手的时候就放，你生生攥着也没有用，不是吗？我们这个小兄弟上去，可能哪得罪了你，还请高抬贵手，你要是觉得他刚才给咱们小妹的钱少了，哥哥现在就给你找补了！"说着话，江湖啪的一声，打着了打火机……

我看着火苗差不多的时候，忽的跳了几下，我感觉袖子里的大勇动了动，探出头来瞥了一眼，然后又蜷了回去，那感觉好像是"事太小了，不用我出手"。

灰烬在我们四周旋了一圈，飘向了窗户。

"哎哟……"王宇居然在床上开始左右晃荡，而露露紧皱着眉头，撑着床坐了起来。

"我……我这是怎么了啊？"看到自己的眉心有了一个刀口，这爱美的妞瞬间就跳了。

"得，差不多了，各回各屋，休息吧。明儿，咱们还得赶路呢。"江湖示意我和林嗒出去。也是，这儿并没有什么需要我们的了。

往楼上走的时候，江湖告诉我，晚上他第一次去洗浴中心的时候，就觉得特别怪，光线阴暗，洗浴中心应该是温暖甚至闷热的地方，可是就觉得有往骨子里钻的寒气，弄得他周身不舒服。特别是一进门，一般都是两列小女孩站那，可那居然有两件旗袍高高挂在衣架上。他下来就和林嗒在网上查了查，居然有个论坛写这儿的洗浴中心，说早年出过人命，是客人给钱少了，女孩不干两人大打出手，结果客人失手把人打死了，最终客人拿钱把这事平了……可是从此以后这洗浴中心的生意格外好，有人怀疑是这儿做了手脚，把受害女孩做了招阴财的东西。江湖估计是王宇上去的时候，出了什么问题。刚才和高诺就是跑上去打听了一下，平时服务是五百，王宇给了人家三百就跑下来了。显然，这是惹着人家了。

"那你说，王宇是被上身了？"我回了房间，江湖和林嗒帮我简单地收拾着我那屋。

"对。刚才我觉得一开门，那个露露也有哪儿不对劲，可我说不上来，我想不明白的是为什么王宇身上有一个，这姑娘身上也有一个？除非这地方还有别的说道。所以刚才我们从楼上跳下来的时候，我给了林嗒那把藏刀防身。我觉得，那东西从王宇身上被逼出来，应该走不了，而且她应该挺喜欢王宇的。"江湖两手发力，生生把酒柜给扶了起来。

"本来是防身的，你们刚才跑下去了一会儿，我就觉得露露的眼神突然不对了。"林嗒补充道。

如果按这个时间点来讲，那正是大勇撞了王宇的时候，想来是跑到了露露身上吧。姑娘八字不够硬，很有可能。

"好可怕……江湖大哥，你是我亲哥，你也给我留点什么防身吧。"我张大着嘴，拉着江湖的衣服，就差跪那了。

"你衣服别的这个金刚杵很管用嘛。"江湖笑了笑。

"啊？不成不成，没有你的宝贝管用。"我下一步就想躺地上打滚了。

"你有它，你还不知足，"江湖指了指我的左袖口，"它可比我见过的厉害多了。我不敢乱说，但是它不是一般藏教喇嘛养的，很有可能是位法力无边的大师的爱宠。"江湖双手给我按床上，"赶紧睡吧，明天咱们还得吵架呢。"

果不其然，第二天我们退房时，前台不干了，说我们破坏酒店设施。

这可难不倒林嗒，她以酒店将套房连通却不通知客人，而将其变为两间房卖出为由，要给工商部门打电话，还直接掏出电话要报警。当时前台经理就怂了，本来是想讹我们一下，竟变成孙子一样一直送我们到了地下停车场。

出发前，我跑下楼买了五份肯德基的早餐，在车上给大家分了，我们就往成都方向驶去。

一路高速，林嗒开了大部分路程，江湖在那倒着睡觉，我和大勇一边看风景一边吃零食。我觉得以它和我的胃口，差不多到不了拉萨，我就得再采买一大批吃的了。

酸奶、黄油曲奇、Pocky棒、果汁、腰果、海苔，还有手撕牛肉干，来者不拒。我发现，大勇就是不吃那种混合味道很多的东西，还有太辣的。比如我刚啃一口梨，扭头看了一眼风景，手上一颤一溜，它那边都露出核了。

下午五点我们到达成都。一天下来，开车的坐车的都累，再吃点火锅吧。成都算上这次我都来了六次了，锦里、宽窄巷子、熊猫基地、青城山、九寨沟全都刷完，景色对我没啥吸引，我就是想吃火锅，怎么能这么馋……

江湖却一门心思用导航、地图找着4S店给车做保养。我凑上去一看，好家伙，不是市区呀，而且没有写明白怎么去。最后我们停在了挺偏的一个地方，江湖打了一个电话。我带着大勇下车找了个树坑让小家伙大号了一下，刚上车就看晃晃悠悠来了一个喝高了的老爷子。

江湖看到老爷子往这边来，赶紧下车，还顺手拿了一条软中华过去："欧阳大爷，不好意思呀，实在找不着了，就给您老打了电话，没想到您亲自接。"

那个欧阳大爷打量了江湖一番，打了个嗝："是你小子，怎么又过来了？这都几圈了。"看来是熟人呀。

"唉，这不是想带爱人过来玩玩嘛，她没来过西藏。"江湖说着往车里一指。

林嗒赶紧也下车来了，跟那陪着笑脸。我一看，赶紧也下车跑了过去。结果那大爷手一指我："哟，你这丫头这么大了，这是和前妻生的？"那意思，合着林嗒是二婚呀！我看林嗒脸都绿了。

"我是她同事。"我解释着，仔细一看，老爷子怎么那么眼熟呀。

"你这点才到，都要下班吃饭了。"老爷子似乎不打算给车保养。我一看手机，确实，六点了。

江湖混这么大，特别明白这点："欧阳大爷，这么着，咱们先找地儿吃饭。您挑地儿，然后您帮我看看车？"

第四章　老爷子是故人

老爷子瞥我一眼，坐到了副驾驶上。林嗒坐我边上，还在那生气呢。

"没事，这是说明你年轻。"我劝慰林嗒，我都没说老爷子把江湖当我爸这么不靠谱的事呢。

江湖开着车，在老爷子带领下，左拐右拐居然找到一家火锅店。装修一般，但是一进屋那锅底红油的味道真心好闻。

"老板，你家锅底真香。"我看老板迎出来，由衷赞了一句。

火锅店老板一听很开心，对着点菜的伙计就说："一会多送两个青菜给圆脸胖姑娘这桌。"

我去，你说我脸圆就好了，你还说个我胖！

"一会吃吃看，他家上瘾哟。"欧阳老爷子熟络地找了个四人桌坐了，冲我笑了笑。

"罂粟壳呀？上瘾呀？"我用伙计上来的开水给大伙烫筷子。

"是呀，吃完就飘起来了。"老爷子笑嘻嘻的，我感觉他特别对不起自己的姓。欧阳，那不都是大师级人物才姓的？

"这小店可以进宠物，你让你的小家伙出来放放风吧。"老爷子往白汤里涮了片毛肚，七上八下正在那抖筷子呢，大勇的脑袋就探了出来。

欧阳大爷把毛肚放在我边上一个干净盘子里，大勇也不忧，我给吹了吹，大约觉得凉了，它低头两三口一大片毛肚就没影了。

"小老弟，别来无恙。"大爷上手就摸了大勇的脑袋一下。

我当时可慌了，别再给您啃了！没承想大勇两眼就盯着我又涮进去的牛肉，根本没有要攻击的打算。

大爷也不解释，自己嗞儿喝了一杯白酒。江湖要开车，不敢喝。我属于一喝就兴奋那种，林嗒首先就不能让我喝。倒是大秘亲自出手，红星二锅头

56度，直接跟大爷两人干了两瓶。

要说林嗒姐这酒量，那真是能撂倒一个排。她爹是行伍出身，打小本来想培养个琴棋书画样样拿得出手的淑女，结果林嗒这几样不仅都会，酒量也跟他爹有一拼。听说当初他爹有个部下想追林嗒，林嗒就说你能喝过我，我就跟你。两人干了两箱啤酒，林嗒转身拿开瓶器想接着喝，结果那小子直接就溜到桌子底下了……

欧阳大爷貌似看出来林嗒海量了，两瓶红星后死也不喝了："丫头，真成，大爷服了。咱一会儿还得保养车呢。"

大勇分别干了半盘肥牛、一份猪脑、五片毛肚、半碗西兰花，还和我分了一碗鸡丝凉面。这么点的个儿，这吃的加起来比它体积都大呀。

"姑娘，放心吧。这也就是它垫垫肚子。"欧阳大爷打着酒嗝，上了江湖的车。

"啊？那它能吃多少？"我觉得大爷肯定知道点什么，大勇都不咬他，我很是奇怪。

"把你吞了都是小意思。"大爷在前边哼着《武家坡》，我突然觉得很耳熟。

在大爷指点下，我们左拐右拐终于来到一家4S店，人家果然下班了。老家伙好狡猾……这是骗我们饭吗？

欧阳老爷子看出来我的不满，自己下了车，让江湖开了车跟着。他打开大门，里边的设备和普通的4S店一样。老爷子还让我们往前开。

"嗯？"大勇在我袖子里轻轻出了一声，听着还跟问句一样。

欧阳大爷在墙边找到一排按钮，按了下去，只见一个平时检查车下方的车道发出喀喇一声，然后缓缓地打开了。江湖顺着车道把车开了下去。好家伙，还有个地下二层呢，这里初看也是一些检修车辆的设备。

"欧阳师傅，您回来了。"一个十六七岁的小伙儿迎了上来。

"虎子，帮这大哥整整车，要进藏。"欧阳老爷子把外套搭在一把太师椅上。我这才看清四周，居然是一整套的红木家具，看着还有些年头。老爷子拿起桌上已经沏好茶的紫砂茶壶，给我们几个倒了水。

"好嘞。"虎子是真勤快，拿来工具，就开始给我们的车做检查。

欧阳老爷子自己喝了水，往里走。大勇居然自己蹦了出来，往前跟着。没辙，虽说第一次来人家这儿不能乱串，可我得跟着它吧。

下边空间真大，过了那套家具后是一道大屏风，再一转过去，居然是一个小佛堂。看样子是他们自己设计的，也可能是人家要招财吧，我也没多想。

大勇立在一张佛象前，眯着眼，像入了迷。

"宗喀巴大师像，"欧阳老爷子走在我身边，"一会儿老朽帮你们念叨念叨。丫头，你这趟，可能得累着了。"说罢转身，老爷子出去了。

"啊？"我没反应过来，连拉带拽把大勇给弄起来，跟着出去了。

虎子已经把车给检查了一遍，把松动的螺丝也都紧好："欧阳师傅，我这儿完事了。大哥，你这车明天差不多就过雅安吧？"

"嗯。"江湖点了点头，"这不刚地震没多久。虽说咱见的事多，可多少也有点打鼓，要不也不会这么晚折腾欧阳师傅了。"

"好好开车，心无杂念就好。"欧阳老爷子一个健步来到车前，口中念念有词。我只觉得听过，却又想不起来是什么。

老爷子围着我们的车一边念着，一这还用手不停地在车身上画着。当然，我心里存有一点这是不是"封建迷信"的疑问没敢说。因为在听他念了几分钟后，便觉得心身安宁。

江湖从胸前掏出一串佛珠，还有手上的一串佛珠都双手捧了起来，欧阳老爷子也对着它们念起经文。我似乎能记起来，是我当时在雍和宫老喂鸽子，在开光处听到的陀罗尼咒语。我赶紧把大勇也捧在双手中，觉得这要是开光，给它也开一个吧。

小家伙特别不满我这个举动，玩了命地回头拿眼瞥我，还翻白眼。

大约过了十分钟，大勇卧坐在我双手中，欧阳老爷子长长吟诵了最后一声咒语，冲我们点了点头。江湖赶紧鞠躬感谢。林嗒也双手合十，向欧阳老爷子致谢。

"老朽就这么点本事了，愿你们此行一切如意平安。"欧阳师傅正立于面前，慈目威严，我甚至有点怀疑刚刚换了一个人。

我们开着车准备往外走，欧阳师傅走过来，拍了拍大勇的头。小家伙很是享受这种抚摸。

"丫头，人有执念不怕。记住，无论何时何处何地，都要守住一颗善心。菩萨慈悲，金刚怒目，各有所选，希望几年前老朽送的法印保你此行如愿。"

江湖带我们找了一家三星级酒店住了下来。路上我一直琢磨欧阳老爷子跟我说的话，他说的法印，还是几年前送的，在哪儿呢？

大勇在卫生间拉完臭臭，我给它擦了脚，它就蹦着上了床。看我那想不明白，它摇了摇头，把我的外套拉了过来，一屁股坐在上边。我刚要给它移开，发现它的小爪子正指着昨天帮我挡了一劫的金刚杵胸针。

"是那老爷子呀！"我一下想起来了。

欧阳老爷子，就是那个老师傅！当时我还问过老爷子，为什么您岁数看着比大喇嘛都大，您还在这儿收拾坐垫呀？老爷子哈哈一笑，告诉我，他自己跟我一样不爱学习，就在这儿听听佛经就好了。那会儿我就是考研不爱听那破课，跑出来玩的……我以为老爷子是蒙上的！没想到，是遇上修行之人了。那会儿，他一边收拾坐垫，一边哼着《武家坡》。他给我那枚胸针的时候说过："姑娘，咱俩有缘。来日相见，老夫给你祈福诵经。"

可是，他怎么还能认识大勇呢？还是说，五年前大勇已经在北京了，陈辉的母亲也带它去过雍和宫？

脑子乱了，睡觉！

第二天，天气晴朗，我们出发。江湖告诉我，欧阳老爷子是位隐退的高人，最近四川这边出的事太多，虽然他经验丰富，可还是想找高人给祈个福。没承想，昨儿欧阳老爷子不但给念叨了一下，还帮他把佛珠都加持了。

江湖一边开车一边告诉我，川藏线这才算真正开始。我们要路过雅安，正是发生过 7.0 级地震的地段，现在还有被震落的山石掉落在公路周边。大勇探出头，对着外边小声"呜呜"，高高低低，似有曲调一般。我摸了它半天，依然如此。

江湖说："随它去吧，就当安魂了。"

车上了蜿蜒的公路，盘着山绕行，左右来回两车道只够容各自一辆车行驶，好在车子不多，就是拐弯处要看好了。车行越来越高，我扒着窗户往下看，厚厚的云层挡住了我的视线。我真是佩服江湖的驾驶技术，要是我都不敢开了。

"嗖"，我以为自己眼花了，一辆大路虎从我们左侧超了过去，我好像看见那只大丹 Jack 在后座上冲着我笑了一下。我还没来得及反应，就见江湖来了一个紧急左打轮，然后刹车。还好我系着安全带，要不我脑袋非得撞了玻璃不可。

那辆路虎直直地冲着转弯处开了过去，没有一点要转回的样子！要他妈的掉下去了！我看着车的一个轮子悬了空！

突然，路虎车身往左一偏，我以为眼花了，一个黑影在车里一晃，车横了过来，直直地撞向了左侧的山崖。

"林嗒，打电话报警！我下去看看，你们别动！"江湖解开了安全带就往前走。

大勇不安地拱我，两只大眼睛忽然变得湿润，我以为它要尿尿，开了后车门跟它下去。小家伙一蹦一跳下了车，比江湖走得还快，来到了那辆前挡风玻璃都撞烂了的路虎前。路虎车的安全气囊已经弹了出来，露露和王宇在前排，应该是晕了过去。

高诺坐在后排中间的位置，傻了一样看着我们。他居然没事！

"呜呜。"我听见大勇的声音很凄凉。我往王宇的左手边看，那只大丹Jack 的脑袋被车和崖壁挤烂了，它吐着鲜红的舌头，整个身子倚着王宇。因为车是撞到了山崖上，山崖那块正好有一块突起的岩石撞进了玻璃里，Jack正好夹在了中间，要不然，这会儿被挤烂的，是王宇。只是大丹那只受伤的前腿别在方向盘里，呈现一种怪异的弯曲度，应该是折了……

"啪！啪！"江湖先是推了推呆了的高诺，后来直接给了他两个嘴巴子。

"我擦！"这个一米八的小伙儿，生生崩出眼泪来。

我把他拉出了车，递了一块巧克力给他，江湖给他递了根烟。

高诺一直在抖，前天脖子上的掐痕消了很多："昨儿还好好的，就是到了成都我们说用不用去 4S 店看看方向盘，王宇说开着有点轴。后来太晚了，就没去看。今天出发也没事，路过雅安的时候，王宇尿急，路上也没车，就冲着山下尿了泡尿，还说了句什么，给你们尝尝爷的尿。然后，刚才一上这盘山公路，觉得走起来特别吃力。刚才……就刚才，他妈的，突然王宇就说速度越提越快，他控制不住……然后，然后我们就超了车，然后碰着弯道就过去了！然后，然后……Jack 本来在我腿上，因为它主人前天不是咬了它嘛，不高兴。就……就突然蹿到前排，突然就蹿过去。它叫了一声，我记得，它叫了一声，就把前腿别方向盘里了……然后我们就不能往右打把了，我们就往左便撞过去，然后，Jack 就把身子垫到了王宇身上，我们就撞上去了……"高诺的鼻涕流到了嘴里，他哭得像个孩子一样肆无忌惮。

江湖转身，别过头去，看向远处。

我不怀疑高诺说的话，我也不能怀疑。我很想劝劝他，可是眼泪却不争气地往下掉。大勇努力爬过了安全气囊，找着 Jack 已经走形的脸，辨认出了它的鼻子，用自己的小鼻头，轻轻地碰了碰。

我记起超车那一瞬间，Jack 贴在玻璃上的大脸。真是，一只可爱的狗！一只没心没肺、主人让干吗就干吗的傻狗！一只主人都咬你出了血，生着主人气，还用自己的命去护着主人的大笨狗！竟连个全尸都没留下来。

江湖很快恢复了状态，因为他要应付警察叔叔。还有，高诺要说自己当时没在车上，不然谁会相信，车都撞成那样了，一个坐在后排没有系安全带的人，一丁点事都没有。

救护车和警车来得很快，先把伤者弄出来拉走，警察叔叔就过来跟我们敬了礼。

警察叔叔跟江湖了解了大概情况，就上我们车里找高诺。高诺已经坐到了我们车后座上，他一直在抖，我把一件我妈非让我带上的羽绒服还是800蓬的翻腾出来给他盖身上。唉，人家一米八的个头，穿我的L号还逛荡，我的肉肉可真多。

"同志，你还得跟我们去局里一下，还有得尽快联系伤者家属。"警察叔叔拍了拍高诺。

"嗯，好。"高诺眼神都是飘的。我觉得他也应该跟刚才的救护车去医院看看。

"算了，林嗒，咱们跟着一起看看去吧。"江湖就是看不得别人落单，心眼太好了。

"成，你当家，听你的。"林嗒笑了笑，真是理解与支持自己老公啊。

警车在前边开道，江湖开车跟着。高诺跟我坐在后排，我把保温杯打开递给他："喝点水吧，到那估计还得被问这问那。"

"嗯，谢谢。"高诺接过去，抿了一口。

我们先到了雅安东城派出所，在个大院子里边。我们把车开进去时倒吸了一大口冷气，院是真大，里边停了七八辆撞得没形的残车。大勇探出脑袋，呜呜了两嗓子又缩了回去。

"这都是上个月的，往前的我们都运走了。"一位大叔在那打扫卫生，见我们吃惊，解释了一下。

"老出车祸呀？"我咧着嘴问。

"大哥，是怎么回事？"江湖还是很懂待人之道的，递上一支烟，打听起来。

"都说开车不喝酒，喝酒不开车。"大叔姓章，得有五十多了，黑脸，威严，"有开车直接飞到山路下边的，有跟你们这样直接撞崖上的，有被后边车撞的……"

我摇了摇他，求他别说了。

"来吧，我还得挨个做笔录。"负责这件交通案件的警察喊我们进去。

江湖和林嗒先进去了。我拉了一下高诺，他往前要迈腿，整个人一软，直接栽我身上了。敢情我壮实点，这要是那些屯里小细腿的姑娘，当时两人就得倒地上了。

"没事了，过去了。"我心想这小伙儿也确实可怜见的，先是差点被掐死，现在又出车祸。就是命大吧，可是我就一直想不明白，为什么他就没事呢？

做完笔录从派出所出来，已经下午三点了，又去了雅安人民医院。王宇和露露的情况还算稳定，医院在警察同志的帮助下通知了家属。因为医院给王宇他爸打电话的时候，说他儿子出了车祸，需要家属来，王宇他爸直接骂了声"骗子"就挂了电话，最后还把医院的号码屏蔽了。

我们从医院出来，天已经擦了黑。我们出来前就商量了，尽量不走夜路。看来，只能在雅安住下了。

算了，好人做到底。江湖也觉得高诺今天一个人有点撑不住，就让他跟我们一起。听说我们要住这儿，警察同志还帮我们联系了一家派出所附近的宾馆，条件一般，不过干净就成了。我本来查了一家还算舒适的酒店想去住，江湖想了想还是决定住这家了，他说挨着个"正气"的地方，踏实点。

宾馆条件一般，住的人还挺多，就两间房了。一般我们都是江湖、林嗒两口子一标间，我单间；现在这样只能是两男两女住了。

分的房间都在四楼，我们刚要上去，刚才那位打扫卫生的章叔出现了。江湖一看遇见就是缘分，就一起吃个饭吧。

"我是这儿的环卫员，干了一辈子了。刚跟你这丫头说的车祸可都是我亲见的，所以呀，开车可得留神。"吃饭时，章大叔神色严肃地盯着我。

"是，我们肯定得注意。"林嗒姐帮着章叔夹了菜。

章叔盯着我们四个看了看，一张嘴，我整个人都蒙了："你们两女的不能住一起。"他把江湖倒的酒一饮而尽，连菜都没就一口。

"啊？那怎么睡？总不会……"我筷子上的鱼香肉丝直接掉桌子上了。

"一男一女睡呀。"章叔一脸的瞧不上。

"我……"我也不能说我不认识高诺，人都不认识你们还跟着来派出所，这不有毛病嘛。

"有说道？"江湖也有点奇怪。

"咱这地方，赶上这事了，有点阴。两女娃一起睡，不安生。"章叔吃了一口夫妻肺片，还特意压着嗓子说，"你们还别不信，前儿个，也是出了车祸的几个娃，过来玩。住的别家，当时我也没顾上说，有两女娃一起住，吓着了。"

"怎么吓的？"我还想接着打听。

"开车不喝酒，喝酒不开车。"章叔摇了摇头，站了起来，"我去收拾我那扫把了，今天有点散架的样子。"

这饭吃得我那叫一个郁闷。高诺没说什么话，就在那喝酒，江湖也陪着。不到四十分钟饭吃完了，章叔告辞，一个劲跟我们说，晚上别出来溜达。

好吧，江湖和林嗒肯定一起呀，人家是两口子。我和高诺……我真是疯了，特别是他那头绿毛。

我们上了四楼，开了门，我就叫唤上了："我擦，大床房呀！"

江湖听我这儿咋呼，跟林嗒先过来看了："唉，你说这弄的，我们也是大床，确实不方便。"

"要不咱俩睡得了，能有什么事呀。"林嗒也觉得这有点过。

"嗯？"大勇突然探出个头来，瞪着林嗒，那感觉就像说，"你睡这儿，还想活吗"。

"我打地铺。"一旁没出声的高诺来了这么一句，让我还挺高看他的。

江湖和林嗒回了房间，我让高诺先去洗漱，然后我把他被子什么的准备往地上撤。可一摸地面，又凉又潮。也没暖气，只能开个空调，这么潮的地面，第二天早上腰还能要吗？这要睡出毛病来怎么办？

大勇放风出来，在床上和地上跳来蹦去的，这是锻炼身体呢。

"你也不帮我铺一下呀，我都贡献出床来了。"高诺洗完澡，围着酒店的毛巾光着膀子就出来了。别说，小伙儿还有八块腹肌呢。

"没见过这么好身材的呀？"高诺那个让人想抽他的劲儿又来了。

第五章　雅安惊魂夜

我想起来，车上有个睡袋，厚实防潮，铺地上还凑合；而且可以顺带给大勇拿个罐头。刚才章叔在，我没放小家伙出来，这会儿得饿了吧。我站起来，就往外边走。

"哎，章叔说，晚上不让出门。"高诺在后边叫道，"怎么着人家也是干了那么多年的环卫了，遇到的事肯定多。你能不能听个话……"他后边还说了啥，我已经没往脑子里记了。

"我遛遛大勇去。"我指了指袖口儿，小家伙特别配合地拱出脑袋来，瞪了高诺一眼。我去敲了江湖他们的门，要了钥匙。林嗒特意嘱咐我别瞎溜达，拿完东西赶紧上楼，锁好车。

宾馆没电梯，我每到一层休息平台就咳嗽一声，把感应灯弄亮了再下楼。整个楼就是上个世纪七八十年代那种老楼，我跟自己说别多想，想多了倒害怕。大勇在我左手袖口里摇晃着脑袋，就跟看热闹一样，似乎我害不害怕跟它没有多大关系。

"吁。"我下到二楼的休息平台，要咳嗽，耳边就轻飘飘地传来这么一声。我这还没出楼呢，怎么会有这种怪声？"吁。"我觉得这动静是从我左袖口里传出来的，打着手机的手电功能往袖口里一看，大勇用两个前爪捂着嘴，腔肺共鸣、往外呼气，正在那发这怪声呢！

"你个小东西，你姐我这儿吓得腿都软了，你在这儿撅着屁股捣乱，还出这声！成精了，要造反呀！"我拿手机就杵它脑门。大勇眯着眼睛，不适应手电光，还拿腿往外推。

"再不听话，不给你拿罐头了。"我追加了一句，大勇立马不动了。

小跑着到了宾馆外和派出所共用的停车场，我按了遥控锁，过去直接开了后备厢，在那倒腾起行李。那个睡袋被我塞到最下边了，还得把江湖他们的包搬下来，我运足了力气才给搬起来。大勇从我袖子里钻出来，直接蹦到了人家包上，看我在那干力气活。

"你说这一般的狗吧，人家还帮着主人叼个东西什么的，你倒好，看着主人干活。"我边倒腾边埋怨。

"嗯。"大勇还点了个头。我卯足了劲，翻了它一个白眼。揽胜的后备厢打开以后，我在那倒腾，基本是看不见前方情况的。还没容我眼白翻回来，就被人压着肩膀蹲了下去。

"别说话。"我刚要回头，就觉得是高诺压低了嗓子在我左耳边嘀咕，一双手带着夜间的寒气冲着我的嘴就过来了。

"哼。"大勇眼中闪过了一丝凌厉的怒意，鼻子哼了一声。我觉得身后的高诺似乎有些犹豫，手还是没有捂上我的嘴。大勇后腿蹬了一下江湖的背包，一下跃到了我的右肩膀上。

"你看，姓章那个老不死的，装神弄鬼。"高诺的声音越发不对劲，而且我怎么觉得我左耳边腥风阵阵，弄得我脑袋都有些晕。我刚要往左后方回头，大勇一口含住了我的耳垂。小家伙的嘴里热乎乎的，它往下扯了扯我的耳垂，我似乎可以听到有人在念《地藏经》。随着经文入耳，我的心也沉寂下来，头也不晕了。

而此时，我可以判定，我左后方肯定不是高诺！虽然觉出他是个有点玩世不恭的富二代，但是到目前为止，他不会随便去攻击谁，不管是动手还是动口。"老不死的"这个词一蹦出来，就露馅了。

我发现，这个"高诺"离我这么近，我居然不害怕。大勇真是个壮胆子的好宠物，可是我真的忍不住就想回头看……大勇很快洞察到我的意念，小犬牙直接加重，我耳垂吃疼，向右肩转头，瞪着它。小家伙一点不怵，还跟我翻白眼，那意思是，就咬你，怎么着吧！

"地藏菩萨劝请世尊不以为虑，将以百千方便度脱一切众生……"章叔的声音越来越近，我发现他左手打着一盏冒着青光的灯笼。

章叔立在我面前，死死地盯着我。他这个举动让我不知道如何是好，寻思之下我尴尬地冲着他笑了笑。可我发现，章叔的目光越过我，落在了我后边。

"那个……章叔，别紧张，别激动，反正已经这样了，我觉得肯定有办法解决的。"我感觉章叔整个人都绷直了，貌似随时都要扑上来一样。我现在很纳闷，大勇不让我回头看的，到底是个什么东西？

"小六儿，都这么久了，你怎么就这么想不开，非要在这儿待着呢？都说了，开车不要喝酒，你说你年轻非要逞能，直勾勾栽到悬崖下边，这是你自己不对呀。你老在这儿，缠着人有什么用呀？小六儿，你可别害这姑娘呀。"章叔说得声情并茂，真是闻者动容。但是我就想回头看看，小六儿长什么样。

"我就回头看一眼。"我冲着右边的大勇嘀咕道。

"你丫是缺心眼吧。"我觉得大勇的眼神儿就是这么回复的。

"别！"章叔突然喊了起来，而此时我听到一阵快速奔跑的声音。

"我靠！"这是高诺发出来的声音。然后我后背就挨了一脚，大勇高高跃起，闪到了一边。我直接来了一个前滚翻！

"你大爷！"我趴在地上，觉得这一脚给我踹得呀，这是把前几天受的罪全发泄我身上了吧！撑了好几次，我才起了身。

"小六儿，你收手吧！"我心里还琢磨章叔怎么不过来搀我一把，一回头就看一个青灰色的人形东西把高诺按在地上。章叔手里拎着灯笼在边上不知所措，一个劲地恳求。

"我去，就这玩意刚才在我后边呀……"那青灰色的东西还往下流着脓水儿。不成，我要吐了。

"帮……帮……帮忙……"再打眼一看高诺，他整个脸都憋紫了，脖子上的青筋也凸了出来。我看了一眼大勇，小家伙一脸的"我说了不让你回头吧，你看你不听我话就这下场"的幸灾乐祸样。

"帮个忙呀，大勇。"我诚恳地给它鞠了个躬。因为我真心不想上手，万一再给我衣服上蹭点什么脓水儿，洗都洗不掉。

大勇看我盯着它，赶紧就往天上看来错开我的眼神。这是一只多么不想管闲事的狗呀！

"小六儿，小六儿，你要想解恨，就冲我来！是你叔我没看好你，你别伤别人家孩子呀！"章叔打着灯笼，照在那青灰色东西上。那玩意颤了一颤，根本不理章叔，自顾自压在高诺身上。

你说高诺这孩子怎么这么倒霉啊！我咬着牙站了起来，就要去拉开那东西。衣服要是洗不出来我就扔了！我伸手才发现，不是章叔不帮忙，而是我直接穿了过去！

这个叫"小六儿"的，是个透明的，我根本碰不到它！

"大勇，帮帮忙！"我回头冲着拿屁股坐在地上看热闹的大勇喊道。人家狗都是蹲在那里，后腿弯曲。可大勇是一条后腿弯着，自由散漫歪在那里。

"你是不是也打不过它？"我想激它一下。

小东西貌似被我刺激到了，抬头狠狠地瞪了我一眼，可依然不出手。

"唉，其实你想想，那哥哥虽然流里流气，但一看就是个富二代。你姐姐我吭哧吭哧半月工资可能就人家一天去夜店的钱。以这样换算，给你带的那些罐头你姐姐我每天是卡着量给你吃，咱们要是救了他，他能不感恩戴德吗？别说罐头了，你想要私人宠物医生、私人定制宠物餐、私人狗窝洗澡间一系列，他还不得给咱送来呀！"我蹲下来，抚摸着大勇的头。

小家伙听得极认真。我心说，我不是打小养的你呀，你心理咋活动我一猜一准，看样子跟我一个德性。

"别……别他……妈……废话，我……要……要挂……"高诺这些话是从嗓子眼挤出来的。

"你看看，这高诺哥哥要是真挂了，这小六儿可不会给你买好吃的好玩的好喝的好穿的，你的狗式富二代梦可全部玩完了。"我向大勇摊摊手。

大勇极为认真地看着我，那眼神像在问"真的吗"？

"真的。"我特别郑重地点点头。

小家伙听完这个不干了，立起来抖了抖全身的毛，头上的鬃毛瞬间立了起来。章叔手里的灯笼火苗啪啪爆了两声，灯笼的颜色也变为了橘色。

"呼。"那被章叔叫作小六儿的青灰色东西转了过来。我这才看清楚，它除了身子是人形，头部大约是个轮廓，却看不清楚，周身往下掉脓水，不过地面上却什么也没有。合着就是一个人形透明物。它很不满大勇的动作，想扑过来却又有些忌惮。

结果小六儿这家伙的思考没过两秒，瞬间就移到了我面前。一股子腥臭味扑了过来，我屏了气往后退，一个不注意踩到了石块上，一屁股坐在了那里，再想起来却发现脚根本不听使唤，用不上力。小六儿几乎贴上了我。我仔细打量，他一边脸已经陷了下去，缺了一只眼珠子，左耳朵没了一半，头皮也被掀了起来，身上还裹着一件破破烂烂的大衣。它用另一只眼睛死死地盯着我，凶相毕露。

"躲开呀！"这是高诺的声音。透过小六儿我看到高诺直起身，一边咳嗽一边想跑过来。

我歪头看着小六儿，它似乎不知道对我如何下手。但这情形我也极为不舒服，我头晕恶心，要吐了！那股味道不是它身上带来的，而是在它靠近时，我大脑自动释放出来的直觉味道。

咣！章叔举着灯笼跪在了那里："六儿呀，章叔对不起你。你喝了酒还开车送叔，回来路上出的事，全是叔的责任，叔对不住你。"章叔扯着嗓子双手拍打着地面哭起来。酒驾呀，难怪章叔老跟魔怔一样说什么"开车不喝酒，喝酒不开车"。

我咧了咧嘴，合着你是酒驾出了事还好意思在这儿吓唬我……咦？我的脸，能动了？

原来大勇不知什么时候跑到了章叔身边，含着放在地上的灯笼木杆，给杵到了我右手里。这样我竟能动了。我斜眼看了眼大勇，它往上仰头，示意我把灯笼给打起来。

我试着拿着灯笼抬起了手，极为轻松，整个右臂有一股热流蹿了进来。小六儿离我太近了，他本是想躲，却来不及了。橘红色的光影一下穿过了它的"身体"，发出了金色的光。我看见小六儿在这光里挣扎扭动，我能听到小六儿在我对面发出低声嘶吼……如果是平时我早跑得没影儿了，可是这只灯笼在手，我则是格外坚定。不到十秒，小六满身被这金光穿透，它的青灰色变成了黄色、红色、橙色……一个面目清秀的小伙，在我眼前一晃，向着我微微一笑，然后嗖的一声，钻进了我手上的灯笼里。

我觉得手上一沉，继而四周暗了下来。

"这……"我仔细一看，这灯笼里，一没灯泡，二没蜡烛，连灯芯儿都没有！

那刚才的光……我看向边上的大勇。小家伙趾高气昂，像首长一样踱着方步，自己走到车后备厢那儿我刚才拿出来的一个透明塑料收纳盒边，拿前爪指指里边。那是我给它放罐头和狗粮的盒子，我怕压了才放了一个收纳盒。

"得！您是爷，我伺候着！"我连滚带爬地过去打开盒子，极为利索地撕开了个罐头，也不说再留一半给明天吃了，直接就给捧在手心里。大勇低头嗷呜嗷呜地吃上了，还挂着肉渣子的脸时不时地抬起来，看一眼作为"仆人"的我是不是认真侍奉着。

章叔坐在那儿完全呆了，直到江湖和林嗒跑下来，给他架了起来。

高诺在那揉着脖子。大勇吃完了罐头，叼着空盒子一扭一扭地走到高诺边上，啪地把盒子往人家脚底下一扔，前爪还一颤一颤地点着地，仰头看着高诺，好像跟人家说："富二代，我可救了你，你得管我吃罐头。"

如此没有节操的西藏獒獒，这是谁的狗呀！

好吧，我的。

跟着章叔进了他在派出所附近的环卫处休息室，一张单人床，一张书桌，简单的生活用品。章叔直接拿了一瓶白酒，也看不出什么牌子，自己倒了一杯，咕咚咕咚喝下去，又倒了一杯，递给了高诺。高诺倒也不嫌弃，一扬脖喝了下去。章叔还要给我，我摆了摆手，我可没那么豪气。

"肖哨，你还不把三叉放下？"江湖指着我手里的灯笼说。

"啊？"我有点没听懂，这才仔细打量了一下一直攥在手里的木杆。木质长柄上，居然是镶火焰形的三叉头，三叉连接处为一骷髅形！而正是这个骷髅头挑着几个极细的白线，下边吊着一个纸灯笼。里边没蜡烛台、没灯泡，空空如也。

"肖哨，你是，是，是……"章叔喝完酒话倒说不全了？他扶着桌子站起来，身子往前一栽，就要给我磕一个。还好高诺眼疾手快，直接给他搀住了。

"章叔，我可经不起这个。"我也努力想站起来扶他。

"那它，怎么在你身边？它可不是一般的小袖狗。"章叔指了指地上在我双腿间跳来跳去跟得了多动症一样的大勇。我感觉小家伙有点兴奋过度。我把它夹在腿中间，用手挠着它的下巴，大勇舒服了，嘴里发出呼噜呼噜猪一样的声音。你这是在装猪吗？

"它是我朋友的，我这次要给他带回来。"我也不知道如何解释。

"我们这儿虽然离藏区有点远，却会有有修为的师傅讲经，我见过他们身边会带着这种灵性很强的西藏鹰獒。"章叔被扶着坐下，还要打算继续问大勇的事。

我还没说话，倒是高诺先开了口："您说的晚上不让我们出来，就是因为您叫小六儿那个魂儿？"他皱着眉毛，一脸严肃，完全不像之前见他的那种放荡不羁的表情。

"唉，不瞒你们说，以前我是个买卖人。我有个侄儿叫小六儿，人很上进，做生意很有一套，赚钱盖了房、换了车。我去他家庆祝，赶上这生意有点事，要我回去。我侄儿当时喝了酒，可我是长辈，他就非要送我，当时我也觉得没喝多少没大事，就没拦着。谁想到……"章叔抹了一把眼泪，"就在你们车出事的地方，小六儿开的车直接翻了下去，车上就我们俩，我活了，六儿却……我想他是觉得自己冤得慌，当时晚上总来闹，我们都瘆得慌。后来，有父子俩从这儿经过，肯定是高人，觉得不对劲，给了我这盏灯笼，让我打着给念念《地藏经》，让小六儿好走。我觉得是我自己的错，明知道小六儿喝了酒还让他酒驾，干脆生意也不干了，就当了这么一个环卫工，但凡有开车过来的，我都叮叮着点，'喝酒别开车呀'，也着实安生了一阵。不是前一阵雅安震了嘛，之后小六儿又开始闹腾了，你们翻车那地方已经是最近的第七起了！"说完，他看着高诺，"小伙儿，我白天没和你说，你真是命大。你知道吗，这七起里，你是唯一一个能站着走路的。"

我明显看到高诺一哆嗦。

"那父子俩留下的这只灯笼，一直是青灰色的？"我一边挠着大勇一边问。

"不是，刚开始也是橘红色，可是时间久了，颜色就黯淡了。但是，姑娘，你知道吗，你今儿手里拿着的那颜色，就像那父子俩递给我的时候一样。"章叔眼里闪着光，"所以我觉得，你肯定不是一般人。"

三叉是在大勇准备攻击的时候才爆出了橘红色的光，大勇是陈辉母亲让我带回给陈辉的，难道那是父子俩？

"他们有没有说叫什么名字？"我关切地问。

"这倒没，两个人走得很急，没住两天。那小伙儿剑眉星目，却是一脸的恬淡。那个岁数大些的老先生，说话很慢，字字清晰，如敲进我心中，让人过目心生安宁。"章叔认真回复着。从他的言语中，我可以判定，那年轻的，百分之百就是我那高中学长陈辉，老先生就是他爸。我们之前学生会做过一次禅修的活动，至今我都记得，我去他家拿东西，我叫他爸一声叔叔，老先生极为和蔼地问我对禅修概念是怎么理解的，我当时想了一下就说"估计听着听着我就睡着了"。老先生非但没生气，还哈哈一笑，摸了摸我的头。

"太晚了，既然都没事了，回去休息吧。章叔，您好好休息。"江湖看了看手机，招呼我们散了。

"啊！"我用力想起身，却发现后背痛得发不上力。

"怎么了？"林嗒过来看着我想扶又不敢扶后背的样子，"哎呀，这后背一大片全青了。"

高诺你这一脚用了多大劲呀！当时情况紧急，我没觉得太疼，事儿完了一放松，痛得钻心，连站都站不起来。

林嗒给我检查了一下，骨头没事，就让江湖过来扶我。

"算了，我背你吧。"高诺直接蹲下去，示意我上去。

"哥们儿，我挺沉的。"我有点犹豫。

"我还练过点，没事。"高诺往我身前凑了凑。我往上一趴，他抄起我两边的膝盖后弯儿。大勇直接跳到了我肩膀上，两个小前爪勾着我脖子。我们一人一狗跟叠罗汉一样压在高诺身上，"搂住了，走！"他下身发力，把我给背了起来。林嗒和江湖在后边跟着，一起爬上四楼。

还别说，小伙儿还真有劲，愣是给我背到了四楼。回了房间，让我坐床上，他就开始倒气。

"您逞这能干什么？我扶着墙也能慢慢上来。"我把大勇放下来，往床上挪。

"都说晚上不让瞎出去，你们这些女的就是能惹事儿。"高诺气喘匀了，瞪我一眼。

"我就想给你拿睡袋，顺带遛遛大勇。谁想到呀。"我自己拿手揉着后背。

"我打地铺没事，老爷们儿哪能跟你们那么娇贵。那么半天不上来，我说看看去，结果差点把自己搭上，你说说你这能惹事吧。"高诺拿了被子就要往地上放。

"特别潮，我试了。"我一阻止他，后背又痛了，痛得我直咧嘴。

"怎么着？睡袋没拿着，还又惊吓一次。发现跟着你真是倒霉。"高诺看我痛，居然笑了，"肉这么多，还怕痛？"

"你那一脚发了多大力你自己清楚，我肉再多也扛不住。"我瞥了他一眼，把正在从床头跑到床尾自己在那冲刺玩儿的大勇截住，一下按到右边被窝里，我也冲着右侧倒了下去，左边实在没法受一点压强了，"一人一半，我不嫌弃你。踏实睡觉！"

"哟，真开放呀。我睡的姑娘多了，你不怕我晚上怎么着呀。唉，你说这男女授受不亲，我好歹长得也挺帅的……"我浑身无力后背特疼，根本就不理高诺。他在那还带着北京男孩儿特有的痞味儿说了得有十分钟，看我没反应，把灯关了。我感觉我左边的床塌下去了。

"肖哨，真是为给我下去拿睡袋？"他捅了捅我的肩膀。

我没搭理他。

"肖哨，谢谢你。"我临睡着前，听到他当晚最后的声音。

第六章　加入自驾的高诺

第二天，大勇的呼噜声把我给吵醒了，掀开被子一看，这狗四仰八叉，跟人一样仰着睡，四条腿还蹬着我的脖子、胸、肩……我直接用手把它鼻孔堵上了，小家伙一下没法喘气了，睁开眼就拿后腿蹬我手。我也不是真下狠手，拿开以后，小家伙用脑袋蹭我手。好吧，给你挠挠！

这会儿觉得后脖子有人吹气，一回头发现是高诺，我脸都快顶他那大高鼻子上了。他大眼睛一眯，冲我一乐："你俩真好，以前我也跟我狗这么玩。"

"噢。"我几乎就没贴男生这么近过，再说还是真心挺帅的男生，可有点别扭。

"不是 Jack，那是王宇的狗。"他说。

"哎哟。"我还没来得及回复，大勇这家伙开始了造反的晨练，从我右边跳上我腰，一般是翻个跟头到左边，然后要跳过去再跳回来，此处可以参考那种羊跳栏杆的招式。结果一下落到我后背还踩着肉了，给我痛得脸都要痉挛了。

"我看看，你趴着。"高诺把我后背衣服一撩，我歪头就看他表情不对劲。

"一个大脚印，全青了。"高诺发现我盯着他，说了实话，"没事，我有药酒。"

高诺下了床，从自己随身包里掏出一瓶药油，两手对搓，然后往我后背上滴了十滴，清清凉凉倒是舒服。

"忍一下呀，咱把这肿给揉开，就好了。"

没等我回复，他两手就贴了上来。我的天呀！我真是咬着被子才没号叫！他把手搓烫了，在我后背上上下推着，后背上的药酒经过他的手的温度陡然高了起来，整个后背就火烧火燎一般。

大勇看了看高诺的手法，然后颠颠跑到我面前，直接用大头顶着我鼻子就捂了过来。

　　这是报复好不好！我喘不上气，加上后背疼得不成，眼泪瞬间就下来了。小家伙发现我哭了，一惊，伸出粉色的小舌头把我眼泪给舔了，还拿头蹭蹭我的脸，就像安慰我一样。我觉得大勇可能有狗类精神分裂的倾向，这一会儿报复要闷死我，一会儿又哄我……

　　还别说，高诺给我揉了十五分钟，停了手，我就着劲，居然自己坐了起来，后背的痛疼感缓解了很多。

　　"这药酒可管用了，以前我码架受伤了都用这个。我老爷子托人给我找的中医院的老大夫配的。"高诺看着还有半瓶多的药酒嘚瑟地说。

　　"那你昨儿为嘛不给我用？"我瞥了他一眼。

　　"嗯嗯。"大勇也使劲对着高诺翻了一个白眼，加倍地鄙视他。

　　"你刚受伤了不能揉，我这看着过了八小时才给你用的。好心没好报呀，还翻白眼，翻白眼！"高诺伸手就要去捅大勇的脑袋。大勇瞪着大眼睛，一副人畜无害的萌样子。

　　"哎，别动。"我按住他的手，"它除了主人是不让摸的，挨咬的话这儿可真不好打针。再说，你想想，它那天晚上单挑不正常的王宇那事。"

　　"啊……对，差点呀！"高诺放下手，"我真心喜欢它。不过，我看出来了，这不是一般人能养的。"他摇了摇头，和大勇对视着，然后看了看我，"狗小，胸也小，这肉都长到后背上了。"

　　"你他妈的说什么呢！"我把枕头扔了过去。

　　"哈哈，生气了。"高诺把枕头一把接住，盘腿坐着，"不过我还真没泡过这么肉乎的姑娘。要不，咱们来个西藏恋歌？"

　　"恋你个头！你是不是就想蹭车？"我白了他一眼，拿出要换的衣服，起身进卫生间洗漱去了。大勇蹦着下了床，临跟着我进卫生间的时候，回头冲高诺贱兮兮地吐了下舌头。

　　我把睡衣脱了，看了看胸，嗯！今儿老娘用加厚的胸罩！

　　我洗漱完毕换好衣服，走出卫生间。高诺斜躺在床上，打量了我一下，笑出了声："姑娘，你不嫌捂得慌？再起痱子。"他还指了指自己的胸。

　　我一边收拾随身的包，一边给了大勇一把狗粮："知道您是富二代，您爱说什么就说什么。反正呢，今儿个王宇的爹妈也要来了，我也就今天看您最后一天了。以后天涯四海，就此不见。"

　　"别介，别介……我就开开玩笑。"高诺赶紧起身，还贴着我坐下，"你们去拉萨吧？带我一个吧。车钱、油钱、饭钱、门票……反正你能想出来的，我出！"语气是真紧张，他真心怕我们不带他。

"三人一车，我们是要随时谁累了在后排睡觉的。"我说明实际情况，但是没有告诉他一般都是我在后边睡觉。

"看在你救过我的分儿上，我再给你加个 Birkin！"高诺拍了我的肩膀一下，粗眉毛往上一挑，这是要开启撩妹模式吗？然而我是压根不吃这套。

"那是什么？"我歪头看着他，大勇也歪着头，一副"Birkin 好吃吗"的表情。

"肖哨……你丫是女的吗？"高诺脸部有点抽搐。

"肖哨，好了吗？十五分钟后咱们出发呀？"江湖敲着门问道。

"差不多啦。"我抄起包，看着高诺，"还不洗漱呀？别迟到，我们不喜欢磨叽的队友。"

因为起得早，外边并没有人。我带着大勇在停车场溜了一圈，大勇拉了臭臭，还在停车场尿了好几泡尿，每泡都是挤出来几滴，就是为了占地盘，我真担心小家伙的前列腺。我蹲下来正给大勇擦屁屁，江湖和林嗒下来把后备厢打开，开始整理东西。哦，应该说是，把我的东西重新整理一下。

"那哥们儿和我们一起去拉萨。"江湖说着腾出了一块地方。

"谢了，江哥。"高诺递上来自己一个包，"我开车还成，咱俩换着开。"他这点我还是比较欣赏的，不是那么娇生惯养的样子，能和我们普通群众一起干劳力。

我们先开车去了医院，王宇和露露的父母都飞了过来，高诺和四位老人说了下车祸情况，就出来跟我们一起出发了。

大勇因为多上来了一个人，格外兴奋。我靠着右车窗坐，高诺挨着左车窗，我俩中间空间很大，大勇就自个儿在那撒欢打滚，各种折腾。高诺从背包里掏出一个小布玩具扔给了大勇，小家伙闻了闻，扑了上去，嗤啦一声，撕烂了。

"真是个活泼的家伙。"高诺看得直撇嘴，"随主人？"

"哎呀，我高反，不和你说话，要节省体力。"我拿了抱枕歪在窗户边上，让大勇自己折腾去吧。

江湖设计的路线是从雅安往康定开，最好可以到达理塘。不过上午和王宇、露露的父母交代了很多事项，耽误了时间，今天看来也只能在康定休息了。这儿有个景点是泸定桥，就是课本里《飞夺泸定桥》的那个。江湖带着我和林嗒上了桥，高诺就在车边上抽烟。还别说，脚下是滚滚河水，人在铁链子修成的木板上行走，多少有点悬。加上有的游客恶作剧般左右打晃，不少姑娘都在尖叫。

大勇探出个脑袋看了眼脚下的大渡河水，又缩了回去。然而就在江对岸生活的人们走起来一点都不摇，如履平地。我和林嗒不由得感叹：平民百姓真是最厉害的生活导师，我们当年的红四军真是英勇无畏！

简单拍了照，我们就上了车。高诺一直在车边上抽烟，也没过去看看风景。林嗒有点累了，就换到后排和我坐，高诺在副驾上负责指路。

"哥们儿，道有点不好走，你帮我提前说有没有坑之类的，咱们减速。"江湖提醒着。不过这哥们儿看似散漫极了，好几次都是江湖自己减速避这些小坑。

到了康定已经有了一定的海拔高度，在车里能听到江湖和高诺的喘息声变得有点大了，林嗒则是头痛。江湖开车有导航但基本不用，像电子狗啥的他倒是喜爱。我特别佩服大哥的就是出门居然带了七本地图书，按他的说法是被导航坑过，所以一直拒绝……

也不知道是高反开始晕呀，还是地图书是盗版的原因，我们应该是在川藏公路上绕了一个圈。眼看着天就擦黑了，我们还没进市区。

"江哥，天黑了……"高诺提醒着，"哎，你看，前边好像有个小孩。"

我刚要探头去看，大勇就拿头撞了我肚子一下，小家伙不高兴？我发现，别在胸口的金刚杵发着淡淡的红光。这是怎么了？

"他好像要拦车呀。"高诺指给江湖看。

江湖根本没理他，踩了油门加了速。

"江哥，这天儿黑了，咱们把小孩扔路上不好。"高诺说着就要回头。

"看反光镜就成，别回头。"江湖腾出一只手来，扳住了他的脑袋。

"这孩子，跑真快，转眼就没了……"高诺还在那嘀咕。

"咱们都绕圈了，估计他以为咱们能带他走呢。"江湖摇了摇头，"八成也是周边车祸什么的，以为我们能给指回家的道儿呢。"

"啊？"高诺嘴角抽搐着，有些不相信。

"小高，咱俩换换吧。"林嗒强忍着撑了起来，跟高诺换了一下坐位，帮自己老公翻着地图。

"那个，江哥的手机好像没开流量，导航都不带走的。"高诺坐在我边上，小声跟我说。

"他在北京开车也是靠记忆呀，从来都不信那个。"我心说，哥们你坐了几个小时，才发现导航根本没动，是离线状态呀！那你指的是什么路呀！

"那个，哥，咱们要不信一回导航吧？"我问江湖。我是真饿了，大勇虽然吃了不少零食，可也在座位上打滚，估计想下去放风了。

"也行，那试试？"江湖同意了。

我看了眼高诺，这娃还是很有悟性的，贡献出了自己的手机："江哥，用我手机导吧，流量够。"

我们终于在郭德纲"坦克也撞翻过"的声音下到达了康定。虽然他们三个人都不舒服，但还是找了家地道的火锅店进去吃饭。高诺要了包间，老板看我们就四个人，就打算让我们在大堂吃，因为会有一百块钱的包间费。

高诺一听，粗眉毛一挑："一百块钱还当钱呀，就给我们四个来包间。"

有了包间确实好，大勇就能出来撒欢了。一边吃饭，我一边在网上找了找酒店，订了一个大床房给江湖和林嗒，两个单间，我和高诺一人一间。

"哟，咱俩不一起住了？"高诺看我在那下订单，凑了过来。

"您这么有钱，还在乎多开一间房呀！不都应该开出五间，睡一间空着四间吗？"我冲他翻了个白眼。大勇站在桌上，边上小盘里，放着我给它凉着的毛肚、肥牛、猪脑、鸭肠等堆成小山一样的吃食。它抬起前爪捅了捅在那瞪我的高诺，等高诺回头看它的时候，它使劲翻了一个白眼。

"我发现了，这狗跟着你就没学好。"江湖看着大勇翻白眼都笑出声来了，见大勇轻闭眼睛，瞥了他一眼，又道，"哎哟，大勇还会这招了。你别说，这眼睛比你瞥人还生动。"

吃完饭，我们开车往宾馆去，我能觉出来江湖的喘息声明显粗了。林嗒也说她有点头痛。高诺直接头靠在左侧后车窗上，不说话了。看样子，三位已经有点高反了。

我和大勇对视了一下，小家伙打量着我，那意思好像是"你丫没事吧"。

"嗯，我是超级赛亚人，我比较牛。"我自豪地和它交流了一下。

"不成，停车！"高诺打开车门，就找地儿吐上了。晚上他也没吃多少呀，我赶紧拿瓶水跟着拍着他后背，这才多少米呀，就晕成这样了？

"我没事，吐会儿就好。"高诺漱了口，靠在车边上。我掏出一个话梅糖给了他。

"没事就上车，回酒店休息休息。你这样可不行，明天我们大约到理塘，海拔上去了，你会更难受。"江湖在车上叫我们。

到了酒店，办了入住，江湖和林嗒赶紧去休息了。

我扶着高诺进了他的房间，住宿条件只能说一般。高诺说头痛得要炸了。我让他躺好，努力睡觉，只有休息好才能明天出发，而且这么早就去找医院吸氧，江湖说倒不好。如果他高反这么明显，只能放弃。

　　我把从马克西姆餐厅带的巧克力餐包留在他床头上，烧了热水，烫了一袋保鲜奶，给他倒在保温杯里，就要抱着大勇出去。

　　"肖儿，聊会儿天行吗？"高诺拉住了我。

　　"你小子，少说话，好好睡觉，好了明天咱们就走；不好呀，赶紧回北京，过你的富二代日子去。"我摸着大勇，小家伙一看见床就想上去来回跑，我怕它再给高诺弄得更晕了。

　　"我不回去，我一定要去拉萨。"高诺闭着眼睛，一脸的疲态。

　　"噢。"我都不知道如何接他的话，难道富二代说话就是这么不在乎别人是不是能接下茬吗？

　　"你怎么不问问我为什么要去拉萨……"他睁开了眼，盯着我。

　　"噢，那你为什么要去？"大勇从我怀里出溜下来，在高诺床上，使劲跳，借着弹性蹦得老高，这是兔子吗？

　　"以前我也有只狗，叫丽兹，跟我一起长大。小时候可活泼了，比大勇还皮……"

　　大勇面向我越跳越高，在高诺的床上居然可以蹦得跟坐在他床边的我的头齐高。我觉得，有哪不对劲。高诺也不说了，他也觉出什么来，奇怪地盯着大勇。

　　单人间的格局就是进门过道，左手边洗漱室，再往里一面镜子，然后斜对着一张一米五宽的单人床，对面是一台电视机，下边是桌子，还有一把椅子。

　　我发现，大勇面向我，可是盯着的，根本不是我。

　　高诺先是盯着大勇，之后眼神也挪向了我背后斜对的镜子。

　　"嗷！"大勇张大嘴巴，一嘴的獠牙，对着我一嗓子。我只觉得一股戾气瞬间从它身上冲出，擦着我右耳朵，发根都直了！

　　哗啦一声，我身后的镜子，被震得稀碎！

　　"我靠！"高诺一挺坐了起来，"那……那镜子里，有……有我晚上路边看见那个孩子！"

　　大勇叫唤完，也不跳了，屁颠屁颠地拱我的手，让我摸它。一般就是立了功才这么干。好吧，不管那是个什么，大勇也给"他"简单粗暴地灭了……就是明天估计得赔镜子了。

　　我安慰了一下受惊且高反的高诺，带着大勇先下楼找地儿遛弯，拉臭臭，然后抱着它回了自己的房间。刚洗完澡，给大勇那擦四只小脏脚呢，我的门就被敲响了。

"肖哨，开门，我。"高诺在门口小声叫着。

"肖哨已经睡觉了。"我一边收拾床一边回应。

"我求求你了，姑奶奶，开门吧！"高诺的声音那叫一个惨。

唉，我真是服了他了。第一次见他那嚣张跋扈劲儿哪去了？

"你怎么了……"我刚开了一条门缝儿，高诺就哧溜钻了进来。一个一米八的老爷儿们，竟哆嗦得厉害！

"不成呀，我一看那堆碎镜子，我就害怕。我一闭眼就是那孩子的影像。"他也不客气，直接坐我床上，打开我的保温杯就喝。唉，我刚沏的红糖水，还想给自己温补一下呢。

"大勇不是给收拾了嘛……"我耷拉着脸，不高兴他随便坐我床。大勇估计困了，刚才又叫了一嗓子，有点累，闭着眼，努力扒着床单，一扯一扯地爬上了床，坐到高诺腿边上，转了几圈，一下倒下去睡觉了。

"不成，不成！我就在这儿，挨着它我踏实点儿。"高诺还要拉我被子给自己盖上。我这才注意到，这家伙就穿着跨栏背心和一条四角裤，"你上来吧，我不嫌你挤。"

他已经躺下了。

"高诺，你要不要脸呀！"我真生气了，就去扯他被子。

"肖儿，我……我真不碰你，我真害怕。"高诺的眼神里闪烁着慌乱和胆怯。

"我去你那屋睡，钥匙给我。"我就要抱大勇。

"我真求求你了，姑奶奶，你别走！"高诺跪在床上，直接从后边抱住了我的腰。我一回头，他就跟个小孩一样，瞪着大眼睛看着我。话说我是真没受过这待遇，毕竟我还没到当妈的年龄。

"不是，咱俩这算咋回事呀。在雅安，因为人家说比较阴阳平衡，就一屋睡了。你说这现在，没事了，还是个单人床，你还要一起挤。"我把他手扒开，想把他拉起来。

"什么关系都成，反正我不走！"高诺拽着我的胳膊，一使劲，我直接栽他身上了。高诺一个侧身，我又平躺床上了，他还给我盖上了被子，"我保证，什么事都没有，就是安生睡觉！"

高诺那只手一直拉着我。过了足足十分钟，大勇已经打上呼噜了，他拉着我的那只手，还在抖。

"高诺，你是不是干过什么坏事？"这个问题，在我心里憋了好久，"你这一路招的东西，怎么比我当年进山碰上的还多？"

"吃喝嫖赌，算吗？"高诺侧过身，脸几乎和我的贴上，那双眼睛在黑夜中很是明亮，甚至有些纯洁的闪动。

"这在你看来是很正常的事喽？"我想往后撤撤，可是后边是墙。

"女朋友交过二十多个吧，不过都不长，没一个真心的，都冲我钱来的。"他叹口气，"你还真是头一个，跟我一张床上，我一点冲动都没有的。"

这话真不好听，我想叫醒大勇咬死他。

"那你让女朋友打过孩子吗？"我在黑暗中也胡乱琢磨着。

"我没那么二，每次安全措施都很好。"高诺有点不满，居然捅了我一下，"你以为富二代都是你们微博、微信里看到的那种傻了吧唧就知道花老子钱的傻缺呀！"

"嗯，我一直以为富二代就那样……"我肯定了一下。大勇自己捣鼓着从被子里钻出了头，趴在我脸边上，背上的毛贴在我脸上，我一说话就把毛吹起来，挺痒痒的。

"你是不是傻……"高诺没说完，啪的一声，大勇抬起前边小爪子，给了他一嘴巴。

"唉，真是骂主人还要看狗……"高诺嘀咕道。

"噢，那你为什么要去西藏？"我又问了他这个问题。

高诺愣了一下，叹了口气："刚才我不是说，我有条狗叫丽兹吗？是我二十岁的时候，它到的我家。那会儿的我，可能就是你们眼里最看不上的富二代吧。反正别人看什么不顺眼我就干什么。"高诺侧过身来，看着我。大勇又要伸前爪，我把小家伙的爪子按了下去。

"飙车呀？"我老听着我家附近二环上轰的一声车响，以至于后来在三里屯上班的时候眼见这种开车的就特别想过去找他们签个字做个采访。

"算吧。"高诺有点看不上我这个弱智的问题，"你能让我说完吗？"

"我睡了，你自己说吧。"趁他侧身，我赶紧横躺占地。

"飙车，油门轰到底，那会儿觉得爽，现在觉得傻。唉，我以前也养过狗，纯种狗，几万，十几万的都有过。可是我不喜欢，过一阵儿就送人了。丽兹就是只秋田犬，性子温婉。我出去玩，不管它，我回家它老是第一个跑出来迎接我。后来我自己单住，有次出去玩，三天没回家，也没给它放吃的，回来时它饿得趴在地上都不动了，前爪子也磨破了，是自己挠门磨破的，我给胡乱包扎了一下。它也没有记恨我，还是守着我，只要我在家，就在我脚边上，我去哪，它到哪。没多久，我跟人打架，头缝了针，回家躺着发了烧，自己拿湿毛巾冰着头。一晚上，迷迷糊糊的，老觉得有人给我递新毛巾，早上我退了烧，发现居然是丽兹自己来回去叼着毛巾帮我换的，它前爪还受着伤，立起来，把毛巾放在卫生间的水管子下边，沾着水。你知道吗，肖儿，那个冷热水是需要混的，丽兹肯定错开过热水，前爪烫了一个大泡。我没顾上自己，抱着它就去了宠物医院，伤口都感染了，医生说丽兹是一直在发烧的状态，还碰水……"说着说着，高诺有点哽咽了。

我侧过身，拍了拍他。大勇也凑过去，伸出粉粉的小舌头，舔了高诺的脸一下。这一刻，高诺的心，是纯真透明的吧。

"丽兹就这么一直陪着我，我开车，它陪着；我交女朋友，它也陪着。有时候我甚至觉得，它好像……像我妈一样，看护我，就这么一直陪了十年。丽兹喜欢跟我一起睡，它老了，跳不上床，我就抱着它，每天早上都是它给我舔醒。我一直喜欢改装车，喜欢速度，反正这么说吧，不到十四分钟我刷下来过二环。那次我们晚上约了玩车，丽兹死活咬着我裤子不让我去，我没听它的，还是去了，然后，就撞车了。我整个人都飞出车身了，事故挺大的，后来我眼前一黑，什么都不知道了。我记得，最后的时候我做了一个梦，丽兹站在我前边，背景全是白的，它张嘴，跟我说，小诺，以后要好好的，我就这么点本事，只能陪你到这里了，以后自己要照顾好自己。然后，我就醒了。我爸站在我身边，跟我说，我睡了四天了，医生下了几次病危通知书，ICU我进去就没出来过。那几天，丽兹也不知道跑哪去了。我醒后在医院又待了三天，没有再查出任何问题。我爸帮我办理了出院，我开着车就往家走。开了门，丽兹没有来接我，我看到丽兹睡在我床上，静静的，没有一点动静……它走了。十年，来我家整整十年，陪着我，从二十岁，到三十岁……我最二的岁月里，有了它，那么安宁。"

我觉得，高诺的下巴抵在我的手上，那是他的眼泪吧？把我手背打湿了……我刚在想如何安慰他，高诺猛然把头靠在了我肩膀上，他的身体颤动着，难以自已。他紧紧地环住我，悲伤得有些放肆。

"肖儿，我觉得，要不是因为我，丽兹还会活着，活下去……"高诺的声音断断续续。

"你给它念念《地藏经》，超度超度。"我拍着他的背。

"后来是我爸，带着我去给丽兹火化的。我看着那缕青烟直上，都要走了，火化的师傅给我们叫了回来，问我，小伙儿，你这是什么狗呀，有几颗晶体呀！我带回家，直接就把在欧洲买的一个水晶框打开，把晶体放了进去。我就把它贴身带着，感觉丽兹还在我身边一样。可是……可是他妈的我老做梦，老是能看见奇怪的东西，就像……就像镜子里那孩子。"高诺喘了口气。大勇又自己钻回被子里。

"是不是，还老有东西跟着你？"我叹了口气，拿空闲的右手扒拉他使劲抓着我的手。这家伙一害怕就喜欢掐人，我肉本来就嫩，你说谁受得了。

"也是前不久，我带着丽兹的晶体去了雍和宫，碰到了一位师父跟我说，小伙儿，从哪来就回哪去，要是那么在意，就给它送回去。后来我去取车，顺便翻看手机等个姑娘，坐那我就睡着了。还是白茫茫一片，丽兹走过来，又跑远了。等我醒过来，我手机居然自己定位在了拉萨的药王山！"

"所以，你一定要把丽兹的晶体全送到药王山？"我半探着身，盯着高诺。

"是，一定。我觉得，这是我能为丽兹办到的唯一的事。"高诺看着我，我却看着被子里的大勇，它像小肉蛹一样扭着，突然，小家伙冒了出来，嘴里含着一块椭圆形的水晶框。

"别！"高诺叫了一声。

"大勇，这东西不能吃！"我也尖叫了起来，大勇别被扎着。

就在我坐起身啪一声把灯打开的时候，大勇咔哧一口，把水晶框咬碎了！它嘴里左捣鼓右捣鼓，腮帮子鼓着，费劲地嚼着，我也不敢下手去抠，万一给我一口呢！高诺看着大勇，都要哭了。

"噗，噗，噗……"大勇从嘴里吐出一堆水晶碎片。这是狗吗？这是怪物呀，上牙咬水晶！

"我靠……"高诺几乎崩溃。

"哈。"大勇伸出了粉红的舌头，上边，真的有六枚指甲盖一般大的结晶体，也不知道是因为大勇的唾液还是本身的关系，它在灯光下发出了淡淡的紫色光芒。大勇的眼珠子转了转，看到我放在床头柜上放项链用的小红绒布袋子，吐着舌头一跳一跳地蹦了过去，把那六枚结晶体吐到了里边。

我看丽兹的六枚晶体已经安全了，赶紧从床上起来，开始抖被子。万一再有水晶碎片扎着我怎么办！

高诺一脸茫然看我在那劳动，也不说搭把手，大眼睛瞪着我："肖儿，你别抖了。我头晕……"好吧，不抖了，权当照顾高反人员。

我简单收拾完，发现大勇早四脚朝天仰头大睡。高诺闭着眼迷迷糊糊，我只能摊摊手表示不理解何为高反……但是我肚子有点痛，估计是晚上喝了凉气？

第七章　高诺被劫

第二天一早，我积极起床去吃早餐。酒店是包早餐的，也很简单，只有馒头、小米粥、鸡蛋和咸菜。江湖早已吃完，去检查车辆状态了，林嗒在那里慢慢喝着粥。我给大勇剥了两个鸡蛋黄，我负责吃外边的蛋清儿。高诺晃晃悠悠地走过来，拿粥的手在抖，眼圈黑黑的，看来是真没休息好。林嗒看了看他这个情况，叫来了江湖。

"哥们儿，你这高反太严重了。我真心建议你就到这儿吧，赶紧往回走。这高反不是闹着玩的。"江湖坐在高诺对面，喘了两口气才说完一句话。

"江哥，我真没事。而且，不管你怎么劝，我都要去拉萨。"高诺得喘了三口气才把话说完。他可怜巴巴地看着我。

我简单把高诺的情况与江湖和林嗒两人说了。江湖叹了口气："哥们儿，行。你要觉得自己能挺住，我就带着你。这事你就得亲自来，我们帮不了手。丽兹这是给了你地点，你就带着它去。"

大勇自己立起来，扒着高诺的粥碗，头上的毛都沾了粥汤，小舌头舔来舔去。

江湖再次检查车辆，高诺掏钱赔了大勇"吼"坏的镜子，我们开车出发了。我在征求了高诺不要那些碎水晶的意见后，把它们递给了林嗒。林嗒姐手超巧，我打算让她帮我用这些碎片贴个手机壳。

"这玩意儿，你也敢用？"江湖瞥了一眼，就让林嗒拿双层纸巾给包上，还给我。

"啊？高诺说是欧洲买的水晶框呢。"我接了过来，探头扒着他的座椅背。

"东西确实是好东西。也是因为太好了，携带着它的人磁场就会有改变。高诺也说了，把丽兹的结晶体放里边就开始招乱七八糟的东西，说明这块晶体是极爱吸引那些东西的。大勇都给咬得这么碎，你还能捡这么老多，还让我们家这口子给你贴手机壳上，我真是佩服！呼……"

"嗯嗯。"大勇在边上点着头，周身散发着对主人的鄙视。

"你看着点高诺，我真怕这小子硬扛出事儿。"江湖闻了一下鼻塞清醒剂，提了提神。

高诺的头靠着左侧窗户，随着车身上下颠簸着。我知道他没睡着，因为高反是让人睡不好觉的。我扳过他的肩膀，让他靠在我左肩上，给他盖上林嗒递过来的毛毯。大勇踩着我右肩膀，扒着车窗看着风景。

午餐在车上简单吃了，我在江湖的指导下开了一会儿车差点栽进牦牛群里，遂又被指定回了后排。

下午四点，太阳开始下落，一片金黄耀眼，第一高城理塘到了。

我觉得裤子一湿，我擦，"大姨妈"来了！

江湖虽然难受，还是硬挺着把车安生地停到了预订宾馆的停车场。理塘住宿条件都比较一般，林嗒一脸苦相地跟我说："没电梯！"

我的个天，要知道我们的房间在五层呀，高反人员爬楼梯这是要了亲命呀！当然，我的首要任务就是先从后备厢的包里翻卫生巾，找得都要出汗了，才翻腾出来一个大包的夜用……这哪够呀，明明记得出发前往行李包里塞了五包呀！我想起来了，当时往包里揣大勇狗粮的时候把卫生巾拿出来了，然后……然后，没放进去！算了，先凑合用着，一会儿我找个小卖部买点吧。

江湖很是英明地认为，先找地儿吃饭，然后再回来倒腾行李搬上去，直接休息。高诺本来想躺车里等我们回来，他说自己也吃不下去什么。江湖直接给他架去了餐厅："哥们儿，多少得吃点，这晚上，还够你受得呢。"

晚餐极为简单，因为这儿做饭真心不好吃。因为是高原，沸点低，米饭、面条味道都飞了，炒菜也是重口多油，这对于三个高反一个来"大姨妈"的小组来说，实在是无爱。大勇探出头闻了闻我面前所谓的"担担面""回锅肉"等一系列吃的，一脸的厌恶，缩回了脑袋。

本来想回来路上买"大姨妈巾"，可这条街居然没有小卖部。餐厅老板说买这些要走到北边的街区……好吧，我一会儿出来买。

回了宾馆，我和江湖一起把高诺架到了五层的房间。然后江湖就回自己屋里的大床上躺着喘气，高反真的对他体力影响极大，看来这一晚上真是难挨了。

"肖儿呀，你是一点事都没有？"林嗒也坐在床上，闭着眼。

"有呀，我肚子痛……"我赶紧表示我也是伤病员。

"我连洗漱包都没力气拿上来……"林嗒姐特别可怜地看着我。

得，我去吧！

"锁好车……"我在楼梯转角听到林嗒有气无力的声音。

我想了想，下去在自己包里也翻腾出开杯乐桶面和话梅，还有大勇的罐头、狗粮，又返了上去。

做了壶水，也就八十度左右就开了，我沏好了泡面，去敲高诺的门。这小子果然没睡，约摸三分钟把门打开了，眉头皱在一起，眼神涣散地盯着我。

"借个光，可烫了。"我绕开他，把开杯乐桶面放在他房间的桌子上，"晚上看你没怎么吃，估计油太大了，趁热，喝口汤。这咖喱呀，还能稍微缓解人的情绪。"我刚说完，大勇探出头来，使劲闻了闻这咖喱味的开杯乐桶面，一脸陶醉，其实小家伙压根不吃方便面。

高诺看了看我递过去的叉子，叹了口气接了过来，抿了一口汤："我一直以为姑娘每月大姨妈来特别不方便，没想到还能预防高反，你看你这生龙活虎的。"

"哥们儿，高反是身体越好的人才越强烈，这说明你身体好。"我把在高诺碗边上一个劲做陶醉状的大勇抱回手里，准备带它再出去。

"你还干吗，不休息？姑娘来这个，不都是要死要活的？"高诺吹着碗边，喝着汤。

"我得下去给江湖他们拿东西，还得遛大勇，然后还要去买大姨妈巾。"我摊摊手，表示自己是个苦力。

"你干吗对我这么好呀？"高诺坐在床上，两眼前视，双手端着那桶泡面。单人间空间有限，被浓郁的咖喱味占满。

"因为我觉得，你还不是特别混蛋。"

我带着大勇下去，我就又开始折腾，来来回回爬了三次五楼总算把林嗒姐要的洗漱用品、换洗衣服、给江湖大哥准备的零食什么的拿全了。

我双手占着，就看高诺从我身边晃了过去。

"哎，你干吗去？不老实在房间睡觉。"我没手能拉住他。

"我给你买大姨妈巾去。"他笑了笑，扬了扬手。

"你行不行呀？"我扭头看他已走出老远，"我要夜用加长护翼干爽网面的！"

大勇吃完了罐头，喝了水，我就带着它漫无目的地瞎逛，小家伙依照生活规律拉了臭臭，就准备回去睡觉了。我心想高诺应该回来了吧，就给他发个信息，告诉他明天给我也成。结果十分钟也没回，给他打电话，通了，但没有人接；再打，居然变成了关机。

大勇一下跳到我怀里，眯着眼，像在思考什么。那小子身上，还带着丽兹的结晶体，不会碰上什么事了吧？我先跑上楼开始敲他门，屋里没动静，没办法找了前台拿钥匙开门，发现屋里根本没人。

这小子出去两个小时了！

这会儿要是把江湖和林嗒叫起来，以他俩高反的情况，显然也帮不上什么忙。我一咬牙，拿上野营手电，又顺便拿了一件高诺的皮衣外套，让大勇闻。

大勇小鼻子上下颤颤，阿嚏一声，喷了一堆唾沫星子到我脸上。我也凑过去闻了闻，好家伙，高诺这是倒了半瓶子香水吧。我四下寻摸，发现地上有只袜子。大勇也瞥了一眼，然后人狗对视上了……它明显是在表达"你丫要让我闻这袜子，我就和你撕"的意思。

"大勇，就一下。你想你高诺哥哥可是富二代呀，找回来，刷他卡，给你买一百个皇冠纯牛肉罐头！"

大勇抬眼皮看了我一眼，我凑了上去，准备递上袜子。小家伙抬起敦实的小胖爪子就给了我左脸一下，小眼神里全是不屑，像在说："你丫傻吧，我不是猎犬！"

"那就自己去找。"我没辙了，赶紧抄上野营手电，抱上大勇就下了楼。

四下漆黑一片，理塘的路灯建设水平真心有点落后，这条街从街头到街尾能各有一盏路灯就不错了。我掏出手机，已经二十一点四十了。街上一个人也没有，几处拐角的阴面，看着跟有阴谋一般，让人不想接近。

我打开手机上的指南针，往北走，高诺要是帮我买"大姨妈巾"，应该是这个方向。大约走了二十分钟，我感觉应该到了吧。看着街道，像是商店，只是都关了门。

"哎哟。"我光顾着看手机了，脚底下被什么绊了一下，来了一个大马趴。大勇在我摔地上要压着它的一瞬间，自己蹦开了。小家伙自保能力真强……

"我擦，谁他妈给姑奶奶下绊！"我爬起来，跺跺脚，发现没什么大事，只是膝盖和小腿有点痛。拿手电一照，居然是一个人！我心里有点打鼓，拿脚尖又碰了碰那人。

"救……救……救救我……"这声音不是高诺的。

我刚要蹲下身查看，大勇突然跳到了我前边，闻了闻，两只圆眼突然瞪大。

"汪汪汪！"大勇的尖叫伴着一道寒光一起出现，我往后退了两步。哐当，一把匕首掉到了地上。

我拿手电一照，大勇正狠狠咬着那人的右臂，血泪泪地往外冒……不对，应该说是喷！那个人的脑袋上也往下淌着血。看来大勇这一下，真是重击。那人右脚边，有一块砖头。我心想自己没武器，干脆发挥北京姑娘码架的特长，抢砖头吧，就伸手拿了起来。可这砖头下边湿乎乎的，还有一丝腥气。

大勇的小鼻子动了动，跑到了我跟前。它嗅了嗅，抬起头，看了看我，刹那间扑了回去，一嘴咬住那人后背露出的皮带，就像小狗玩玩具发泄那种，用着腰力疯狂地甩动……那哥们儿刚捂着右臂，没承想居然被大勇甩得几乎四脚离地，下巴在地上拖来拖去，没一会就脱了皮，见了血。

我觉得大勇有点不对劲，它从来没有这么攻击过人呀！难道这家伙是什么不干净的东西？我想起小说《茅山后裔》里写的，不都是翻眼皮看看这人怎么样了嘛，就过去要看看。可刚要抬手，那人也不顾下巴了，双手合十求饶，嘴里说着什么。我听不懂，摇了摇头。那人突然想到什么，用磕磕绊绊的普通话说："姑奶奶，饶了我吧，再……再也不敢了，我们……没想伤人，就想抢点钱……钱。谁知道那小子大钱都给了，就非攥着二十块钱小钱。"

我把大勇唤回怀里，小家伙两眼瞪着，一点不放松警惕。

那人突然着了地，直接跪那给我求饶，看我盯着他，想了想，从怀里掏出个钱包，双手给我递了过来。

"还挺有钱，BV 的。"我跟大勇说着，小家伙一脸鄙视地看着我。我把钱包翻开，是高诺的身份证、驾驶本，还有银行卡、现金……

"他人呢！"我拽着那人的衣领，近乎咆哮。

"一开始，给钱，就放人。没想到，那小子死拿着那二十块钱不放，我一急，就给了他一砖头，我们看他晕了，我……我就去抠那钱。我……我是不应该那么贪财……那小子，居然跳起来，拿着砖头又拍了我，你看这脑袋。"这家伙是一脸委屈，"那小子拍完我，就跑了。我们听着有动静，也跑了。然后，我就头晕，晕这儿了……姑奶奶，饶了我吧……这钱你全拿走……"

"他往哪走了？"我听着牙都咬紧了，就想直接也给这家伙一砖头。

"北……北边！"那人指着北方，那边一片黑暗。

"嗷！"大勇突然叫了一嗓子，居然比上次王宇要咬 Jack 时的动静还要大。

我头一歪，差点晕过去。大勇扭头，在前边跑起来，我在后边使劲跟着。大勇的速度极快，我前脚后脚使劲倒着，不知不觉，已出了城市中心。我去，小家伙这是要往哪奔呀！

出了城，四周极为空旷。大勇突然停了下来。

我刹住步，大口喘着气，看着四周。好像……好像有些什么东西的眼睛盯着我们，绿绿的，一闪一闪的，好像还在不断地逼近。我看不清这些是什么玩意，只是觉得特别累，两眼皮发沉，就想找地儿睡觉，实在不成就倒地上睡吧。

大勇回头看了我一眼，小眼神里各种嫌弃。突然，它两只前爪狠狠地踩了踩地，脑袋上的毛竖了起来，仰头对着月亮嗷的一声长啸。

我脑仁一紧，头皮发麻，瞬间来了精神，感觉那些绿点，离我们也远了很多。我蹲下去，摸了摸大勇的头。小家伙阿嚏一声，这是叫唤完了感冒了？大勇小鼻子左右动了动，一左转，蹦进了左边的大草堆。

这草足有我腰那么高，应该是平时放羊放牛用的场地吧。

大勇就在离我两米的距离，它在那用小爪子挠着什么。一股香水味飘到了我鼻子里，我用手电一照，是高诺！

高诺横卧在草丛中，要不是他身上喷了那么多香水，真心找不到这人。只见高诺头上挂着一丝血迹，这应该就是刚才那哥们儿说的，两人拿砖头互殴的结果……可是他怎么跑到这里来了？

我左腿跪着，用右腿把他上身撑起来："高诺，高诺。"我也不敢太摇晃他，本来脑袋就被开了瓢，别再一摇晃摇出点什么其他毛病来。

"嗯嗯。"大勇一下跳到高诺胸口上，立起来，两个前爪扒着我上衣别着的那枚金刚杵。

"这玩意除了打鬼还能救助晕倒患者呀？"我有点不相信大勇，怕它是一时胡闹。

"嗯嗯。"小家伙一看我不给它拆下来，居然下嘴咬，我只好配合它取了下来。这金刚杵就是那种胸针的形式，直接扎到衣服里边，后边有个结一顶就好了。我拆下来给了大勇，小家伙含着，用针的那一面，冲着高诺鼻子下的人中就扎了进去。

高诺在我胳膊上，全身一颤，随后睁开眼，捂着嘴。

"肖儿？"他似乎有点不敢相信，挣扎要坐起来。可试了几次，他还是靠在我腿上，大口喘着气。

"嘿。"大勇像邀功一样，把带着血的金刚杵往我衣服上扎。

"我靠，都他妈出血了！"高诺下意识地摸了人中一下，都肿了。

"你让人劫到这儿了？"我心想刚才碰上那小子是真会选地儿，前不着村后不着店的。

"哎哟，疼死我了。"高诺一个劲地揉着人中，"什么呀，不是给你买那夜用加长护翼干爽网面的大姨妈巾嘛，这小地方，我进了三家小卖部都没货。然后一男的，告诉我拐角有一家店，可能有，我就去了。刚一进去，就他妈来了四个人把我围上了。"

"四个人？我就碰上一个人呀。"我掏出兜里的湿纸巾，给高诺擦了擦人中周边的血迹。

"我骗你这干吗，有意思吗？"高诺斜愣我一眼，继续说，"我一看人太多，我这身体也不成，就说，哥们儿，我就一过路的，你们要求财，都给你们，给我留个零钱，够买东西就成。谁知道，这帮傻缺，连我手上的二十块钱零钱都不放过！他妈我能给吗？"

"你傻呀，四个，你打得过呀！"我觉得这种情况下要什么给什么吧。

"给了……给了你大姨妈巾就没钱买了。"高诺一把抢过我的湿纸巾，开始擦手，"这要在北京，我一人干四个……要是干不过，招呼一声也一帮兄弟，绝对给他丫打残了！你说这钱包都拿了，他们还给了我头一下，我心说不成我就装死吧。结果，还他妈想抠我手里的二十块钱！我一急，拿起板砖就拍了其中一个，然后我撒丫子就跑。剩下那仨玩意儿就追我，我就玩命跑，就觉得四周一些小眼睛盯着我，后来我眼一花……醒了，就又被你扎了。"

看起来，我遇到的就是拿了高诺钱包又被他拍了的那个倒霉蛋。可另外三个人呢？

"大姨妈巾和你自己的命哪个重要呀！你还高反着，这么跑，很容易出危险。"我说这话的时候，鼻子突然有点发酸。

"你可别哭呀！啊对，我还高反呢，我晕着呢。"他前边还绘声绘色给我讲他的"传奇"，瞬间就头一歪，又晕我腿上了。

"得，大勇，你再给你高哥哥一下。"我又要把金刚杵拆下来。

"得得，姑奶奶，我服你。"高诺撑起了上身，喘了喘气，想站起来。

"我扶你，咱们先回去。"我把他的胳膊架我肩膀上。这家伙，嘴里哼哼着靠在我身上，弄得我每走一步都腿颤。

"你可扶好我，我现在是高反加受伤，重伤员。为给你买个姨妈巾，你看看。"高诺闭着眼，也不看路，动不动还哼哼两声。

没走出五十米，大勇突然停了下来，瞪着前方，嘴里发出低"吠"。

有什么东西过来了？

第八章　理塘寺外的邂逅

　　"在这儿呢！"我还没反应过来，就见三个人影围上来，"哟，还有个姑娘，还有个……还有个老鼠！打了人还想跑。今天让你死这儿！"这人的汉语一样不灵光，但是目光极凶，应该就是高诺说的追他那三个人。

　　"你们有没有王法，抢劫还要打人，现在还想要命！"我瞪着他们。大勇也瞪着，这是多大的胆呀，敢管它叫老鼠！

　　"肖儿，带着大勇走。我顶着。"高诺晃晃悠悠地把我挡在了后面，"这事跟她没关系，想接着练，我奉陪！"我怎么觉得那么英勇无畏的台词，从他嘴里出来就那么没有正义感呢？

　　"还想走！"那三个人直接就上了手，寒光一闪，居然都带家伙！

　　大勇却伏在地上，还在"吠"着。我感觉，它根本没把这三人放在眼里，而是看着更远方的什么东西。好像……好像是我路上遇上的那些小绿点，眼睛一样的东西，来了！

　　"啊！"那三人突然也发现了这点。

　　"折顿！折顿！"那三人嘴里疯了似的喊着，然后他们就开始跪那嘴里念着什么。我胸前那扎过高诺的金刚杵，开始发出红光，像是预警一般。他们口中的"折顿"是什么？

　　那些小绿点，越来越多，而其中一对最大的绿点，好像正慢慢地移过来。

　　"啊！"那三人中的一个咋呼了一声，忽然以百米冲刺的速度向着我们来的城里方向跑去。我不知道他是不是疯了，还是智商就那么低，他跑的方向虽然是城里，但是正迎着那双最大的绿点！凭我看《动物世界》那么多年的经验，那应该是什么动物吧。

　　"啊！啊！啊！"没出三分钟，我们全听到了那人的惨叫，还有扑打挣扎声，那个方向的草，一阵乱摇后没了动静。接着，我们看到，那个人被横着抛向了更远方那群发光的绿点堆里。此后，空旷的平原上，咀嚼声此起彼伏。

"狼？"我刚想跟高诺沟通，这小子一软倒在我肩膀上了。我又跪在了地上，让他靠着我的腿。

"我……我……头晕。"高诺痛苦地说着，"什么……什么东西？刚才，我跑到这儿，也是看见了这些……我……我就晕了。"

"别他妈乱跑了，还想不想活了！"另外那两人刚想跑，被我一嗓子吼住了。

"那……那那……折顿呀！"看来这俩汉语真心不成呀，跟我比划半天，我也没听懂。

大勇弓在地上，龇着牙，对着那双最大的绿光不停地"吠"着。那东西，似乎极为忌惮大勇，就停在刚才的位置，没敢上前。

"恶……恶……鬼！"其中一个用汉语断断续续地说。

"啊？"我有点发怵，这么高的地方也有恶鬼呀……就在我胡思乱想的时候，那两个哥们儿精神崩溃了，跪在地上不停地磕头，嘴里不知道叽咕着什么。

"这到底是什么东西，狼吗？"我拉起一个哥们儿想证实自己的想法。

"不……不，这是魔鬼……鬼！"这家伙已经四肢僵硬了，"它……它们……它们会盯上生病的人，然后……然后把你撕碎！过来了，它过来了！阿布……阿布就是肺……肺里有水，被盯上的！"这哥们儿估计把会的汉语全给用上了，然后不再理我，就自己在那磕着头。

生病的人？我看向了高诺……

这俩磕头的哥们儿也好像明白了什么，看了眼高诺，然后互相看了看，突然站起身，狂奔出去。

一分钟，两分钟，三分钟……没有听到惨叫，他们跑远了？

高诺突然发狠撑了我膝盖一下，站了起来。他脸色煞白，眼神飘乎，绕开我，就要往那双最大的绿光处走。可还没走两步，一个倒栽葱就摔地上了。

我和大勇对视了一下，赶紧追上去，把他扶起来。

"哎哟，我……他妈的谁叫我？晕，摔……摔死我了。"高诺鼻子碰破了，流了血。

"呜。"大勇闪了过来，看了看高诺，低下头，在他摔的地方刨着。

高诺没管大勇，突然扳住我双肩："肖儿，我觉得，那玩意冲我来的。我……我……我觉得脑袋里，有东西，在叫我。"

"啊？"我看他在头破了，鼻子流血，人中肿着的情况下，还特别认真地盯着我，很想乐，但是只能憋着。

"一会儿……一会儿我往那边去。你带着大勇，跑！"因为高反加受伤，他体力已经透支了，"既然那两个人没事，你也一定没事。"高诺的眼睛亮亮的，我从没见过他这个样子。他看着我，从胸前的口袋里，掏出了装着丽兹结晶体的小红包，拉起我的手，放在我手心上，"肖儿，帮我把这个，带到药王山。"

"噢，行。"我拿起来放进兜里，就准备去抱走在那刨坑的大勇。小家伙在如此危险情况下还能玩得这么不亦乐乎，我很佩服。

"你丫就他妈这么走了呀！"我刚一转身，高诺又喊上了。

"您都托孤了，我还怎么着？"我看着他。

下一秒，我被他一下抱在怀里："我要是下辈子还能碰上你，我……"高诺的声音有点抖，不知道是因为激动还是恐惧。

"还下辈子，这辈子遇上了，就别往下辈子想。"我仰头看着他，"我不管你把我当什么，我是把你当我朋友了。今儿我还给你这富二代上上课，我们胡同串子就是这么仗义。"

高诺看着我，脸有点抽搐。

"呼。"大勇刨完了地，把头伸进去，用力生生拔出了一个什么东西。由于用力过大，它一个屁股蹲坐在了地上，嘴里，含着一根大骨头。

我嘴咧得都歪了，大勇平时再神奇，它也是只狗呀！这到哪都找骨头的本事，在如此危险的时候还能体现出来，不得不佩服它。

我拿过那根骨头，觉得重量很轻，似乎有着千年的历史一般，只要稍一用力，就会消失，上边刻着个"Ⅱ"。

我拿出手机，对着拍了一下，刚想在网上"以图搜图"，忽然一阵风刮来，我手上的大骨头，居然成粉末状，四散着被吹开了！一层雾一样的东西，笼罩了我们四周。

那双离我们最近也是最大的绿光，突然停止了移动。我本着唯物主义的感觉，觉得那应该是动物。它似乎对这雾十分忌惮，犹豫地停在那里，不敢上前。

那雾从脚面升上来，没一会儿就把我们围了起来。那对绿光，也逐渐模糊，更别说四周那些星星点点的小绿光。

"那是个人？"高诺拍了拍我的肩膀，指了指北方。我顺着那个方向看去，确实有个人影在向我们移动。

　　我下意识地看了看大勇，小家伙刚才刨坑刨累了，正坐在地上，两只前爪搭在肚子上，一对大眼睛亮闪闪地望着前方那人过来，没有一点防御架势。看起来，没什么危险。

　　那是一位上了岁数的喇嘛。他穿着暗红色和明黄色的真丝披单，左手持一串佛珠，嘴里吟诵着什么，向着我们踱来。

　　如果我没有记错，已经过了半夜。

　　高诺似乎也犯了嘀咕，有些颤抖地伸出右手，想把我拢在身后。我直接拍掉了他的手。

　　那位喇嘛越走越近，那吟诵的声音也声声入耳。很奇怪，我听不懂，但并不畏惧。甚至可以说，在他吟诵的第一个音节时，我已心生平静。

　　只那么一刹那，有个声音，在我心里回荡："那洁白的仙鹤，借我一双凌空双翼。"我脑子里，如一道白光袭来。

　　就在他从我们身边兀自擦肩而过时，我念出了声："我并不远走高飞，理塘一转就回。"

　　喇嘛停下来，转头看向了我们。他的面相极为和善，眼神温润，眼角有些许皱纹，似乎记载了他阅尽这自然天界的沧桑。我不自觉地双手合十，向这位喇嘛点头致意。他的四周，就是一种温暖的光，把这黑得彻底的平原照得极为安宁。

　　大勇坐在那里，微眯着眼，极为放松。它小小的身子周边，散发着淡淡的金色光晕。

　　喇嘛含笑看了看大勇，弯下腰，轻轻地抚摸着大勇的头。小家伙竟然没有任何反抗，很是享受地仰着头。

　　"不必怕，看到的，听到的，遇到的，也许都是幻觉。"我惊奇地发现，喇嘛的嘴并没有张开，可我实实在在地听到了这些话。我推了推高诺，却发现他不知道什么时候，已晕了过去，呼吸也极浅。不会是高反又严重了吧？我下意识地看看四周，想看看那些被称为恶鬼专门取病人性命的东西还在不在。

　　"他很受罪，也很执拗。"喇嘛把手放在了高诺的额头。他依然是闭着嘴的，但是我还是实实在在地听到了这话。

　　"他高反，可不听劝，非要跟我们去拉萨。分分钟要挂呀！我听说像您这种有修为的上师都有神奇藏药，要不您赐我们点？"看喇嘛极为和善，我开口要东西了。

喇嘛摇了摇头，双手展开在我面前："来也没有带，走也没有带。"

"大爷，您出门怎么不带点呀。"一失望，我的逼格瞬间就下来了，上师也变大爷了。

"我是听着卓玛在叫我，所以我过来了。但是，她不在。"喇嘛没理我，自顾自地说着。

我听到这个名字，脑子里直接炸了雷，我看着面前的喇嘛，还有我刚刚嘴里直接没把门就念出来的诗，有点哆嗦。下意识的，我想把高诺往自己身后拉。

"相遇，即是有缘。我保他今日无事，再往前，要看你了。"喇嘛放在高诺头上的手一直没有拿开，一道白光一闪，他的呼吸变得规律正常了。

"我？"我实在摸不着头脑，句句说的都是云山雾绕，"他又没给我立遗嘱，我干吗管他这么多。"我皱了下眉。

"翻过十万大山，不为修来世福报，只为相遇。这一世，不是轮回，只是途中的等待相遇。此生，他终究要还你的。"喇嘛说完，看了看远方的天际线，很自然地坐在地上打坐，"我只到此地便回，因为念念不忘。你能诵出我挚爱之词，我心极愉悦。也罢，我为你们诵一夜梵文，静待东方日出。"他说完，便虔心诵读，不再与我说话。

我心中回荡着"嗡啊吽巴扎纳德"的音节，不知何意，心中却极为踏实。渐渐的，我的眼皮开始发沉，睡了过去……

再度醒来，是被阵阵诵经声"叫醒"的，高诺靠在我肩上，大勇卧在我肚子上，我全身都麻了。紧闭了下眼睛又瞬间睁开，才发现，我们居然在理塘寺的山脚下。

从理塘县居然跑到了这里！我有点不相信，赶紧掐了高诺的脸一下。

高诺睁了眼，一脸睡蒙了的表情，两个大眼珠子瞪着我："你怎么下手这么狠呀！"

我掏出手机，给江湖打了电话，他们开车赶了过来。看来这一晚上，他俩休息得也不是太好，江湖告诉我他小便跑了七次，快天亮才睡着。林嗒也是一脸疲惫，不过她还是被高诺的伤口弄得紧张了一下子。然后他俩带着我们去了县上的医院，进行了简单包扎。

一路上，我观察着四周，没有看到任何尸体残骸，可是昨天，我清清楚楚听到那个人被啃噬的动静呀！还有昨天晚上遇到的那位老喇嘛……对，手机照片！我拍了那根骨头，可以让江湖帮着看看。可是我打开相册的时候，发现那一张照片，竟是一团白光，那是半夜呀！

"哎哟，我这裤子上怎么也有血？他们昨天扎我腿来着？"高诺拍了拍拿着手机愣神的我，指着自己的裤子。

"啊？我去！"我下意识地一摸自己裤子。

在理塘县城医院里，高诺做了简单的包扎。林嗒问他要不要做个CT检查，高诺和医生异同口声说"不用了"，前者是要赶路；后者是因为，他们还没有这个设备。

我在医院里换了"大姨妈巾"和裤子，把脏衣服塞到了密封袋扔进大包里，就返回车上。

大勇一直在闻我弄脏的那个座垫，其实林嗒早就给擦干净了。我抱着一个热水袋歪在车窗边上，高诺头上包着一层纱布，歪着头打量着我。

"你说我已经够重病号了，高反加受伤，你这一个大姨妈，就这么赖在这儿了。"高诺坐在我边上，吃着林嗒买的早点。他也换了条裤子。

我抬眼皮看了看他，没吱声。

"来来，吃个费列罗，女孩儿心情不好，就得吃甜的。"高诺直接往我嘴里塞，给我差点没呛那。

"我不吃，吃巧克力肚子更痛。"我使劲扳他手给抠出来。大勇凑过来闻了闻，瞥了高诺一眼。嗯，小家伙跟我在一起被我教育过，狗不能吃巧克力，吃了就挂了。

"哟，我可节省着呢。这地方没的卖，你不吃我吃。"高诺放嘴里嚼了嚼，拿出保温瓶拧开，吹了吹，放到我嘴边，"糖不吃，喝点热水吧，最管用了。"

我们的车行进在草原地带，一群牦牛挡了路。江湖没打招呼来了一脚刹车，高诺保温杯里的水直接涌到了我嘴唇上。

"你要杀人呀！"给我烫得直接把水杯猛的推开，"你从上车就说个没完，我肚子痛，我烦！你别一个劲在我边上得得得得！要吃要喝你自己干，别烦人行不行！"

林嗒回头看了看我们："我看你也不肚子痛，你也不高反。两人都精力旺盛，要不过来替江湖开车来。"大勇拱了上去摇了摇头，表示它很怕自己主人和高诺把车开山崖下去。

"唉，你看，衣服都湿了。"一张湿纸巾杵在了我领口。

我坐起来刚要发作，看见高诺右侧裤子大腿处，全是湿的。刚才我使劲挺大的，那水真的挺烫的……

"我……"居然有点鼻子发酸，我赶紧拿了纸巾给他沾干裤子上的水，"烫不烫呀，你也不吱一声。"

"唉，你说你想摸我大腿直接说嘛，我是腿挺长的，一般姑娘都喜欢……"高诺嬉皮笑脸地接过纸巾自己擦着裤子。

"不成咱们找个地儿，你换条裤子吧。"我觉得都能拧出水来了。

"我就带两条裤子……那条上边是你的血，这条上边是你洒的水。"高诺抛个媚眼，还捋了捋头发。

"嘶啦。"大勇撅着小屁股头伸在我随身包里，突然抬了头，嘴里叼了一个日用卫生巾，我瞪大了眼睛还来不及阻止，它就直接反贴到了高诺腿上。

"大勇聪明是聪明，就是有点恶心……差点忘了，给。"高诺嘴有点抽，自己发力按下去，吸着裤子上的水，又从外套口袋里掏出一包夜用加长护翼干爽网面卫生巾，"刚在医院小卖部买的。是你要的吗？"

大勇一副做了好事要留名的表情，贱贱地爬到我腿上。

好吧，开罐头！

第九章　芒康休息计划泡汤

上午的三个小时，是这三个高反人士最有朝气的时间。吃完了简单的午餐，我换到前边抱着热水袋以 20 公里的时速开了一个小时，就被驱赶回了后排。江湖说这个速度还不如下车走呢。真是歧视我，话说 20 公里的时速我也觉得很刺激了呀！

高诺裤子干了，半靠在后排座上，我坐回来他也只是侧身让了让。

"又不舒服了？"我歪头看了高诺一眼。

"没事，有点困，一会抽支烟就好了。"高诺声音很小，有点要睡过去的样子。

江湖看了一下手表，上边显示的海拔高度是 3900 米了："再开两个多小时，就能到芒康，海拔就低点了。我们找个地方，休息一下，今天都早点睡觉。"

"特别是你俩，一会儿到了肖儿喝点红糖水，高诺我给你找找诊所换个药，然后踏实睡觉，别瞎跑出去。"林嗒姐就是贴心。

"吁？"大勇抬起头来，看着林嗒。

"噢，大勇就负责吃个大罐头。"林嗒给了它一个大笑脸。

"呼。"大勇一副勉为其难的样子。

"那我一会儿要吃个果。"高诺捅了我一下。

"我去，上哪弄果呀……"富二代的思维太跳跃了。

"那芒康有点什么呀？"高诺使劲给自己撑起来，眯着眼睛问着前排。

"你小子真成呀，果然是不操心的富二代。不查查就出门，你这样适合直接飞拉萨。"江湖也有点听不得高诺犯少爷劲了。

"不成呀，拉萨直接飞过去，高反太严重，我还不得挂了。"高诺还冲我扬扬头，很是得意的样子。

"就你现在高反的状态，也不太妙。"林嗒姐果断补刀。我竖了大拇指。

"哎，你跟谁一头的？"高诺撕了我的嘴一下。

"你想死吧！"我对他有点蹬鼻子上脸的无耻样子很愤怒。大勇也瞪着他，它自己还没手撕主人呢，怎么轮得上别人呢？

"芒康不算太大的地方，不过呢有茶马古道，有金丝猴保护区，还有莽错风景区。"江湖很有经验地给我们普及着，顺便又让林嗒打开了一个鼻通，两个鼻孔都塞上，这样能双倍精神，"你说说，我这又给讲课又得开车，还高反，容易嘛。"

"嗯，太不容易了，您喝点饮料。"我递上去一瓶果粒橙，"我就特别爱听像您这种有经验的老司机讲讲。像平时，我们这些人，哪有机会听像您这种自驾游大神聊经验呀。我现在开得不好，不代表我未来开得不好，我未来开得不好，不代表我不会自驾出游。"我搂过大勇，一人一狗正襟危坐，听着江湖的谆谆教导。

"你让我们家江湖认真开车！"林嗒把瓶盖扔我脑袋上了，"你这话痨的毛病就不能改改，怎么找男朋友呀！"跟林嗒太熟了，我的这些好习惯她都了解得透透的。

大勇蹿起来，叼着瓶盖在嘴里咬着玩。

"是呀，这可不好找男朋友。不是所有男人都像我脾气这么好。"高诺一边喘着一边拿手指点着我。

"高你的反，用你说话了！"我刚准备白高诺一眼，大勇噗的一声，对着他放了一个屁。

狗屁好臭呀！我们集体把窗户给摇了下来。

"真提神，比我这鼻通都管用，瞬间精神。是吧，大勇！"江湖冲着大勇一扬脖。

"呼。"大勇特别不要脸地配合着点了下头。

在江湖的不懈坚持下，我们终于到达了芒康。这里的房子有着鲜明的特色，都以双层为主，墙上多以红色、黄色为主。江湖把车开到了餐饮区，我们选了一家看着人挺多的馆子坐下，点了一些清淡的菜打算吃完就找地方住。

一位大哥和善地凑到了我们桌边："哥们儿，刚到呀？"大哥把自己的大茶杯往桌子上一放。得，别说了，一看就是负责开车的老司机，和江湖应该是一个水平线。

"是呀，折腾一天，路也不太好走。我媳妇儿也帮不了什么手，都是我来。"

江湖抱怨着，还看了看歪在一边的高诺。

"怎么，咱弟弟开不了？"那大哥拍了拍高诺的腿。

"呃。"高诺顿了顿，瞄了我一眼，突然一把揽过我肩膀，"大哥，这不我媳妇高反难受，还抱着热水袋，我怕她出事，这一路照看着。"

我不可思议地看着高诺，张嘴都不知道说什么了。

"唉，难受就别说话了，靠着我吧。你汤要凉了，快喝吧。"他直接拿勺杵我嘴里了。

得，您要这么秀恩爱，那我就秀！我看了眼桌上林嗒姐嫌嘴里没味点的泡菜，里边有不少泡椒，我刚才夹着吃了个萝卜就给我酸得直倒牙："来，老公，我知道你爱吃刺激的，你看我都给你留着呢。别光说话，来，张嘴。"我盛了一勺泡菜，里边得有四个泡椒，就那么举在高诺嘴边。

高诺的大眼睛都瞪出来了，看着我。

我又往前送了送勺，最后就杵他嘴里了："老公你吃吧，人家专门给你留的呢。"我一脸期盼看着他。哼，还想让我吃亏，做梦！

高诺张了嘴，开始嚼。我看着他修长的脸因为高反加泡椒的刺激有点变绿了。

那大哥张着嘴，傻了。

大勇拱出了脑袋，也瞪着眼傻那了，然后看了我一眼，又极为识趣地缩了回去。

"老公好吃吗？老公你这一路老照顾我，真是辛苦。老公你再吃一口。"我又拿起勺子盛上一勺就往他嘴边送。

"得了得了，肖儿，给高诺拿个饮料去。"林嗒实在看不下去了，支使上我了。

高诺接过果粒橙，半瓶就下去了，张着嘴哈气。

"兄弟，你这口味真刺激。"那大哥冲他竖了大拇指。

"这是我媳妇疼我。"高诺还不长记性，又要来搂我肩膀。我直接拿着勺要舀泡菜，他停了手，冲着我乐。

"大哥，您也明天到波密？"林嗒姐的秘书头脑就是要对方谈正事。

"唉，这看你弟弟秀恩爱我都忘正事了。"大哥指了指我和高诺，摇头苦笑，"我告诉你们，这波密呀，明天去不了。"

"出什么事了？闹鬼？"我歪着头问。

"闹鬼才好呢！哥哥我什么没见过呀，咱家守着北新桥，那下边可是锁着龙的。"大哥喝了一口杯子里的茶水，我看了看帮他续满。

大哥很满意我的会来事，接着说："我们到这儿了也才知道，前边修路呢。这不发了文，到左贡的通车时间只有晚上八点到早上八点。"大哥说完，也是一脸无奈，不过不忘介绍自己姓刘，让我们喊他刘哥。

"只能开夜车了。"江湖琢磨过来，一脸痛苦。

"夜车？唉……"刘大哥又喝了一口水，好家伙，这大喘气的，让人着急。高诺缓了点，张嘴想问，被林嗒姐给按下去了，"夜车也不太平。"

"那还是闹鬼呀！"我真服了大哥的逻辑了，低头冲着袖子里的大勇看了看，小家伙压根就没听，在里边自己清理着毛发。估计目前没它怕的，一般东西都绕着它走。

"姑娘，不瞒你们说，我昨天本来说在这儿组几个去波密的哥们儿，一共四辆车，一起晚上开过去，因为晚上我也害怕出点什么事，我们都开了无线电，随时保持联系。刚开始也没什么，但是在东达山的一个岔路上，就起了雾……"刘大哥把声音压低，故意制造效果，好吧，北京大哥就是能绘声绘色讲自己身边发生的故事，"然后，我们最后一辆车就没了声，我怎么呼叫也没有用。"

"那您打电话呀。"高诺扶着我肩膀，把下巴卡在上边，真是会找舒服地儿。

"还说呢，掏出手机，没信号！然后，就见四周很多的亮点，朝着我们靠近……"刘大哥一脸惊慌，这不太像骗人，"然后，越来越近，妈的给我吓得当时手里都攥好了电棍子。那些东西越来越近，我能觉出来，它们靠近我的车，还站在了车顶……我坐车里听得见它们爪子在车上来回来去划拉，听着我肝都颤。然后……然后一个白脸就贴到我挡风玻璃上了，我和副驾吓得就晕过去了……"刘大哥咽了口唾沫，他惊魂未定的眼神让我感觉他极其不愿意回忆。

"是我们遇上的那些？"高诺捅了捅我的肚子。

"不像，那些东西明显就是要你命的。而刘大哥还能活着回来，不一样。"我嘬了嘬嘴，早上并没有把碰上老喇嘛的事告诉江湖，所以这大哥说的话还不能判断。

"可要是限时通过，只有晚上走了。不然，我们再多拉点一起的，组个车队，估计那些玩意也怕人多。"江湖摸了摸手上的佛珠，想了想。按理说，他应该赶紧休息，可是遇上这倒霉的限行，只能硬着头皮开了。

我们简单吃完，就回了车上。刘大哥的车就停在附近，是辆大切诺基，只见周身全是尖锐现划的道子，七七八八的，看来这漆是要重新喷了。

江湖看了看，高诺也蹲下去看："江哥，这是什么东西干的？"

"不知道，不过晚上就能见着了。是福不是祸，是祸躲不过。你也最好休息一下，晚上到东达山海拔就上了五千米了。"江湖神色焦虑，"对了，你高反别蹲着，容易头晕。"说着，他开了车门，把驾驶的座位后移，自己半躺上去，闭上了眼。

"哎哟……"高诺站起来就觉得天旋地转的，"江哥你不在我蹲下的时候早点说。"他嘟囔着，扶着车闭着眼。

"肖儿，你看着点高诺吧，我得先顾着我们家那口子。"林嗒姐给我了一块士力架，让我递给高诺，自己钻到副驾上，给江湖拿保温杯去边上餐厅接热水。

"我扶你后排坐会儿吧？不行你就躺会儿。"我看这哥们儿真是够可以的，完全无知者无畏，高反还动作那么大，一下蹲着就起来，有个低血糖的人都不会这么干的。

"都是你那泡菜吃的，我这高反又严重了。"高诺搭着我的肩膀，坐进了后排平躺下。

"你哪去？"见我不准备上车，高诺就问我。

"带它转转。"我指了指大勇。

"你不坐这给我当枕头靠会儿呀？"高诺指了指自己脑袋底下，示意我坐过去拿腿给他垫着。

"做梦吧你！"我把座位后边一个小腰垫扔他脑袋上，带着大勇就出去了。

在一个副食店里转了转，本是想买点红糖，一会沏水喝。结果这家还没有，转身要走的时候看了看这里的牛羊肉干还不错，风干得透透的，就要了一些。卖货的小伙儿也就十六七岁的样子，可高高大大的，得有一米九的个子。大勇因为馋，在人家眼皮子底下就把头探了出来，吃我手上的肉干了。

"给你十斤'夏刚'，换你这个小猴儿吧。"小伙儿指了指大勇毛乎乎的脑袋。

"啊？小猴儿？"是我傻还是他傻，看不出来这是狗吗，而且是西藏鹰獒呀！

"那十五斤吧，不能再多了。"小伙儿说着回身就要装肉干。

"哥们儿，您打住。我不要这肉干。"来之前江湖在车上告诉过我，这边管牛羊肉干就叫"夏刚"。

"那白给我猴儿？"小伙儿的智商真是让我着急。

我翻了一下白眼。大勇估计听明白了，嗖的一声蹿了出来，站在小店柜台上抖了抖毛。

"嚯，不是猴儿呀，是个袖狗。姐，你这个狗还挺漂亮，不过不值钱。"小伙儿从柜台后边拿了一块肉条出来，"喏，送给你吃。不要你姐钱。"

大勇瞥了他一眼，走到我跟前，啊呜一口，从我手里的袋子拽出一条肉干，一边嚼一边发出呼呼的声音。小家伙这是生气了。

"哟，好有志气！是我们藏族的神犬。"小伙儿又抓了一把肉干，不由分说放进我的塑料袋里，"姐，你要买红糖就早点去吧。我们这儿，最近一般六点多就关门了，而且琼达家的店最近出了事，经常关着门。"小伙儿脸上红红的，肩膀宽宽的，很有点小男子汉的样子。

"关这么早，不做生意呀？因为交通管制，你们这儿晚上没生意？可是你们自己人晚上买个东西也不方便呀！"我问题多多地摆了出来，脑子里也闪了一下，刚才我过来的路上，家家的二层窗户都关得紧紧的。

"是猴儿……"小伙儿还没说完，身后屋里就有人喊出一串藏语。虽然我听不太懂，但是也明白这是要小伙儿别再说了。

看来人家不乐意讲，我也别细打听了，反正一会儿就出发，我带着大勇就在周边遛了遛，想着先把肉干放回车里，再去买红糖。要不拿着太沉了。

江湖已经睡着了，林嗒姐站在车边，看见我回来了，可还往我身后看着。

我有个不好的预感。

"高诺没和你一起？"林嗒姐这句话我已经猜到了，"你看那边。"林嗒姐指了指前方，我才发现居然有不少防暴警察，"你出去没一会儿，就来了好多防暴警察，还过来到刘大哥他们车上拍照，可能和他们昨天遇到的事情有关系。高诺看你半天没回来，就找去了。你说这小伙儿这么不听话，真是人找人，找死人。"

"我找他去。"我皱了皱眉，就听袖口里也一声叹气。得，大勇把我叹气的词都抢了。

把肉干递给林嗒，我带着大勇就去了商业区。不过还好，我长了个心眼，去了刚才那小伙儿的店，他家看着是那片最大的副食店了。果不出我所料，小伙儿听了我的形容，说我离开没一会儿，就有这么一个哥们儿扶着门框找了过来，还打听我来着。小伙儿觉得我八成就去东边卖红糖的那家店了，就给他指了，他就出去了。

"姐,你给他喝点我们这儿的酥油茶,管点事。"小伙儿还在门口喊着,"姐,你直走,小巷拐弯对面路口就能看见那店呀。那哥哥就走了十分钟不到。"

刚刚走出几步,就传来了吱的紧急刹车声。

大勇一下从我袖口跳了出来,风一样冲了出去。我在后边跟着,就看一辆改装版的切诺基停在那,地上躺着一个人,是高诺!

车上下来两个人,围着高诺,其中一个人居然想上脚踢!

大勇身影一晃就到了那人脚面,张嘴隔着鞋就是一口。只听嗷的一声狼嚎般的惨叫,那人在地上倒了滚。

"什么东西!地老鼠?"另外一个人四下找着大勇。

我已经跑了过去,蹲下扶起了高诺。大勇蹦到了我怀里。

"高诺,高诺!"我用手轻轻拍着他的脸。

"姑娘,你看我们……"另外那小伙儿也蹲了下来。

"去你的!你什么你,撞了人还想动手怎么着!"我下了狠劲,先是抢速度站了起来,抬脚踹在那人肩膀上,一下就给他撂地上了。

"姑娘,你怎么还伤人呀!误会,误会……"那人倒在地上,撑着站了起来。大勇在我怀里龇牙咧嘴,时刻准备再来一口。

"肖儿……"高诺拉住了我。

"伤哪儿没有呀?"我扳过他脑袋,本来昨天就受了伤,今天别再给我们来一下,到了拉萨成残疾了。

"没事,没事。说这家关得早,我说赶紧过来,可能走太急了,腿一软倒地上了。"高诺扶着我肩膀坐起来。那店主老板走出来,拿了一罐红牛递给我示意我给高诺打开。

高诺接过来,慢慢喝了口:"我没事。"他拉了拉我的手。

"你看,姑娘,我们真没撞着他,是看他倒那,赶紧刹的车。这是下车要看看这哥们儿怎么样了。"被踹了的小伙儿一个劲地解释。

第十章　失踪的孩子

"噢，你那同伴没事吧？"我可亲眼看见他们上脚要踢高诺，要是被大勇咬残了那是活该。反正我不赔医药费，要赔也让高诺出。

"哎哟，姑娘，你看看你这宠物给我咬的，两个洞！"被大勇咬了一口那人就当街脱了鞋和袜子，还好他穿的是那种户外加厚的鞋配了运动袜，就这样，那脚面上还被咬出两个坑，到现在还是凹进去的。大勇这一口可真不轻。

"哎？你是高哥，高诺？"被我踹的那人蹲下打量着高诺。

"你，你是吴雄？"高诺指着那人问，"孙子，你丫怎么也来这儿了！"高诺想站起来，可是撑了一下，又坐那了。

"得得得，高哥您快坐着吧！我这是和朋友王威自驾来玩的。"那个叫吴雄的指了指脱了鞋那家伙，"哟，这是嫂子吧？高哥几年不见，您这口味，换得真快！不过也是，原来您边上那些嫩模什么的，脸太尖了，恨不得能扎死谁；那鼻子也是，亲大发了还能歪……"

"你丫说什么呢！"高诺看了看我，推了吴雄一把。

我看了看吴雄，他和那个叫王威的都是户外打扮，看来是做足了自驾准备。可他衣服有些脏，一路自驾没换过吗？还有，他衣服上还有些毛。他面相虽然斯斯文文，可我怎么看他就是不顺眼呢？那个王威，更是我更不喜欢的款。大勇这么久了，一直在我怀里极为戒备。

"不好意思高哥，看我这笨嘴。"吴雄说着，打量着我怀里的大勇，"嫂子，这是西藏獒獒？哟，看来嫂子不是一般人，难怪我高哥甩下京城那么多美女从了你。"

"你是不是缺心眼呀！你那意思就是我不好看是吧？我告诉你，我最烦人挤对我还拐弯抹角的。信不信我给你拍这儿！"这吴雄说话太拱火了。

"肖儿，肖儿，给我个面子。"高诺搂住我肩膀，在我耳边小声说，"他这人就不会说话，他傻，你别跟他一般见识。一会儿，拿我出气。"

"你看你认识的这帮人，一个比一个垃圾！"我声音提了上去。高诺笑着没管我。

吴雄眼睛一转："高哥，你们这是要往哪去？"

"拉萨，今天晚上要出发去左贡。"高诺站了起来，还有点摇晃。我还是扶着他，没让吴雄搭手。

"哟，那太好了，我们也往那边走。听说管制只能夜行，咱们一起就伴吧，也多个照应。"吴雄和王威点头哈腰的。

高诺是真享受这礼遇，也没和江湖商量，就点头同意了。

"你问江湖了吗？"我小声说，掐了他胳膊一下。

"哟，姑奶奶，给我点面儿，这是我原来一起玩的兄弟。"高诺用手拍拍我肩膀，从怀里拿出一包红糖，"这个给你。肚子还痛吗？回去沏点热水。"看着这包红糖，我是真跟他生不动气了。

红糖拿在手里，大勇又探出头来想闻闻。

"不是你吃的。"我把它按了回去。

吴雄一直看着大勇，发现我瞪着他，冲我不好意思地乐乐："姐，我小时候听人说过这西藏鹰獒，一路见的全是串儿，你这个，真是稀罕。你们上车，咱们开过去，别走了。"

吴雄打开车门，就要我们进去。

"前边那辆切诺基，先别动。"我还没抬脚，就见三辆警车开了过来，后边还有足足十个防暴警察。

"刚才我也看见了，怕你出事这才来找你。"高诺把我护在了身后。

警车里的人全下来了，一位领导模样的大哥用汉语问了我们的行程。没想到刚才话痨的吴雄倒躲了，就我一个人把刚才的经过说了一遍。不过看来，我们并不是重点，那些警察直接进了这家小卖店。

我听见警察问那个老板娘："你们孩子，丢了三天了？"

"政府同志，您可要帮帮我们，把娃找回来呀！"店里老板娘就要跪在那警察同志面前，被边上的警察扶住了。

丢孩子还要出动防暴警察？我有点摸不着头脑。

"走吧，高哥，嫂子，这热闹可不好看。"吴雄拉着高诺就要上车。

不知道为什么，我对吴雄的车极为抵触，大勇也一样。它在我袖子里吭哧吭哧地不乐意，平时它是要拉臭臭和不爱吃我给它的东西时才这样发声。

"我不用了。高诺，你要叙旧你就留他们车上。"我侧脸看着副食店女主人在那里和那位领导大声央求，心里极为不忍。可是我也没什么办法帮她，从衣服兜里掏出钱包，点了五百块钱，走进店里，交到大姐手里。我刚要张嘴说话，大勇在袖子里居然含住了我的手腕。这是怎么了？小家伙很是反常，我低头往袖子里看它，大勇跟我翻着白眼。得，你不喜欢进来，那我就走吧。

溜达着走了一半，吴雄的车追了上来，高诺一个劲让我上车，这么几步远的距离我还是放弃了。吴雄应该是听了高诺介绍，屁颠屁颠地过来见过江湖和林嗒。林嗒只是很礼貌地笑了笑，江湖特别霸气，连眼皮子都没抬。倒是刚才的刘哥很有老北京的范儿，让吴雄和王威加入了车队。

我坐到江湖的揽胜里，和林嗒姐把刚才红糖店老板娘家丢孩子，防暴警察来的事儿八卦了一下。

高诺打开车门坐了进来，递给我保温杯："我打了热水，你把红糖先泡进去吧。"

我低头瞥了一眼他递过来的杯子，看到他裤子上也沾了一些毛。这应该是坐在吴雄车上沾到的。

"哟哟，肖儿，这江哥和林嗒都在呢，你看我腿也换个时间。到了左贡让你随便看，我可真是大长腿。"高诺的高反刚好一点，说话又没把门的了，"唉，怎么还上手了？这晚上咱俩关起门来……"

我从他裤子上捡起了一根金色的毛，在阳光下看着。大勇攀着我的手，仰头发呆。我拿着那根毛，在大勇脖子那里比对了一下。

"他们车上也有一只大勇？我没看见呀。"高诺把脑袋架在我肩膀上，呼出来的气都扫到我耳朵上了，大勇回头特鄙视地瞪了他一眼，小粗后腿一发力就踹了上去，"哎哟，我的脸……小东西你要毁容呀！到时候你姐多心疼。"

"使劲！毁了就换个狗头。"我点头鼓励着大勇。

江湖一直闭眼养神，八成受不了我们后排群众折腾了，坐起来打个哈欠，看了看捂着脸的高诺，苦笑一下，张开了手。

我恭恭敬敬把那根毛递了过去。

江湖皱着眉头看了看："这不是犬科的，这是……这是金丝猴的毛。"他用力咬着后槽牙，脸部有些走形，"如果我没猜错，这还有可能是猴王的。"江湖转过身来，"高诺，吴雄的车先别坐了。是你发小、哥们儿、铁瓷都好，你是我这儿的人，我就得保着你安生。"

"嗯，我听江哥的。"高诺坐正了，手放腿前，点了点头。

"我觉得，咱们还是去那丢孩子的家里看看吧。我琢磨着老刘他们车上的划痕也跟这个有关系。"江湖从林嗒手里接过一罐红牛，咕咚咕咚，一仰脖进去了。

"金丝猴干的？"我使劲想象着夜黑风高，一帮毛绒绒的金丝猴哈着腰，包围了刘大哥他们的车队，然后伸手用小指甲划呀划呀划……好凌乱……我还在那胡乱琢磨，江湖已经按着高诺的描述找到了卖红糖的副食店——琼达家。我们到的时候那些防暴警察已经撤了，琼达家的店门果然关上了。

江湖使劲去拍了拍门："有人吗？有人吗？有人吗？吱一声会吗？"饶是高反了，那体格放那，说话也极为掷地有声，当然，也挺不客气的。这和平时"人不犯我"的江湖规矩有点不同。

吱——真的响了一声，是那种缺油的老门打开的声音，之后外边的门板被扳开，一个神色极为憔悴的当地汉子看了看我们："不做生意了。"他说完就想合上门板，可以看出他眼眶深陷，不是缺觉就是肾亏。

"不买东西，管找孩子。"江湖说这话的时候，我觉得他的眼神那叫一个坚毅。

"啥？"那汉子听了从头到脚打量着江湖。

"不是孩子丢了吗，想不想找了？"江湖直接推开门就进去了，林嗒示意我们跟上。

穿过那间小副食展区，我们进了琼达家。芒康的房子内部建筑我进去才发现，原来一层就是有点半地下的样子，是养家畜的，二层才是居住的地方。而所谓的三层就是二层的顶，可以晾晒，面积很大。

"丢了几个孩子？"江湖看向那个汉子。

"两……两个。"还别说，汉语说得还是不错的，比之前我夜遇那些人强很多。

"你能帮我找孩子？你能吗？"琼达突然推开汉子，扑了上来，"我有钱，多少钱都可以！做什么都可以！"

江湖点了点头："把一层的灯照亮，我去看看。"

"这……有什么看的？"琼达突然变得为难。

"我现在还叫你声大姐，别把找孩子的最后机会丢了。"江湖直直地盯着琼达的脸。

"我带你们去看。"刚刚开门那汉子从高诺身边挤了过来。琼达还想说什么，那汉子瞪了她一眼。看来这地方还是老爷儿们说话比较管用，一般我们家谁瞪我我也不太服，除非是我亲妈瞪我。嗯，亲爸我并不害怕。

一层是凹进去的，养着家畜，比如猪。那味道……

那汉子把大灯打开，我就看见有八头大黑猪在那哼唧，八成是看人来了，以为是来喂食的。

"叫什么叫，再叫就给你们炖了。"高诺扶着我的肩膀，探出脑袋来了一嗓子。我和林嗒同时叹了口气，真是为这家伙的智商着急。

"你吃得下去呀，小伙儿。"林嗒姐摇了摇头，"你要是高反难受，就别上上下下了，去上边休息。"

"我没事。大老爷儿们哪有这种架势往后退的，是吧肖儿？"他给我递了一个飞眼。

"切。"大勇伸出脑袋，从鼻子里哼了一声。很显然，它都听不下去了。我明显能觉出来，从一下楼梯起，小家伙的腰也拱直了。难道这里有什么奇怪的东西？

"你看，什么也没有。"那汉子想笑，可是被江湖盯得做不出来任何表情。

"你们这是犯法，知道吗？"江湖也不说什么，抄起了立在墙边上的铁锹，就要往下蹦。

"哟，江哥，下边可不太干净。"高诺一脸的郑重。

"啊！"我眼前一花，就见高诺直接栽了下去，多亏他有点锻炼基础，要不然这倒栽葱非得残废了。再一低头，居然是大勇刚才瞬间从我袖口蹿了出来，直接跳到高诺身后，一个漂亮的跳跃动作，顶到了高诺的腰，直接把他拱了下去！

小家伙一脸"我就是故意的"的死样，我只能拍拍它的头，表示干得漂亮。

高诺怒了，骂了一句。那八头猪以为高诺是什么食物，先是一拥而上，可发现这东西是人，还会各种踹、蹬、打以后，迅速离开。还好大勇给他顶下去的地方是干草垛，要是他掉到最左边猪拉臭臭的泥上边，我们打死也不会让他再上车了。

"得了高诺，接着。"江湖把铁锹扔了下去。

高诺苦笑着摇了摇头："江哥，找什么？"

"就那，往下探探。"江湖真狠呀，指着那摊烂泥。我看高诺都要哭了。

"咳咳，这苦差事也不发个口罩。"高诺在下边喊着，还是非常听话地拿铁锹往那堆脏泥里捅去。说来也怪，猪挺喜欢在烂泥里滚来滚去的，可琼达家的这八头黑猪竟身在脏中嫌弃脏，死活不往那烂泥边儿上凑。

"哥们儿，不用太大劲……哎，轻点，探探下边的东西。"

高诺真听江湖的话，动作不轻不重，在那往下探着："哎，什么玩意儿？"高诺把铁锹斜了一下，像挑着什么，拉出了那堆泥潭。

"人……人骨头！"高诺声音陡高了八度，我吓了一跳。大勇看到这个不争气的主人如此胆小，赶紧跳到我怀里，用小粉舌头舔着我的手背。

"劳驾高公子给多探探，有多少都翻出来吧。"江湖看着高诺铁锹上挂着的胸腔骨，示意他先放到一边，再接着找。

半个小时过去，高诺已经上气不接下气了："……江哥，差不多了……啥也没了。"不过他也够手欠的，都累成这样了，还自己在那把清上来的骨头用边上一根木棍挑着摆了起来。

"行，兄弟。你看，是我说，还是你说？"江湖突然一把薅住了那汉子的袍子领口。

"是呀，这是多狠心，这也就小娃娃吧。"高诺在下边拼得差不多了，一脸不忿儿地看着上边。我蹲下去，伸出手，让他踩着极陡的梯子上来。

"不嫌我脏呀！还是肖儿疼我。"上来他就弯腰在我耳边来了这么一句。

"我给你再踹下去。"我白了他一眼，示意他别捣乱。

"不是，不是小娃娃。我没杀人！"那汉子让我觉得有点怪，因为藏区的汉子我也见识过了——那晚打劫的，再怂也不是这个样子。

"对，肯定不是孩子，可跟孩子差不多。"江湖冷冷地说道，他的手发力，暴出了青筋，直接把那汉子提了起来。

"是……是……是猴崽子，是金丝猴崽子！"那汉子受不过，吐了实话。

"死多久了！"江湖迸出一句狠狠的问话。

"七……七天……"

待那汉子说完，江湖一把把他的袍子扯下来，扔到了猪圈里："你们要是还想见着孩子，现在就给我把这骨头擦干净！不能有一点异味。"

"我男人怎么了，你们想干什么？"女主人琼达的出现，吓了我一跳，她居然举着一把双管猎枪，还顶着离门最近的林嗒姐！

林嗒姐可是大秘呀！能担任世界上最抠门最狡猾最无理取闹的董事长的首席秘书难道是吃素的吗？那一定是豪横派！就见林嗒一个漂亮的侧身，琼达还没反应过来，那把对付过露露的藏刀，闪着寒光，就架到了琼达的脖子上。

"身为人母，现在最着急的就是找孩子，你还有工夫想着如何隐瞒，看来是不急了。老江湖也失手呀，别多管闲事了。"林嗒瞥了江湖一眼，就要往外走。

扑通一声，琼达居然跪到了林嗒面前："女菩萨，你救救我娃吧……"

"渴了，老板娘给倒点水吧。"江湖一乐，示意我们走前边，他压阵，一副老大的气场。

琼达把我们带到了二层，坐在椅子上，倒了酥油茶。林嗒端起一碗来："小高，喝两口，这东西对抗高反还是很不错的。肖哨也喝点，对抗大姨妈是灵药。"

"真的假的？"高诺凑在我耳边问道。

"就是高热量……能量供应上去了，肯定就不会太难受。"林嗒姐给了他答案，高诺一脸的信服，猛喝了两大口。

大勇探出头来，伸着小舌头舔着我的碗。看来这酥油茶不错，小家伙喜欢。

"你也别防备了。三年前，我和我师父走过你们这条路。当时我也是高反，师父开车路过这里，向你们讨过酥油茶，可是这男主人，不是下边那个。当时，下边那个还是个伙计。"江湖也不抬头，吹着气，喝着茶。

我明显感觉，琼达浑身一颤。

"这儿离金丝猴保护区虽说近，但距离还是有的，过去怎么着得开一天，然后还得下车走。户外恶劣环境，还有高原反应，一般人不会动这些精灵的歪脑筋，但是如果外来人串通当地人来捕猎金丝猴就不一样了吧？"江湖猛地一抬眼，看向琼达，"一只成年金丝猴的价值不用我说，你自己有数。可是你娃的价值，你想想吧！没钱不可怕，没了人性和良心，特别可怕。你就不怕下地狱吗？"江湖生生地把那只喝完的空碗捏碎了。

扑通一声，琼达又跪了下去："我求你……求你，我都承认，要抓我也好，怎么也好，救救我娃！我两个娃娃才两岁呀！"

"下去，跟他一起，把骨头给我洗得一点异味没有再上来，不然，你再也看不到你娃了！而且我保证，这地方，会成为死城！"江湖满脸恨意地说完，把空碗碎片扔到了地上。

看着琼达下了楼，江湖转过身来，往林嗒和高诺的碗里又加了酥油茶。大勇眨巴着眼看着江湖。"好，给你也再凉上，小伙计。"转瞬他的怒火就没了影，又是我平时信任的好大哥。

"来，咱俩喝一个吧，你那个被霸占了。"高诺把碗递到我嘴边。

"我不喝，热量太高，还是你自己补吧。"我不太想离他太近，老觉得他身上有股猪的味道。

第十一章　滇金丝猴的报复

"记得三年前，我们路过这家店，当时我喝完水，我实在受不了这种你在上边上，下边有猪吃的厕所，就跑到后院去上了厕所。"江湖给自己和高诺各点上一根烟，"我当时看这家的草窝子在阳光下是金黄的，特别好看，就上去躺了一下，还拍了照。等我师父买好路上的补给叫我上车的时候，我也没在意。车开出去不到十米，师父就问我，大湖，你身上，哪沾的毛？我仔细一看，才发现身上有无数黑白相间，似绒一般的毛发。我拿起一根，在阳光下看着，师父连连叹气，大湖，你有没有注意，这家店立在边上的门板上，有很多抓痕？我回忆了一下，点了点头。确实立在边上的门板上，有很多划痕一样的印记，和刘哥他们车上的一模一样。"

"但是，和现在这家门板上的相比，刘哥他们车上的划痕更深。也可以说，是划得更狠了。"江湖吐了一口烟，看向我怀里的大勇，"我师父一语道破，那不是普通的毛发，那是金丝猴的毛发。而那些抓痕，就是因为它们跑到下边来想救同伴时却发现，同伴已经被杀或被带走，划痕是它们留下泄愤的，同时也提醒同伴，这些痕迹代表着危险。"

江湖抽完一根烟，又点了一根，这个高大的汉子，显然有些激动："我师父说，滇金丝猴向来与世人无争，很少到左贡这边来，除非是盗猎！而藏区人民一般很少去袭击这些动物，除非有人出大价钱！而琼达这家，现在看来，从三年前一直到今天，一直干着这趟买卖。这女主人利欲熏心，一会儿，我们一定要小心。"

江湖刚说完，琼达和那个汉子已经将骨头擦洗干净，拿了上来："大哥，求求您，救救孩子。"那汉子也不用江湖张嘴，直接把尸骨按原形拼了起来，几分钟后，两具比三岁小孩还要小的猴子尸骨出现在我们眼前。

"呜！"大勇一下蹦到了尸骨边，浑身颤抖，两只圆眼中，居然泛着血红的光。我赶紧把它抱了起来，它发起狠来，别说能把这汉子撕吧烂了，十个江湖也弄不住呀。

"这是小猴娃子吧，"江湖瞥了那汉子一眼，他的拳头，攥紧了，"这么小，你们都能下手？"

"这……这……我们也不知道，上山的时候，大猴子被另一只更大的拉走了，就剩下这两只小的。可弄回来，人家不收，就……就放家里，想养大，结果，不吃不喝的，就死了……就给扔猪圈里……"那汉子低头小声说着。

"更大的？特别雄壮？能到我这儿？"江湖比了一下自己的大腿。

"差不多……可能是……是猴王。"那人结结巴巴地说道。

"难怪。就为了点钱，一直欺负人家，把人家都拆散了，娃子也弄死了，是得偿命。"江湖喘了一口大气，"孩子怎么丢的？"

"就……就晚上，要睡的时候，突然外边一阵乱，我和琼达出门去看……等我们回来，娃娃，两个娃娃，就没有了！他们才两岁呀！大哥，求你救救他们吧……"说着，这两人又要下跪。

"平时你上山，都带什么？"江湖怒目圆睁，瞪着他们。

"上……上山……就是猎枪……还有套子。"这汉子不敢撒谎。

"晚上九点，我过来。要想找你娃，只有今天了。别想什么腌臜事了。"江湖说完，带着我们就出门发动车，走了。

"咱们回去找老刘？"林嗒在副驾看着路有点不对，在绕路。

"去肖哨说的第一间小娃那里，买包烟。"江湖神情严肃。

没五分钟，我们就开了过去。小伙儿家也正要关门，看见是我，停了下来："姐，要买什么？赶紧，我们要关门了，晚上有东西来。你们也快出发吧。"小伙儿站在门口，也不顾忌家里人不让说什么了。

"拿几包烟，还有挑点零食。"江湖示意林嗒进去拿，"小伙儿，我问你，晚上，是猴子吧？还有琼达家，原来那男人呢？"他把疑问一块提了出来，看来他是相了小伙儿的面，知道他是个直爽人。

"大哥，不瞒你，大前晚上我偷看过，确实是猴子，金丝猴，黑白相间，看着可吓人了，像地狱里的黑白无常一样。我妈不让看，拉着我。它们也不伤人，只划划我们门口，不过划得最多的就是琼达家。我听我爷说，他们家，盗猎！但是，没有证据，谁也不能说。可你也看出来了，他家彩电、冰箱，全是外国牌子，都那么老大个！不是跟我们一个生活水平线呢。他男人呀……"小伙向四周寻摸了寻摸。

高诺眼力见儿够，直接掏了五百块钱，放小伙手里："结烟钱，剩下的都是你的。"

"哥，这……这怎么好意思。太多了，太多了！"小伙儿往回推。

"拿着吧，接着说。"高诺拍了拍小伙儿的肩膀。

"那男的，叫杨哲。听说是地震逃荒过来的，啥也不会，就是长得人高马大，给琼达他们家打散工，就管吃住不给钱。琼达姐原来还是大学生呢，眼光高，老是嫌我们这里地方小，还穷。不知道怎么的，他男的就偷偷去盗猎，专门盗金丝猴，下的套子也是轻巧，经常不伤肉脂，也常有人来收猴子。当然，具体什么人我们不知道。家里祖祖辈辈都知道，这仰鼻猴是圣物，那是大山里的精灵，盗不得！可这琼达姐上过学，觉得没事，反正是发了家了。可三年前，他男人带着这个杨哲进山，进去两个人，就出来一个人。后来杨哲就上了琼达姐的床，还生了两个娃，双胞胎，都不大，可就几天前的晚上，娃丢了……"小伙儿说完有些气鼓鼓的，"我虽然年龄不大，但是我知道，这就叫天道轮回，报应！"

"看来，琼达原来的男人凶多吉少了。"林嗒姐叹了口气，拍着江湖的肩膀，"老公，我知道你遇上这事一定要管，仔细点，不准受伤。"

"你看人家说话这叫一体贴，还懂老公。"高诺回头看了我一眼。

"嗯，您的锥子脸连队没有这样的吧？还是得找北京大妞儿。"我瞥了他一眼。

"肖哨，晚上估计你要跟我一块去会会猴群了，怕不怕？"江湖很认真地看着我。不过我知道，人家不是让我去，是奔着大勇来的。

"那我也去吧，多个人多个帮手。"高诺也凑上来。

"你高反，要不和林嗒留在这儿吧。"江湖还是比较担心高诺的身体。

"万一我能帮上忙呢？"高诺真是凑热闹不嫌事大。

"去红拉山那边，应该可以和那些猴群碰上。我也去吧，这段路比较好走，我能开车。"林嗒查了查公路地图，一脸的自信。我心里给林嗒姐点三十二个赞！这才叫贤内助。

我们回了车上，收拾了一下简单的背包装备。和刘大哥有所隐瞒地说了说这事，同时因为要拉上琼达两口子，需要借辆车和一位司机。北京大哥就是敞亮人，一听这个，直接把出行计划往后拖了一天。刘哥拍着胸脯说："兄弟，你们这是去救人，大哥给你这儿做后盾，哥哥亲自给你开车。那天晚上那么瘆人，哥哥我都回来了！我跟你们去，然后转明儿踏实了，咱们再往左贡走！"说得那叫一个豪气冲天，周边几个临时车友听了也留下了大半要等刘哥和我们过一天再走。我估计是没有刘哥带队，他们胆小不敢开。

吴雄和王威那儿，高诺甩了一个电话，也不说原因，就告诉他们过一天走。想来也是当年的老大，有一定话语权。那俩也没说什么，表示可以等。

晚上九点，我们在餐厅简单吃了些饭，江湖就带着我们去了琼达店里。那个叫杨哲的人拉着琼达，在门口张望，看我们来了，面露喜色："大哥，小猴尸骨我们都擦洗好了，还用叶子包了，你看看。"杨哲从身后拿出一个大袍子，还是极新的袍子，打开用叶子裹着的小猴子尸骨。

江湖看了看，叹了口气，示意他们俩再带上一张小孩近期的照片，然后让他们上刘哥的车，跟在后边。

高诺坐在后边，也用上了鼻通。大勇看他刚插进鼻子，就跳起来用小爪子往里捅，还好高诺没闭眼睡觉，要不然真捅进去就麻烦了。我赶紧把小家伙抱在怀里，怎么变得这么淘气呀！

我们要去的芒康滇金丝猴国家级自然保护区原名红拉山自然保护区，距芒康县城 60 公里。因为走的是滇藏公路，一路平坦，就是路上碰上了真心大的牦牛。林嗒姐开了大灯晃了晃，发现人家睡大觉呢！高诺开门就想去轰人家，江湖一把给他拉住了："疯了！这牦牛顶了你，主人可不赔。你也像练过的，四个你也干不动这牦牛！"

大勇因为刚才干了坏事，被我掐了一下，这会儿眨巴着大眼睛看着我，估计是要尿尿吧……反正车也停了，我带着它下了车。小家伙一晃就从我袖子里跳了出去，先在路边抬腿尿了一泡儿，就直奔那头大牦牛。

那牦牛应该是醒了，看见大勇，抬了抬眼，哼了一声。大勇围着它转了一圈，眼里闪出了一丝狡黠，绕到了牛耳朵底下，深吸了一口气，"嗷"的一嗓子，就觉得地面跟着震了一下，心脏怦怦跳个不停。再看那牦牛，侧翻到了路边！难怪，是它倒过去给地砸的吧。小家伙颠颠跑回我身边，一悠劲，跳到我怀里，我还有点蒙，没有回神。高诺赶紧打开车门，给我拉了回来。

"喝点红牛，缓缓……"他拉开一罐塞我手里，"以后，你要是暴力行凶，跟你主人打个招呼，别那么近。"他拿着拉环敲着大勇的脑壳儿，小家伙跟人一样坐着，小短爪还想上去胡噜。看来这一叫，把心情叫好了。

没多久，我们就进了红拉山。这里海拔三千米左右，可以借着车光看到针阔混交林或者阔叶林。难怪金丝猴喜欢这里，自然条件就是它们树栖最佳群居地，有花木，有果实，还有树皮，是个足吃足喝的好地方。

"在这里找找那些猴群？"我看着窗外，特别想下去玩。

"这是正常的保护区，我们往前再开开。上次刘哥他们遇袭是半夜，如果我们算它们的脚力，还要往前再开一些。"

又走了大约半小时，江湖喊了停。我背着小包，带着大勇跟在他后边，大家一个接一个打着手电，往前行进。车上多少都有些户外照明设备，倒是不担心看不清路，但是上升的路还是不太好走。杨哲和江湖走得很踏实，高诺拉了我好几回，差点我就滑下去了。刘哥倒是像平时经常锻炼的人，还给我拆了一根木棒让我当拐棍。

"林嗒姐，你说这金丝猴在哪呢？"高诺喝了口水，把瓶子放我包里。我总算知道为啥我的包这么沉了，他都给我塞了些什么呀！

又步行了一个半小时，大家准备坐下来休息。杨哲突然示意我们蹲下："嘘！上边有东西。"

我刚要拿手电去晃，江湖直接把手电没收了："个儿特别大。你有大勇，我们可不想陪着被撕吧了。"

"是金丝猴？"我有点兴奋，毕竟只在动物园里见过，而且隔着玻璃笼子根本看不清晰。

手电被关上，眼睛逐渐习惯了周边环境。我们赫然发现，就在头顶上，有一个巨大的黑色轮廓，它的周边，还蹲着十几只六十厘米左右的家伙。我倒是不害怕，就是担心它蹲的树枝能不能承受住它的体重。

"是它们吗？"江湖拉着杨哲的脖领子问道。

"是，是，就是它们。"杨哲有些结巴。偷猎的时候不挺有胆儿的！

"去，拿着尸骨，埋在叶子下。这是金丝猴对待死去同伴的方式。"江湖示意杨哲过去，看着他有些犹豫，江湖踢了他一脚。琼达的眼中，露出了丝丝不满，可是没敢发作。

杨哲颤颤巍巍地把厚厚的叶子扒开，打开袍子，小心地将两具小猴的尸骨放到了树叶中。

"呜！"那个大家伙，发出了一声撕破长空的叫声。杨哲屁滚尿流地跑回江湖身边。那一声长啸，让人头皮发麻，我甚至可以感受到，那是伤心欲绝时才会发出的声音。刹那间，十几个黑影扑腾扑腾落到了地上，那最大的家伙也落在了地上。

离我不到五米，是十几只蓝脸、圆头、短耳，四肢粗壮、头顶中央有黑色冠状毛的金丝猴。借着月光，我可以看到它们脸上的棕色毛发，背部是灰色，夹有金黄色的长毛。而那只最大的，我可以断定，足足有一百五十厘米高，它背部大多数均为金黄色的长毛，这是金丝猴的祖宗吗？

"是猴王，攻击性极强，大伙儿都机灵着点。"江湖压低声音告诉我们。

那只猴王先是看着小猴的尸骨，之后面向我们，又呜的一声长啸，叫得我短心短肠，那是一种压抑不住的悲伤。周边那十几只金丝猴应该是跟班一类的角色，也发出吡吡的声音。它们聚在一起，用前肢抱起周边的树叶，将小猴的尸骨埋了起来。

看来杨哲没胆埋，也是怕这个大家伙下来撕了他。

"要是想找你孩子，就跪那，抽自己嘴巴，赔礼道歉！"江湖拎起杨哲，扔到了那群金丝猴面前。

"小猴是他害的，孩子能不能交出来？"江湖拿过琼达手里的照片，慢慢地靠近那只最大的金丝猴，把照片轻轻放到了地上。

猴王低头，拿过照片看了看，嘴里发出声音。另外一只猴子跑过来，嘴里吡吡回应着。突然，又跑过来五只猴子，加上原来的十几只，居然把我们围了起来。

"我们不想斗什么，我们只是来找孩子。"江湖没有任何要抄家伙的意思，但是他这么说，根本沟通不了。

刺啦一声，一个黑影冲了过来，就见站在林嗒边上的琼达捂着脸，在地上打着滚。我拿手电一照，琼达的手上渗出了鲜血。好家伙，这是毁了容呀！

"他妈的，动我婆姨！"杨哲居然从背包里抽出了一把小型猎枪，这家伙装备真是齐全。

"不想活命了，你以为你干得过这猴群吗？这不是一般的猴王，这是红拉山的猴大王！"江湖一把夺过了猎枪，"这体型不是一般猴王能达到的，你想让它唤来这山里上百只猴吗？"

"他妈的，你们夫妻俩就是畜生！这是我们国宝呀，敢盗猎！"刘大哥喘着气就给杨哲后腰来了一脚。我都吓傻了，他是提脚生风，看来是个练家子。

"大哥，厉害。"高诺竖了大拇指。

"那是，当年你哥哥我也皇城根儿脚下拉练，三九天战严寒的主儿！"

大勇看着这些猴逼近，从我怀里顺了下去，小心翼翼地绕到了那只猴王脚下。它伸出前爪捅了捅猴王粗壮的后腿，嘴里发出呼呼的声音，两只大眼睛在夜里一眨一眨。我不得不说，大勇此时有点贱兮兮的卖萌样。

其他猴子看到大勇，一副龇牙咧嘴的威胁状，似乎对大勇这么轻视自己的"王"很不满意。那猴大王看了看大勇，居然蹲了下来，伸出一只手，点了点大勇的脑门。小家伙，闭着眼，似乎在感知什么。

"呜！"猴大王发出了一声低沉的嘶吼，站起来，带着群猴上了树，往林间奔去。大勇跑过来，拽着我的裤腿。

"跟着它走！"江湖招呼着大家。

我们把手电全部打开，大勇在前边像一只安了火箭的兔子一般，马力全开，跟着在树上翻腾挪移的金丝猴群。这时我才发现，那猴王只是体积大，但动作极为飘逸。如果说别的猴子是手拽着树枝来回荡，它简直就是在飘，我甚至怀疑它是不是在飞。在它飘逸的姿态中，一股金色的光芒笼罩着它的四周。我下意识地看大勇，没错，小家伙也散发着同样的光。

这是自然的力量与灵气吗？带着这个疑问，我不知道跑了多久，只感觉两边的树木飞速向身后掠去。

最终，群猴停在一个山洞前。那洞极高，足有三层楼高，而深度更是无法探测。我想开手电往里晃晃，被江湖按住了："就照着点脚下就好了。"

"肖儿，我怎么觉得这地方，很熟悉？"高诺的声音在山洞里显得过于空灵，听得我腿都打了软，拉了他的手一下，"我觉得，很长时间，我在这里……"

"别瞎想了，人如果进到庞大的洞穴中，有可能产生幻觉。"林嗒示意我们注意脚下。

"是不是高反，又跑太快了？"我剥了一块巧克力塞到高诺嘴里。

"没事，"高诺努力笑了笑，拍拍我的肩膀，"走。"

我突然有一些不安与恐慌，也许林嗒姐说得对，我对这个洞穴也出现了一种幻觉？或者说是，我很不安……虽然有手电照着，但是洞穴太大太深，几枚手电筒的光很快就被吞没。

"哎哟，再不到我这老胳膊老腿儿就要不成了。"往前又走了大约五分钟，刘哥抬手一晃。我看到，在洞穴的右侧墙壁上，居然还有很多的小洞。而在左侧，好像……好像有壁画。

"高……"我刚要拉高诺，发现他居然和我差了足有五六米的样子，正盯着那些壁画。

"回来再研究。你们听，有水声！"江湖揽了高诺的肩，带了过来。顺着他所指，只见半径约有十米的一汪泉水，从地上冒了出来。

那只带头的猴王正蹲在泉边，双手掬着水往嘴里送，其他猴子也是如此饮用。江湖毫不介意，也蹲下捧着水喝了起来。大勇直接把头扎里边了，喂，我们喝水你洗头呢！它的小舌头在水里，翻溅起不少水花。

第十二章　雌猴人语

　　我刚从包里拿毛巾准备给大勇擦，就见山洞中又出来一只比猴王小了一号却比其他猴子大的金丝猴，从体态和生理看，这是只雌性金丝猴。它的毛发完全没有黑色，尾端是白色，而毛发尖全为金色，极为柔软。如果那只猴王是身躯强大，那么这只雌猴居然给人一种温暖与安宁感。她轻轻地走到大勇身后，小家伙正傻喝傻舔，还呛了一下，她用手轻轻拍了拍大勇的背，掬起一棒水，放到大勇嘴边。小家伙一脸美样，叭叭地就喝上了。

　　那只猴王嘴里发出声音，应该是把我们的事和这只雌猴说了。那雌猴看着我们，眼神平静温和，但我能觉出它眼里的丝丝哀伤。

　　"是……是……是它！"杨哲蹿了起来，指着这只雌猴大声嚷道。

　　"他妈的，你小子当时还要打这只大猴不成？这一看就是祖宗辈儿的！"刘大哥直接给杨哲的脑袋上来了一下。

　　"这……这，那天……那天我跟大哥……她男人，就……就这妖怪，没回来……"杨哲还指了下琼达，有点精神错乱的样子，下巴打着颤，"它会说话，会人话！"

　　"杨哲，你逻辑都乱了吧。"我斜眼加翻白眼看着这货。

　　"就是它，没错！那年我们上山，本来我和大哥抓了四只猴子，大猴子。就是这家伙出来了，头上戴个狗头面具，但是这毛，就是这么白里透着金黄，然后……然后就说了话，说什么遭报应！我们……我们当时吓傻了往山下跑，也没顾上猴子，结果大哥一下掉到山下边，就没找着……"杨哲左右摇晃着脑袋，有些癫狂的样子。

　　看我还没应过来，就见江湖抬起一脚，发着狠力给杨哲踹跪在地上。接着，他又把琼达拎小鸡崽一样拎到了杨哲身边，声音有些可怖："给它们道歉，想要孩子，给它们道歉！把头磕破，为了你们孩子！不为过！"

杨哲眼睁得老大看着江湖。琼达先反应了过来，对着那只全身金发的雌猴，捣蒜一般地磕头："是我们太贪钱，是我们大人的事……是我们不应该盗猎猴娃娃！我们该死，我们有罪，我们不懂事……"琼达一边磕头，一边左右开弓就往脸上甩嘴巴子。很快，她那高原红的脸上直接有了血印子，嘴角也挂了彩。

"真是下狠手了，"高诺拉了拉我的手，"这女的这么狠，不对劲。肖儿你站我后边点。"

"都是你阅女无数的经验？"我瞪他一眼，但还是往他和大勇的夹角挪了挪。

杨哲看着琼达磕头，也反应了过来，他不再讲述他的诡异经历，也在那一个劲地磕头。

那只雌猴半眯着眼，看着眼前的两个人，歪了歪头。它的眼神空灵而安宁，我甚至有种过去拉拉它的手的意愿。大勇走过去，带有凤毛修饰的前爪映出极有光彩的金色，仿佛在宣扬着它的阶层。然而小短腿依然还是小短腿，只能杵杵雌猴的腿。那雌猴稍稍一愣，继而翘起了带有金色毛发的尾巴。大勇一个发力，瞬间跃到了尾尖之上。

我的嘴张大了，大得可以吞下自己的手了！

大勇完全是飘在那尾尖之上，它也半眯着眼，通过相同的高度，与那雌猴对视；或者，它是在传达着什么。

"唉！"半晌，在琼达的掌掴声和杨哲的磕头声中，那雌猴发出一声无奈的叹息。它转身前，深深地看了一眼高诺。

"呜呜。"刚才那猴王跟在雌猴后边，往洞的深处走去。

大勇立在那里，像个守卫一般，不让我们跟上去。

"肖儿，好像有人在跟我说话。"高诺拉住了我的手，我能感觉到他在微微颤抖。看了看四周，我直接把外套脱了，垫在地上，扶着他坐了下来。

"休息一下，一会儿扶你出去就好了。"不知为什么，他拉住我手的瞬间，我的心居然揪了一下，有一种不太好的预感。我不知道那是什么，却被它牢牢地罩住。

高诺把头侧到我的肩膀上，嘴角上扬，微微一笑。那表情中居然带有一丝邪气，虽然他经常甩出一张玩世不恭的二货样，但此时的表情却吓了我一跳。

"哎哟，轻点，姑奶奶，不就靠你个肩膀，咱俩都睡过一张床。"高诺指着我掐他的手腕子，"都他妈紫了，谋杀亲夫呀！"他一个劲地自己揉着。

看到他这个样子，我才放心点。可刚刚，是我自己眼花了？

洞的深处，有了动静。

一团金光出现在我们面前。那只全身金色的雌猴走在前边，手里好像有个什么东西，那只巨大的金丝猴王双手捧着一个毛毡，上边是两个睡熟的小娃。

"尼玛！达瓦！"一直在抽自己嘴巴的琼达定睛一看，趔趄着挣扎起来，疯了一般冲了过去，"娃……是阿妈！看看阿妈呀！"

雌猴与猴王也不管她，走到我们面前，把毛毡放到了地上。那雌猴如人一样，盘腿坐在地上，温柔地拍了拍两个小娃，抚弄着他们的头。几秒钟后，两个小娃相继醒了，看着我们这么多人望着他，很害怕，直接往那雌猴的怀里钻，还使劲蹭着。

雌猴柔软的金色毛发遮住了他们的脸，雌猴如母亲一般在他们两个的小脸上贴贴，用手点了点两人的脑门，又指了指一头乱发、满嘴是血的琼达。

两个小娃的瞳孔忽而一紧，看着琼达定了定神："阿妈！阿妈！"两个稚嫩的声音响了起来，继而扑到了琼达的怀里，"阿妈，你怎么哭了？"

与此同时，守在洞外的猴群突然爆发出刺耳的尖叫！大勇回头看了一眼，赶紧跳到了我怀里，它全身的毛居然有些发硬，这是战备状态呀！难道……难道猴群要报复？

江湖的眉头皱得要突起来了。他拎着杨哲走到最前边，扑腾一声扔下他，自己也半跪在一侧："我知道，杨哲和琼达两口子对猴群犯下了弥天大罪，这是人类的贪婪。但是孩子无辜，他们长大后有无数的机会。小猴子的死，我们进到村里是寻找，也是报道。你们属于这片自然之地，是我们的贪婪破坏了你们的家园。我们有罪，但是，恳请让我们把孩子带走吧！"江湖的声音严肃而郑重，字字发自胸腔，连洞外的刺耳声也停止了下来。

那雌猴把手上的东西拿了起来，戴在了脸上。

那……那是一具白色狗头面具！是杨哲刚刚提到的狗头面具！那面具居然随着那雌猴的脸形在变！是……是活的？我有些发蒙，因为那面具中的眼球，是绿色的！而刚刚，那雌猴的眼球是棕色的……

"活……活体面具？"我小声嘟囔着，无意间瞥了一眼高诺。因我手电照在他身上，地上的影子，高诺的影子头部形状，居然是……是一只狗头！

我使劲咬着嘴唇把手电又移到了自己脚下，还好，我的影子是正常的。

"我的小猴子，也都是无辜的……"我的脑子里突然出现了一个声音。

我看向四周，刘大哥正四处寻找声音的来源。

"刘哥，别看了，是这雌猴脸上的。如果真如杨哲所说，我怀疑是什么能通灵的东西，它表达的声音，是直接传递到我们大脑中的。"江湖很快平静了下来，对着这只雌猴深鞠一躬，"我感觉，你能听懂我们的话，只是借这个面具在表达。我只能说，人类确实让你们失望，眼前看得见的，看不见的，都在破坏着自然，杀戮着动物。但是江某可以用人格担保，只要有我看到的，必会出手制止，哪怕搭上这条命！"江湖拍了拍胸口。

"我相信你，你的眼神是纯真的，"那个声音又在脑中回响，"感谢你的拼力相救。这个男人可以带着孩子走，这个女人，要为她的贪婪付出代价！"那雌猴抬起手，正要指向琼达的眉心。

"我求求你，孩子不能没有母亲！让我……让我替琼达吧！"杨哲推开琼达冲了过来，在这雌猴脚下不断地磕头。

"阿爸，阿爸不哭。阿妈不哭！"两个孩子显然不明白发生了什么，"奶奶说，等你们把小猴猴带来，我们可以一起玩。小猴猴呢？"我觉得这两个人养的娃也是心大，这都什么时候了，还要跟小猴子玩。

"阿爸不好，阿爸是畜牲，小猴猴没了……阿爸来世做牛做马也要背这罪过。求您放过琼达吧！"杨哲搂着两个孩子，哭得鼻涕也流了出来，"我求您，他们不能没有母亲。"

"唉，走吧，好好待孩子，不要再伤害我们了。既然老天有我们，也有你们，一起共存在这片土地上，既然我们一次次在相信你们之时还要再受人类伤害，是不是就是我们动物的命数呢？我希望，以后不要再有人盗猎了，让我们能安安静静地在这里栖息。"雌猴的声音悲怆而绝望。

我能感受到，她心里的善良，是动物对于人类仅剩的那一丝丝的善在支持着。

"小猴子是无辜的，我也请您相信，不是所有人都像他们这样。我们人类一样也是善良的，我们有一颗心，是热的。谢谢。"我没有一丝害怕。大勇跳到我的肩膀上，和我一起移了过去。我慢慢地用双手去碰那只雌猴的手，它真的，极为温暖。

"我知道，姑娘。你要遇到很多事，你需要保护，也需要成长。有一天，你会再来这里，希望你坚持你心里的最初。"她把我的手合在了她的掌心，那么暖，那么轻柔。她的目光通过面具直慑我的心，继而她看向了高诺。

我有些恍惚，那是一种希望的目光？

"走吧，带着孩子。我这里，给他们的都是水果和泉水，回到你们的世界，给他们补偿你们人类所需吧。"她挥了挥手，似乎用尽了力气一般。

"奶奶，我们不走，不是说小猴猴还要来一起玩？我们看看阿妈就好。"两个小娃居然紧紧拽着这只雌猴的手臂。可你们知道吗？你们的爸妈把小金丝猴杀死了，而你们却平平安安地在这里出现……

大勇从我肩膀跳到了雌猴的肩头，整个脸贴着她。也许，小家伙在把人类世界看到的美好，讲给她听吧。

"走，谢了！"江湖居然抹了一把眼泪，一左一右抱起两个小娃，带着大伙往外走。也许，他更知道如何与动物相处。

那只雌猴低垂着头，看不出是什么表情。我真的希望，如果有下一次见面，不是这般场景。我拉着高诺往外走，却突然看到琼达从背包里拿出了什么。

"我靠！"高诺的眼睛一闪，把我往后发狠地一推，过去就要抱住琼达。

"炸药！"江湖一惊，也把林嗒往外猛推。

"是你杀了我男人！当年杨哲说了，就是这戴了面具的野猴子，吓到我男人，不然他也不会掉下山去！我们盗几只猴卖出去，一年就不用奔波了！我凭什么不做这生意！有钱，为什么不能拿！今天我终于找到了你，去下边陪我男人吧！"说着，她往回猛奔，居然抱住了那只雌猴。琼达已经疯了，她的面目狰狞可怖，嘴边还留着刚刚抽自己耳光的血。这女人，谋划了多久？她的背包，居然有那种土炸药！

"不要！"杨哲也没想到这一幕，他回身去抢已经来不及了，琼达直接在拉那引线。

在雌猴肩上，还有大勇，小家伙还在告别！人在这个时候的爆发力真的可怕，我转身飞速跑到了大勇身边要抱它，而我甚至比高诺离琼达还要近！

那雌猴也不挣扎，戴着面具的脸居然……居然笑了一下。

"唉。"我的脑海里，再度出现这个声音。

我看着大勇跃了起来！

我看着那只猴王撕下了琼达的胳膊！

我看着高诺把我和那只雌猴双双拥到怀里，扑倒在地上！

一只人的胳膊，带着一包引爆的土炸药，飞向了洞的深处！

轰！那声音沉闷巨大，引发了这洞里的震荡。天知道，那猴王用了多大的力量，才将这炸药甩了出去！我挣扎着爬起来，把那雌猴也扶起来，高诺晃了晃头，把半身是血的琼达扶起来。那猴王，直接下手逼向琼达的咽喉。

如果是我，可能也会杀了她吧！

"她是恶，可是孩子不能没有妈妈，我求你……"高诺跪了下来，他哭了，"她已经是半个废人了，给他们留下妈妈吧……"

"你救了我，谢谢你，白狼王。你终归要回来……"雌猴的声音不大，而且好像只有我和高诺能听见。我俩奇怪地对视了一眼，就被江湖抓了起来。

"要想保住她的命，马上回车上，止血！回县城！去医院！"江湖一把扛起了琼达，再次向着雌猴行了礼，转身就走。

大勇跳到了我的怀里。高诺回头，刚要向雌猴弯腰行礼，却被那雌猴制止住，她走过来，轻轻地怀抱了高诺："孩子，不要忘记。"

雌猴没有出来，猴王把我们送了出来，并用手势为我们指了路。江湖脚下生风，和刘哥搭手下山。杨哲举着两个小娃，刘哥居中，我拉着高诺，抱着大勇飞速撤了下来。

"给她按着！"江湖吼着杨哲，帮她把动脉血管按住。他拿了纱布，把云南白药一下就倒到了琼达的大臂环上。琼达已经因为失血过多，有些恍惚了。

"我这车打头吧，反正大切底盘高，救人要紧！"刘哥让他们坐到自己车后座上，车调头就冲到了第一个。虽然琼达这人恶得让人反胃，但在生死攸关面前，刘哥的车开得如电影中汽车追逐一般，很多坑他连躲都不躲，直线行驶。

"妈妈呢，妈妈怎么了？"坐在我和高诺中间的两个小娃一边吃着我带的士力架，一边睁着眼问。

"妈妈找你们累了。以后不能淘气了，妈妈都着急了。回去听叔叔话，再有别人叫也不能走了，知道吗？"我刚要说话，台词却被高诺抢了。我看着眼前这个脸部表情轻柔的男人，居然觉得有点陌生。

两个小娃吃完巧克力，喝了点水，就窝在后排一个靠着高诺，一个靠着我眯着了。高诺的脸色并不好看，可是我却觉得，这比我初遇他时跋扈的样子，帅了很多倍。

"肖儿？"高诺轻声唤我。

"嗯。"我歪头看着他。大勇从怀里拱了出来，它不喜欢那两个小娃摸它，现在小娃睡着了，可以跑出来透透气。它一下跃到高诺的肩头，用力扯着他的领子。

我看着高诺一点点从座位上出溜了下去……

"高诺！"江湖回头看了一眼，发狠地踩了脚油门。

第十三章　高诺的前世之谜

县城医院并不大，医生看到琼达的情况，先惊叫了起来。

"去止血！还有这个，看看怎么了！"江湖一把拽住了大夫。

琼达先被送到了手术室，杨哲跟在后边。

高诺的后背是一片血迹，右肩胛骨有一块岩石碎片，崩进了肉里。这是在洞里，他护在我和雌猴身上被炸药所伤。因为只有一个手术室，高诺就在所谓的外科做了简单的消毒，一个医生帮他清理伤口。

"只打这么点麻药？"我看着护士举起一支针，边上并没有更多麻药了。

"我们这儿的麻药处理那个女人都不够，你们这儿怎么还会伤一个……"边上一个看着不像主治大夫的医生在那急得直摇头。

"药我给你买，用多少补多少，给我好好治疗！"我扯着那大夫脖领子就不撒手，"我告诉你，你要不把伤口给我治好了，你就别想出这医院门了。"大勇极为配合地探出脑袋，恶狠狠地盯着这个医生。

"小妹……小妹，是真没麻药了。我一定好好清理伤口。"这哥们儿倒是识实务，开始用酒精给高诺后背肩胛骨消毒，"那个，小伙儿，麻药有限呀，你忍忍。可能吧有点痛，也可能吧，特别痛……"医生眼神不时地瞟着我，"让他咬着点纱布吧。"他最后来了这么一句。

小护士把纱布递到高诺嘴边，他轻轻张开嘴，咬了下去，还伸出了手。

"你不会吧，还要摸人家……"我在他耳边小声说道。

"他要借个力……"江湖摇了摇头，拿个椅子坐高诺边上，把自己的手给了高诺，"哥哥我是怕你拽肖儿的小肉爪子，真给抓个印，她家老爷子直接抽你了。来，痛就抓哥哥手吧。"

"哥们儿，能抽烟吗？"他看了看高诺脑门上的汗珠问医生。

医生摇了摇头。

吧嗒，大勇直接从我怀里跳了出来，直奔听诊器铁盒去了，壮壮的小前爪子一推，那里边根本不是听诊器，是两盒没开封的好烟。医生大哥，你太会藏了。

江湖也不客气，在医生怒视下直接把烟拿过来用火机点上，塞高诺嘴里了："忍着点吧，哥哥我陪着你。"

高诺抬头看了看我，大勇也一脸郑重地冲他点了点头，好像在说"保重呀"！

医生下了镊子，但是拿不出来那块岩石片，高诺把纱布直接吐了："他妈的你杀人呀！"

江湖一下就把高诺按床上了："别动，伤口一扯更大了！"又看向医生，"哥们儿，能下一刀就下一刀，别再多划一刀，明白我意思吧？赶紧，趁着有点麻药劲儿，把异物取了，缝合，一气呵成。要不我弟弟还受罪。他受罪了，你什么下场……你们手术室躺着那个，你也看见了……"江湖还看了看我。

"她干的呀，打小三？可你这弟弟不像喜欢里边躺着那口味的呀。"医生的八卦魂瞬间就爆了。

"打你妹呀，打残了你！"这怎么说话呢！我抬胳膊就要抽他，还好林嗒姐给我架住了。

"肖儿，这儿屋里人太多，空气不好，咱们出去坐会儿。你让江湖陪着高诺就好了。听话。"林嗒姐这一说，我才反应过来，这算小手术，可都快成看戏的了，守着的人太多了。

"肖儿，出去吧，我没事儿。"高诺抬头看了我一下，嘴一歪想乐，可因为痛，又吸了口凉气，"听话，和林嗒姐外边坐会儿。给我买瓶果粒橙去。"他抬了抬下巴。

"要什么果粒橙，酥油茶管够！"我给他使劲翻了一个白眼。大勇看了我一眼，也跳到高诺床前，推了推他。

"干吗呀，小祖宗。"高诺的声音里都带哭腔了。

大勇再度非常敬业地眼白往上一翻，来了一个大白眼……

背景音是高诺一声高过一声的哀号，你说你怎么着也是个大老爷儿们，不能忍着点呀！人家那什么关云长刮骨疗伤，都白听了……

杨哲一直站在手术室外，看到我们出来，面露羞愧之色。林嗒叹了口气。

"已然这样了，我想她会悔改的。眼下，你要照顾好她和孩子，别再做对不起自己良心的事了。"刘哥拿着一塑料袋吃喝过来，递给杨哲一瓶饮料，"兄弟，放心，俩小娃都在那该吃吃该喝喝，我那车队人照顾着呢。"转过脸，打开袋子，"我刚才在那小伙儿小卖部砸开门买了点吃的。肖哨快来补补。"

我看了看那袋饮料和零食："您把他门砸开了呀？"

"唉。"大勇也探头看了一眼，叹了口气。

"嗯。你刘哥这右手这么一砸……"刘大哥抢着膀子就给我们讲了一遍。

林嗒姐抿嘴乐了："车钥匙给你，记得开大灯。三十分钟不回来我就找你去。"她捅了我一下，"果粒橙，不是鲜橙多哟。"

"哟，姑娘怎么还出去，这么黑了。我买错了？"刘哥一脸不解。

"反正门都砸开了，不怕再砸一次。放心，一般人不敢怎么着她，还带着帮凶呢。"林嗒姐一乐，大秘范儿端丽可人。刘哥连连点头。

就算我开车再磨叽也比我腿儿着去小卖部强多了。大勇自个儿蹲坐在副驾上，非扯着我给它绑安全带。好吧，安全驾驶从狗做起。

不到十分钟我就到了店前，果然里边还亮着灯呢，拍了两下就听里边骂骂咧咧的："他妈的，这帮车队真是烦！"小伙儿开了门，看见是我，有些不好意思，嘿嘿笑了两声，"姐，你咋又来了，饿了？"

"不饿，要三瓶果粒橙、十条士力架、一箱红牛。还有，质量好点的牛肉干。"我摊摊手，表示我可不吃这些高热量。

"啊？这是我刚才让那大哥买的，他非买什么上好佳……我都告诉他了，一点不健康，不如吃点这些，在高原上才管用。"少年一脸的鄙视。我看出来了，刘大哥和我们买东西真不是一个品位，洽洽瓜子买了在医院如何吃？

小伙儿坚决不收我钱，说刚才那个高哥给的钱太多了，这些都有富裕，还帮我搬上了车。前后总共不到二十五分钟，中间我和他还八卦了一下杨哲和琼达如何在一起半推半就滚了床单那事。

我正在发动车，小伙儿扒着我车窗想了想说道："姐，买东西来的刘哥一看就是热心肠那种，砸了我门半天我也没和他喊起来，不过有一辆和刘哥一样的车，老去琼达家。那半夜买东西，跟霸王一样。不过他们特爱买干脆面、压缩饼干啥的。你们北京人口味真杂。"

告别了小伙儿，我带着大勇回了医院。高诺的外套已经穿上，江湖陪他说着话，看我过来，他歪嘴一乐："我以为你找地儿睡觉去了。"

"我看你呀，还是不痛。"往高诺手里塞了一瓶果粒橙，想了想，直接又就着他的劲给拧开了瓶盖。

"我就那么一说，你还真去。"高诺拿着瓶子，突然心里觉得满满当当的，后背的伤口也不那么痛了。

凌晨四点钟，琼达被推出了手术室。一条胳膊没了，残废了，但拣了条命，孩子也回来了，希望她能有所感悟吧。

江湖交代了杨哲两句，就随刘哥一起去了他们之前住的宾馆，开了两间房。天已蒙蒙亮，我和林嗒姐一间房，江湖和高诺一间，守着这个伤员。医生说实在是药物有限，只能简单处理伤口，连破伤风针都没的打，不能沾水怕感染，加上高诺高反同时还有剧烈运动，医生心里是真没底。

我刚给大勇擦干净全身，爬上床还没二十分钟，林嗒就捅了捅我："那位少爷，说想找人聊天。"林嗒拿着江湖发过来的微信跟我说。

"嗯，那让江老大聊着吧，不成你把大勇拿过去陪聊。我是不成了，我要睡觉了。我大姨妈呢！"我拿被子裹上了头。

"肖儿，我老公明天还要开车……你能心疼下你江大哥吗？"林嗒像哄孩子一样，柔声细语，真是让我……唉，爬起来我才发现，她连衣服都给我拿好了。大勇脑袋晃着，有点没醒的样子，翻了翻眼皮看着我。

"要不你跟林嗒姐睡吧，我自己过去。"

"唔。"大勇咬住了我的衣服袖子，把自己忽的一下悠进我怀里，闭着眼又睡上了。

"这小家伙真是忠心呀。快点吧，给你大哥换回来睡会儿觉。"好吧，林嗒姐这是下命令了，我赶紧吧。拿了点零食，我就过去了。

都没敲门，江湖就把门开了："肖儿呀，你可来了……我让他睡觉，他不睡，话痨上了。你陪着聊会儿吧，我得眯会儿，明天我得开车呀。"江湖一脸的无奈和疲惫。

"嗯嗯，您休息去吧，林嗒姐等着呢。"我把江湖送走，回头看到高诺趴在大床上冲着我乐。还好大勇瞥了一眼，先跳到了中间，来回来去地跑上了。

"大勇你不会要拉屎吧？"高诺可能有点疼，龇牙咧嘴地问道。

"它是在画一条流动的三八线。"我是看出来了，大勇来回来去折返跑速度极快，我站在门口看都串在一起了。

"唉，我都这样了，能对你主人下什么手？"高诺摇了摇头，指了指边上的被子，"麻药根本没有麻药劲儿呀，疼死我了，聊会儿天……"

"嗯，我听林嗒姐说了，你把江哥都聊得不成了。"我也顾不上什么了，要是不能睡直直腰也成呀。这折腾了一晚上，我腿也酸腰也酸哪都酸。

我把零食摆在床中间："吃哪个？给你打开？"然后脱鞋缩进自己被子里。

"你说你能不肉多吗？这都几点了，还吃吃吃。以前我那些妞儿，可注意身材了……"高诺笑了一下，拍了拍我肚子上边的被子。

"对对对，那都是用这儿赚你们钱的。"我隔着被子指了指胸，"三围有，票子有。"

"懂得还挺多。"高诺往我这边移了移，还开了一包牛肉干给大勇。小家伙直接在那嗷嗷吃上了，根本不管主人安全不安全！

"反正一般再难搞，一辆 TT 也差不多了。"高诺趴在我枕头边上，往我耳朵眼吹着气。

"这么便宜呀。"我侧过身来看着他。

"你以为呢，又不是娶媳妇儿。"高诺哼了一声，一副大爷的样子。

"噢，那你要娶媳妇儿是什么装备呀？"

"你说，你想要什么吧。"高诺看着大勇在那吃八成有点馋，自己伸手也要拿，大勇死咬着袋子不放，"哎，属王八的呀，不撒嘴。"高诺没劲了，松了手。

"来，听姐姐话，给你高哥剩一个。这可是他掏钱买的，他还能给你掏钱买辆 TT 呢，姐姐带你兜风去！"我摸了摸大勇的脑袋。小家伙松了口，我剥开一块牛肉干，递给高诺。

"你不喂喂我呀？"他居然瞪着大眼睛在那眨呀眨的。大哥，您一副富二代外加比较流氓相的样子，我真觉得不太适合，不过我还是放在了他嘴里。

"有点咸，渴了。"高诺抬抬下巴，看着饮料瓶。

"得，我伺候您，伤病员！"我往瓶里放了根从家就背上的一次性吸管递他嘴边。大勇的小脑袋一直跟着移动，两只眼睛水汪汪的。

"肖儿，拿我床头那个杯子，给它倒点吧。这是挺咸的。"高诺看着大勇，一脸的无奈。

我撑着起身绕过高诺，把水杯刚拿在手里，就觉得肩膀被抓住，整个人被往右扳，还没明白怎么回事，就被高诺压在了身下。

"要疯呀！"我拿杯子就对着他太阳穴。

"你舍得呀？"高诺的眼神有些挑衅，下巴碰了碰我脑门，然后他的脸贴着我的脸慢慢往下移。那种皮肤间的轻微摩擦，让人脊背有点发涩。

我的眼珠随着他的移动上下转着。高诺一手撑着床，一手掭着我的后脑勺，还轻微抬了抬。他的眼睛，变得格外深邃诱人。

"你要什么，我都能给你。做我的新娘吧。"高诺的喉结上下动着，多少有些隐忍，是伤口痛吗？他的手在我锁骨处停了一下，还想往下滑。

我抓住了那只手，又用手拨开他眼前的头发，严肃地说道："我只要，他没事。"

"你命令我？我现在动动手指，你就完蛋了。"高诺直直地盯着我，眼神迷离，他掮在我后脑的手，已经扼住了我的喉咙，"我最讨厌别人命令我。我现在就能杀了你，信不信？"

我看着他在我身上拱起了后背。高诺的伤口根本经不起这样移动，我很怕他的伤口崩开。但是现在眼前这人很是愤怒，根本不管别人的感受。

"行呀，那你就杀了我。本来打算娶个新娘，你就变成……"我挺了挺胸，斜眼看他。

"但是你，很在乎他呀。"他嘴角上扬，并不似高诺平时的微笑，倒是多了一份威严与霸气，"你们这儿的东西，真好吃。"他居然坐了起来，一仰脖，一瓶果粒橙就下去了。大勇扬头看着他把最后一滴喝光，又看了看我这儿只有一瓶可乐了，居然奔到我腿边上打起滚来……我去，吃货在这么危险的情况下还会娇情吗？

"给你，还有一瓶。"等把可乐递过去，我已经隐隐感觉到，此高诺非彼高诺了。

"噢。"这个"高诺"也不客气，直接拿过去，拧开盖子，又一仰脖。我看见他刚才的上衣，被血浸了一大片。

"呃……嗝。"他对着我打了一个特别大的嗝。

"我擦，大哥你干嘛哪！这不能对瓶吹，会噎死！"我把可乐瓶子抢过来，递过去一个泡芙。

他拿在手里并不去撕，直接一挤，挤破包装袋纸，那枚泡芙直接被挤到半空。他张着嘴正等着，大勇抬头后腿发力，像一枚金色小炮弹一般划出一条漂亮的抛物线，啊呜一声张嘴就要叼。他眯眼微微一笑，单手抱住大勇，另一只手抄过泡芙塞到嘴里："嗯，这个真好吃。还有吗？"

"可以组队去大吃自助下午茶了……"我看着两个吃货如此拼，发出由衷的感叹，"这你的。"我掏出三个泡芙来放他手里，"过来过来，给你留了一个。"我赶紧把大勇召了回来，外人面前太丢人现眼了，你不是西藏鹰獒吗？你那尊贵的身份呢？

"现在你这样，我可着劲的能欺负你。"他一边吃一边瞥着大勇。因为太多了，奶油都吃到了嘴边。

我拿了张湿纸巾，直接抬手给他擦了。

"你不怕我？"他有点吃惊，看着我给他擦完，把湿巾折了折，又给大勇擦。小家伙吃太急了，嘴边上的毛全是奶油……一会儿还得给它洗脸。

"怕有什么用呀？非得弄得哆哆嗦嗦的，打刚才你敢和大勇抢吃的，我就觉出来，你不是高诺了。大勇不敢惹你，好像还有点唯唯诺诺的样子；还有，你的影子……"我指了指地上的影子，正如我在那个山洞里一直不敢相信的一样，那影子是一只犬科类动物的轮廓，"不过你好像，不能完全控制住他的思想。"我想了想，把士力架也给拿了出来，"没了呀，吃完这个就没了。大晚上别吃太多甜的，对牙不好。"

"噢。"他直接挤开就吃，可嚼了一口就吐了，"这玩意儿不好，别给它吃。心跳都快了。"

"啊？狗是不能吃巧克力的。"我赶紧起床，倒了杯温水给他。

"还挺会伺候人，这小子福份真不浅。"他拿到手里一口喝干，"姑娘，你挺在乎他的。你的性格在草原真适合，要是当年我遇上你呀……"他上下打量着我，"但是胸真的不大，肉也有点多……我能凑合。"

"凑合你妹呀！"我直接给了他胸口一拳，"三里屯夜店一堆胸大条儿顺的，你去呀，得了病别哭！"

"嗯？"他看了看我打过他的手，"姑娘，你也太没大没小了吧。除了它，没人敢跟我动手。"他指了指大勇。小家伙此时吃完泡芙，一脸享受地在那挠耳朵。

"别废话了，吃也吃了，喝也喝了，我这便宜也让你占了。哪来的回哪去，不送！别逼我让大勇动手。"我混不吝的劲儿有点要上来。

"哈哈哈哈，它现在还对付不了我。"他指着大勇，"不过，我喜欢你。唉，好不容易能出来会儿，我就来看看，这小子身子骨真是一般，怎么传到他这儿这么差劲。想当年，我可是……"

"行了行了，你当年的事，你爱跟谁说跟谁说。再给你两个肉松饼，快走吧。这天都要亮了，你让他赶紧休息会儿，你看他这伤口都往外滋血了！"我看着高诺的后背心都凉了……这么多血这人会不会挂了？这屋里就我和一狗，再给我招个什么罪名。

"我要是不走呢？"他又是那副天下老子第一的样子。

"有话快说，这不天亮了鸡一叫都得走吗？"我双手环抱，有点不耐烦了。

大勇也突然戒备上了。好吧，你总算觉得主人有点危险了。

"呃。"一股大到我无法反抗的力量一下把我压到了床上，他紧紧地搂着我，脸贴到了我的锁骨上，"要你的命，他舍不得。你会再见我，我可不这么容易打发……你能帮他，好好照顾他，别离开他，行吗？答应我。"他盯着我，似乎要把我整个魂魄摄走一般。然而那声音，柔软得人都要醉了。

突然，我觉得自己的五脏六腑都要被挤爆了，可是我强撑着，从牙缝里挤出话来："我答应你，一直陪着他！"

一阵强风穿过全身，我闭上了眼睛，心脏跳得像要飞出来一样。缓了许久，觉得有人在拍我的脸："肖儿，你说的，是真的？"是高诺那吊儿郎当的音调，正弱弱地问我。

"啊，开玩笑呢。"我睁开眼，发现自己居然搂着高诺，而环抱着他的双手，全是血！

我觉得我打小都没有这么认真跑过百米，我冲出门去猛拍江湖的门，和他一起再次把高诺弄到了医院。

到医院已经是早上八点半了。那位给高诺上药的医生还没下夜班，看我们又回来了，一脸的"黑线"："怎么回事呀，大房和二奶又撕起来了吗？"

我真是给他跪了："快给止血！"

"唉，麻药没了，你说这纱布也快没了……"医生给检查了一下，高诺的伤口撕裂过大，导致再次出血，人已经是半昏迷的状态。

"缝针吧，"江湖皱了皱眉，"没麻药也缝吧。弄成大出血，就更完了。"

"这么大的伤口撕裂，像……像是有什么要钻出来？"医生摇了摇头，钻到床底下，"我呀，就是怕平时药不够，藏了点麻药，但是也不太够。反正他晕了，我给他打一针，另外我还得留点儿，保不齐有别的病人。是吧，姑娘。"他和我商量着。

"谢了，兄弟。肖儿，回去给高诺拿件衣服换换。"江湖真怕我在那再跟医生急了，给我支了回去。

"肖儿，把丽兹……带来。"高诺的声音很微弱，让人揪心。

拿着高诺的血衣回了宾馆，林嗒姐摇了摇头："给我吧，这宾馆还有烘干机，我正好把这小子的衣服都给处理下。"

我好不容易才给他找了一件夹克，一件 T 恤。可丽兹的那个小红绒布袋呢？我正犯愁，大勇跳到了床上，东闻闻西闻闻，然后一口咬住枕头死命地扯。

"我的天呀！大勇，咱们一会儿赔个床单就好了，你这样你高哥哥又得掏个枕头钱！你……"那个红绒布袋居然从扯破的枕头里掉了出来。高诺呀，你说你放枕头底下我还能找着，你往这里塞，我这心大的人要是没大勇真是废物了。然而大勇叼在嘴里，并没有要给我的打算，两只壮胖壮胖的小前爪配合着嘴把布袋灵活地打开。我真怀疑，要是没我的话它都能自行吃小龙虾了。

"呸！"大勇的嘴伸进袋子里，然后吐出了三根白色的毛。我坐在床边，刚要伸手拿，小家伙前爪按住了我的手，大眼睛转了转，直接调转身，抬了后腿，"哗"就是一泡尿。

"咳咳！你给我等着，叙个旧都被你管闲事！"那个在高诺身体里的声音又出现了！一道纯白色的光忽然从那三根毛中发出，在大勇面前转了几圈，形成了一个发光的亮点，似乎在抗议。

"呼！"大勇相当不客气，深吸了口气就吹散了亮点。

"早晚有你受的！"那亮点散而又聚，飘到我面前，"你……"

"你什么你呀，高诺给你整得又进医院了。我能明白你是多少跟他有点瓜葛，要是乡里乡亲的，直接张嘴，让他给你烧个皇宫，加一套苹果、超跑！他老子也有钱，别缠小伙儿了。"我也学着大勇的样吹了口气，不过没什么作用。

"脾气真差，你……"那亮点上下跳动着，大勇的脑袋也跟着上下动。

"你什么你呀，别给你台阶还不下，弄急了找个大师给你降了，扣个没人的破井里，啥也不让你得着！我还告诉你，姑奶奶就烦你这种嘚瑟的！"

"啊呜！"我还没说完呢，大勇一下扑上来，把那个亮点给吞了。

我擦，小东西你咋什么都上嘴："有传染病什么的怎么办？"

"阿嚏！"我还没纠结完，大勇打了一个大喷嚏，那个亮点带着一系列的唾沫星子又飘到了我的眼前，我极为嫌弃地往后躲着。

"现在这姑娘的脾气真是……还有你！"那亮点好像回头瞪了大勇的感觉，不知为什么，我觉得面前有双眼睛在看着我，威严、霸道而又有少许的温柔，"我来看看他，那小子你多照顾吧，有你他吃不了亏。咱们还会见的。"那个亮点落在大勇的脑袋上，一股夹杂着青草或者说是草原味道的冷风，在屋里打了个旋儿，消失了……

我还在愣神，大勇把那个红绒布包叼到了我手上。

"嗯，咱们回医院。"我摸了摸小家伙的头，笑了笑。

第十四章　夜翻垭口

我和大勇还没出宾馆大门口，就见江湖的车开了回来，他脸色也不太好看。是呀，没睡好呀，这折腾的。

"伤口又缝了，挺爷儿们的，这次没叫唤。医院小但医生人不错，看你没回来，找了个跨栏背心给套上了，套上我外套我给弄回来了。"江湖指了指肩膀上扛着的高诺，"帮把手，弄回去让他再休息会儿。晚上咱们还得去左贡。"

林嗒姐很是有风度地通知前台，和前台礼貌互撕，看着前台给换了床单和新枕头，付了我们毁东西的钱，然而没到二十分钟又和前台妹子手拉手聊着家常。此等本事不是我能学得来的。

江湖把高诺放到了床上，指着他："我跟林嗒那睡会儿，你看着点，反正晚上开夜车你也能睡……不会让你开的。我问了刘哥的车速，你那二十的速度是跟不上的。"他发现手上的一串佛珠发出了淡紫色的光，又问我，"哟，这屋刚才来过大主儿，小丫头片子没害怕？"

我骄傲地摇了摇头。江湖摆了摆手："我回屋眯会儿去了。咱们白天自由活动吧，出发一小时前我让林嗒告诉你。"说罢他拖着一身疲惫回了房间。

高诺趴在新换的床单上，我给他盖了盖被子。芒康的阳光透过薄薄的窗帘洒在了他的脸上，侧歪着的头部轮廓上印着挺拔又有些邪气的鼻梁，长长的睫毛有些不适地上下翻动。我把另一层窗帘拉上，将光线挡住，又把丽兹的红绒布袋放到了他的臂怀里。

大勇跳到高诺身边，小鼻子碰了碰他的嘴唇，之后吐出粉红的小舌头，舔了舔高诺的人中。没一会儿，高诺的呼吸便匀和了。

"呼。"大勇就跟完成一个大任务一样，雄赳赳气昂昂地踱到我面前，又蹿到了我的怀里。

"得，你高哥哥睡了，咱们也休息会儿吧，一会姐姐给你买好吃的去。"
我合衣躺在了边上的单人床上，没一会儿就睡过去了。这一晚上折腾的，我
这肉身子骨也顶不住了。

梦里我总觉得有双眼睛盯着我，周身劳顿我真的连眼皮都懒得抬。这一
觉睡得我浑身酸痛，醒过来的时候发现大勇在我腰上来回来去地踩……看了
眼手机，已经下午三点了。一翻身，高诺趴在对面，冲我乐。

"折腾一晚上累了吧，你都打呼噜了。"高诺的声音有些沙哑。大勇刷的
一声从我腰上发力，跳到了高诺床上，"你可轻点，肖哨可不能让你这么折腾。"
高诺想抬手去摸大勇的头，小家伙马上四脚立正，一副攻击的样子，"咳，咳，
行，你厉害。不招你了。"

我下床给高诺倒了杯开水，递了过去："饿了吧？想吃什么，我给你买
点去。"

"呃，不太饿。你自己想吃什么拿我钱包去买点吧。"高诺把手伸了出来，
指了指自己的包。看他一副病快快的样子，想他后背一定很痛。我探过手，
试了试他的额头。

"高诺，你发烧呢。要不咱们再去医院吧？"

"没事，伤口发炎都会这样的。以前我打架受了伤也这样。"他努力地笑笑，
用力撑起了上身，抓到了放在椅子上的包要拿钱包给我，"我什么都不想吃，
嘴里没味。你自己带着大勇吃点好的去。"

"那吃火锅吧，嘴里就有味了。"我刚说完，大勇就冲我点点头。好吧，
小家伙馋呀。

"啊？你可真……"高诺刚要说什么，我已经披上外衣出去了。跟林嗒
要了车钥匙，我先从后备厢翻出了我的中号焖烧罐，之后开车直接去了那八
卦小伙的小卖部。看见我来，他倒是高兴。

"姐，要什么呀？随便拿。今天出发走了吧？"小伙儿指着自己的铺面。

"就要你家厨房，给我腾出来熬点粥。还有咸菜不辣的来两袋，然
后……"我环顾了一下，"给我们大勇来两斤上好的肉干吧，我要一个泡面
和卤蛋。"想着晚上我得照顾高诺，没法和江湖他们出去吃饭，就直接方便
面解决吧。

小伙儿真是爽快人，听我说高诺不舒服想喝粥，直接给我腾了厨房；还
告诉我这边海拔问题，粥有可能不好烂。不过他让我偷用了他阿妈昨天泡的
米，也是准备煮粥的。折腾了一个多小时，总算把白粥搞定。又把咸菜切了

丝儿，放了醋点了香油。把这些搞定，小伙儿的阿妈正好进来，听说我要给病人吃，又给我煮了五个鸡蛋。

我把粥放到焖烧罐里，大勇已经吃完了小一斤肉干，我赶紧拿出两百块钱给小伙儿，可他死活就是不要，非说高诺昨天买烟给了多余的钱，可我已经来过一次拿了零食了呀。我死活要给，放下钱就跑了。

小伙儿居然跑出来拦了车："姐，钱我收了，别说了。这五斤肉干可好了，你拿着。不说别的，下次来玩，还来我家，直接住几天。芒康虽然小，好玩的地方特别多。我喜欢和外边你们这种游客沟通，以后我也要去北京上学。不过我不会像琼达，我要把这里的一切，告诉大家，我们很美。还有，我叫桑杰！"

"好样的！桑杰，我叫肖哨。"我下了车，拍了拍他的肩膀。大勇也跳到我的肩膀上，用小脸在小伙儿的脸上贴了贴。

开车回了宾馆，就赶上江湖和林嗒出门。虽然江湖还有黑眼圈，但他的精神头回来了点，正在那点烟被林嗒姐骂呢："都高反了还抽抽抽，你就作吧！"

"ZUUU"大勇就在那学北京话"作"这个词，我斜眼看着这只要学人说话的狗，它咋不上天呢？

"回来啦，吃饭去吧？高诺我看了眼，有点发烧，正常现象，伤口发炎，但是没再撕裂。他说睡会儿，晚上咱们好出发。"江湖还是借着和我说话的工夫点了根烟。林嗒瞥了他一眼，也没舍得说，毕竟晚上又要开夜车，他劳苦功高。

大勇在外边解决完自己的拉撒问题，我就抱着它回了房间。高诺听见我开门，扭头给我展示了一个笑容。

"唉，其实你不那么混的时候，真的挺帅的。"我脱了外套，带着大勇进了卫生间，给它洗了爪爪，顺便自己也洗了洗手。我把焖烧罐拧开，去冲上边的铁碗和折叠勺子、筷子。

"你没跟江哥他们吃饭去？一会儿要开夜车，小胖妞不饿呀？"高诺大半个身子从被子里探了出来，"带什么吃的了？香，我有点饿。"

"我要是跟他俩吃饭去了，还有你的事呀。"经过焖烧罐的加压，粥又比刚才软了些。我舀了一半放到碗里，把咸菜也打开，又给他剥了一个蛋放到碗里递了过去。

"哪弄的？"高诺没想到自己最想的白米粥和咸菜丝儿出现在面前，很是不可思议。

"就你给小费那小伙儿家借的厨房，别人也不熟，说一堆好话再不借呢？不过高原上，粥不是特别黏，和您在各大餐厅吃的不太一样。凑合吧。"我又往前递了递。

"谢谢……"高诺低了下头，清了清嗓子。他想一手撑着身子，腾出手来接，但扯到了背部的伤口，皱了皱眉。

"唉，我伺候您吧。"先把我的被子团了一团放到他身后靠着，盛了一口粥，放到他嘴边，"等到了林芝，条件会好很多。高原小江南。"我挤了挤眼，让他放松点。

"好。"高诺张大了嘴，咽了下去。

大勇在边上一个劲地挠我。好吧，给小家伙弄了一小口白粥，结果人家闻了闻，默默走开了……你是有多嫌弃你姐的手艺呀！下一勺我直接塞自己嘴里了，不难吃呀。

"挺好吃的，跟我妈熬的一个味。"高诺笑了笑，"来点咸菜丝儿。"

"我给你冲冲勺去。"我这才反应过来我是在喂别人……

"得了，肖儿，咱俩哪至于。"高诺笑出了声，又让我喂了几大口粥，还吃了两个蛋，"真香。"他眯起眼睛冲我乐着，像个孩子。从他第一次出现在我面前那种富二代的霸道嚣张到如今善良有担当，一个人，到底有多少面呢？

"哎哎，说你呢，再给我盛一碗呀。"见我愣神，高诺直接下手掐了我脸一下。

"疼着呢！哎，你这不是能伸手吗？"我真想给他一脚，不过还是把剩下的粥给他盛了。

"我都好久没喝白粥了。"这碗喝得更快，是真饿了。

好吧，我也饿了。看他吃完，我把焖烧罐放到卫生间泡着，又做了热水，开始撕泡面包装。

"哟，没了？这小罐就这么点，光厚实了。"高诺挑了两根咸菜丝儿在那嚼着。

"壁厚保温呀。"我白了他一眼。大勇对方便面的味道挺喜欢，不过把面泡上的过程中，小家伙看到各种调味料，轻视地走开自己舔毛咬指甲去了。

"呃，肖儿，你说了我给你留点呀。"高诺打了一个嗝。

"你不是爱吃嘛。等回北京，我给你熬更好喝的。方便面也挺好的，我好久没吃了。"我背对着他，托着腮等泡面。好不容易面泡好了，我刚用叉子挑起面来，还没往嘴里送，腰就被人抱住了。

甭问了，肯定是高诺呀！"肖儿，你真好。"他的头来回来去蹭着我后背，腰也被卡得死死的，"你别动，让我抱会儿，就一会儿。"高诺的声音里，是一种恳求。好吧，反正泡面泡面，就泡着吧。我干脆把面放到了桌子上。

"肖儿，你能一直陪着我吗？"他的嘴唇触到了我的后脖子上，湿湿滑滑的，我整个人颤了一下。

"不……"我刚要张嘴，高诺在我腰上的手又加了劲，"唉，你别用力了，一会伤口崩开了。"

"我知道，你是应付在我身上的人。不管现在你怎么后悔，当时我都特别高兴。你说你能一直陪着我，当时我就想，我死了都行了。就很想睡，可我身上的人不同意，一个劲把我拉醒拉醒。他好像在用伤口的疼痛刺激我一样。但是，我醒了，又看见你了。你睡在我边上，虽然还不是身边，但是，我特别踏实。"高诺的头往前探了探，深深地埋在我的锁骨里。

"行啦，这么大人还撒娇。"我拍了拍他的脸，拉着他松开的手，"我一定完成任务，把丽兹的晶体和你一起送过去。嗯？"

"嗯。肖儿，你真好，我给你剥个鸡蛋。"高诺终于松开了我，剥了一个鸡蛋放到我手上。我把蛋清吃了，蛋黄直线往上一抛，大勇不用叫，张着嘴高高跃起，把蛋黄给吞了。

"你再眯一觉，我先收拾东西。咱们晚上七点半左右出发。"我刚要起身，高诺又从后面把我的腰卡住了。

"没什么收拾的，你再坐会儿。"他的头歪着搭在我肩膀上，斜眼看着我，"肖儿，你对我真好。以前我生病了，我妈妈也给我做白粥；以前我跟小朋友打架了，妈妈也不说我，还给我买最好的玩具；出那种最新的文具了，妈妈也是第一时间给我买。我妈妈老是陪着我，抱着我，不说我……"

"嗯，对对对，你有丽兹，还有个好妈妈。不过少爷，你要是不睡觉呢，你也闭着眼休息下，别给我秀幸福了……我家虽然没有钱，但是也不亏着我。你没什么收拾的，我一堆呢！"我把他手掰开了，开始收拾他那几件衣服。他有点无聊地缩回了被窝，还时不时瞥我儿眼，那表情真是好笑。

我觉得高诺的话就跟吹泡泡一样，没过十分钟吃饱喝足的他就睡着了。我帮他把东西揣进包里，轻声关了门，回到林嗒那屋收自己的东西。

晚上七点半，刘哥和一帮车友陆续到了我们楼下。我把流着哈喇子的高诺叫起来，他那个发小儿吴雄和王威也过来了。

"我带队吧，我还是熟一些路况的。"刘哥拍了拍胸脯，手上还拿着一个大茶杯，"这浓茶比你们喝的咖啡都管用。"

"行，刘哥带路，我压车尾。这一路多小心呀，前边有个垭口，海拔很高，咱们都得当心，有不舒服的互相照应下。"江湖把着车门，提了气，声音洪量有力，跟前后司机交代着。

"行，都听您和刘哥的。"后边的人呼应着。江湖那气场，绝对压得住。

林嗒姐依然在副驾，高诺一摇三晃地上了后排。我把毯子和充气靠垫都从后备厢拿出来，给他放在左手边车门那，他靠着，也省些力气。

"嗯，还算会照顾人。怎么说也是个英雄。"江湖你是表扬我，还是表扬高诺呢？

吴雄趴在刘哥车上，打听着我们昨晚的"奇遇"。刘哥说得唾沫翻飞，要不是江湖直接给刘哥打了电话让他开路，能侃到明天去。

车队出发前加了无线电台，刘大哥那声音从出发开始就没停过。那叫一个能聊呀，我觉得要是他做直播一定能火！就不见他累，还时不时能听见他喝水的声音……关键他还是头车，他还开车！

"其实刘哥也挺辛苦，开夜车，还是高原上，他就怕大家提不起精神来，费着自己的气力，顶着大家的精气神儿。老北京人，局气。"江湖开着车，给我们解释，"肖儿，看着点高诺，他是发烧加高反，一会儿前边的垭口我怕他不适应。"

"得嘞，您放心，保证完成任务。"拍了拍他的椅背儿，我把大勇放到了高诺左手腕上，"来，你给高哥哥把把脉，能顶住吗？过垭口哟。"我捅了大勇的屁股一下，小家伙回头瞥了我一眼，假模假式地把肉乎乎的小爪子搭到了高诺的脉上，还眯上大眼睛，这叫一个能装。

"嗯，一看就是老中医。"我摸了摸它的圆脑袋，发现大勇打上呼噜了。

"真随你。"高诺嘴都歪了。

"肖儿，止痛片，让高诺到了十点吃一次。"林嗒姐把药递了过来。

车在行进中，大勇居然倚着高诺睡得平躺了。想想小家伙平时就是吃了睡睡了吃，昨天折腾成那样，是得让人家补补觉。

高诺把手轻轻搭在了大勇的背上，他的呼吸有些许粗重。我用手试了试他的脑门："吃药吗？"

"不吃，"高诺斜楞我一眼，"老吃止痛药容易傻。"

"噢，但是本来就傻吃了也没事吧？"我点点头，表示特别同意。

"来点水。"高诺叹了口气，指了指保温杯。

"嗯呢，少爷，您稍等。"我把杯盖拧开，倒在小碗里，吹了吹递过去。

"哎，这还有点姑娘样子。想当初你在北京是不认识我，你要认识我，给你身上的毛病都扳过来。我妈那可是大家闺秀范儿。"

"嗯，我是不认识您呀，我不太看《法治进行时》。"我笑着把水递到他嘴边。

"你！"高诺刚要发飙，被水堵了嗓子眼，直咳嗽。

"肖儿，你让着点他。"林嗒姐实在看不下去了，拿了一包已经开始膨胀的成都棒棒鸡砸了我的头，"你说你这零食怎么哪都放。"

"就是，我是病人！"高诺终于不咳嗽了，皱了皱眉头，捅了我胳膊一下。

我摇开车窗，把剩下的水给撒了出去："天都黑了，你也睡觉吧。"我跟高诺说，但没回头。从半摇下来的车缝里灌进来的冷气，让人脑门痛。车尾，好像有什么东西在跟着。

"那个……"我有点慌张地指了指窗户外。江湖右手食指竖起，摆了摆，示意没有问题。他全神贯注地看着前方，似乎对后边的东西并不在意。

"江哥，咱们这路是怎么个开法？前边路不好走？"高诺撑了撑身子，换了个姿势。

"少爷，特别平坦。要不你开会儿？"江湖喝了一口红牛，提了提神，打趣着高诺。但是这语气中，没有丝毫的放松。

"你别打扰他，我给你讲怎么开。"我把高诺扒拉开，让他别打扰江湖开车，"这车开着开着，一会前边儿会出一问号儿，咱们一蹦，噔楞楞楞楞，哎，出一蘑菇，把蘑菇吃了，车还能长个儿了；还往前走，又有一个问号儿，一碰，出一朵花儿；吃完花儿，你再一抬手，嘟嘟嘟嘟嘟，能打子弹，带刺儿那红毛王八就来了……"

"你当我傻呀，那是超级玛丽！"高诺狠狠瞥了我一眼，"唉，我这一跟你生气，怎么觉得喘气都费劲。"

"呜。"许久没有动静的大勇，一个翻个儿，站了起来，警惕地看着前方。

"喵……"一只好像黑猫的东西，突然出现在前方，江湖猛一打轮，我们的车好像压着它了。

"要不要下车看看？"我有点担心。

"现在位置是海子山，这个垭口五千米以上的海拔，你觉得，是猫吗？

看来，我们被盯上了。"江湖深深吸了一口气，把车速降了下来，他戴着佛珠的左手，在方向盘上敲打着。

随着他的视线，我发现，我们前方的车正在消失……

江湖的车是压阵，按理说从刘哥的车开始，无论上山，还是拐弯，我们都可以看到长长的车队尾灯，而现在，前方只有朦胧的绿光。

嗞啦……嗞啦……车里的无线电全是杂音。我甚至没有注意到刘哥从什么时候，没有了动静。

"是福不是祸，是祸躲不过。我江湖倒要看看，什么东西敢挡我的路！"江湖面部僵硬，咬着后槽牙吐出这句话。他把左手的佛珠摘下，口中念着"佛法无边，百鬼皆让"，一边稳着我们的情绪，小心开着车，一边气沉丹田，诵读《金刚经》。

有那么几秒，车前的景象有些变幻，好像看到了前方的车队尾灯。我刚要伸手指，就听砰的一声，江湖手上的佛珠居然断了！佛珠弹到车玻璃前，发出砰砰的声音。江湖脑门上的汗，一下子就渗了出来。林嗒姐赶紧帮着江湖擦汗。

车上的温度测试仪显示，室外只有八度。数字还在不断地下降，一眨眼工夫，居然掉到了零度以下！

"肖儿，我……我有点冷。"高诺的身体微微颤抖着，他的脸色并未因为发烧变红，而是发暗了。大勇的背毛竖了起来，看得出来，它很紧张。

不知道为什么，我觉得心神有些烦躁，居然很想打开车门出去溜溜！出发前我看了看地图，很多公路是盘山而行，我们车队的车灯都是打着弯的，这随便打车门……正想着呢，就看高诺的手伸向左边车门。

"要疯呀！"一把我就给他拉了回来。

"肖儿，我不知道……我好像，管不住自己……"高诺断断续续地说着，他的手腕冰冷。我赶紧试了试他的脑门，没吃退烧药可是温度极低。

"把师父留给我的至宝佛珠都能弄断，身上的冤气可够大的。本想来个下马威，就当过路两不牵绊，可你要是不让老子好过……"江湖怒目圆睁，看样子这是要干了，"媳妇，这一路，没玩好，担惊受怕，苦着了。"他转过头，一脸温柔地看着林嗒。

"跟着你，我就够了，"林嗒姐一脸淡然，拍了拍江湖的手背，"要帮忙，说话！"

"肖儿，你……你看……是……是它们来了！"高诺挣扎着坐了起来，指着前方。

本来是盘山公路，竟然突然间断了！我们前方看不见任何车的尾灯了，只有我们这辆车的前灯照亮了车前一小段距离。可就这么一小段距离，居然是草坪，不是公路！而刚刚那绿色的光点，变多了，而且，越来越多！

"是……是那些人说的折顿……"我有些结巴。

"找上门来的，车没法开了……动不了了。"江湖尝试着各种前进与后退，可是车就是不动。

"它们是找我的，让我下去吧，你们开车。"高诺身体哆嗦着，想拉开我的手。

那些绿光越来越近，在我们车前大灯下，出现了三只足有一米八，上肢发达，臂上有鳞片，下肢如牛蹄的红毛怪物。它们的脸被红毛盖住，只有一只独眼，冒着绿光。而它们周身，居然有一层淡淡的黑雾。

"这就是恶魔折顿？"江湖有些难以置信，"我只是听师父说过，它们会攻击弱者，吞噬其脑髓，让人痛苦异常。但是，怎么会这么多，是什么把它们引来了？"

一道金光从我身边跃起，跳到了江湖的方向盘边。是大勇！它自己按下了车的天窗——好吧，经常看江湖操作，八成学会了。又一个旱地拔葱，跳到了天窗上。它站在高处，居然冲我笑了一下！

冷风嗖嗖地灌进了车里。我还没反应过来，就见大勇已经跳到了我们车大灯前边，与那三只怪物对峙。大勇的周身，散发着金色的光。

"嗷！嗷！嗷！"大勇的叫声从天窗传进来，整个车，不，整个地面都跟着颤了起来。它从来没有如此这般地嚎叫，我很是担心。

"肖儿，把你们连累了。"高诺另一只手也拉着我的手，想拨拉开我攥着他的手。

"你他妈给我听着，现在大勇在外边为你拼命，你就给我车里待着！我不管它们是不是冲着你来，外边有一个拼的，你还给我惹事，就是作对。姑奶奶我今天就是豁了，你也是最后一个下车的！"我一把甩开高诺那只手，瞪着他。

"哇！"一只红毛怪物居然不怕大勇的威慑，直直地扑了上来。它上肢发达，两只爪子上还有锋利的蓝色指甲，看得我心惊肉跳。

大勇往右一闪，同时观察着另外两只的动向。一对仨，小家伙太亏了。

"哇！哇！"那只红毛怪物两只爪子捶地，很是不满意大勇的躲闪。它突然撞向大勇，在接近大勇的瞬间，猛然张开双手，想要将大勇钳住。另外两只也同时以此攻击模式发力。

大勇躲过了两只，却没躲开第三只。那红毛怪物两只爪子想固定住大勇，那蓝色的指甲已经压住了大勇的毛发，它向两边发力，分明想把两手中的猎物直接扯开！

大勇虽然个小，却双目凌然盯着眼前的怪物，刷的一道金光，大勇跳到了车前盖上。嗷的一声嚎叫后，我还没反应过来，大勇飞向了那只抓到它的红毛怪物，大嘴猛张，一口咬断了对方的脖子！黑红色的血喷涌而出，咣一声，那怪物的脑袋撞到了我们的车门上。

"嗷！嗷！嗷！"大勇还在示威，那两只似乎对同伴挂了没有任何反应，只是直勾勾地盯着大勇，要做第二轮攻击。

"哇！"又一只扑了上来。大勇嘴角还挂着血，只见它后腿瞬间发力，直顶向那怪物的胸腔。噗！我听着像是什么被撞断了，再看那只怪物的胸口居然炸开了。大勇如导弹一样，穿了出去！

大勇落地后大喘着气，它很累，而且它身上的金光，在变淡！

剩下那只红毛怪，再度向大勇发起了进攻！而在它身后，我看到了一片片的绿色光点。它们，有多少！

"肖儿，肖儿，它们，要……要带我走。"高诺的声音变得极弱。上次也是，那些东西过来了，好像能吸走人的精气一般。

"别胡说八道，没事！"我一边担心着大勇，一边紧挨着高诺，把大衣给他围上，好让他暖和点。

"你知道吗？小时候，我妈妈怕我冷，就用大衣围着我，送我上学……"他抬着手，碰了碰我的脸，又滑了下去。他的力气极小，呼吸急促。

"高诺，别瞎想。你好好待着，你不还得送丽兹去拉萨，还得回北京过你的奢靡生活呢，还得给你老妈找个白富美儿媳妇呢！"我抓住他的手，贴在脸上。

"肖儿，你……你哭了。"高诺努力睁着眼看着我，"其实，我骗你的。我很小的时候，妈妈就这样，拿大衣围着我，送我去了幼儿园，就走了，再也没回来。她不要我和爸爸了。我三岁半，爸爸得了严重的肝病，亲戚都说治不好了也不借钱给我们，妈妈送我去幼儿园，就再也没回来。我家以前没钱，也过过苦日子。爸爸生病的时候妈妈还走了，爸爸差点死了，你能想象，一个三四岁没妈的孩子，随时有可能没爸？不过还好，我爸爸挺过来了。"高诺喘了一口气，我赶紧把保温杯的热水又倒了出来，然而，他喝不下去。

"让他少说话，他现在是高反加被这些怪物的磁场干扰。"江湖摩挲着方向盘，突然松开保险带，抄起了他为了防身带的高压电棍。

"老公，我陪你！"林嗒姐刚要解开保险带，被江湖按住了，"大勇这样下去，就是猛虎落入群狼口，会被这些家伙撕碎的，我得下去！肖儿，你看好高诺。"他转向林嗒，"你换主驾，有机会，就冲出去！"

"我知道，我知道你是个苦出身的富二代。"我示意高诺别说了。

江湖冲了出去，此时大勇又被六只红毛怪物围攻了。车轮战呀，小家伙哪受得了这个！而且，不知道还有多少只！我终于知道，在理塘寺外，大勇为何不直接攻击。这些怪物的数量太多了。

"肖儿，我谢谢你，你让我说说吧，我求求你了。"高诺用力挤了挤我的脸，"你知道为什么我白天和你说我妈妈特别好吗？因为我从小就觉得，没有妈妈特别丢份儿。我小时候，每次和小朋友在一起，我也会像他们一样说，我妈妈给我买了最新的玩具，我妈妈给我做了好吃的你们没吃过，我妈妈最漂亮，我妈妈如何好……可他妈那是……那是我爸为我做的。我上学，学校组织去看电影《妈妈再爱我一次》，整个班级的小朋友都哭得稀里哗啦的，就我忍着没哭，我们班主任还找我爸，说我品德有问题。不过爸爸知道，他明白我，他开始更多地陪着我，就算是商务宴请的酒局，他都带着我……"

咣！我听到一声响，是大勇！它被一只红毛怪掐着肚子撞到了车前窗上。小家伙后腿蹬着玻璃，减少了车的冲击，没有给我们过多的震荡。可是这一松懈，另一只红毛怪上前，冲着大勇的头，挥起双手抓了下来。

"滚！"江湖开着高压电棍，直直地捅了那只红毛怪。电压过强，甚至可以看到电流闪过。那怪物一松手，大勇的脑袋避开了，可胸口被划了一道口子。

血瞬间染红了它的前胸和腹部。

"嗷嗷嗷嗷嗷！！！"大勇发现自己流了血，已近乎咆哮！

一只红毛怪趁机要从江湖背后攻击，大勇不顾伤口跳到江湖肩膀上，一口咬住对方喉咙，撕了一大块肉下来。那红毛怪倒在血泊中，抽搐不止，很快没了气儿。

"那他妈为了你老子，你也得给我活下去！"我把他撑起来，让他看着前车窗，"你看看大勇，它在为你拼命！它什么时候受过这罪，你答应我，给我活着！"

"我……我……我答应……"高诺看着车外正与红毛怪浴血奋战的大勇和江湖，眼里流出了泪。

又有五只红毛怪，把江湖、大勇和我们的车整个围住了。

大勇扑出去厮杀，我只见那金色的光团越来越淡，在一团团黑雾中，翻飞着血肉，还有大勇的怒吼声……我知道，大勇在咬紧牙关，拼不知到何时的终止。

大勇突然一声惨叫，跳出了那团黑雾，蹒跚着跳到江湖身边。它原本金色的毛发已被血盖住了大半！

江湖郑重盘腿坐下，大声诵读伏魔咒。他的手心，有什么东西，在发着耀眼的红光。

"那……那是江湖的宝贝，九眼天珠！是江湖师父所传，当时有古玩商出天价给他师父都没有卖，在云游四海前把天珠给了江湖，可保他平安一世。"林嗒极为震动，不想江湖居然以天珠为中介，来增强经咒的力量。

这天珠可能跟了得道高人很久，有些通灵之感。在伏魔咒中，居然从江湖的掌心升起，立于空中。九眼象征九大行星运转，借此力被唤来，降伏魔怪。如果不到紧要关头，江湖肯定不会用这种方法——这是舍了师父的所赠救人呀！

天珠的光亮不断扩大，那些红毛怪物很是恐惧，犹豫着不敢上前。江湖看了眼倒下的大勇，双手托着抱起它，抱回了车上。

"肖儿，抱好了。我看看，能不能动车！"江湖开始发动车。

小家伙的胸口有一道长长的伤口，还有前腿、后腿、爪子上都有划破的伤口，往外冒着血，我的手上、衣服上全是血！我再也忍不住了，眼泪直接涌了出来。

小家伙费劲地把手搭在我的掌心，来回摇着，似乎在用尽全力安慰我这个没用的姐姐。

"大勇！"高诺看着我怀里的大勇，声音发着颤，"我高诺何德何能，让你拼了命。你挺着，坚持呀。"

大勇转过头，费劲地瞥着脸色依然不好看的高诺，除了鄙视居然还有些不舍。

"呜！呜！呜！"什么东西成群的而来，不会还是那些红毛怪吧。我回头一看，居然是刺眼的金光。

无数的金光把我们的车围住，等它们站在九眼天珠下，我才看到，带头的居然是那只金丝猴猴王！它身后，不只是我们见过的七八只随从，而是几百只成年金丝猴。它们身上发着淡淡的金光，如此之多，在天珠亮光下，居然让人觉得炫目。

"它们来救我们了。"江湖松了一大口气。

没等我们开动，金丝猴猴王一跃到了对面的红毛怪前，张开大嘴，露出尖利的牙。我头一次看到这么凶的金丝猴，它抓起一只比自己高出一头的红毛怪，没怎么用力就举了起来，两手左右绷直，直接把那怪物给扯开了！

我想，如果当时它们对琼达和刘大哥的车队下手，那结果是显然的。

群猴的爪子极为锋利，但是那些红毛怪物反应过来，也在拼命。双方陷入了群斗中，很快，一些个头矮的金丝猴也负了伤。

"师父，看来我不能只是借您的法宝了。这些生灵以命换我们平安，江湖不孝，借天地灵气，保一方安宁……"江湖再次在车中大声诵读伏魔咒。就看那立在空中的九眼天球，居然分为了九粒小球，正是九大行星之态，同时不停地翻转。那些红毛怪如看到了恐怖之景，退潮般往回跑。

猴王示意众金丝猴不要追击。可是天珠伏魔哪里容它们逃走？砰的一声巨响，震得我们车一颤，没有来得及跑的红毛怪，居然被震得立住，没过一秒种，连肉带血，四散爆裂！而那九颗小珠，也化散开来，再也找不到了。

那猴王来到我们车前，双手发力，居然把我们的车举了起来。六十度的倾斜角让人往后倒。等再到了地面，发现车头居然被转了方向。猴王打开后车门，拍了拍大勇，呜呜两声悲鸣，指着远方，做出怀抱的动作。这是让我抱好大勇，冲这个方向开？

江湖冲群猴一抱拳，脚踩油门，车发动了，一路往左贡方向疾驰。

"肖儿，你托好大勇，我看看。"虽然江湖把车速提到了 100 千米以上，林嗒姐还是直接跪着反身，要给大勇包扎，"你和它说一下，就算它咬我，我也得给它上药和包扎了。小家伙肚子上的伤口太长了。"林嗒看了看伤口，直接拉开了江湖带的急救包，戴上一次性手套。

"大勇听话，林嗒姐给你治伤口。不然留了大疤，就不帅了，找不到好看的小母狗了。"要放平时，大勇就得踹我，而此时小家伙眼珠子转了转，表示了默许。

林嗒姐下手极稳，先是给我的手消了毒，又把大勇腹部的毛分开。我不能确认伤口有多深，只是我一碰它的肚皮，小家伙就疼得抬起脑袋来看我。

高诺在边上，轻轻抚摸着大勇的脑袋："哥们儿，挺着。这次你受委屈了，等到了大地方，哥给你掏钱，我们特护，要好几个小护士。"没有了那些怪物跟上来，高诺的高反和发热好了很多。

面对高诺的抚摸，大勇没有反抗，它已经没有那个力气顾及这些了。林嗒姐把酒精轻轻地涂抹在大勇的伤口处，呜呜……小家伙痛得小声叫唤。就算它再霸道，也有这么让人心痛的时刻，眼泪在我眼眶里绷着没有掉下来。林嗒姐又把云南白药均匀地撒上，之后迅速拿出纱布，将大勇的腹部包了起来。

"没办法，只能先这样，大勇坚强点。但愿别再出血，到了左贡再找医生，看来要缝合。"林嗒姐皱了皱眉，情况并不妙。

大勇平躺着，呼吸很重。我用脸贴着它的头，轻轻蹭着。小家伙费力地抬起小前爪，拍拍我的脸，似乎在告诉我，别担心。

"你姐真是废物。"我有点忍不住，眼泪瞬间迸出。

"哎呀，肖儿，没事没事。我不也一样是废物？没大勇，就没我。"高诺一把把我搂在怀里，"它会好的。别哭，大勇看你这样，得多不好受。"他低下头，用手指轻轻捋着大勇胸前的毛，"哥们儿，咱们这叫出生入死，回北京，咱俩结拜去！你想要哪种小母狗，我给你找，咱配一窝。"

"你怎么这么流氓。"我瞪了他一眼。

"行，我流氓。别哭了呀，咱们到了左贡，大勇就没事了。"高诺轻轻拍着我的背。我打开一瓶红牛，倒了一点，放在大勇嘴边。小家伙伸出舌头舔了舔，然后闭上了眼睛，不想再动了。

江湖的车开得极顺，凌晨一点，我们到达了左贡。而已经断线好久的无线电，收到了刘大哥的讯号。

"……江湖，江湖兄弟，听见了吗？听见给你刘哥回个话呀，天亮我们就带着警察同志找你们去！我的好兄弟呀，你可说个话呀，你别让哥哥我这儿担心……"听着刘大哥嗓子都要哑了，江湖赶紧回了音。

"刘哥，我在……我们进左贡了。"江湖的声音低沉里透着疲惫。

二话没说，刘哥直接打过电话来要了我们的位置，然后开着大切诺基就过来了。

第十五章 受伤大勇被劫

刘哥看了看我们，也没多问江湖前原后因，极敞亮地接过开了我们的车，江湖也没有推让。刘哥又让自己车上随行的人开着大切在后边压道。开了约摸二十分钟，我们到了他们订的宾馆。

"哥哥转了一圈，左贡这边的房价都不便宜，但是胜在干净卫生，你们折腾得够累了，赶紧休息。"刘哥看见我抱着全身是血的大勇，有些惊讶，不过也没多问，直接拉着高诺小声说，"小高呀，媳妇这宠物受伤了，你可多哄着点。唉，你这翻了个海子山，按理说你这高反应该更严重，怎么这腰也直了？你这高反好像……好像没有了？"

刘哥一边摸着脑袋一边琢磨，并不用高诺张嘴回应，直接给我俩推到一间房里。

"肖哨，好好睡一觉。也别瞎折腾你江哥，你看那累的。"临了，还堵了我一道，我跟林嗒姐一起睡的愿望也破灭了。

"我做点热水。肖儿，我们给大勇擦擦，没事没事。"高诺看了一眼那让我拱火的大床房，叹了口气，把我和大勇抱在怀里，拍了拍我的后背，"真的，真的没事……"他的声音有些颤抖，"没事，没事儿……"高诺狠狠地抱了我一下，拿上水壶进了卫生间，先打了半壶水，做上。

我抱着大勇坐在床上，听着热水壶叭的一声弹开，大勇哼哼了一声。

"噢，噢，没事没事，是水开了，没事。"我用脸贴贴大勇的脑袋。小家伙翻了翻眼皮，又闭上了。它有多痛我不知道，可我明白，大勇是我无法失去的。

高诺把半壶水倒掉，拧开了矿泉水倒进去，烧开，之后灌到了我的保温杯里，蹲在我面前："肖儿，喝口水。你看大勇的伤口不流血了。"说着摸了摸我的头，"不出血了，没事了。"

"你他妈懂什么呀，你知道大勇对我来说多重要！没事儿，没事儿，你就会说没事儿！全世界在你眼里，都是没事儿！"我不知道哪来的怒气，一把推开高诺的手，杯子里的水洒到了他身上，保温杯碎了。

很是安静了几秒。高诺把杯子碎片捡起来，又拿纸巾把碎片尽量收集到一起，放到了垃圾桶里。"以前，全世界对我来说，真的什么都不是；现在，不一样了。"高诺又蹲到我面前，把我的双手拢到他掌心，抬头看着我，笑得温暖而有力，"明天一早，我们就去找医院。就算用我的命，也把大勇救回来，好吗？肖儿，我知道你着急，可是你要好好睡一觉。"

"呜！"大勇费劲地想翻身，我赶紧抽出手用被子帮小家伙顶着背。没有了平时的嚣张，此时的大勇是一只受了重伤的小小狗，小手软软的。我轻轻地拉了拉，小家伙的爪子用力地回应着我。我的眼泪噼里啪啦地落在了床单上。

高诺用壶里的热水，泡了块自己带的毛巾，拧干，轻轻地给大勇擦了脸和爪子："哥哥知道你难受，明天就好了。大勇坚持一下，大勇最乖了。"看着他的样子，我忽然觉得，当年丽兹感受到的就是这个男人很温和安宁的一面吧。

"来，你用这面擦擦吧。我腰不成了……"高诺扶着腰，直接把毛巾的另一面捂我脸上了，"我没劲儿给你再投毛巾了。"

我拍拍腿，站起来进了卫生间简单洗漱，出门就看见高诺给大勇盖上了被子。

"你睡床吧，我在地上凑合一宿。"高诺往地上铺着宾馆提供的一套薄薄的被子。

我握着大勇的小前爪，很快睡着了。

早上醒来，肚子饿得咕咕叫。高诺也从地上坐起来，伸了一个懒腰，我听着他腰都咔咔的响。见我望着他，他瞥瞥嘴："这上了岁数，就是不能老去夜店。不成了呀！"

"大勇好点吗？"高诺套上了外套走过来，用手碰了碰小家伙的后背。

"还是很烫，是不是伤口发炎了？我真希望这是在我身上的伤。"我轻轻抚了抚大勇的头，"还好，血止住了。赶紧找个医生给看看，我估计这边没宠物医院。"

"我不希望伤在你们身上，"高诺低着头，"在我身上就成了。"

"铃……"房间的电话响了，是林嗒打来的，喊我们下去吃宾馆的早餐。

听见林嗒姐说早餐，大勇象征性地伸了伸前爪，你说你这个小吃货……都这样了。简单洗漱后，我拿着自己的毛巾托着大勇出了门。

一下去，发现刘大哥、江湖和林嗒姐都在那吃上了。刘大哥的大杯子又装满了水，看着大勇蔫头耷脑的，加上腹部的绷带，他赶紧让随行的人上去拿他带的蜂王浆，说要给小家伙补补。我给叫住了，瞎吃别再吃出事来。

我拿了五个鸡蛋，把蛋白剥开，蛋黄用小米粥泡了泡。大勇费劲地起来，吧唧吧唧地吃上了，小家伙是又费体力又费心，把粥和蛋黄舔得翻飞，都溅到了高诺的外套上。

"没事没事，这是我哥们儿吃饭。"高诺自己拿纸巾擦了。这要放在以前，他还不得翻桌子？

"高哥，哥们儿可找着你了，你不知道昨天多担心你们呀！"说话的是吴雄，王威跟在身后。两人拿着椅子，端着盘子凑了过来。

"唉，是呀老弟，你们昨天真是太悬乎了。"刘哥喝了一口大茶杯里的水，看大勇望着他，直接拿杯子盖给凉了一杯盖水，递到大勇前边，"咱们凉凉再喝，你刘大哥这个烫。"大勇慢悠悠点了下头，又专心吃饭。

"是事躲不过，来主大。"江湖吃了口馅饼，喝了口粥。

我看着馅不错，高诺去拿了三个，用筷子把皮和馅分开，给我拨到碗里。

"我爱吃皮儿，有味道。"高诺瞪我一眼，自己咬上了皮。

"我的妈呀……哥，不是，嫂子，你真是太能降得住我哥了……你不知道，想当初……哎哟……"吴雄话还没说完，就被高诺推后边去了。

"呵呵。"刘大哥笑了笑，转向江湖，"昨天本来无线电里，还有你回复声儿，可后来，到了海子山，五千多米的时候，你们没动静了。我再一看后视镜，吓一大跳，你那车，朝着反方向开走了。我这台子怎么叫你都叫不回来，给你打电话更是没信号！你说我这车是头车，我要是开车追你们也不成，这后边都得跑偏了！我就一直想着你们别出事，强打精神把车开到了左贡。还好还好，到了没一会儿，就联系上你们了。没事就好。"

江湖吃完早餐，林嗒给他沏了杯茶。

"没它，我们真出不来了……"江湖指了指大勇，小声把前后经过讲了一遍。

"哟，那大勇是这个！"刘大哥伸出了大拇指，"弟妹呀，可得好好伺候着，有什么事跟刘哥说，给你办。"刘大哥拍了拍我肩膀，"还有那些金丝猴，有情有义。那些盗猎的都是天杀的！"

我点了点头，看着站在高诺身后的吴雄和王威在嘀咕着什么，两人直勾勾地盯着大勇。

"有毛病吧，看什么看！"管他是不是高诺的发小，我瞥了这两人一眼。

"哟，哟，嫂子不高兴了。不好意思呀，就是觉得你这神犬这么牛，护主，好样的，好样的！"王威也竖了大拇指。

我哼了一声，没理这两人。

"这都是缘分，碰上了，上辈子积的德。是吧，肖儿。"刘大哥跟我点点头，让我别跟这两个人一般见识，"你刘哥哥，也算走南闯北的人。"刘大哥喘了口气，"小家伙真够拼的，要是按江湖兄弟说的，你们昨儿遇上的，在藏区就是一种恶魔一样的怪物，但是也绝迹很久了。当年呀，修青藏铁路的时候，曾经出现过，几乎没有任何对手。它们都能撕碎藏獒，你想想吧！当年修铁路，进来一个连，一个都没有回去。后来进了一个团呀，在山洞里的时候突然被眼有绿光的怪物偷袭了，死伤惨重，就发现了这种怪物。当地人管它们叫折顿，数不胜数。一虎还难抵群狼呢，那会儿直接用了炸弹，你想想多大威力呀！咱们大勇，霸气！这么小单挑众怪物，真是我老刘有福，见着这么个小勇士！丫头，咱们见着，也是缘分。刘大哥我得赶路了，你们再转转医院，好好给我们这小家伙治治。回北京咱们喝点去！"刘大哥提起大杯子，跟我握了握手。他的眼角笑纹弥漫，透着让人舒心的成熟。

刘大哥要赶路，开车先走了。

"开车，咱们转转左贡，找找医生什么的。下午还得上路往八一镇赶。"江湖过来让我们回房间把东西收拾收拾，直接带着就出发了。

我们收拾好东西，江湖也发动了车。大勇在软垫上，迷迷糊糊。

"坚持坚持，找着医生给你好好包包。"林嗒在大勇耳边轻轻地说。

"嗯嗯嗯嗯。"小家伙发出一连串小声的回应。

"唉，刚出来是靠大勇罩着，现在我们得好好护着它。"江湖笑着打了把方向，"肖儿呀，我给你打个预防针。西藏鹰獒，特别是很有灵性的，如果受了重伤，一般都要用原主人的血才能复原。咱们呀，找个医院，看看给大勇再消毒包扎一下，但是康复可能就悬了，反正也是送它找主人，就是路上它受点罪。你就好好照顾它，嗯？"

"我的血不成吗？"我想起陈辉母亲曾经让我划破手指，让大勇含过。

"两码事。它只是跟随你，你不是它的主人。我师父说过，这西藏鹰獒一生只有一个主人。要是活佛，到圆寂之时，西藏鹰獒会随之消失。听好呀，是消失，不是跑了或者也跟着圆寂，就是消失。它们生来就是一种奇妙的物种，有自己的使命一般。而且，"江湖撇了下嘴，"刘大哥说的确有此事，我师父也给我讲过这个事。不过我师父还说，折顿出现，要么是地气所引，要么就是有可以吸食脑髓之人，能助其壮实……"

我看向高诺，折顿两次出现，都是他……还有他在那个山洞里的影子，还有什么白狼王……我甩了甩脑袋，现在最关键的是给大勇看伤口，然后赶紧找到陈辉。反正陈辉得给大勇点血，不给我拿刀子捅他去。

好不容易转到了一家看着正规的医院，我把大勇摆到医生面前的时候，他居然要给我们轰出去。好吧，我知道医院不能带宠物，可是你让我上哪找宠物医院去？

"哥们儿，今天你是看也得看，不看也得看。"高诺直接拿了三千块钱塞医生兜里了，"我们就看看伤口，也不给你找麻烦，也不费你什么药。"放完狠话又走攻心策略，我真是不如人家有钱有社会经验呀。

"呃，这个……"医生摸了摸钱，直接戴上一次性手套，要破大勇的肚子。

"呜！"小家伙挣扎着要起来，还张了嘴。

"大勇，听话，不咬人。就给你看看伤口，然后咱们赶紧去找陈辉哥哥。"我轻轻抚着它的头，帮着医生把林嗒姐昨天打的绷带拆开。

"这包扎得还成，不过我建议缝针。要不这伤口太长太深，一用力就绷开了。当然，我是给人看病的，这给狗看病，还这么小，我也不太会。这缝还是不缝，你们定吧。"医生态度很诚恳，"噢，打一针消炎针还是要的。"

"要是缝针，大勇得受罪呀。关键……关键江湖说了，大勇需要主人的血才能康复。这要是缝了，真是白挨好几针。"我一边琢磨一边看向大勇。小家伙一听缝针，紧张得直吐小舌头，余光瞥着我，各种不乐意。

"肖儿，我不建议缝针。"江湖肯定了我的想法，"大夫，您就给再上上药，别发炎别感染，然后再包扎一下。我们还是再往前找找大医院，也别给您添麻烦是吧？"江湖这看着是商量，然而语气完全是不容置疑的。医生也乐得如此，找了消炎药和止血药粉，给大勇均匀地涂在伤口上，又仔细包了几层纱布。十几分钟后，大勇就跟个小粽子一样，在我怀里左晃右晃，虽然还有点发热，但是如它所愿，没挨针扎。

从医院出来，大勇虽然还是蔫头耷脑，但是我心里踏实点了。现在的目标就是赶紧到绒布寺找到陈辉，让他给我们大勇输血！

江湖发动了车，准备赶路。高诺打开了一瓶红牛："哟，红牛不多了。要不再搬一箱去？"

"其实我不太喝这东西，跟喝化了的口香糖一样。"江湖摇摇头。

"小高这身体刚好点，喝点红牛能撑到拉萨。找个地儿给他来一箱吧。"

林嗒姐拍了拍江湖的肩膀。

别看江哥在我们面前威风四面，但林嗒姐张嘴是没有不办的。他打着方向盘，在城里转了转："我把车停这儿，你们过去买吧。"江湖点了根烟，朝我和高诺说。

"走那么远呀！"明明只是过个马路，再一拐弯就有个小超市，但富二代的臭毛病又犯了。

"再去买点零食什么的吧，我和肖儿去。"林嗒姐笑了笑，拿着包下了车。

"高诺，你给我看好大勇。"小家伙这个样子，我没法给它窝在袖子里，只能放车里。

"你俩搬一箱红牛？等会儿我。"我和林嗒姐走出去没两步，后边江湖把车一熄火，追了出来。嗯，人家不想让林嗒姐太累着，我其实搬得动……其实，林嗒姐在公司换水跟玩一样，我还要喘好久。

小超市东西还算丰富，而且老板很实在，听说我们下一站要去八一镇，告诉我们那儿东西多，景色好，不用买太多零食。饶是这样，我们还是买了一箱红牛、五袋话梅、三盒肉松饼、十个苹果、两盒巧克力派，还有两袋榨菜。江湖说我们这些太甜了，还是吃点咸的，别反胃了吐他车上。

刚抱着这堆东西出门，就听见我们车那边一阵骚动。"嗷嗷嗷！"是大勇！这是……这是求助的声音吗？我们扔下手里的东西，拔脚就跑。只见车后门大开着，高诺一脸的血，大勇身上留下的绷带还带着血！座上也有血！

"快，肖儿，吴雄他们的车，追！"血从高诺的头顶冒了出来，他撑着身子，指着前方，而我能看到的，是车轮经过带起的尘土。

江湖看了眼高诺的伤，发动了车。

"江湖，你这方向是回城里！"以高诺所指，应该出县城才对，可是江湖是反方向开的。

"你看看他的脑袋，往外冒血，不他妈的缝针，这小子要挂！"江湖双目圆睁冲着我嚷上了，"肖儿，我们去医院！"他的车开得飞快，如我的心跳。

"江哥，我没事儿……"高诺接过林嗒递过来的纱布按着头。

"闭嘴！你是血库吗？你是人！"江湖咬牙低头开车。

医生看到再次出现在自己面前并且一头血的高诺时，吓了一跳："刚才不还是正常人呢……"

"您赶紧消毒，打麻药，缝合，我们要赶路。"江湖双手一拍医生的肩膀，示意他抓紧时间。

"没问题。我们这儿好多小青年老打架……我这个是专业的。"医生确实专业，带着我们去拍了片，之后是消毒、缝合、包扎。

高诺的头顶缝了三针，还好没有伤及头骨，他再三表示没有晕厥的症状，放弃了观察时间。医生反复强调，如果难受想吐一定要再入院治疗，并仔细在病历上写了高诺的情况，让他带好。

出了医院门，高诺把病历一撕，看着我："肖儿，耽误了两个小时。对不起，是我没用……"

啪！我一个巴掌就上去了："你是男的嘛！大勇拼了命保护你，它现在伤成这样，你就让你那些狐朋狗友把它带走了！而且……而且它怎么还出了血！"我抬手再想打第二个耳光的时候，手被江湖拽住了。

"江哥，你让肖儿打吧，是我没用，我……"高诺咬着牙，低下了头，他在发抖。

"肖儿，听你江哥的。大勇我们一定追回来，但是高诺肯定不是故意的，我相信他。"江湖把我的手慢慢压了下去。林嗒搂着我的肩膀，让我平静点。

"可现在耽误了这么久，我们怎么找回大勇？而且大勇肯定伤口开了，它流血了！"我眼泪直接迸了出来，蹲在了地上。

"是，出了左贡，他们有很多路可以走。我们不见得能找着，所以，你更得心平气和……"江湖点了一根烟，塞到高诺嘴里。

"心平气和？我怎么可能……"我摇着头，眼泪控制不住地往外涌。

江湖摆了摆手："我也急，大勇对我来说，根本不是只西藏獒犬，这一路，它就是我朋友，我的小老弟。所以，肖儿，有办法找出它在哪，就得你配合。"

"那你快说！江哥，我求你了。"我拿袖子擦了一把脸。

"我说了，心平气和。"江湖自己也点了根烟，两分钟吸完，让我们上了车。

江湖在那翻腾了一阵儿，居然把一本西藏公路地图铺开来，又让林嗒帮着翻出了一个最小号的乐扣饭盒："唉，你说还想到时候买点吃的放里边节约一次性饭盒呢，看来得报废了。"江湖摇了摇头，"来，肖儿，把左手给我。"

我一边擦着眼泪，努力平复着自己，一边把手举到了他面前。

一道银光一闪，江湖手里已多了一根极细的银针。"啊！"我叫了一声，左手无名指被他扎破了，应该说是被狠狠地扎破了，血珠直接出来了。

"江哥……这……"高诺往前凑，被江湖制止住。

"不是要找大勇嘛，现在就靠你自己了。"江湖拿着我的手，挤了七滴血在乐扣的盒盖上，他看向高诺，"把肖儿胸前那根毛拿过来。"

高诺看了看我，轻轻地拈了那根毛给了江湖。原来是大勇沾在我身上的毛。

第十六章　通麦天险追击

　　江湖小心地把那根金黄色的毛放到了血上。说来也怪，那根毛居然沉到了血下边。

　　"现在闭眼，心平气和，想着大勇，想着我要知道你在哪。丫头，记住，心平心和。我看得出来，大勇这种西藏鹰獒不是一般的犬种，特别是你要去的绒布寺，还有上次遇到小六儿，你手上会出现的陈辉留下的伏法三叉，那不是一般人的东西，很有可能是活佛座下的灵犬。你能带它出来，肯定和它有血盟。"

　　我点了点头。江湖知道自己判断得没错，喝了口水，接着说："一般血盟，都会出于一些目的，让它体内有你的血，你也被它摄了一定的魂在自己体内。所以，用你的血和大勇的毛发，我们赌一把。如今它有难，它会告诉血盟的人它在哪。肖儿，提气凝神，在心里，叫大勇。"

　　我长长地呼了一口气，在心中默念。对我来说，才这么几天，大勇已经成为我身边须臾不能缺少的伙伴了。

　　"成了。"江湖拍拍我，示意我睁眼。乐扣盒盖已被他移开，而那根沾满了我血的金黄色毛，此时居然自己立在了地图上！

　　"接着闭上眼，问大勇，你在哪，让它动。"江湖示意我坐到副驾上来，他发动了车，"这么做，很伤神。不过，丫头，我知道你扛得住。"

　　我闭上眼，按照江湖说的去做，就觉得江湖的车飞似的开了起来。绑着安全带，我都觉得脑袋左右来回晃，耳边一直是电子狗在报"您已超速"。最后是林嗜姐在我右侧垫了一个靠垫，才不那么晃了。

　　无法睁眼，我只能用心去感受大勇的位置。我时不时想哭，时不时想起小家伙这个时间是不是要吃零食了，是不是要去尿哗哗。

　　以前每次遇险，大勇都挡在我这个没能耐的姐姐前边，这血盟，小家伙，你亏呀！每次都是你护着我，就是再伤神，我也一定找到你。我答应过，把你带到陈辉身边，就算我不是你真正的主人，可你一直在我心里。

林嗒姐探着头观察地图的走向，江湖咬牙开着车。我强忍着每次眼泪要掉下来的冲动，心平气和，大勇，一定等着姐姐！

不知道开了多久，江湖的车停了下来。

"怎么不走了？"我闭着眼扭头问江湖。

"它停了。"江湖啪的一声打着打火机，点了一根烟。

我睁开了眼，使劲晃了晃头，这才发现，天已经黑了。我们似乎已经到了一座城镇，周边熙熙攘攘的，也有在招揽住宿的人群。

"会不会他们也停在这儿了？能不能找出来？"我直起身子，问江湖。

"这儿是波密县城，扎木镇。刚才江湖开着车已经兜了几圈，没有吴雄的大切。咱们先找家医院，给高诺换个药吧。"林嗒姐给我递了一瓶脉动，示意我喝口水。我这才觉得嘴唇干得厉害，嘴里还有血腥味，原来是缺水破了皮。

"我没事，江哥。"高诺靠在后排，摇了摇头。

"大勇已经不动了。车没找着，但是我觉得他们肯定也得休息。这一路你没觉得坑坑洼洼呀，都在修路。晚上开车不是闹着玩的，谅他吴雄胆再大，命也得要。肖儿你放心，早上我们早出发，江哥一定给你找回大勇。"江湖郑重地向我保证。这是一个爷们儿的承诺。我咬着下嘴唇，点了下头。

江湖把车开到波密县人民医院，门诊是没了，还好急诊的大夫挺负责。大夫看了看高诺头上的伤势，给补了破伤风针，又给头上的伤口上了药，叮嘱了不让吃鱼虾，开了些消炎药让我们路上带着。

出了医院的门，江湖拍了拍肚子，确实，这一天他也没怎么吃饭。虽然高反已经适应了，可这一路我闭着眼只听他嚼了点士力架和牛肉干，不正经吃点东西哪行？四人找了一家野生菌锅店，位于高高的台阶之上。

"就这儿吧。"我听见江湖招呼着，于是抬腿往上走，可只迈了几层台阶，就觉得眼前一黑，然后就什么也不知道了。

再醒过来的时候，我躺在一张舒服的大床上，林嗒姐正给我擦着脸。

"你可醒了。不过没事，江湖说了，他用的这个方法找大勇，就是很伤你的神。而且你心火太大了，一下没撑住，就晕了。"林嗒姐说话声音温和细腻，让人听着就舒心，"饿了吧？等会儿，高诺给你找地儿买鸡汤去了，还瘸着就去了。"

"他怎么又受伤了。"我叹了口气，真是为这主儿的智商感到无语。

"你一晕啥都不知道了，人家高诺第一时间就把腿挡你后边了，还崴了脚。没他呀，你就骨碌骨碌滚下去了。"林嗒姐笑着刮了下我的鼻子。

"那为啥江湖哥不管我……"我依稀记得我是离江湖最近的。

"你沉呀！我可没高诺这小子这么二，"江湖把门推开，高诺站他身后，捧着个锅，"你这一晕，往下一滚，我琢磨这小子也能出手吧，没想到他直接拿腿挡你了。这不还别了胯骨轴子。"江湖拿眼瞥了瞥高诺。

"能坐起来吗？吃点东西吧。"林嗒姐卷了一个被子放在我腰后边。

"你们吃了？"我接过江湖拿过来的筷子。

"托你这一晕的福，都没吃呢，不过我打包了在我们那屋里。你呢，就喝点这鸡汤补补吧，好好睡一觉，明天咱们还得找大勇呢。他们也不动了，肯定不开夜车硬撞，明天一早咱们就出门。放心，有江哥在，大勇肯定给你找回来。"江湖拍拍我的肩膀，又转头看向林嗒姐，"林嗒，回屋吃饭吧。你这也饿了半天了，我可不能让我媳妇饿瘦了。"说着，还冲我挑了挑眉毛。

江湖带着林嗒姐出去，高诺小心翼翼地把锅端到我面前："还热着呢，喝口汤。"

"你哪弄个锅呀……"我看着弯腰低头的高诺，突然觉得自己这一天都没怎么理他了，早上那一巴掌确实有点过分。

"打包没什么汤，我就把锅买了……"高诺像个做错事的小朋友。

"成成成，别装了，回北京跟你那些锥子脸卖萌去。"我从他手里拿了勺子，喝了一口，"哇，还有米线呢。嗯，就是少点辣椒。"

"咱们先不吃辣的，回北京敞开吃。先把身体好好调一下，明天还得找大勇。"高诺说完，看到我停下了动作，赶紧说，"肖儿，我不知道说点什么安慰你，我知道你着急，我傻缺，可你得挺住啊，你吃完了，再打我一顿出出气。"高诺抬起头看着我，那双眼睛没有丝毫的嚣张与浮躁，我能读出来的唯有真心。

我把锅从他手里拿开放到一边，拉着他胳膊示意他坐下："早上是我太着急了，说的话也很重。高诺，对不起，还疼吗？"我的手轻抚过了他的头、他的脸。

高诺一把拉住我的手，狠狠地把我抱在怀里："肖儿，我告诉你，大勇我要给你找回来，真的，那事在我心里，特别占地方。我特别难受，你怎么打我骂我，我都能扛着，只要你别不理我。肖儿，就是我把命搭上，大勇我也给你找回来，可你就是别他妈的不理我！"高诺全身都在抖着，"我知道你不信，但是我真的拼了命不让吴雄带走大勇，而且大勇当时看我的头被打了的时候，直接挣开了包扎要护着我，我他妈真没用。我小时候是太小，不能阻止妈妈的离开，但是现在，我有这个力量，护着你和大勇。"

"你别哭呀，我没工夫哄你。现在咱们吃饭休息，明天找回大勇。你说的，要是找不回来，看我怎么收拾你。"我轻轻咬了他的耳垂一下。高诺颤了一下，抬头凝视着我，把嘴轻轻地贴到了我的嘴唇上。

"想得美！"我拿手隔住他的嘴，可这小子还是吮了下去，舌尖在我手背上轻轻划动。

"我知道，我答应。"这两分钟，他舌尖的移动让我身上出了一层腻腻的汗，"肖儿。"

"嗯？"我冲他翻了一个白眼。

"我买的是三人份的米线，你给我剩口呀！"高诺歪嘴一乐，那痞痞的劲儿，让我真想再给他几个嘴巴。

"不，一口也不给你留。"我抱起锅往里移了移，躲着他。

吃了东西，我就犯困，林嗒姐刚好回来了。高诺和江湖开一间屋，我和林嗒姐睡，刚躺下就听到高诺狼嚎一样的叫声。

"放心，是江湖说要给高诺正正骨，不是胯骨有点抻了嘛。"林嗒姐示意我不用起来，"好好休息，明天咱们接着追大勇。"

可能是晕了不少时间，林嗒姐关了灯我倒睡不着了，辗转了许久，才有睡意袭来。

有个声音在叫我："肖哨，肖哨……"这声音我挺熟悉，却一时又想不起来是谁。

"小喷子。"那个声音继续叫我。陈辉！我脑中划过一道闪电，当时就想起身，却发现根本动不了。我擦，大勇不在，我身体又虚，不会被压着了吧！

我这个外号，知道的人太少了，除了他，还有交给我大勇的陈辉的母亲。可是压着我是为什么？我心里刚要默念六字真言——听说这个管用，那个声音在我心里又出现了："你把我弄丢了。"

我心里一百个不解，什么叫把你弄丢了："那个……那个陈辉，我知道高中时候你就是高人，咱们别打哑谜，我也没那个心情参悟。你要是真显灵或者托梦了，你就告诉我，去哪找大勇。"我试着在心里发出这些念想。

"一点没改改你这急脾气。"那个声音又响了起来。我觉得身子一晃，眼前就有了景色，居然身处悬崖边的土路上。这路极险极窄，仅能容一辆车通过，右边就是百丈高崖，左侧往下看就是山涧。画面往前推了几米，在一处稍宽之处，居然有一处玛尼堆，只是这堆叠比其他处更高，还有参拜的哈达。

"这是哪儿？"我感觉这是陈辉要给我的提示，于是赶紧掏出手机想拍一张，可刚一做动作，就觉得身子一下子移了回来。

"肖儿，起床，咱们出发。"是林嗒姐在推我，而我的手居然按着手机的拍摄模式。

我拿着手机在卫生间洗漱，一边刷牙一边习惯性地想去刷微博，可滑开手机才发现，手机竟还停在照相功能上！那个悬崖边上，那张半人高的玛尼堆照片居然清晰地出现在我手机里。"我擦！"我叫了一声，要不是我手快，手机差点掉进马桶里。

"肖儿，怎么了？"门外传来林嗒姐关切的声音。

"没……没事。"我把嘴里的牙膏沫子全咽了下去。

收拾了东西，我和林嗒姐下楼到餐厅吃早餐。高诺看着我俩下来，赶紧上来帮着我俩拿了包。江湖的精神不错，喝着小米粥让我俩赶紧吃早点，吃饱好开车继续追。

"红豆粥，鸡蛋清儿，四个。"江湖指着我眼前的碗，又拿筷子点了点高诺的碗。好家伙，高诺碗里，有四个鸡蛋黄。

"大勇不帮着你吃鸡蛋黄，我就先代劳。"高诺冲我笑了笑，一口吃了一个，"咳咳……这小家伙一口一个蛋黄是怎么练的，就这么吞得噎死。"

"江湖哥，你看看这个。"我帮着高诺拍了拍后背，把手机递给江湖。

"这是……通麦天险！"我把梦里的事告诉他，江湖脱口而出。

"不太好开呀。不管是你那个朋友还是大勇给你托梦，这地方，你江哥得给你练练了。"江湖的表情有些许紧张，"丫头，赶紧吃饭，然后咱们赶路。"他用拳头轻轻擂了擂桌子。

上车放好东西，我们上路准备出发。我闭着眼把手举给江湖，让他再给我来一针。

"你信不信是大勇给你指的道？"江湖用手指点点我的脑门，"它都心疼自己这个主人，我要是再扎，它还不得咬我。"江湖发动车，直接往前方开。

318国道上的风景如梦如幻，已经能看到南迦巴瓦峰了，它的壮美、飘渺让人神往。我看了几次镜子，这四个小时的行驶中，高诺都望着窗外失神。

"肖儿，这条路本来不适合开快车，不过既然大勇告诉你了，咱们就拼一回。哥知道你不是胆小的人，不过呀，建议你中午别瞎吃零食，要不颠得不成。"江湖点了根烟，想笑没笑出来。他的右眉不停地跳着，出卖了他的神经紧张。

"这路不好走是吧？放心吧，我不吃。"我冲着江湖郑重地点头。

"一会儿我们要到的是通麦天险，会先经过一座大桥，之后就会到达这个世界第二大泥石流群，整体沿线的山体土质极为疏松。而且你也看到了，我们现在已经在峡谷之中，这里遍布雪山河流，一遇风雨或冰雪融化，极容易发生泥石流和塌方。说不好听点，咱们走的这里有'死亡路段'之称。而且，这天险中到底有什么，我走过几次都不尽知，里边的门道极多。总之，大勇给我们指了这里，我想有它的主意。"江湖一口吸光剩下的烟，摁灭，"我一直没问，你要找的陈辉，是个什么样的人？"

"高中的校草，超帅！但不是现在这种小鲜肉呀，就是你看着他的眼，你整个人就……就静下来了。"我突然发现，自己有点不知道如何形容陈辉了。

"看那辆切诺基！"高诺突然指着前方。

没错，那是吴雄和王威的车！江湖直接把时速提到了一百六，绕开前边的车，直接在对向车道追了上去。吴雄的车发现了我们，也立即提速，在对向车道上加速逆行。

峡谷之中，两辆车在对向道上追逐，无数车因为不满不停地摁着喇叭，然而这哪顾得上？

江湖提速追赶，眼看迫近，直接用车头撞向了吴雄那辆大切的后尾。大切一歪，对面过来了一辆正常行驶的卡车，江湖驾车一躲，我们擦着悬崖围挡回到了正向行驶道上。

一看前方，居然是一座大桥，两边均有武警战士荷枪实弹站立，一块标识牌上有几个分外显眼的大字：不准拍照。这是通麦大桥。

"只能排队？"我拉着江湖的衣服。

"那真有子弹。"江湖摇了摇头，"这通麦大桥算是咱们走的川藏公路的咽喉工程。你看这双塔双跨悬索桥，跨越易贡藏布，长二百五十多米，宽度得有二百一十米，每次只能过一辆车。这里边，有东西。咱们走一步看一步，跟他们只隔着两辆车，江哥给你追回来！"

我坐在车里，眼睁睁看着吴雄的大切过了桥，只觉得心脏咚咚咚跳得厉害。高诺凑过来，把手放在了我肩上。

第一辆车驶过桥梁，过了会儿下一辆车才被允许上桥，这样算下来，我们会和吴雄的车错过半个小时。等我们的车开到桥上的时候，不知道什么原因，只觉得整个桥梁都在抖。

"别怕，正常反应。"江湖笑了笑，"原来我们走过一座钢筋桥，比这还抖。不过那会儿易贡湖水溃坝下边还有些人家，卖些水果什么的，暴泄后就不知道了。这是条'生死之路'呀，当年我们的武警战士以及村民自发组织的护山队队员，为了抢修公路交通，献了多少热血。"

"山，是空的？"高诺瞪大眼睛看着前方。

"你别胡说八道，有点瘆！"我回头看了眼高诺，只见他两眼直勾勾地盯着对面的山体。

"别研究里边是什么了，咱们快跟上。"过了桥，我才发现，前方的车都在慢慢地开着。那些在好莱坞电影里才能看到的绝壁场景如此真实地出现在车前的时候，我的腿也有点软。刚才峡谷中还能错车，现在想超车，只能不停地按喇叭把里边的车往里别，弄不好，一个拐弯车轮就悬在了半空！不高，也就两千米吧，摔下去基本就没啥救了。

"江哥，你看那车……"高诺指着吴雄那辆大切，发现他们在不停地超车。

"坐好了！"江湖一脚油门轰上，直接调开车头，追了上去。坐在车里，就能觉察到右边围拦上不停地有落石掉下来。

"各车辆注意，前方有部分路面滑坡，注意减速。"头上的广播响了起来。

"是福不是祸，是祸躲不过！"江湖的油门半点不减，前方车辆纷纷减慢了速度，倒是给我们增加了追逐的胜算。

忽然，我感觉整个地面有些微颤，前方大约三十米处，上方的巨大泥土哗的一声，倾洒而下，直接把路堵住了！吴雄他们的大切，刚好钻了过去。

"怎……"我话还没说完，突然蹿出一辆破得不能再破的绿色吉普，擦着我们的车绕了过去，直接给前方的泥堆撞开了一个口子！江湖看到这一切，明显全身一颤，他的食指和中指在方向盘上敲打着，似乎有些犹豫。

从那辆吉普冲过去之后，我们前方本该呈现的直路，却陡然变成了弯路！这……这是我眼花了？我使劲揉了揉眼睛。

江湖看向我，用手指了指斜前方："那个玛尼堆，看到了吗？"我使劲往前探头看了看，特别远的地方，确实有一小堆石头。

"我手机里的，比那个大呀！"我还是使劲往前看。

"你不觉得奇怪吗？我们停了这么久，后边没有喇叭声。"江湖还在敲击着方向盘。

　　"啊?"我回头往后看,我们后边,倒还是原来的路,可是本应该排队进发的车队,此刻一辆车都没有了!

　　"这路是必须开了,那辆车,根本不是我们这个年代的车。"江湖想点烟,却发现打不着火了。

　　"江哥,你和林嗒姐下车吧,我带着肖儿往前开。不管吴雄他们在不在前边,我都要去找大勇!"高诺说着就要开车门,要去江湖的驾驶位。

　　"小子,别开车门!"江湖忽然提高声音阻止了高诺,"我们后边没有车了,你就没明白我要说什么?我们的空间有可能都被那辆车改动了!刚才它在我后视镜出现的时候,我们后边已经没有车了。这次的山体滑落,很有可能把我们带到了另外一个地域。类似于……空间扭转吧。你小子这会儿下去,就再也出不去了!"江湖眼珠子转了转,把打火机从顺时针向逆时针方向拨动,居然擦出了火星!

第十七章　神器吉廓救大勇

江湖突然发动车，从那个洞口冲了过去。

"肖儿，你江哥带你走一遭！"江湖的车速极快，我绑着安全带也使劲抓住脑门上的把手，固定住身体，以防撞到脑门。

江湖的车速提到了两百！我觉得周边的景色已经看不清了，我们很快到了那个刚才看到的大拐弯处，那个小小的玛尼堆就在眼前。江湖方向盘一拐，我们的车进了山谷的夹缝之间。如果按照刚才的行车记忆，我们应该是直行后绕着山谷开才对，现在怎么进山了？

"吴雄的车！"高诺指着前方的切诺基喊了起来。我们减了速，四周有十几间房子，都是那种极老的砖瓦房。

这里是通麦天险呀，哪来的房子？我们来的这是什么地方？

那辆破旧的绿色吉普，再次凭空出现了。只见它切到了吴雄那车的前方，用力往右一别，吴雄那辆切诺基直接撞进一个草棚里。

那辆绿色吉普，又消失了！

咚的一声闷响，切诺基不动了。吴雄和王威从车里抱着一个布包慌慌张张地跑了出来，他们四下看了看，钻进了一间砖瓦房里。

"那是大勇吗？"我的心紧了一下。

江湖刹车，拿了保险锁，示意高诺跟他下车先过去。

"江湖哥，你拦我也没用。是大勇，我一定要过去。"我开了车门，林嗒姐跟在我后边。

"小心那辆吉普车，一会出现一会消失，太诡异了。"江湖吩咐我们一声，自己快步跑到吴雄他们钻进的那间屋外，示意我们不要冒失进去。

"我靠，刚才这小狗崽子还在动，怎么现在连气都不喘了。"我听到屋里一个声音说。

"他妈的流了一路血，这还能动嘛！"另一个声音说。

我抬腿就把门踹开了，高诺往后拉了我一下，把我护到他身后。江湖一跃而入，就看到大勇直挺挺地躺在地上。吴雄和王威在抽烟，看到我们闯进来，先是一惊。吴雄笑了笑："哟，高哥，您这一路给我们追的……给兄弟条活路吧！"

王威一把倒提起大勇，拿出一把匕首对着大勇的伤口："我知道，你们是冲着这狗来的，不过呢，它没什么气了。你说要是再把这刀往伤口里捅捅会怎么样？"

"你想怎么着？吴雄，我从来没亏待过你吧！要钱，我给你，多少你说个数！"高诺掏出钱包。

"大勇！"我根本不管什么匕首，直接冲了过去，就要抢大勇。

吴雄和王威退到了墙角："姑娘，你别逼我直接把这狗给弄死。钱，我肯定得要。妈的你们是不是有毛病，老子倒腾金丝猴这么好的买卖，你们一来，都他妈的没了！高诺，我告诉你，什么他妈的哥呀，没你老子的钱你算什么！你能给我多少，一百万？一千万？这小狗崽子要是活着，弄到国外，一个亿多不多，不多吧？国外那帮人还不都跪着送钱来！"

"这卡里有三百万，你现在就拿走。我可以给你立个字据，回北京，我给你提一千万！"高诺把卡掏了出来。

"要是现在就有，倒不用出国。可这小崽子不好过关呀。"王威冲着吴雄说。

"你要是跪着给我递过来，我倒有可能考虑考虑。"吴雄冲高诺抬了抬下巴。

"你！"高诺哪受过这个，脖子上的青筋都凸了出来。

"你考虑哟，要不然这狗……"吴雄也掏出了一把匕首，直接顶在了大勇的脖子上。小家伙左晃右晃，没有一点生机。我眼泪已经掉了下来。

"我跪！"高诺拉了我的手一下，左膝已然要贴到地面了。

"啊？"还没等我反应过来，只见寒光一闪，林嗒那把藏刀已经扎进了吴雄那只拿刀要捅大勇的手背虎口处。

咚！江湖一个背摔，把王威摔蒙了。大勇从他的手里直接飞了出来，高诺跃起，把大勇稳稳地搂在了怀里。我冲过去，把大勇抢到了怀里。

"大勇，大勇！你醒醒呀，是姐姐！"大勇腹部的血迹已经干了，小小的身体没有一丝活的气息，四肢似乎都有些发僵。"我擦！你们他妈对它干什么了！"我看到一个啤酒瓶，抄在手里咣的一声砸碎，直接抵在了王威脖子上，玻璃尖儿瞬间把王威的脖子划破了。

"妹妹……啊不，嫂子，这小玩意咬人呀！我们就是给了它几下，没怎么着呀！"王威直接跪地上了。

"赶紧带大勇去最近的医院，看看有没有什么办法。一时半会儿我们到不了陈辉那里。"江湖的手都在颤抖，拉着我就往外走。

"都他妈别动！"吴雄从地上爬了起来，他的手上居然有一把枪！

"今儿这地儿，不对劲！妈的，狗也没有了，我这拿钱的生意也没有了！还想走？我让你们都困这儿！"黑洞洞的枪口直接指着江湖，"大个儿，别以为我吓你，真家伙，嘿嘿！"砰！吴雄冲着房顶就是一枪，"车钥匙给我，我那车被那鬼车撞坏了，你们那辆倒是不错，快点！不然我这枪可不容商量。你们是想让我打死你们呢，还是……"

"吴雄，人的心不能太贪婪。"江湖斜眼看了眼屋外，把车钥匙扔给了他。

"你们就在这儿等死吧！"吴雄拿起车钥匙，和王威跑了出去。

"江湖哥，大勇，大勇……"我捧着大勇已经不知道怎么办好了，现在车也没有了……

"他们根本出不去。"江湖转过头来对我说，"你看看啤酒瓶的日期。"

林嗒姐把那个瓶子捡了起来，上边居然印着 1987 年……

"这……这日期……"我有点不懂，可是我手上的大勇……我要救它！我的脑子跟不上这些了。

"你去把车开过来，我去咱们车里搬东西！"我听到远处吴雄的声音。

"妈呀！这他妈……他妈的又来了！"是王威的声音。

之后，我听到了老式马达的轰鸣声。是那辆绿色吉普车？我们四个人冲了出去。正是那辆绿色的破旧吉普车，它正撞着半拉车已陷在草棚里的切诺基，而吴雄坐在后座上，已经吓疯了。那辆吉普车后退……撞击……后退……再撞击……

轰隆隆……那草棚本就不结实，吉普车直接把它撞倒了，那个……那个我手机里堆砌得半人多高的玛尼堆露了出来！而那辆吉普车，又凭空消失了！

"别……别……别看我了……啊……啊啊……"我们听见王威也发出惨叫，只见一个约摸六七岁的小男孩，正趴在江湖的车窗上，向着驾驶室在看着什么。

"这……这……"江湖的声音颤抖了。

瞬间，我们身边居然拥上来了二十多个男女老少，他们站在路两边，像是在欢送什么。我用手碰他们，我的手却穿了过去。

"江哥……鬼……"高诺的声音也变了味儿。

江湖刚要张嘴，我们就觉得前方山谷突然摇摆。哗的一声，山上的泥石流倾斜而下，居然把我们刚刚冲出来的房子全部冲毁！

"不是……刚刚我就说过，我们可能是碰上了空间扭曲，我们看到的路和景象都是很久前的影像……可能是触动了山体的磁场，进行了再演。而且……而且这时间是乱的，一边是泥石流，一边却是群众欢送的场景……"江湖反打着打火机，给自己和高诺点了根烟。我看见高诺狠狠地吸了一口，吐了个烟圈，那圆圆的烟圈，居然是缩紧之后再化散。

"咳咳……"突然听到一个孩子的咳嗽声。

"我靠！"吓得高诺手上的烟掉在了地上，刚才趴在江湖车边上看王威的小男孩，居然不知什么时候，站到了我们身边。

"叔叔，抽烟不好。梁子叔叔以前就抽烟，可是来了我们这里就不抽了。"那个小男孩衣服旧旧的，小脸上有两坨高原红，眼睛大大的，放着光。

不知为什么，看到他的眼睛，我居然不怕了："你能看见我们？梁子叔叔是谁呢？"

"梁子叔叔，他在车里呢。"小男孩指了指那辆切诺基的方向，"咦，梁子叔叔的护山队又去执行任务了呢。"他只回答了我半个问题，又看向我怀里的大勇，"它把你们带过来的吗？它是不是也生病了？小迪知道怎么治它。"

"你告诉我，快呀，小弟弟。"我蹲下去要抓他，可是又抓空了。

小男孩兀自走到那辆切诺基前方。嗞嗞！又是那个奇怪的声音。哗！他前方的山体也开始了滑坡，泥石流的速度让人肝颤。

"小迪！"有个声音喊他。小迪似乎也发现了危险，他转身猛跑，可不小心摔倒了。

"别动，"江湖一把按住我的肩头，他的手心出了汗，"你什么也做不了，只能看！"

那辆吉普又神奇地出现了！我看到它甩了车尾，只是减了速，一只苍白的手骨伸出车窗，那只手……那只手在拉小迪！

"梁子叔叔！"小迪的声音是那么真实。

几次，那只手骨都没有拉住小迪，因为车速要考虑泥石流的速度……忽然，一只苍白的手骨从车里蹿了出来，直接抱住了小迪，用力把他抛到了车上，然后……然后泥石流把那个身影吞没了。那辆军车加大了马力钻出来，它一下子钻进了那个玛尼堆，不见了……

"小迪，你要好好学习，以后也要来守着通麦天险，当一名护山员，不能辜负梁子叔叔！"我们的身后，一个女人带着小迪出现了，"还有给你治病的陈辉大哥哥，他们都是好人……"那个女人手里，拿了一张泛黄的照片。

听到陈辉的名字，我一个激灵凑过去。那张照片上，真的有陈辉，是小迪全家和陈辉以及一个中年人的合影。那个中年人我见过，是陈辉的父亲，陈煜叔叔。可……可是他俩，为什么穿着黄色的法衣呢？我记得陈叔叔是研究所的科长呀！

"肖儿，你看这照片后边，就是这个玛尼堆。"江湖指着照片，把我直接拉到了玛尼堆跟前，"这个玛尼堆，跟你手机上的照片是一样的。如果大勇真的是在托梦，这里边，一定有什么能帮助我们的东西。"

江湖直接跪在地上，磕了三个头："弟子江湖，只为托梦所指，现在拆玛尼堆，只为梦中指引，还望见谅。"说罢，他直接下手去试拿最上边的石头。

"拿得动，"江湖冲我点了点头，"这玛尼堆可以碰。"

我一手抱着大勇，一手也跟着拆了起来，没一会儿上边就被清空。"就是这个。"江湖用力一扒，一个一圈圈像坛城一样的器皿出现了。由大圈到小圈的坛边上，镶嵌着看不出是位什么神佛的图像和藏经。

"这是我留下的。"这是陈辉的声音？这声音直接出现在我的脑海里。我一怔，用力拉着江湖的手，拼命点着头，上牙咬着下嘴唇。

"肖儿，这在藏语里被称作吉廓，我们叫它曼陀罗。这算一种密宗修法，是防止魔众入侵修筑的坛形，邀请过去、未来诸佛亲临作证，后来演变成这样。它像个坛城一样，也为宇宙世界结构的本源，是变化多样的本尊神及眷属众神聚居处的模型缩影，也有聚集力量的意思。肖儿，抱好大勇，我打开了。"江湖也不耽误时间，咬牙发力，咔嚓一声拧开了最上边的尖帽儿。一股幽香钻进了我的鼻子里，我整个身心为之一颤。

"喂它喝下去。"又是陈辉的声音。

"如果你听见了什么，这有可能是心声传音，照着做吧。"江湖拍了下我的肩膀。

我伸手，往那坛城里一探，凉凉腻腻，有些稠。我发狠用右手一捧，抽出来，果然，是时间很久的——血！

江湖帮我顶开大勇闭得死死的嘴，我把血慢慢抹进大勇的口腔，我想了想，又用指尖触到了小家伙的喉咙处。之后，我又捧了一把血，放到大勇嘴里。

我觉得，大勇的体温在回升！

"肖儿，肖儿！大勇，在……在呼吸！身子软……软了！"高诺蹲在我边上，让我借力靠着他，顺便帮我托着大勇的屁股。他说着，眼泪和鼻涕也往下淌着。

"嗯，嗯。"我双手没空擦眼泪，就任它流着，拿手把坛子里的血捧出来，喂到大勇嘴里。我能觉出来，小家伙的心跳一点点地在加重，它的周身开始泛起淡淡的金色的光……

"可以了，放回去吧。"又是陈辉的声音。

"他说可以了，让停下来。"我看向江湖。

"那就行了。我来把它摆回去，这以后可能要救别人。"江湖仔细地把这个吉廓放了回去，又按着刚才的样子，将玛尼堆重新码了起来。

"大勇，大勇你是不是醒了？你看看姐姐。"我能感受到大勇心脏跳得极有力，身体也越来越热，可是小家伙，你睁眼看看我呀！我鼻子一酸，就要扛不住了。

大勇的眼睛睁开了一条缝，小眼珠似乎转了一下，又闭上了。

"还不行？那就把血全给我们吧。"我说着，就要去拆那玛尼堆。

只听哗啦一声，林嗒姐把随身的一包牛肉干撕开了。

"嗯？"小家伙抬头，睁大着眼睛，看着林嗒姐手里……

"你吓死我了！"高诺看着大勇这德行直咬牙，就想拿手去擂它的头。

"呜呜……"大勇立马瞪眼怒视着他，"嗯？"继而又用水汪汪的大眼睛看着林嗒姐。

"你可把你姐吓死了。"林嗒姐把牛肉干交到我手里，大勇一下子就扑过来，啊呜一口下去一半儿。

"大勇，我想死你了！"我把它紧紧搂在怀里，大勇呃一声，吐了舌头，好像噎着了。

"走，姐给你拿鲜橙多去……"我带着大勇就往车上走，高诺跟在后边。刚一开车门，我就被一把匕首顶着了脖子。是王威，刚才他只是被小迪吓到了，现在看我过来，钻了空子。

"带我走！赶紧的，你们肯定有办法，带我走！"他的声音已经咆哮得近乎崩溃了，"不然我直接捅了她！"

"嗷！"大勇猛的一蹿，瞬间把王威扑倒，一口咬住他拿匕首的手，左右猛晃，然后一个右摆，居然把他从车上甩了出来，摔到了地上。

"哎呦……哎呦……我的手断了……"王威在地上打着滚。

砰！我反应过来的时候，看到吴雄摇摇晃晃站在那里，手里举着枪，子弹已经向着我的方向射了过来。

"肖儿！"高诺右手一推我，就把我挡在了他身后。

只见大勇大张着嘴，发出了强震，因为离它太近了，我整个人的头发都立了起来。那子弹居然也因为这股阻力变慢，我的肉眼居然能看到子弹飞出的直线，然后啪啦一声，子弹掉到了地上。我惊愕的嘴还没张开，就觉得一道金光从我身边飞出，下一秒就听到吴雄的惨叫。大勇照着吴雄的右腿就是一口，刺啦一声，衣服碎片和血肉就飞了出来！

"大勇，不成了，再咬你姐就吐了！"我看着不远处，似乎还有一些白骨露出，嗓子眼直反。

"……我们得想办法出去才成。"江湖指了指远处，只见那边山谷中，又开始往下倾斜雪水，"不然我们永远怕要……不对！地面……这地面在颤动！"

江湖一说，我真的发现，这次的泥石流不是什么画面，我脚下在晃！

"上车！"江湖示意我们先上车，他跑向吴雄，皱了皱眉，还是一薅，把他扛在肩上，又提了王威，一起扔到了车后排。我跟高诺与这两个半残挤在一起，大勇龇着牙，总是想接着咬。

"大勇别着急了，咱们先出去行不？"江湖打着方向盘，往后倒着车。路面已经开裂，车已经左右摇晃。大勇嘟了下嘴，有点不满意被叫停，它看着前方路面，伸出前爪把后窗户给按了下来。

"大勇，是不是脑袋坏了，这么淘气。"我想拉都拉不住，大勇把头伸了出去。

"呜呜呜！"小家伙的声音很像我们路过汶川时它发出的声音，这声音压抑而悲凉，让人不由得心生伤感。

"看，那辆绿色吉普！"高诺指着我们的前方。

"是它召唤来的。"江湖一直在倒车，也能看到大勇。小家伙听到江湖这么说，点了点头，伸出左爪指着前方。

"江哥，它让我们跟着吉普车？"我有点明白大勇的意思了。

"跟着？那可是大型泥石流的方向啊！"高诺瞪大眼睛。

"啪！"大勇的小爪子照着高诺的右脸就是一下。

"你！"高诺抬手想摸脸，我就瞪着他。

"走！"江湖一脚油门，朝着泥石流就开了过去。

整个车身颠簸得我直撞头，高诺侧过来把我和大勇抱在怀里。林嗒姐也拉住了右上的把手，江湖强撑着往前开。就在我们要接近那辆吉普的时候，只见它发动，咣的一声把对着我们翻滚而来的泥石流再度撞开了一个大洞！

江湖一秒也没等，跟着就开了进去！我只觉得眼前一花，耳边似乎是一阵电波声……我们的车，已经行驶在了刚才通麦天险的山谷，身后是刚刚追击吴雄的车而断开的塌陷。

我们出来了！

"我去，原来这辆吉普车才是通关道具。"高诺看了我一眼，伸出手指想摸摸大勇的毛，小家伙的后腿狠狠地踹了他一脚。

"哥们儿，你不带这样的。"高诺哭丧着脸，幽怨地看着我。

"啪啪啪！"我们的车玻璃被拍了几下，是几个年轻人，他们的手臂上有着"通麦天险护山员"的标志。

"同志，怎么了？"江湖摇下车窗。

"你们刚才从泥石流中冲出来的？"一位个子不高、眼睛大大亮亮的年轻人问道。我盯着他，很是面熟，好像在哪里见过。

"是，车的马力还成。"江湖简单明了，他也是惊魂未定，没什么心情讲一遍故事。

"可你们车上人有点多，这样不安全。"年轻人往我们这里看了看。确实，坐了四个……

"庆迪，你们三个快过来，这儿有辆车！"我们身后传来了叫喊声。

"好！"年轻人答道，又叮嘱我们，"你们先下车检查一下车况，你们的车这么一下，可能会有损坏。"他极为认真地冲着江湖指了指引擎，就和另外两人去了我们车后。

"正好下车透透气。"江湖把车往边上一靠，下车就点了根烟。林嗒扔给我一条结实的旅行背带，自己也跟着下了车。

我拿着绳子，冲高诺使了个眼色。三下五除二，我俩就把已经傻了的王威和吴雄绑在了一起，顺便也把他们拎了出去。

第十八章　高诺的半张脸

"队长，你看，这乱泥堆里有辆车！"顺着另外一个年轻人所指，我们看到吴雄他们那辆大切，完全被埋在了泥石流堆里。

江湖快步走过去，弯腰查看了车的前挡风玻璃："不是泥石流冲的痕迹，是刚刚别车时候留下的擦痕。"他小声跟凑在边上的高诺说。

"这位大哥，你开车真够有技术的。"刚才那个年轻人冲江湖竖了个大拇指，"哎，这两个人怎么捆上了？"

"盗猎的。这车就是他们的，你们拖出车来看看后备厢吧。"江湖一副胸有成竹的样子。

"江哥你怎么知道的？"高诺直接把那两个人拎到了护山队员的面前。

"他们的车打左贡开始，就没怎么打开过后备厢，而且只要开过去就有一股味儿。还有，上次在他们车上，你沾的金丝猴毛，虽然他们嘴上认了，可没证据不成。"江湖吐了个烟圈，看着护山队员把后备厢直接给撬开了。

"呼——"大勇在我怀里，毛都竖了起来。只见后备厢里都是用真空袋包着的金丝猴皮、西藏狼皮、兔逊，居然还有几只小灵猫的尸体，另外，四杆猎枪就在那扔着，开了刃的匕首上还有血迹……我看得心里火往上蹿，啪啪啪啪几个嘴巴就扇了上去。

这俩货被我打了，倒是醒转了过来："我靠，丫头片子下手这么狠。"吴雄瞪着我。

"你丫骂谁呢！"高诺抬脚就踹上了，力度极大。吴雄挨了一下，倒在地上还往后退了几下。

"老乡，我们冤枉呀！他们还打人，我们是人民呀！"王威居然哭上了。

"你们跟警察说去吧。"这些村民自发组织的护山队员，对这山有着不一样的感情，他们对盗猎的恨是发自心底里的！

"同志，感谢你们。"庆迪握着江湖的手，"这边路况非常危险，你们休息一会儿，还是赶紧往前走吧。出了通麦天险，到了八一镇就好了。风景又好，吃的也会好很多。"他冲我们点了点头，示意我们尽快通行。

这些年轻的护山队员默默守着这座大山，这是他们的家，所以，他们永远冲在排险的最前线，看着他们，我的眼睛湿润了。

"谢谢你们，感谢。"除了这个，我什么也说不出来，只是握了握他们的手。

"我们是大山的子民。"那个叫庆迪的年轻人冲我们咧嘴笑了起来。

"这孩子……"高诺捅了我腰一下。

"嘿。"大勇一下蹿出来，居然跳到了小迪的肩膀上。

"哟，这小家伙真好玩！"那些年轻的护山队员瞬间炸了锅。我还是头一回看到大勇这么热情地对人，庆迪把手抬起来，慢慢放到大勇的头上，小家伙居然舒服地闭着眼睛。

"我好像，见过它，做梦的时候……"庆迪的眼睛有些失神。

"既然认识，庆迪就送他们出山谷，然后等咱们有车过去再回来吧。"一位队员开了腔，大伙也赞同。

庆迪坐在我们后排中间，大勇就在我和他腿上跳来跳去。嗖！大勇跳起来，把庆迪的帽子含在嘴里，叼下来，放在了庆迪双手上。

"你是……小迪？你是不是见过陈辉？"我把大勇按在自己腿上，直接抛出这个我一直想问的问题。

"噢？"庆迪歪头看着我，他大大的眼睛转了转，像是在回忆。

"他和他爸，是不是曾经路过这里，还……还堆了一个玛尼堆？"我把手机打开，想找那张照片。可是，可是照片竟没了！

"我叫你声姐。"庆迪按住我的手，让我别再折腾手机了，"姐，别找了，我信你。那个玛尼堆，很少有人知道。那会儿我还小，遇上了泥石流，是护山队的梁子叔叔救了我后，我在医院输了好几天的液。听我阿妈说，我就要没救了，医院都让把我抬回来了，我的命是梁子叔叔换来的，家里绝对不能放弃，她就每天去村口搭玛尼堆，祷告，磕长头……第三天，那对父子就来了。阿妈说他们看到了玛尼堆，还给我开了药，他们把剩下的药放在了吉廊里，只说了句'以后有人会用得上'就走了。阿妈还给我们一起合了影。那个伯伯和哥哥的手特别暖，我记得他们冲我一笑，就像太阳一样。不过后来，泥石流又来了，把我们的村子冲没了。那个玛尼堆，也找不到了。"

　　小迪叹了一口气："姐，就在前几天，我做梦了，梦到了它。"小迪指了指大勇，"我梦见它咬着我裤腿，非让我今天来执勤。本来，我今天是休息的，我都三个月没休息了。现在是洪期，比较危险，我们护山队员都是连轴转。"

　　这是天意？我不知道是该笑还是该哭，晃了晃脑袋。

　　"小兄弟，你多大了？"高诺拍了拍小迪的肩膀。

　　"十九。"小迪的眼睛十分纯真，让人看多了会发愣。

　　"这么小就当兵了，没想考大学？"高诺接着问。

　　"我的命是梁子叔叔救的，所以我的理想与人生目标就是当一名合格的护山队员！哥，我们这边泥石流特别多，你也看到了，车在这里都这么脆弱，人就更渺小了。可是，我们是这大山的子民，我们要用血肉之躯，在这里坚守着。"小迪的眼睛是亮的，流露出一种无畏与坚定的信仰。

　　江湖的车开得很顺，在最后一个哨岗我们把小迪放下，江湖、我和林嗒姐紧紧握了他的手。"哥们儿，等我再来，你休假，咱们喝点。"高诺使劲抱了一下小迪。

　　"呼——"大勇在我怀里立起来，在小迪的脸边上蹭了蹭。

　　出了通麦天险，我们的路就顺畅多了。大勇一个劲儿在那找吃的，牛肉干、黄桃罐头、趣多多、果粒橙、海苔、鱼肠……高诺拿着垃圾袋，嘴都抽了。林嗒姐实在看不下去了，拿食指对着大勇下命令，再吃晚上不给你吃好吃的了！小家伙才停了下来，开始在后座上一翻个儿，让我给它挠肚皮。圆滚滚的小肚子露在我面前，我真怕炸了。

　　"还别说，它居然没有伤口。"我扒着毛让高诺看。

　　"肉多，看不出来。"高诺捅了我肚子一下。

　　"你想死吧。"我刚一瞥他，大勇就蹿了起来，瞪着高诺，龇着牙。

　　"哟，你个小家伙，这是真好了，还护主了。"高诺抖了抖手里的垃圾袋，"我都给你举了两个小时了，没功劳也有苦劳吧。"

　　"你说你们，不是吃就是斗嘴，这外边南迦巴瓦峰多壮美，倒没人看。"江湖笑了笑，"雅鲁藏布江就在脚下，对面是雪山，车后边却是两人拌嘴。唉，还是年轻好呀，晚上到了八一镇，我就图踏实睡个觉了。"

　　大勇趴到后车窗，向外望着，嘴里不时发出呼呼的声音。车行到大峡谷拐弯处，大勇又按下了窗户，把头钻了出去，"呜噜呼呼呵……"像在念着什么。我想给它弄下来，它就拿后腿踹我。

"肖儿，你们看！"随着林嗒姐手指方向，远处本是云雾缭绕的雪峰群中露出了巨大的三角形体。

"羞女峰！"江湖也颇惊喜，停下车拿了相机拍照。

大勇把头钻了回来，灌进来的风给我吹得头直痛，小家伙一下蹿到了前车窗那儿，用小爪子捅着玻璃。

"嗯，我知道，特别好看是吧。"江湖笑着打趣。

"江哥，这个雪山非常难见？"高诺探着身子也往前看。

"是呀，十人九不遇吧。它终年云雾缭绕，能看到真是荣幸。南迦巴瓦峰对于这里，有着特殊的意义，它的名字也来源于《格萨尔王传》中的'门岭一战'，这座雪峰有着非凡的刚烈与不可征服呀。"江湖的声音有一丝敬畏，"据说呀，这雪山顶上还有神宫和通天之路，就是羞女峰那儿。"江湖给我们讲着，大勇立起来，趴在玻璃上，还抬起小前爪指着山峰。

"你看这小导游多配合。"林嗒姐拿出来一袋鸭脖子。

"呜？"大勇歪头盯着林嗒姐，嗖地一蹿，下一秒叼着袋子就蹦到我腿上了。

"你可真馋。江哥，袖犬这么馋吗？"我把鸭脖掰成小块喂着，小家伙每次都含住我的手，恨不得直接给吞下去。

"可能原来没怎么接触现代社会吧。这多好吃呀，比牦牛肉干细致。"车重新上路，江湖一边开车一边笑。看得出来，他也是觉得大勇是个馋娃……噢，是馋狗。

一路雪山美景，心情也好，晚上六点，我们终于到了八一镇。这儿可真是个好地方，宾馆水平上了一个台阶。

"呵，这边石锅鸡可够多的。"高诺摇开后车窗往后看着，迎宾路上几乎家家都是石锅鸡。

找了家看着干净的食府走了进去，闻着邻桌的鸡肉香气扑鼻，汤是白白的，嗯，我还是想吃辣的。点了菜，高诺就说要上厕所，我们在那儿等着石锅鸡端上来。

"呵，还挺烫。"我先闻着一股山椒味从我头后边飘过来，高诺把一个快餐纸桶摆在我面前，"吃吧，馋丫头。"居然是刚才那家我盯着看的山椒牛肉面。

"哟，你这小子。一会儿咱们这鸡汤里能放点米线，跟老板要点辣椒一样好吃。"江湖摇了摇头，夹了一个鸡腿给林嗒，又夹了一块鸡胸肉放到我碗里。

"你这太偏心眼了吧，给媳妇鸡腿，给我就白肉了。"我瞥了一眼江湖。

"给大勇凉着的，不是给你的。"江湖给我们盛了汤，放在一边。

"给你，我给你。"高诺把另外一个鸡腿夹到我碗里，扬了扬下巴，"疼媳妇天经地义，是吧，江哥。我刚查了查，这后边就有酒店，四星，我要好房了。咱俩喝一个，一会儿不用动车了。"一盅白酒，高诺一扬脖进去了。

"得，我也解解乏。"江湖回敬了一下，嗞儿一声也走了一个。

大勇立在我腿上，一边吃着我递过去的凉了的鸡胸肉，一边还闻我那碗山椒牛肉面。我明明记得陈辉母亲说，它不吃辣的……这一路它的口味也大变呀。没办法，八块牛肉全拿出来，要了碗热水涮了涮，小家伙转眼进肚，坐在我腿上打着嗝。林嗒姐给我们涮着蔬菜，还给大勇一个白菜心，补充维生素。

最后一口鸡汤喝完，高诺吭一声趴在桌子上了。

"哟，这小哥们儿不成呀，我俩这一瓶都不到。"江湖也喝得脸泛了红，不过思维还很清晰。

"肖儿，没事。"我刚想架他，高诺把钱包掏出来递给我，"结账去。"

我一想，反正富二代家的钱比我们赚得容易点，不花他的花谁呢？把账结完回来，他又在那儿拉着江湖的手塞房卡。

"肖儿，我看江湖喝得也有点高，咱们先给扶回去吧。"林嗒姐虽然人娇小，但是肌肉流线感十足，居然能架得动江湖，我很是佩服。得，没办法，大勇钻到我袖子里，我架着高诺也跟在后边。

我和林嗒姐把高诺和江湖往床上一扔，就要回房。高诺从后边猛地环住我："不想……跟江哥睡……俩男的……挤。"他声音断断续续的，醉态十足。

"那你跟我睡呀？我也占地呀。"我抱着肩，看了眼在边上笑的林嗒姐。

"嗯，宽敞。"高诺的胳膊越来越紧。

"行了行了，别闹了，都累了。我和肖哨回屋也洗洗睡了，明天咱们再有一天的路，就到拉萨了。"林嗒姐拍了拍架我脖子上高诺的手背。

"肖儿。"他居然还拱了我腰一下，这是跟我撒娇还是卖萌？大勇一下跳到我肩膀上，小屁股对着高诺的头噗的一声。

我的天呀，狗屁真是生化武器，可你姐我还在边上呢。

高诺当时就冲进了洗手间，我倒提着大勇把它带回了房间。小家伙一脸得意，没有半点干了坏事的愧疚，这是谁的狗呀！

回房间，洗了澡，敷上面膜我就瘫在床上了。林嗒姐在我身边没一会儿就睡着了。高诺这家伙，居然订了大床房！大勇在房间里跑了两趟，被我逮到卫生间洗了小爪子，就安静地躺在床上，还枕着枕头。

"睡了吗？"手机收到一条微信。

"我不约，我是正经女孩。我要睡觉。"想都没想我就回了过去。

"我知道，能出来吗？"这人是傻还是文盲，没明白我的意思呀。我刚要回复，突然发现，高诺的头像换了一个青灰色的！而且……而且还冲我笑了一下。什么时候微信头像能换动图了？

"呼——"大勇把头靠在我脖子边上。我看了看它，一咬嘴唇，套上衣服，轻轻地出了门。刚出房门，就看到酒店走廊里，有个人面壁站着，手上还拿着手机。

"高诺？"我小声叫道。

"别过来，肖儿。"高诺的声音硬邦邦的，极不自然。

"你叫我出来的。"我贴着墙看着他，在不那么明亮的走廊灯下，他的脸有些怪异。

"肖儿，回屋去。"高诺还是没转身。

"啪嗒。"大勇从我怀里跳了出来，颠颠地跑到了高诺面前，立起来，扒着高诺的腿。高诺明显有些害怕，往后退了退。灯光下，我看清了他的脸！

我当时的脑子嗡的一声，高诺的脸，一半是高诺，一半……是谁呀，这是什么上了身了？

然而大勇并没什么异样，好像还挺喜欢那半张脸，一个劲地扒着"高诺"的腿。他慢慢蹲了下去，小家伙嗖的一声，跳到了他膝盖上，圆圆的脑袋，蹭着那半张我不认识的脸。

"哥们儿，大勇都不咬你的话，我就知道你不是啥坏人。你附身这人吧，看着挺光鲜亮丽的，其实也是个苦孩子。单亲家庭长大的，你懂吧，性格扭曲，喜爱夜店，寻求真爱，然而人家看上的都是他的钱。他虽然吃喝嫖赌都沾点，但是心是好的。"我慢慢靠近，也看到了防火栓，这玩意给他来那么一下成不成？

"姑娘，别动那个。你伤的是他的身子。"那半脸冲我说着，很显然，他看透了我要干什么。

"肖儿，走！"这是高诺的声音。

"大勇，你想想办法，救救你高哥哥呀！你俩可是拜了把子的。"我一看自己被识破了，只能求助于大勇了。大勇看了看我，大眼珠子转了转，突然把头探到了高诺怀里，只见它的头一甩，一个红绒包飞了过来。

是装丽兹结晶体的小布袋！再看"高诺"，自己的那张本脸已经没有了，整个换了一个人，只是还是高诺的身高，高诺的衣服。他摸了摸自己的脸，站起来就往外走。

"高诺！不是，你谁呀。你是要借他身子办什么事还是去要人命！我告诉你，我在这儿，你休想带他走。"我也顾不上害怕了，起身就拦在了他前边。

"肖儿，走！"有个声音从他嘴里挤了出来。

"大勇，你给我捣乱是吧，你姐我今天还就让你见识见识了！"我指着大勇，气不打一处来，合着你跟这玩意儿一伙的！我把上衣扣子往外一豁，扯开嗓子就喊"非礼"，可还没喊完，就觉得眼前一黑，不知道怎么回事了……

再醒过来，我发现自己已经坐在了江湖那辆车的副驾上。"高诺"在开车，四周只有路灯的幽暗灯光，看着他这张没有生气的脸，格外瘆人。

大勇看到我醒了，跳到我肩膀上，用牙把保险带给我拉下来，咔嗒一声系好，两只小前爪挤着我的下巴。这是给我挤双下巴玩呢！我瞪它一眼，伸出手给它来了个脑瓜嘣儿。大勇小爪子想摸一下脑门，又够不到，冲我撇着嘴，两只大眼睛水汪汪的。这哪像犯错误了呀，明明就是我欺负它了嘛。

"哎，你这是往哪开呀？"我看着眼前的路怎么这么熟悉，好像，好像是往回开！既然出来了，我也不怕了，捅了他一下。

"我想，用他的身体回下家。"这人开车特别端正，完全不是高诺那种为了耍帅摆出来的姿势，而是直直地坐在那里，挺胸抬头。

"嗯。"大勇蹲坐在我腿上，冲我郑重地点了点头，然后嗖的一下，跳到仪表盘上，模仿着什么东西在追它。大勇疯狂地跑着跑着，又坐在地上，好像在学"高诺"开车，又伸出了一只后腿，在拉着什么，之后，又变成了它在跑着，被拉上了车，又在仪表盘上滚来滚去……最后前爪一抹脖子，喀！装死了……

我嘴角都抽了，小家伙这是喝了泥石流群里莫名其妙的东西，疯了吧！

"高诺"还端坐在我边上，眼看前方聚精会神地开着车。就这么过了三个小时，我们居然到了通麦天险，这是我们刚走过的路呀！我忍不住叫出声来。司机看了我一眼，冲我点点头，开了过去。

"不是，哥们儿，你开得过去吗？这有各种先进监视、警戒线。"我有点怕，怕被抓起来。

大勇嗖的一声，按下了我右边的窗户，对着车窗外吁吁地叫着，还不停地在我腿上"张牙舞爪"。在它这些莫名动作下，我们的车居然很顺利地逆向开过了通道！

"高诺"极其熟练地驾车，好像这些路，他天天走一般。

等等！我脑子里一闪，想到了大勇刚才的一系列动作……泥石流、救人、死人……我声音有些发颤地问他："你认识小迪？"他没有理我，只是专心开车。

"我是梁子。"我们的车开过天险大桥那段路，并没有再往前走，而是一拐往土路上去，他这才说道。

"你就是救了小迪的……梁子！"难怪他所有的做派似乎见过，原来是我在那时空中所见。

第十九章　惊魂一刻

"我是通麦天险上的灵魂，很多护山队员都在这里献出了自己的生命。"梁子像是自言自语，"今天我能见到你们的车，就是被它感召了。所以我借用了他的身体，我想看看我的妈妈。"梁子转过头来看着我，也看了看大勇。

那辆绿色吉普车！是它引我们找到了救大勇的玛尼堆，是它带我们冲了出来！我想起那只手骨，他一次次拉着被泥石流追赶的小迪，最终自己下车把小迪拖上了车……

没过一会儿，他把车停在了路边，下了车，身影在月光下拉得笔直。我跟在他身后，进了一个小村庄，梁子推开一户人家的门。他用着高诺的身子，一米八的身高并不太适合房子里空间，啪啦一声，他碰倒了什么。

"汪。"那户人家的狗抬起头，刚要叫。

"嘘。"大勇抬起头，用前爪在嘴边比划着嗦声，还瞪了那狗一眼，那狗害怕地缩了回去。

"谁呀？"一个老太太摸索着出来了。我打开了手机手电筒，想给她照明。

"不用，我妈妈看不见。"梁子快步走了过去，扶住老人。

"你是谁？"老太太有些慌乱，这大半夜里来个人，谁心里都打鼓。

扑通一声，梁子跪了下来："妈，我是梁子。"

"梁子……"老太太那布满老茧的手，颤颤巍巍地抚在了梁子脸上。

"妈，是我，我回来看您了……"梁子的声音抖了起来，"妈，我来看您了，妈！"这汉子跪在那里，我看着心里发酸。

"梁子，梁子，你是我的梁子？你走了那么多年，终于来看妈妈了。"老太太反复抚摸着梁子的脸，似乎在感知着什么，"你一点都没变，我的梁子。你知道吗，你走了以后，妈妈很想你，妈妈每天都觉得你会回来看看。妈妈等呀等，一年，两年，三年……"

"妈，我对不起你……"梁子哭了。

"梁子，妈知道你是护山队的榜样，你要在这条险路上救人。记得你小时候，咱们这里，雪山的雪一化，下来的泥石流要带走很多人，带走很多牲畜，带走很多房屋……是解放军到了这里，为我们架了桥，修了路，挡了灾。所以咱们村民也组织了这支护山队，把解放军的榜样力量传承下去，你选这条路，妈不怨你。妈知道，你做的是大事。你能来看妈妈，妈就心满意足了……"

"妈！"梁子跪在地上，结结实实地磕了三个头。

"我的梁子呀，这雪山，这苍鹰，这牛羊，都知道你的心是火热的。妈高兴！我的儿子是条顶天立地的汉子，是一名英勇的护山队员！"

梁子扎进了妈妈的怀里，他的身子在颤抖，他的愧疚、他的想念、他的坚持……我的眼睛湿润了。自古忠孝难两全，是这些无畏的人们，在雪山中，在山崩时，在最危险的时刻，为我们的家园挡风避雨，带来祥和安宁啊……大勇在我的肩膀上，用小爪子给我擦着眼泪。

"妈，我得走了。"梁子抬起头，给妈妈擦着眼泪。

"妈，我真得走了。"他给妈妈敬了礼，拉我出了村，快步上车，往回开。

车飞速行驶着，面前的这些险路，在梁子看来，就是平地。这曾是他每日每夜坚守之地，这是他的青春奉献之地。

两边的景物飞速向后跑，白天与夜里的雪山真是两种景色。出了通麦天险，再回到公路上的时候，我看到梁子的脸，正慢慢地从高诺身上褪去。

"肖哨，谢谢你。"他把车停了下来，高诺的脸已经逐渐清晰。他有些僵硬地举起右手，向我敬了一个礼，"我的魂，在通麦。谢谢你们。"

我揉了揉眼睛，看到一个身影从我的车后走到一辆破旧的军车上。那辆车后，还有很多辆车在一起，如山一般，一座最真诚的用人们的心守护的山！他们冲着我，长灯、短灯，闪着大灯。

"谢谢你们。"我带着大勇打开车门下车，向这些模糊的影子，深深地鞠躬。

我终于知道，为何大勇没有攻击，为何大勇对他有一种温顺。那是雪山下的西藏鹰獒对这位护山队员的敬畏，在他身上，有着人类最宝贵的心！

大勇扯着脖领子，我架着胳膊，终于把高诺这哥儿们从驾驶座弄到副驾上，我就以20公里的时速往回开。导航显示还有60公里到宾馆的时候，高诺醒了。他拍了拍我，冲着我一笑："我能觉出来，他没什么恶意的，其实你不用跟过来。"

"嗯，"我瞥了他一眼，"你来开车，我胳膊都酸了！"

高诺开着车，我摸出大勇甩给我的红绒布包，放到了他胸前口袋里。

"它在的时候，梁子一直进不去。"高诺摸了摸我的后脑勺，"他们真不容易。"高诺点了一根江湖放在车里的烟。

"我困死了。"我往车玻璃上一靠，大勇也趴在我腿上，闭着眼。

"路上颠簸，别磕了头。"高诺把我的脑袋移到了他的肩膀上，"睡吧，肖儿。"

迷迷糊糊地回了酒店，我下车刚要往电梯那走，高诺直接给我拉住了："你要回去睡觉呀？"

"是呀，不然去哪呀，回车上睡太冷了。"八一镇早晚温差太大，我可不想在车里开着空调睡，万一再来个一氧化碳中毒就惨了。

"这都快四点了，林嗒姐再给你吵醒了。"高诺拉着我奔了前台，"姑娘，我们开个小时房，到八点。"

酒店入住率一般，前台姑娘直接给开了房。还好是个标间，进去我给大勇洗了洗爪子，擦了把脸，就倒下了。高诺看我出来，就进去洗澡了，折腾了半个小时头发湿乎乎地出来。我觉得，床边陷下去一块。

"肖儿，睡着了吗？"高诺捅了我后腰一下。

"呼。"大勇从被子里钻了出来，趴我腰上，还立起来拿两只小爪子拨拉高诺的手。

"明天，咱们就到拉萨了。"高诺擦了一下头，手指带着水珠。

"嗯，要是到得早，就给你开到药王山。然后你参拜完，再玩玩，找个五星酒店住一住，买张机票，第二天回北京。"

"那你们呢？"高诺一边擦着头发一边偷懒靠着我。

"江湖人家两口子要故地重游，我陪着瞎逛，然后要往绒布寺方向走。高诺，我求求你了，睡觉吧，我困死了。"我真没有劲头跟他瞎聊了。

"天亮了，就是今天了。"他喃喃自语，我直接闭眼不再理他。

仅剩的三个多小时过得飞快，我还睡得香呢，就被高诺摇了起来。

"干吗呀，再睡十分钟……"我揉着眼睛，看他都是双影儿。

"都七点半了，你赶紧起来洗脸，再回林嗒姐那收拾收拾。咱们都要出发了。"高诺捅了捅我的脸，"我都已经跟江湖打完招呼了，快起来。"高诺开始掀我被子。

大勇从我枕头边上眯着眼起身，摇摇晃晃往上爬了爬，又在枕头上睡过去了。

"你看这狗和主人真是一样，小懒猪似的。快起来，我早餐都给你打包了，还不错，居然有牛角，就是黄油一般，不是太香。"高诺拿起边上一个打包袋。这纸袋子刚一响，大勇瞬间抬了头，睁大眼睛看着他。

"嗯，就是小懒猪一样的西藏鹰獒，馋！"我撑着身子坐起来，去了洗手间，闭着眼睛洗了脸刷了牙，出来就看高诺在那儿喂大勇鸡蛋黄。

"啊，牛角呢？"我伸头看了眼打包袋。

"都吃完了，还有两块培根。现在就一个鸡蛋、一个蛋糕、一个酸奶了，噢，还有个橙汁。快点吃，吃完收拾去。"高诺递到我手里。大勇看我吃鸡蛋，又凑过来，大眼睛盯着看，就跟它刚刚啥也没吃一样。好吧，我继续吃蛋清吧。

高诺把酸奶插上管子递给我："肖儿，你就真舍得我这么快飞走呀？"

"不是呀，我就是给你规划一下。你可以在拉萨随便折腾，反正也是大城市，你高反也没事了。不过我们要赶路，拉萨不会停太久，你到时候爱怎么玩怎么玩，我们就走了。"我看大勇还盯着我手里的蛋糕，赶紧咬上不撒嘴了。

"是吗？明白了，"高诺歪嘴笑了一下，"随便。"

吃完回林嗒姐那收拾了一下东西，她抿嘴和我一笑。

"哎呀，不是你想的那样。"我翻了翻白眼。

林嗒姐拍了我的头一下："肖儿，其实咱们车，四个人往前开也没事。我看高诺也没什么大事，车上不缺他一个座。"

"那我不是不能躺着了？"我继续翻白眼，背着小包出了房门。

江湖在下边查着地图，看我们都出来了就招呼大家上车："高诺，我估计咱们能在下午三点到达拉萨，但是以我的经验看，到达城市就会有些堵，可能真正到药王山就得天擦黑了。你要是着急，你今天就去药王寺，办你的事；你要是不着急呢，就待一天，等白天再过去，也有师父帮你处理。到时候我给你开车送过去，正好也去拜拜。林嗒的妈也身体不好，去求求，听说很灵。"

"没事，江哥，你们按你们计划吧。我到拉萨就下车，我包个车过去就成。"高诺也不看我，冲着江湖说道。

"我怕你一个人不安全。"江湖叹了口气，"你要赶时间就没办法了，不过呀，这边还是要自己注意些。看情况吧，药王山应该是到晚上七点，到时候我给你问问朋友。"

"不行我租个车。"高诺说完这话，就靠着左边车窗闭上了眼。大勇看看江湖，看看林嗒姐，又看看我，自己贱兮兮地从我怀里跳到了高诺腿上，拿后腿轻轻地踹他。

"嗯，你都知道咱们要拜拜了。"高诺歪嘴想乐，却打心里没个欢喜的情绪。

从八一镇往拉萨，公路很顺畅，两边的牛羊也不随便挡路了，偶尔会看到磕长头的人。我摇开窗户看着，大勇也冒了个头，风吹着它金色的饰毛，显得格外精神。我想回头让高诺也看看，人家直接戴上墨镜不理我了。得，我摇上了车窗，和大勇一起一瘫睡着了。

再醒过来，是被林嗒姐摇醒的："这边餐厅都还行，下车吃饭吧。你看你给人家小伙儿气的，这不高兴。"

"那他还不是冲下去进了餐厅。"我一看，左边没人了，大勇压在我胸前也犯着蒙，看来补觉补迷糊了。

"这儿有租车的，江湖和他去问了。可别怪姐没提醒你，他人呢是有点晃荡，可是对你挺在乎的。"林嗒姐给我拉了起来，"好多事呀，要往前看，走出来。老是回头琢磨，没有幸福的。"

"听着跟让我从良一样。"我背好小包，跟在她身后往餐厅走。

"哟。"大勇从我怀里站了起来，小前爪指着左侧，只见江湖和高诺正和一个四十多岁的男人商量什么。出租车公司的大门脸比店还大，那男人应该是老板，带着两人进去了。

林嗒姐拉着我进了边上的串串香火锅店，别说味道真是正，看来离拉萨近了，亏待不了自己了。我在那儿拿着串串，大勇时不时冒出大脑袋来，给我指点多拿牛肉和鸡肉。还好这种店规矩不多，要不你说一个狗——就说你是袖犬，你在那瞎用小爪子指来指去，也会被轰出店吧。

等我们的铜锅滚起来了，江湖和高诺进了餐厅。

"高诺，其实你再想想，到了拉萨再租个车开吧。虽说这边路好开了，可你也省点劲不是嘛。"江湖拉开椅子，坐在林嗒姐边上。高诺看我一眼，把椅子往边上拉了拉，坐了下去。

"有人觉得我碍眼，催了好几次了，我看还是算了吧。再说，这车还成，路虎我开得也顺手。"高诺拿了一串涮好的牛肉，想往我碗里放，一半又打住了……直接自己解决了。

大勇睁着大眼睛，直皱眉头。

"来来，姐姐给你。你这拜把子的朋友不行呀。"我赶紧捞出来几串，撸下来吹凉，给小家伙放在空碗里。

"要不是一会儿开车，江哥，我真想和你好好喝一个，"高诺干脆不往我这边看了，"就以这豆奶代酒吧。我电话你也有，回北京了，咱们聚。"他用豆奶瓶碰了一下江湖的瓶子，"还有林嗒姐，谢谢你照顾。"又碰了一下。

"得，回北京聚。你要走，我不留，主意是你拿的，路是国家的。"江湖摇头一笑，喝了一口豆奶。

话少，吃饭就快。结了账，高诺开始从江湖的车里搬东西，那是一辆红色的新款路虎。富二代就是有钱，租这么好的车。

高诺搬了最后一趟包，走到我面前："大勇，我走了，谢谢你。"他弯下腰，在大勇的脸上贴了一下，大勇伸出两只前爪像托着他的脸一样，蹭来蹭去。

"肖儿，我知道在你眼里我挺差劲的，不说了。回北京，你要……你要想……他妈的，我要想你了，能给你打电话吗？"高诺看着地面，他说话从来没这么没底气过。

"你要是能记住我，就打吧。"我嘴角上扬想有个笑的表情，可是却没这个心情。

"抱下？"高诺伸开双手。

"中国人瞎学什么这西式礼仪。"我摇头，瞥了他一眼。

"得，这机会都不给。"高诺苦笑了一下，双手有些尴尬地在腿边拍拍，"你们先开，正好我能在后边跟着。"

"你真不如坐江湖的车，还能省点精力。"我想了半天，又把江湖的理由重复了一遍。

"算了，与其让人不待见，不如我早撤吧。"他冲着地面说道，完全没看我。啪的一声，他用力关上了车门。

我带着大勇回到了江湖的车上，这后排空间那叫一个大，可以躺着、倒着、斜卧，还能做仰卧起坐。大勇看着我，眨着眼睛，丝毫没有要和我一起祸祸后排的念想。

"肖哨，把安全带系好了，"江湖实在看不下去了，语调都忽升忽降的，"别看这段路平稳，越是快到拉萨了，自驾的心越容易飞起来，说不定就翻车。"

"啊？这种公路还能出事呀？"我乖乖系好安全带。大勇看着也过来又拉又拽的，我只好把冲锋衣脱了，垫在它后边，再给它绑到另一边。小家伙这才心满意足地点了点头。

"心情放松了，精神发飘，可不是容易出事呀。不少车呢，想着要到了，快点开，一加速，对面再来大车一挤，直接就翻了。"江湖点了根烟，"唉，你说这高诺走了，给我主动点烟的都没了。"

"那你就少抽点，"林嗒姐瞥了他一眼，"就你那肺！"

"嗯嗯，就一根，媳妇。"江湖那叫一个酸。

"我靠……"他的烟还没点上，就看见一辆红色路虎从左侧对面车道超了过去，江湖的烟都掉了，"丫要重演京城十二少吗？疯了，这么快！"

那辆反向车道上开过去的路虎，正是高诺开的。很快，路虎又重新并入了正向车道，可前面是一辆超载大货车。那辆车应该是当地运输公司的，很霸道地压着中间线，欺负左右两边的车。路虎不断提速，想超过去，可无奈路就那么窄，前边的大货车是动不动就挤它一下，极为憋屈。

我的心一下提到了嗓子眼，就高诺那脾气可怎么忍得了！

"肖儿，给高诺去个电话，别让他加速了，那车明显就是欺负外地车的。这么别，不是事！"江湖看着这么下去太危险。

"唉，别打，分散他的注意力。"看来林嗒姐也被眼前一幕弄得不知所措。

我这电话还没拨出去，就见路虎突然提速，目测时速要上一百五啊！可那辆货车根本不让，直接往右一别，路虎前突速度太快，货车没拦住，那超重如山的货物直接倾倒在路虎的车身上。那路虎直接一飘，咣！撞到了公路栏杆上！接着一个腾空，当的一声，整个车轮子朝上，掉到了右侧的沟中。那辆货车，也因为被撞了一下，大头超下，车头掉到了围挡下，车身还坚持在公路上。

"报警！"江湖让林嗒赶紧打电话。

"高诺！"我顾不上带着大勇，就要下车。可我忘了解开安全带，被直接弹回坐椅，安全带勒得我眼泪都出来了，忍不住咳嗽。

"肖儿，别慌！林嗒你在车里看着，我跟着过去看看人怎么样！"江湖停好车，摘下安全带，帮我也把安全带解开，我直接冲了出去。

路虎在那儿，前盖儿不断往外冒着白烟。我拉着那些撞坏还没有完全断开的围挡，往下一点点出溜儿，然而还够不着地。一狠心，我跳了下去。

两边是有些倾斜度的草地，我想赶紧跑过去，却越着急脚底下越不利落，一脚没踩稳，我绊到了石头上，差点摔下去。还好江湖搀了我一把。

"肖儿，稳住了呀！没事，高诺吉人自有天相。"他说话也有些抖，而我的腿，直接就软了。

我挣扎着往前走，上下牙齿不停地打着战。我干吗非要逞强让他走呢？我不讨厌他，真的！不能再往下想了，我的眼泪已经噼里啪啦地往下掉。

泪眼模糊中，就见一个身影从路虎那跑过来，高诺？

"江哥，是不是这人要是没了，离特近，能看见魂儿？"我掐了自己一下，

江湖抬了下眉毛："有什么话说吧。"他往后退了一步。大哥，你不带这么玩我的，你要往上冲呀。

"肖儿，你怎么跑下来了？"这是高诺的声音，他直直地跑到我面前，"没你这么看热闹的呀！赶紧上去，车一会儿别炸了！"高诺一着急就爱皱眉头。

"是我不好，高诺，我真的不讨厌你。你是好人。"我什么也说不出来了，眼泪止不住地往下掉，咳咳！嗓子眼里被眼泪鼻涕一呛，我气都喘不上来了，"我……我……我连抱都没抱你一下，你就走了。"

"我不好我不好，他妈的我这脾气一来，就瞎生气。"高诺拉住我的手，"抱抱抱抱，不哭不哭了，你看你。"他一用力，我整个人被他狠狠地挤在怀里。

"嗯，我再也不跟你赌气了。"我喃喃地说着，"要是再给我一个重来的机会，我不让你租车走，我，我，我……咳咳。"

"行行，肖儿，别哭了，真的。你这样，我不好受。"高诺拿脸蹭着我。

我贴着他的左侧后脖子，感受到了丝丝热气；还有他的肌肉虽然硬硬的，却是极有温度的感觉。这是……活的？

"嘿。"我还没反应过来，就看到金光一闪，大勇被林嗒姐"解救"出安全带，蹦下车朝着我奔了过来。它加速度用力，一道漂亮的抛物线，落到了高诺的右肩膀上。

"我靠，哥们儿你轻点，"高诺往左一歪，"我这儿还架着你姐呢！"

"活的？"我双手捧着高诺的脸，看了又看，"你他妈没事呀！"我想用力推开他，却发现自己被他紧紧锁在怀里。

"就是活的呀。"江湖不知啥时候又点了根烟，在边上看热闹。

"我那车，看着挺不错，可上不来速度，我就一直跟在你们后边。后来我看见一孙子超车，还跟我一样型号，然后就听见撞车的动静，接着我就看见你疯了一下和江湖往这边现场跑。我怕你有事，直接过来了。"高诺松了力，拿手点着我的脑袋，"挨这么近，你也不怕这车炸了。"

"那你还跑过来。"我瞪了他一眼。

"他不是怕你有事嘛。"江湖白了我一眼。

"哎，你们那帮人干什么的，快上来，危险！"公路上，几辆警车和救

援车赶到，交警冲我们喊道。

　　江湖几步就跨了上去。高诺伸出手来，要拉我，可还没等我伸手，大勇就把小前爪子递了过去。你明明可以自己跳上去嘛。

　　"哟，这是什么呀？好看。"一名警察一边询问林嗒姐情况，一边看大勇。

　　大勇美滋滋地仰着头。

　　"这是吉娃娃变异吗？"警察叔叔接着问。

　　大勇直接立起来就龇牙，一副拼命的架势。我赶紧把小家伙弄车里去了。

第二十章　大勇的朋友

前方交通事故，我们只能等着。江湖直接陪着高诺去退车，老板看着到手的钱要退回去，一脸的不乐意："我这车没问题，慢就慢点呗。"

"跟纸糊的一样，"高诺笑一声，把钥匙直接拍前台上了，"我不想废话，退吧。"

"哟，兄弟，这可不行呀！我后边这么多人可不是白吃饭的。"老板一招呼，好家伙，后院修车的工人全来了，手里还拿着家伙。看得出来，他们中不少是当地人。

我们是四个人，对方加一起十三个人，这打架绝对吃亏呀！我可不想弄一身血。

"哟，这是要打架呀。"我把大勇从怀里掏了出来，"老板，我告诉你呀。为什么租你车，我们呀，原来已经有一辆车。可在理塘大草原捡了这么一个小玩意儿，也是当地老乡告诉我们说这是什么折顿，让我们给带到拉萨去让高僧活佛镇住。这玩意儿本来是绿色的，到了这儿突然变了金色，我们一想是不是要变异，就租你这么一个车赶紧单独开，怕再有传染病什么的，听理塘老乡说，一死死一片人。"说完，我把大勇往前递了递。

"啊呜！"大勇配合着张大了嘴，仿佛见谁都要咬一样。

"折顿……"那些修车工好像听懂了，纷纷往后退。

"老板呀，我听说过这个。我家那边确实有这么个怪物，说看见了都不吉利。"有个明事理的修车工跟老板身边大声耳语。

江湖、高诺都瞪大眼睛看着我面不改色心不跳地胡说八道，有点呆，只有林嗒姐一脸的漠然。嗯，我两年里上班只做到了十二次不迟到，每天瞎话不重样，那可不是吹的，这都是锻炼出来的。

"走，赶紧，租车的时候怎么不说？"老板看了一眼那个维修工，对方极为配合地开了钱箱，用夹子把高诺那一沓钱拿出来放在桌上，"拿走！"

高诺没说什么，拿钱转身就走。我跟着几步，又回头跑回来。

"要……要干吗？"老板往后退了两步，主要是大勇还在张牙舞爪。

"那个车，您消消毒呀，用84，理塘的老喇嘛说的。"我冲他挥手告别。

"你可……真能蒙人。"回到江湖车上，高诺拿手指着我。

"少指我，还不是为了给傻子把钱要回来呀。明显就是辆坏车还租，还红色的，骚气。"我给大勇喂着果粒橙。小家伙有功，演了那么久，此刻吧唧吧唧舔着小水碗。

江湖摇摇头，发动了车，踏踏实实地往前开。如此这般，我们进了拉萨已经下午五点了。高诺在网上订了酒店，我们把车先开到了停车场，办了简单的入住。

"我和林嗒要去会个老朋友。你俩怎么着，跟着还是到处玩玩？"江湖下车开始活动手脚，"回到了拉萨——"呵，江哥还开了嗓。

"嗷嗷嗷嗷！"大勇也钻出来跟着胡叫，一点调都没有。

"我俩溜达溜达吧。"高诺紧了紧身上的皮夹克，"有我呢，饿不着肖儿，和我兄弟大勇。"

"嗯嗯。"大勇特别肯定地点了点头。

我咋觉得这辈儿全是乱的呢。趁着锁车前，我拿了一件600蓬的羽绒马甲递给高诺。

"哟，太热了，用不上。"高诺不想接，我瞥他一眼，直接穿自己身上了。我背上十五升随身包，和高诺开始往邮局转。

"想吃什么呀？"高诺双手插兜，缩着脖子，一副北京痞子样。

大勇在我怀里揣着，看高诺那样，也学他缩着脖子。你根本不冷好不好！

"我说少爷，你别装了。"我把羽绒马甲脱下来，拉着他胳膊，给穿了上去，"这皮夹克是扛风，架不住早晚温差大呀。你这高反刚没事了，别再感冒了。"

"我真不冷……唉，你事儿真多。"高诺歪嘴一笑，还是套在了身上，"哎，你说你这什么号呀？我这一米八的身高，穿着夹克呢，我不光能套上，还有松快儿，刚才在你身上都没富裕吧。"

"嗯，就这个号打折。"我抬了抬眉，看着他。

"哎嘛，肖儿，以后想买什么，刷我卡。哎，对了，想吃什么呀，火锅？藏餐？"高诺把我的包背到了肩上。

"喏。"我歪了歪头，邮局边上的德克士，我盯了好久了。

"嗯，没有肯德基呀！"高诺挠了挠后脑勺。

"快点，我闻着味都馋了。"我已经往二楼跑了，"吃什么，随便点，我请客！"我趴在点餐台上，冲着跑上来的高诺扬了扬下巴。

"这个，这个，这个，还有这个……噢对，还有后边广告牌这个……"高诺一口气几乎把小食系列全点了。嗯，好吧，这几天开车我也甚是想念垃圾食品呀。

"再加两个菠萝片那个汉堡。"我得着补点主食呀，顺手一掏，大勇直接趴在我手上出现在服务员面前。

服务员是个小姑娘，一惊，往后就退："我……我们这儿不能带宠物。"

"这个呀，是钱包！就是很萌那种，"高诺赶紧把大勇的两条后腿抬起来，啪嗒两条腿又自己掉了下去，"姑娘，你看，不是活的。你看你看。"

高诺又拨了拨大勇的头，然后揉了揉大勇的肚子，从它的背后边，拿出了几张人民币："放钱的，小女孩都喜欢萌的。"高诺赶紧付钱。

"噢，这样呀，真可爱！"小姑娘往前凑了凑，没接钱，要摸大勇。

"呜！"大勇哪让外人摸呀，刚才还装死，瞬间龇牙咧嘴露槽牙的。

"活的！"小姑娘又往后一退。

"不是，不是活的，是自动警卫，除了主人不能摸的。钱包嘛，有这个设计。"我赶紧把它塞了回去。

"这样呀，真是先进……"小姑娘还有些好奇，无奈高诺开始跟人家挤眉弄眼的。我借机找了一个隐蔽的位置坐了下来。

过了好大一会儿，高诺才拿着两个大袋子出现了："走吧，回酒店吧。那姑娘盯上你了。"

"盯上你了吧，眉来眼去的。"我起身从袋子里拿出了派，"我帮你分担点。"

回了房间，高诺把吃的都堆我房里了。大勇赶紧钻出来，叼了一块炸鸡就吃起来。高诺递了一个派给我："先吃这个，我妈说热乎的好吃。"他笑了笑，帮我把包装撕掉。

啊呜，我还没接呢，大勇一下跳出来，咬了一大口。

"哎哟，大勇，快吐了，这个烫嘴。"我拿了纸巾给小家伙接着，让它吐出来。谁知道，大勇使劲张大嘴哈着气，眉头一皱，咽了。

"我小时候，也这样。"高诺笑出了声。

"这不是狗的吃相嘛……"我做了一个乐的表情，可真心乐不出来，拿着汉堡开始啃。

三十分钟后，吃了汉堡、派、鸡翅、鸡块、鸡腿、蛋糕的大勇精神抖擞，在门口嗯嗯个不停。得嘞，这是要排泄了。

高诺也穿好衣服，跟我一起出去。小家伙转了转，很快解决，还极为听话地让我用湿纸巾给擦了爪爪，又跑到我怀里，睁着大眼睛，到处看。

我和高诺经过布达拉宫广场，遥望着有些缥缈的夜景。

"肖儿，明天我去药王山。"高诺坐在了铁栏杆上。

"嗯，白天去安全点。"我也往后一用力，坐在了铁栏杆上，"真美呀！圣城拉萨，白天到的时候车多人多，只有晚上，才能有工夫看看。明天去完药王山，你就功德圆满啦。"我一扭头，发现高诺盯着我。

"什么叫功德圆满，是心愿达成，能不能有点好话。"高诺拿手胡噜了我后脑勺一下，他也看向布达拉宫，"我估计明天上午完事了，下午就空出来了。咱们去那里转转？"高诺双手合十，有模有样地对着拜了拜。

我刚要张嘴，大勇一下从我怀里跳到了地上："呜呜……"我想弯腰抱它，小家伙撒丫子就在广场上狂奔，我赶紧追了上去。小东西左拐右拐，就跟闭眼瞎跑一样，终于在二十分钟后停了下来。

我和后边赶上来的高诺，已经被带进了一条小胡同里，抬头一看，不远处居然是德克士的招牌。大勇你没吃饱吗？

"肖儿，你看那边是什么，黑乎乎一大片。"高诺一边说一边把我往他怀里搂了一下。这是你害怕还是担心我害怕呀！

"好像，是狗。"我打开手机手电筒，看了看，大勇回头冲我眨眨眼，"流浪狗，都是流浪狗。"我回头说了声蹲了下来。为首的一只大黄狗歪着头看了看大勇。

"嗯。"小家伙一昂头，跟国王一样傲气。那只大黄狗走过来，在我膝盖上蹭了蹭。我用手摸了摸它的头。

"这儿的流浪狗还真是多呀。"高诺跟我一样蹲了下来，一下子七八只狗都围到了他身边，有几个大家伙差点给我拱地上。

"嗷！"大勇很不满这几个家伙给我拱的一下子，叫了一声。

"呜呜。"刚才那只大黑狗赶紧转到大勇前边，四肢着地，趴在那里抖着。

"哎哟，你姐不是没摔着嘛。"我摸了摸大勇的头，"没事，别吓着人家。"

"嗯。"大勇一扭头，放了大黑狗一马。

"拉萨流浪狗相当多，人家听佛经可比咱们多。"我看着这些狗，有的一只眼睛是瞎的，有的腿脚不好，但是这些生命围绕着自己时，也是如此温暖。

"肖儿，你等会儿我。"高诺起身跑走了。过了大约四十分钟，就见他拎着好多塑料袋子过来，我赶紧站起来迎过去。

"五十个手枪腿，我告诉他们别放调料……等急了吧，快关门了，现炸的。"高诺把袋子放在地上，把鸡腿掰开，一个个铺在包装纸上。

大勇挺立在高诺身前，就跟维持秩序的小能手一样。果然，那些流浪狗流着口水，也不敢上前。

"呜。"一阵低沉的叫声，极像大勇那种从腔肺中发出的声音。我抬头去看，只见两只聚了红光的眼睛，如夜空中的宝石，还有英姿飒爽的饰毛，在夜风中飘荡。那是一只雪白色的西藏鹰獒！

"哟，是不是女生呀！"我抬手就想摸那狗，大勇伸出前爪把我的手按了下去。那只雪白色西藏鹰獒傲视着四周，走到大枪腿跟前，抬头看着我……水汪汪的大眼睛，是的，没有看错，上一秒还是白富美，见到了热乎乎的炸鸡腿，它……它就变了。这一点上，大勇还是很能保持几秒的。

"吃吧，哥哥给你凉了，就是怕你烫着。"我拿起一只炸鸡腿，吹了吹，递给了它。

"啊呜。"这只雪白色鹰獒一口就叼过去，转头跑开了。

"看来不是每只西藏鹰獒都跟我们大勇一样有情有义呀！"高诺蹲在我身边，"管事的走了，你们别愣着，赶紧吃吧。"高诺说完，几十只流浪狗就把我俩围个水泄不通，四周响起了此起彼伏的吞咽声。

"还有，我这儿还有。"高诺又打开几个袋子，是鸡翅，他又撒到了狗群中。

"阿弥陀佛。"一声如此刻夜风般顺畅的长音，让我俩、大勇和这些狗狗同时停了几秒。在带着炸鸡味的夜风中，一位头戴僧帽、身着双肩黄色披单的老喇嘛缓缓从那些流浪狗让出来的过道中走了过来。他的手上，正蹲坐着刚刚那只西藏鹰獒。

"这些狗儿平时，这个时间就睡了。"这位喇嘛的汉语不错，但这语气似乎有点怪我们。

"拿睡觉时间换点炸鸡，挺划算的。"我赶紧把大勇也抱起来托在手里，表示我跟您一样呀，我也有西藏鹰獒，别欺负我。

"是，那要感谢两位的善心。刚才白玛在庙里偷吃鸡腿，我本来很生气，却发现院子里很多狗都不在，就问了白玛，它把鸡腿在我被子里藏好，才带我出去。"那僧人一脸的宠溺，一点也不像在责怪这只叫白玛的西藏鹰獒。

"小狗嘛，都有点馋，老跟着您得吃素吧。"高诺站起来，笑了笑。

"我们庙里的餐食还不错，它晚上刚吃了三块排骨和一碗米饭。"僧人苦笑着摇了摇头。

"那没有我们吃的多。"我指着大勇。此刻一群流浪狗围着我们大嚼炸鸡，我和这位老僧人各托着一只品相极佳的西藏袖犬聊着养狗经，场面有些怪异。

"还是谢谢两位的善心。"僧人双手合十，低头示意，"两位来此，是有事要做吧？老僧觉得今晚的月亮特别适合上山。"他指着高诺的胸口，"若是有心愿，老僧可陪你们上山。"说着，他抬手指了指高诺的胸前。

高诺下意识地用手要挡，我却看到，他的胸前开始冒着红色的光。那光越来越亮，已经穿透了皮夹克和我的羽绒马甲。

"她已经感知到了。无须再等，老僧反正也醒了，陪你们一道吧。"那僧人转身就在前边走，白玛伸出小爪冲我们招呼了一下。大勇抬头看了看我，点了下头。

"肖儿，我自己去吧。"高诺把我掩在后边，小声跟我说。

"哎哟，怕什么呀。我跟你说，一般这狗白色的都是变异的，打不过大勇的。再说了，我留了两个鸡翅，白玛肯定听我的，一看它就是吃货，放心好了。"我拍拍他的肩，直接大步流星走在他前边。

没几步，我就追上了僧人。白玛瞥了我们一眼，劲劲儿的。

"哟，你说你吃鸡腿时那么积极，现在就给甩脸子了。"我把大勇往前递了递，小家伙心领神会，立起来就开始伸出双手打白玛。白玛也不吃亏，在僧人手里也立起来，两个小家伙就这么站着抢上了"王八拳"。

"它和你感情很好，"僧人看着大勇，"不过，它要去见自己的主人了。"

"呼。"大勇听到这话，放弃了抢"王八拳"，缩进了我怀里。

"您眼尖，看得出来。不过我能和它这一路相识，也挺知足。什么东西都没有永恒，吃饭还得散呢。"我冲老僧人仰了仰头。大勇也学着我的样子，抬了抬下巴，一副"大爷高兴，你怎么着"的样子。

白玛在老僧人手上定定地看着我们，又回头看了看老僧人，也学着大勇的样子，缩在了老僧怀里。

"您这个是打小养的？爹妈也这么小？"我一直挺想看看大勇的上一辈儿长啥样。

"这西藏鹰獒虽然在西藏挺普遍，但真称得上袖犬的实属罕见。这一路来，想必你也见到了不少看护财物的藏獒，白玛这类的袖犬就是正常体型的藏獒所生，只是机缘巧合，成了袖犬。我们也叫鹰獒，体态优美，可爱灵巧。因为自身的气质特殊，一般的犬儿看到它，自会退让三分。"老僧人点头含笑说着。白玛看着他，极为依恋。

"白玛是我少时讲经求学到阿里之时，曾借住在一户人家中，正巧他家的藏獒产崽，冬天极冷又是难产，进不来兽医，老僧便在火盆边给那已经要咬人的雌獒念经祈福。说来也怪，原本暴躁的雌獒居然卧在我脚下，待空中第一片雪花飘落之时，它产出一崽，便是白玛，之后又生出三只正常獒崽。主人觉得我与白玛有缘，虽极为珍贵，但还是让我带在了身边。这么多年，多亏白玛和我相依为命，陪我在酥油灯下，念经修禅，委屈它了。"老僧轻轻摸了摸白玛的头。小家伙眼睛忽闪忽闪地望着主人，在它眼中，没有任何的抱怨，唯有忠毅。

"哟，那我们这个比不了，一路除了惹事、惹事再惹事，就是吃吃吃。"我捅了捅大勇的小肚子，小家伙不以为耻反以为荣，一脸的骄傲，就差后背上刻上"我惹事我勇敢、我能吃我骄傲"几个字了。

老僧人笑了笑，带我们已经从大道上绕到了小路，他提着披单兀自往前走，这道路较窄，但老僧人走起来步步生风。高诺在后边顶着我往上爬："你可真得多运动，到时候我迎你过门，得抱多久呢。"

"你想什么呢！"我往后使踹了一脚高诺。

"哎哟，姑奶奶你看着点，这道这么险，再给我踹坏了。这一路，你说你是一直让我受罪受苦的，再给我真把零件弄坏了可咋办？"高诺在后边掐了我腰一下。

"姑娘，你陪着他，多少有些苦。不过，你能到最后。"老僧人笑了笑，继续在前边走。白玛趴到了老僧人的肩上，回头看着我们，它的眼神清澈，在夜空中还闪着淡淡的红光。

我们跟在老僧身后走了足足一个小时才到峰顶，那里可见一座蓝宝石的药王佛像，高诺就要往里拜，却被老僧拦了下来。

"她，不是让你来这里。"老僧自己拜了拜佛像，带着我们往东侧走去。

第二十一章　高诺成愿

走了大约十五分钟，老僧停下脚步。我把随身包里的头灯戴上，只见一座造型奇特的石窟寺庙出现在我们面前。这座石窟形状为长方形，但并不规整。它面积不大，洞口还有一个中心柱，可以顺着中心柱和洞壁间的小路转经。

"它叫查拉鲁普寺，这里有大梵天神像，岩壁上有六十九尊石刻造像，六十六道两边排列的石刻神像，北边石壁上有松赞干布与文成公主的神像。"老僧人转向高诺的胸口，"你要找的归处已到，自己归位吧。"说罢，他退了出去，撩起披单，就地打坐。白玛在他身边，似是守卫一般。

大勇眼珠子转了转，用小爪子在我的头灯照射的地方，做着各种手势。看它那有些嚣张的样子，似乎对这里并不陌生。也许，陈辉带它来过这里？大勇还一个劲儿地往上蹿，影子在洞窟里忽上忽下。

"唉。"见我和高诺都一脸不明所以地盯着它，大勇实在看不下去了，直接跳到高诺的胳膊上，刺啦一声，张嘴就把高诺羽绒马甲的拉链拉了下来。

"它要出来。"老僧的声音猛地出现在我俩的心里。我和高诺对视一眼，向外看去。外边，哪还有什么老僧和白玛！

哗哗……高诺的胸口处发出声音。我刚往前探手要去拉皮夹克的拉链，大勇往后猛一用力，居然把我扑倒在了地上。呼！一个火球从高诺的胸前跳了出来。它发出的火光，照亮了整个洞窟！

大勇立在我身前，冲着火球龇牙示威。

"高诺！"我爬到已经被震得迷迷糊糊的高诺身边，"怎么样呀，还识数吗？"

"我擦，这才叫刺激！"高诺低头刚要揉胸口，却发现，皮夹克被炸出了一个洞。

"还好羽绒服提前拉开了。"我拍了拍跟着跳过来的大勇的头，小家伙正一脸严肃地盯着在我们头上打转的火光。那火光想冲过来，却碍于大勇的威胁，无法上前。

"是诸众生闻菩萨名、见菩萨像，乃至闻是经三字五字或一偈一句者，现在殊妙安乐，未来之世，百千万生，常得端正，生尊贵家……"是刚刚那老僧的声音，可是人呢？

在《地藏经》的吟诵声中，那火光逐渐变为红色，里面现出了一个模糊的影子，它飘飘忽忽地落在了我们面前。大勇慢慢走了过去，我发现，它头上的饰毛又泛出了金光。大勇走到那红光面前，用鼻尖碰了碰，闭上眼睛，似乎在聆听。

"呜！"大勇发出一声悲鸣后，那团红光中，一只鼻头红红、全身雪白的秋田犬样子的狗影浮现了出来。它长得好美呀！我不禁挽着全身已经开始颤抖的高诺，往前移了移。

"丽兹？"高诺伸手去抱，却直直穿过了丽兹的影子，扑了个空。他一脸的失望与焦急，有些无助，他看了看我，两眼含着眼泪，努力忍着不让眼泪流下来。

"唉。"大勇叹了一口气，把小爪子伸到嘴里，全部舔湿，然后慢慢地涂在了丽兹的脸和肩膀上。那红光中的狗，很是感谢地回舔了大勇。

丽兹慢慢地趴下身子，像平时狗狗耍赖要让主人摸摸一样，用鼻子拱了拱高诺的手。高诺有些不敢相信，用手碰了一下，确实是可以摸的实体！他紧紧地把丽兹抱在自己怀里，再也忍不住了，眼泪不停地往外冒："丽兹，我想你！"他像个小孩一样，哭得放肆，"好多年了，我都梦不到你。我想你，丽兹！"高诺的声音已经变了调，他的眼泪顺着脸颊往下掉，却一直没有掉到地上。

丽兹用舌头舔着高诺的眼泪，一如自己小时候看护那个轻狂少年时的温柔，它从来没有嫌弃过他，它一直守护着自己的主人。

"小诺，真好。你这么健壮，这么优秀，你是我们白狼国的骄傲。"这时一个声音突然闯入我的心里，那么熟悉，是……是那只雌性金丝猴戴着面具说话时的感觉。

我仔细打量着丽兹，有些难以置信……有些事，我不敢往下想了。

"肖哨，谢谢你这些天的陪伴。"听到这声音再次响起来，我后槽牙都抖上了，"我现在无法报答你，唯有祈祷神明，给你更多福报。"丽兹看向我，它的眼神好像有种魔力，让人忘了恐惧。

"小诺，你是我们的希望，有朝一日，一定要回去看看。还有，记住不要恨任何人。"丽兹居然站了起来，两只爪子，不，是两只手抱住了高诺，如人的拥抱一般！我的上下牙床开始了剧烈的颤抖，我的头灯下，赫然出现了两个狗头人身的影子！

"肖哨，高诺是人，你不用怕。白狼国等了他很久，这是上天的安排。相遇，即相随。"丽兹的声音又传到了我的心里。

"嗯，我不怕，就是有点冷。"我把大勇抱进怀里。小家伙赶紧按住了我的牙床，以防它们抖得太厉害说话时咬了舌头。

"小诺，学会接受，学会爱。我知道，你长大了。"丽兹温柔地看着他，一滴眼泪从它的眼中滑了下来，"我要走了，谢谢你，送我来。"说罢，丽兹的影像开始变淡，它突然升到半空中，在石窟中转了三圈，似乎是在找位置。

"嗯，嗯！"大勇就着我的头灯，使劲往东南角方向指着。丽兹回头似是向它示意，接着身上的红色光芒瞬间放大，呼的一声，飘到了大勇所指的石窟位置。

"丽兹！"高诺冲了过去，可那位置太高了，他想攀上去，却被大勇死死地咬住了衣角。

"高诺，它走了。"我走过去，拉住了他的胳膊，"它就是要来这里，所以，别拉住它不放。我相信，它一定很开心。它的小诺，这么高高大大，这么帅，不是吗？"我努力让自己平静下来。

"肖儿……肖儿……丽兹……"高诺把头靠在我肩膀上，哭得全身颤抖。

我任由他紧紧抱着，瞥了眼地上，高诺的影子已恢复常态。我能不能告诉他，丽兹根本不是秋田犬，它……它更像是一只白色的狼狗……

高诺抱着我哭了快有半个小时，身上的颤抖才慢慢止了下来。说实话，我真怕他哭得背过气儿去。我拉着他出了洞窟，却怎么也找不到那位老僧，还有那只叫白玛的袖犬。

"谢谢你，肖儿。"高诺根本无心寻找僧人，他还是有点半痴呆状态。

"没事，我也有过和自己狗狗的别离。哭够了，咱俩就商量商量，是下山呢，还是看个日出？"我指着一个观景台问，"你看，清晨的时候，当太阳的第一缕阳光照射到这儿，就可以遥望布达拉宫啦。咱们那五十块钱的图案，就是在这儿取的景。反正都凌晨三点多了，咱俩别回去了，守着，看看日出吧。"我拿出纸巾，帮他擦了擦脸，从兜里摸出一块巧克力咬了一口，然后把剩下的一多半塞到他嘴里，"就一块了，不嫌我吧？吃点甜的，心情好。来，笑一个，本姑娘都陪你看日出了，知点儿足。"我捅了他的胸口一下。

"肖儿，谢谢……"高诺好像不会什么别的语言了，此刻仿佛心里被掏空，只想有人陪着，在这里多待会儿，多陪陪丽兹，"你真好。"他笑了笑，声音还是嘀嘀的。

大勇从我怀里跳了出来，跑到观景台上，绕着小圈跑着，就像锻炼身体一样，还时不时发出呼呼的声音。跑了得有四十多圈，它突然坐在了观景台的最中间，眯着眼，看着布达拉宫的方向出神。

"四十九圈。"高诺皱着眉头，盯着大勇。

"哎，你别管它了，这是人家的地盘，爱怎么作怎么作。倒是你，明天是买机票回北京呢，还是跟我们去绒布寺？我可告诉你呀，那边的条件可能更苦。"我往他身边靠了靠，高诺有些惊讶地看着我。

"哟，我说你平时老绷着，这没人了，还真主动。冷了吧，我抱会儿。"他抬起胳膊，把我揽在了怀里。

"嗯，温差那么大，可不得找个爷儿们给我焐焐。"我又往里凑了凑。这一米八的身板确实挡风呀，我拍了一下，"小伙儿，胸肌真发达。"

观景台上刮过的风，凛烈而透骨，四处无声，只有远处布达拉宫的灯火缥缈相对。高诺低下头，在我耳边温和地说："肖儿，我觉得很多年前，我就这么搂过你，就这样，望着这些场景。我好像，经历过。"

"困了吧，要不咱们回酒店吧。什么日出不日出，反正守着大北京、家还在二环，升旗我都没看过。"我觉得天实在有点冷，高诺又这么顾着我，别再感冒了。

"不，我就想这样，行吗？"高诺环住我的腰摇了摇，下巴硌到了我的锁骨。

"行。"我把小冲锋包背到前边，翻了翻，还好带了暖宝宝，三下五除二就拆了四片，给他贴到了腰、胸、膝盖上。

"你不用吗？女生爱冷。"高诺想撕下来，被我给按住了。

"大王不冷了，我就不冷了。"我冲着他莞尔一笑，然后正色道，"这就是我们常说的，家里老爷们儿不能倒。不冷了，你就能站直点儿，好给我挡风！"

"肖儿，你知道吗，以前，我从来没觉得自己能遇上不图我钱的女孩。我也没奢望过，有姑娘会对我这么好。"高诺用脸蹭着我的脸，

"不是呀，我就是图你钱呀。你不是还答应给我买个什么，拨，拨，

king？"我实在不会发那个音。

"嗯，买。我的就是你的，全是你的。就算用我的命换你的命，我也心甘情愿。"高诺在我的右脸轻轻啄了一下。

"吁！"大勇突然跳到我俩面前，学着德云社里起哄的声音。好吧，真是看热闹不用买票。

不知道过了多久，我已经睡过去了，周边开始有了聒噪的声音。一睁开眼睛，就看着一群人扛着长枪大炮，已经把我们包围了。

"哟，姑娘，醒了呀。"一个大哥看我在那揉眼睛，笑道"你这爷们儿不错，一直端一个姿势，就怕你醒了。不过呀，你是得起来了，马上就日出了，可漂亮了。快，醒醒盹儿。"大哥一口北京腔，听着让人来精神。我抬头一看，我下巴一直卡在高诺手上，人也在他怀里。大勇不知道什么时候已经跑到我怀里，此刻正瞪着两只大眼珠子仰望着我。

"来了！快看！"随着众人的声音，只见清晨的第一缕阳光洒在了布达拉宫上。瞬间，金光四射，让人震撼。

"肖儿，我觉得，千年前我真的就在这里，也是看这日出，望着布达拉宫。"高诺的声音不大，却极为郑重。

"得，我这第一张拍立得，送你俩了。我就说，姑娘得肉乎点，抱怀里才有感觉。"一位藏族大哥举着一张一次成像相纸递给了我俩，"等好久了吧，快下山喝点甜茶去吧。"

"得嘞，谢谢您！"我拉起还在犯愣的高诺下了药王山。

"肖儿，照片能给我吗？"高诺有点不自信地问道。

"嗯，给你。放钱包里呀，要是敢弄丢了就不理你了。"我刮了他鼻子一下，"你走快点，我饿死了，酒店的自助早餐要开始了。"

"噢！"大勇听到自助早餐四个字，抬起本来眯着眼睡觉的脑袋，看着高诺。

"嘿，这主人和狗呀……得，咱们吃饭去。"高诺坏笑了一下，伸了个懒腰，在拉萨清晨的阳光下，迈开大长腿跑了起来，"你要追不上我，不给吃。"

大勇一下从我怀里飞到他肩膀上，生怕没得吃。

阳光洒满了我的全身，清冽的晨风与我迎头相撞，吹掉了很多的心思与执拗，我突然觉得，这种甜腻，好久不见。

我和高诺回酒店，我刷牙，他换衣服。江湖和林嗒姐也是刚起，合着看我俩没回来，人家夫妻睡一间房了。

我看时间还早，就给大勇按在水池子里洗个澡。原本小家伙死扒着床单不肯，被我拿牛肉干给诱惑了。给它擦完吹干，它舔毛的时间，我抓紧时间冲了个澡，短发好打理，吹风机一上比大勇干得还快。顺带又给小家伙吹了吹，大勇特别不乐意，时不时拿眼斜我，还一个劲往门外张望。

"你高哥哥在楼下餐厅等着呢，别想找救兵。"我捅了它肚子一下，小家伙给我翻了一个白眼。等了几秒，它发现确实没有人来解救，这才听话地让我梳毛。

收拾了二十分钟，我揣着大勇下了楼，江湖、林嗒姐和高诺都已经吃上了。闻到了高诺身上的香水味，大勇直接打了个喷嚏，我还得赶紧捂着鼻子装作是自己打的，以防被人发现带了宠物给轰出去。

江湖听了昨天的经过，点了点头："挺好。你的丽兹到了自己想到的地方，你的心愿也完成了。我们几个送你过来，也算是做了好事。"

"是，谢谢您。江哥，林嗒姐，"高诺举起咖啡碰了下江湖的茶杯，"晚上我设宴谢谢您二位。"

"怎么着，明天回北京？"江湖吃了一块西瓜。大勇看着他吐出来的瓜子摇头晃脑的。

"我和肖儿商量了，还跟着你们，油钱我出。好不容易来一次，让我多见识见识吧。"高诺微笑着说道，还捅了捅我。

"你随便，只要有人不嫌后边没法睡觉。"江湖看了我一眼。大勇正指挥我给它也拿块西瓜。

"嗯，不嫌。"我肯定地道。

林嗒姐拿了五个煎蛋。大勇一看周边没人，直接上了桌，一口气就干掉三个，又吃了培根、鸡肉肠各一堆，还指挥着林嗒姐给芝士卷抹点草莓酱，顺便吃了橙子、苹果、哈密瓜和火龙果……我坐下才不到五分钟，面前五个盘子全空了，换盘子的服务员直看我。

"那个……那个，我有了，得多吃。"我对服务员点头示意。

"噢，是吗？那您可以一会儿再喝点酸奶，助消化。"服务员有点要哭了。

吃完早餐，江湖和林嗒姐要出去找回当年牵手的浪漫感觉，安排我俩上午去布达拉宫，下午逛大昭寺，于是约定晚上在央卿仓藏餐厅聚。两两一组分好后，江湖和林嗒姐手拉手走了。我见服务员一个劲儿地看我，赶紧抱紧在我怀里打着饱嗝的大勇，拉着高诺出了餐厅。

"困吗？"高诺点了我的头一下。

"你能不跟高中生一样做这些犯二的小动作吗？不困，走呀，去布达拉宫？"我挑衅地看着他。

"走就走。"高诺拿手掩着嘴打了一个哈欠，大勇也学着他用小爪子捂着嘴，打着哈欠。小家伙现在怎么那么爱学人的动作？

跟着人群来到了布达拉宫，高诺仰头看着这座一百多米高的雄壮建筑，说那种重回故地之感更加强烈了。

我们跟着众多藏民一脚迈进了世袭殿，走着"之"字形往上爬。这是联通了人与天的漫长道路。我迈开脚步，感受着这座传奇建筑的壮丽、神秘、梦幻，以及就在脚下的实在。高诺腿长，没一会儿就站在不远处转身靠着墙俯视我。不知道何时，他的眉头已经被他皱出了一道印记。我小跑了两步，大勇探出头看看周边没人，居然扒拉着我往高诺身边凑。我以为什么大事，结果小家伙居然是拿小爪子去抚高诺的眉心，这是看出来我刚刚的心事？

"呦，你说说，还是大勇贴心。你哥哥我打小就爱皱眉头，没承想这一路自驾风吹日晒的，这印儿都出来了。没事，哥哥一放松就好了。"高诺努力想放松，然而没啥效果。

到了白宫东大门就能看见七头狮子排列于此，这里也是圆满汇集道"平措堆朗大门"。我从背包拿出自拍杆想合影，可大勇只顾看着墙上的彩绘——东南西北天王，一点不配合，拍出来的它全是走神的。

高诺买了门票我们继续往里走。在松格廊廊道中，大勇指指点点，就跟导游一样指挥着我们看精美的壁画。它真的熟悉这里呀！我脑子中有个画面，是陈辉带着大勇，一级级走着石阶，看着壁画，前往东大殿，在殿堂的落地玻璃窗下，打坐、禅修。那是一段宁静而罕有的时光。

在西日光殿里的经堂处，高诺探头想看看屋内陈设，大勇在他小腿上一使劲，把高诺一下推了进去。一个正在看书的中年喇嘛吓了一跳。我们赶紧进去致歉，然后往红宫跑去。

坛城殿内的金宫银殿闪得人眼花，大勇大睁着眼睛，有些贪婪地东望西望。听说密宗修大成者在这儿能看到不同的景象，进入不同的领域。也不知道大勇这种袖犬修到了啥境界，这么眼巴巴地看着，倒是有点像自己的宝贝给别人抢了那种眼神。

我把小家伙直接塞进了袖子里，穿过了殊胜三界殿，到了长寿乐集殿。

"听说这是最浪漫的活佛的宝座呀。"身边一个游客大姐大声说道，"《非诚勿扰》里念的诗就是他写的。"大姐真有学问，说得大家都回头看她。

"肖儿，这，这……"高诺站在六世活佛喇嘛仓央嘉措的塑像前，声音发着颤，"理塘……"

"我怕你害怕，回去也没细告诉你。传说理塘是这位活佛在坐床前的爱人的故乡。那晚他的影像出现时，我回念的便是他写给他爱人的那句'我并不远走高飞，理塘一转就回'。我不知道是不是因为大勇挖到的那刻有藏文的'骨头'把他的影像带来，还是有什么别的原因。当时传说他是被毒死的，也有传说是在青海消失了……总之，他是最浪漫、最神秘，也是经历最波折的一位活佛。那晚，他用他的功德，在守护我们。"我望着那塑像出神，六世活佛的塑像面容清瘦而文静，满满的书卷气，特别是那双眼睛，那份清澈与安宁，仿佛能看进人的骨血里。

我学着身边藏民的样子，双膝下跪，双手着地，用头顶在地上，献上我最高的敬意。高诺也随着我，跪下磕头。如果没有他的影像出现，那晚我们可能真的死在理塘了。也许，是那块刻有神秘文字的'骨头'召唤了他，在他爱人的故乡，应该是美与恬静的，不应有任何杀戮，这是他的守护。

我刚起身，却发现大勇又跑了出来，它在看着十三世喇嘛土登嘉措的灵塔殿。据说这是八座灵塔中价值最高的一座，各种宝石、汉银金雕曼陀罗、金灯、银灯、黄搪瓷供水杯、瓷器宝瓶、汉银香炉让人眼花缭乱。然而大勇却在对着一面锣出神。

"嘿嘿嘿。"一个让人心里发冷的声音，突然从大勇的嘴里发出。我和高诺同时打了个冷战，对视了一下，又一同看向大勇。

这是……这是它在乐吗？可为什么，是一种轻蔑的态度？这一路，大勇也笑过，但是只是表情，还有"哈哈哈"狗一般的喘气声。但是刚才，它真的是"嘿嘿嘿"地乐了！我的后脖颈儿都发了冷。

第二十二章　九眼法螺天珠

"两位，是觉得过于奢华吗？"这声音吓了我一跳，要不是高诺扶了我一下，我差点栽在地上。回头一看，是刚才高诺不小心打扰了的中年喇嘛。

"啊？啊！"我也不能说是大勇乐的呀，别再吓着他。

"其实这些珍宝，远没有这面锣珍贵。"中年喇嘛微微一笑，"我刚来这里的时候，我师父就给我讲过，这是格萨尔王用过的锣。他是我们这里人民心中的旷世英雄。"

"哼。"这声音从我怀里出来了……大勇，你要疯呀！

"你的袖犬格外优雅，"中年喇嘛没吃惊，只是温厚地笑了笑，"和白玛一样，有性格。"

"白玛？"这不就是昨天见到的白色袖犬的名字吗，"它在哪呢？能看看吗？"我挺想念那个执拗的小家伙的。

"两位晚了一步。白玛是我们这里罕有的一只白色鹰獒袖犬，由我师父从小带大。七天前，我师父圆寂，进行了火葬。白玛一直守着我师父的灵塔，七天不吃不喝，昨天晚上，也随师父走了。"中年喇嘛说完，摇了摇头，一脸的悲伤。

"走了？"高诺皱了皱眉头，和我一对视。

我点了点头，看来昨天晚上……真是……我有点不敢想了。

"师父大限到时，一直嘱咐我说，近日有贵客会来，要好生招待。来者会带着似白玛样的西藏袖犬，我想就是二位了。"中年喇嘛点头行礼，我拉着高诺回了礼。

"请问，要办的事是否办妥了？"中年喇嘛双目极亮，看向高诺。

"嗯，办完了。"高诺点了点头，"不过我不打算走。"我真佩服他什么都跟别人说的勇气。

"那随我来喝杯茶吧。"他招呼我们进了一间干净的会客室。

我和高诺坐下，大勇自己单坐了一把椅子，一脸神气，好像人家是在款待它一样。

中年喇嘛出去了一会儿，拎来了热甜茶，给我们倒上。大勇单用了一个杯子，里边也装了甜茶。我给小家伙端起来，打算吹凉了，别让它烫着。结果小家伙不领情，以为我要抢它的，直接立起，用两只壮壮的小前爪一个劲地扒我的胳膊，你是有多馋！

"以前白玛总是安安静静等着甜茶凉，"中年喇嘛的声音有些感慨，"是我没照顾好白玛。"

"您别这么挂心，白玛随上师走，也许就是它的心愿。"我安慰着他。

"这是师父留下来的东西，他说此去的路上要找自己心里的人时，要想起这里。"中年喇嘛把一个已经掉漆的小盒子交给我，"打开吧。"他平静地望着我们。

我拿在手里，有点怕打开后放出个什么怪物；又或者，是寻宝图啥的？

"啪嗒！"大勇直接跳到我怀里，用小嘴一拱，盒子打开了。是个信封，里边有一张照片，那上边，是陈辉和他的父亲陈煜！陈辉的怀里，抱着的是大勇！

"哟，这后边的山真是奇特。"高诺凑了过来。大勇用爪子和眼神向他指出自己的位置，好像在说，快看，我在正中间哟。

"原来是一张照片。"中年喇嘛看我有点失神，也过来看了下，"我听我师父提过，这两位来时与我师父彻夜长谈，之后便去了冈仁波齐峰。这后边的山峰，正是这座'神灵之山'。"

"这是封信？"高诺从我手里接了过来，"魔灭、心乱，绒布寺长年修行，勿念。"他读完后，望着我和大勇发愣。

"看来，你主人，在等你。"我捅了一下大勇的小肚子，笑了笑，可是脑子里极乱。陈辉，你来过布达拉宫，然后又去找了大勇？之后你和叔叔都没有回来，而大勇回了北京？然后是陈辉的妈妈让我再把大勇带回来？这是什么套路？太深了，我玩不转，我脑子要短路了！

"魔灭、心乱"是什么意思？这中间，到底发生了什么？

哗啦……大勇突然往前一跃，把甜茶杯子直接弄洒，那封信上的字也不知道是用什么写的，居然一下花了！我想掐小家伙一下，可是人家居然一脸的得意。

"姑娘，有些事，不必多想，时间到了，自有它的相遇。"中年喇嘛送我们出布达拉宫的时候，向我徐徐说道。

"师父，师父。"一个小喇嘛从台阶上跑下来叫住了他。

"怎么了？"中年喇嘛回头问。

"那个……那个，上师的床下边，居然藏了一个炸鸡腿……"小喇嘛一脸蒙。

"是吗？有可能是白玛藏的吧，放到白玛的坟前吧。"中年喇嘛淡淡一笑，没有丝毫惊慌。

我们告别了中年喇嘛，揣着那张照片，我脑子里没有一点头绪。

"咱们去逛逛吧，八角街听说很好玩。"高诺搂了我一下，"别瞎想，有我呢。"

"你呀，别添乱就成了。说实话，我突然觉得这一趟不是送大勇这么简单。你想好了，别出点什么事，怨我头上。"我努力笑了笑，看着一脸不正经的高诺道。

"我想想啊，嗯，我能想到的所有，都是你和我抬杠以及各种不耐烦的画面。"高诺搂得我越发得紧，"你知道我太多脆弱的事，我就跟你耗上了。"他用下巴碰了我的锁骨一下，"肖儿，走吧。"

八角街总是熙熙攘攘的，商贩的摊位前有游客在讨价还价。我和高诺漫无目的地闲逛，找了家餐厅吃了点午饭。大勇是一餐也不错过，意面自己吸溜儿了一大盘，还吃了鸡翅和薯条，虽然味道一般，但它仍吃得很开心。

我捅着小家伙鼓鼓的肚子："少吃点，别到时候见了陈辉，你都胖得他认不出来了。"大勇白了我一眼，继续去咬鸡米花……真是一只热爱高热量的袖犬。

"你又不是以后吃不上。"高诺看着大勇这吃相也有点害怕，"你哥哥我有钱让你吃，可你这胃得受得了。"

"呼。"大勇依然赏了他一个白眼。

"得，再叫一个牛排吧。"高诺摇了摇头。大勇一听说还加，两眼放光。

吃完饭我俩带着它溜食儿，小家伙嫌弃地上脏，死活不下来走。得，改成我俩溜食儿了。不过人家消化系统就是好，没一会儿就哼哼着要上大号了。我带着它找了个小过道，让它解决完又给捏进垃圾筒，小家伙眨眼望着我。"哼，让你吃。"我点了它的脑门一下，可没想到，人家扭头就往小过道里边跑。

　　"喂！"这儿可是八角街，人这么多还这么杂乱，我的方向感也一般，大勇你要疯呀！我赶紧追在后边。高诺也跟着我一起追了过来，还好他腿长，大勇往左一晃，进了一家商户，高诺也一步跨了进去。

　　"哟，来客人了。"店主和高诺作了揖，我也跟了进来，赶紧把大勇抱了起来。

　　"呵，还有个小朋友呢。"店主一笑，透出点商人的精明，"小店常年经营贵物珠宝，二位看看有什么需要的？"

　　"哟，听您口音，北京人？"我微微一笑道。

　　"是，北新桥锁龙井边上长大的，后来来了这儿，等有缘人。"店主看上去四十多岁，腰板直、声音亮，让人不禁心生敬重。

　　"啊呜。"大勇一下跳上了柜台，接着我们眼前一花，它居然跳到了货柜最上方，然后用头把一道外边的柜子拱开。我们往里一看，那里有一个黄花梨的盒子，大勇蹲坐在盒子边上，望着我俩。

　　"哟，看来小家伙眼力不错呀。不过这里边的东西很贵重，你可不能随便碰。"店主想过去抱大勇，小家伙龇着牙做防守状。我赶紧绕过去，将它抱走。

　　"老板，人我们都进来了，它也看上了。这盒子多少钱，报个价。"高诺倚靠在柜台外，冲着店主扬了扬下巴。

　　"哈哈哈，来来来，这值钱物件，在里边。"店主把盒子拿到柜台上，从柜台下取出手套戴上，然后把盒子小心地打开，"小伙儿，你掌眼。"他打开的一瞬间，一股让空气都停滞下来的沉重感扑面而来，只见一颗约有大勇脑袋一半大的天珠躺在盒子中。

　　"九眼法螺天珠，您看看。"店主摇头晃脑地看着高诺。

　　"嗷！"一道金光直接扑到了盒子前，还没等我们反应过来，大勇直接把那颗九眼法螺天珠含到了嘴里。

　　"快吐了，卖了你姐这东西也买不起呀！"我直接拎起大勇，想从它嘴里把天珠抠出来。谁知道小家伙瞪着我，仿佛在说你敢抢我就敢咬断了！这家伙的咬合力，我可是见过。

　　"大勇，大勇，你姐我就是个小白领呀，真赔不起！你听我话，我给你买一百个德克士！"可人家理都不理我，依旧一脸的得意，在那摇头晃脑。

　　"得，您开个价吧。"高诺把钱包拍在了柜台上。

　　店主看了看我，看了看高诺，又看了看大勇，一乐，伸出了两根手指。

　　"两百万吧？行，能刷卡吧？"高诺斜看了我一眼，示意我放松。

"呵，小伙儿，真有钱，有范儿！为红颜刷爆卡又如何，有我当年无耻泡妞的样儿。"店主笑了笑，把手套缓缓摘下来。

"我敬您，叫您声叔，这小玩意儿我们看上了，也咬了，我要不买不合适。您要报得比我给的高，咱们商量，要是低，我也不问了，就这个。"高诺望着店主，相当认真。那气势，还是有点小迷人的，可是我不吃这套呀！

"我姓马，马国静，北京人，今年四十六岁。二十年前，我他妈跟你丫真像。"店主居然一拳擂到了高诺的胸前，只是力度不大，像是看到知己一般，"我等了敢要这颗珠子的人二十年呀。不多要，二十万，拿走！"店主做了一个请的手势，就让我们跟着他去结算处。

"二十万我也还不起你。"我拽了一下高诺。

"没事，我这弟弟喜欢，就当彩礼的一部分成不？"高诺搂着我就要亲。

"你想什么呢！"我使劲推了他一下，"天珠是少见，但是这颗珠子，我怎么觉得那么不舒服。我知道大昭寺有一颗国宝级天珠，和这颗极像，可看后让人敬畏。但是这颗，你不觉得，自打这盒子一打开，就让人从骨子里透着凉？"

"大勇喜欢，这是我拜把子兄弟呀。再别扭，为了它也得拿下呀。"高诺说着就要去刷卡。

"嘿哟。"大勇一看给钱，踏实了，跳到我怀里一蹲。我双手托着它，生怕小家伙一高兴将嘴里的天珠咽了或者弄掉了……二十万呀！

店主接过高诺手上的卡，刚要刷，回头扫我和大勇一眼，阳光照在我脸上，让我有些睁不开眼。马店主猛然再次回头，怔住了。

"姑娘，你认识一个叫陈煜的人吗？"显然，他有些惊讶。

"我从北京过来，要把它送到他儿子手里……"我指了指大勇。

"他儿子，叫陈辉？"马店主有些慌张，"咱们后边说吧，我有吴裕泰新下来的茉莉花茶。"店主拿起盒子，转身进了店后身。我抱着大勇犯着愣，跟在后边。

马店主给我和高诺上了茶，大勇咬着珠子过来闻了闻，见不是甜的，缩了回去。

"姑娘，珠子你拿走吧，这本来就不是马家应该有的。"马店主这话，差点让我把大勇给摔了。

"哼。"小家伙用后腿踹了我一下，以示对我要扔它而心生不满。

"我家祖上就做天珠生意，原先是在辽宁那边收，一直顺风顺水。大钱说不上，反正宅子在京城置下了两处。可阴错阳差，这颗九眼法螺天珠到了手上。以前我家从来不沾喜马拉雅山流域出的天珠，可当时，我看到的时候就爱不释手。不瞒两位，一千三百万收的。我家老爷子当时看到，就是一惊，虽然东西相当不错，却仍让我赶紧卖了，因为我家受不起这份福。我他妈的不信，一直放在手里。可不知道为什么，老爷子突然就不成了，生意也出了事，我大儿子还丢了性命！一家子惨淡至极，周边朋友说我遇了灾星，没人理我。那时候，陈煜师父出现了，帮我做了法事，并告诉我这九眼法螺天珠是涅槃永生之物，我马家担不起这大任。只因为是我太贪招的事儿，唯有一人带天珠到这大昭寺边，用寺里本有的一颗天珠镇着它，才能保我自己和妻子、小儿子不再出事。而且，得有人自己找上门来买走，我家的事才算完结。然后我就把家里能卖的卖了，安顿了妻儿，只身一人跑这儿开了买卖。没几天，陈煜师父也来了拉萨。我俩彻夜长谈，他说他也要去寻能克制得了这天珠的气专场的圣物。后来，他又回来了，说没有找到。然后八年前，他又回来了，他老了，和我一样。他带着的年轻人，是他的儿子，叫陈辉。陈煜说，这次，一定能找到圣物。"

"啊？克制得了天珠的圣物？然后呢？"我紧追着问。然而大勇在我边上，居然学着人家狮子滚绣珠一样，把天珠用四只小壮腿来回滚着。这是只心多么大的狗呀！

"没有然后，我再也没见过他。不过，那年轻人给了我这个。"他把盒子拿了过来，从里面拿出一张照片，竟是我和陈辉高中时候参加学生会活动时的合影！这……这怎么会跑这里来了？我记得当时照片就洗了一张，虽然是和校草级人物的合影，不过穿着校服太难看了，我没要。

"姑娘，你看看。"马店主指着陈辉的手道。我顺势看去，陈辉手里像是端着什么东西。好像，是一团金色的雾，隐隐约约的，像是……大勇？

大勇怎么会在那个时候就出现在陈辉手上？我扶着头，觉得脑袋要炸了。布达拉宫中年喇嘛给的那张岗仁波齐峰下陈煜父子和大勇的合影，还有马店主手上这张合影……这是怎么个情况？

高诺赶紧过来抚着我的头："肖儿，咱们傻就别多想了。"

"那个年轻人走的时候把这张照片交给了我，他说要是这个天珠一直没有人买，会有人带着他手上的圣物来取走的……"马店主的手颤抖着，"本来这张照片上，陈辉手里什么也没有，但是这三年，慢慢的，上边就有了这团金光，然后隐约能打量出来是个动物。姑娘，刚才你这么托着那只狗的动作，你看，像不像照片上陈辉托着这团金光的动作？而且……而且这袖狗真的也像。我在拉萨这么多年，也见过几只鹰獒，但都对不上号。你刚一进门我就觉得你面善，不过你比这张照片里瘦了点。你看，原来是圆脸，现在虽然还是圆脸吧，但是有点棱角了……刚才阳光打在你脸上，你这么一托狗，我的天呀，就是你！"马店主激动地拿照片和我比对着。

"哟，高中比这会儿还有肉呢。"高诺掐了我一下。

"他们真的没有再回来过？"我望着马店主，突然觉得恐惧袭过全身。陈辉说，有人会带着圣物来取。可我是因为林嗒姐有了新车才自驾过来的，然后我手欠，把行程发给陈辉，结果大勇被送来了，然后……我感觉这不是套路，而是好像冥冥之中有什么在引着我这么做！

"姑娘，我知道，好多事，苍天已有了自己的安排。我们就是在行着这道。就像这法螺天珠，就是永生之轮，轮回之中，一个人的出现，已是定数。马叔我呢，碰上你们，就是苍天安排的。这珠子你拿走，这盒子呀，也是我们马家传下来的，可以辟邪，你一起拿着，就当见面礼。"马店主给我把盒子包好，又款待我们吃了点心和茶。大勇死活不肯让珠子离身，还不知道从哪儿找了根红绳，用小爪子提着，让我给串好，帮它绑到头上。这狗怎么这么臭美！

天快擦黑的时候，马店主把我们送到了门外。他说，等到我们了，他也能关了这店回北京和妻儿团聚了。

这一番折腾，出来后我们直接去了约好的餐厅。我是没心思吃什么了，高诺给我夹了几筷子菜，我硬塞了进去，就再也吃不下。大勇顶着这颗天珠，异常嘚瑟，在我两腿上来回跳跃，饭都不吃了。我把两张照片拿给江湖看，也把今天让我脑袋要爆炸的信息扔给了他。

"这……大勇呢？"我递过去照片的时候才发现，我和陈辉的那张合影上，他双手托着的隐隐约约像是大勇的那团金色的雾，这会儿，已经不见了。

江湖给我夹了一块鱼："刺儿多呀，慢慢吃，都到嘴边了，就别着急了。"他笑了笑，给我倒了一杯青稞酒，"这酒后劲儿大，不能一口气全喝了。特别是呀，脑容量小忘性又大的姑娘。"

"哟，别这么说我们肖儿呀。"林嗒姐摸了摸我的头。大勇也立起来，想摸我的头……你们胆儿得有多大！

"是呀，脑容量小，搞不定的事就特别多，光贼大胆儿了。"高诺在边上坏坏地笑着。

"笑，笑，笑你个头！"我一个手肘就顶上了他的肋骨。

"谋杀呀！"高诺吃了一肘，疼得直咧嘴，"姑奶奶你下手轻点，伤了我还不是你伺候着。"他一边揉着一边也拍了我的头一下。

"好了好了，吃完了，咱们琢磨一下这个事。"江湖大哥就是有领导范儿，一句话完了，我们就踏实吃饭。连爱折腾的大勇也默默吃着炖牦牛肉，只时不时跟我翻个白眼。

吃完饭，桌子收拾好，又要了茶。江湖喝了两杯茶，才道："别烦了。其实这一路开过来，你就没想过，这些事情不是好像有关联，是已经这样了。冥冥之中，已经安排好的路，只等着你走。"江湖给我斟上茶，高诺在边上嗑着瓜子，林嗒姐和大勇在玩左右手猜瓜子。

"肖儿，你知道西藏的活佛传世是怎么回事吧？"江湖看了眼大勇和林嗒玩的简单游戏，笑了笑，搂了林嗒一下。

"大约知道。什么意思？你是说，我学长陈辉是活佛转世？"我的脑洞比较大，想得比较远。

"这可不能随便说。"江湖喝了口茶，"我只是分析，既然你自己都觉得是冥冥之中已经安排好的，那很多相遇与相见……哟，还真帅，你看这粗眉毛，你看这大眼睛，这叫一个有神，你看这面相，确实是校草级人物。"江湖看着陈辉的照片，自己被自己打了岔。

"江湖大哥！"我使劲擂了下桌子，见别的餐桌的人都看了过来，"好看呀，再看收门票呀！"我看那桌人好像还带着藏刀，于是没有直接发泄不满，只是笑着说了一句。果然，人家不搭理我了。

"得得得，我就是说小伙儿确实帅。我听了你讲的，又想着咱们这一路发生的，其实，陈辉应该早知道了。也许，他已经预料到了，若干年后你会来，大勇会受伤，所以他留了自己的血。也许他还预料到你会找到这颗天珠，最终，你会去珠峰下的绒布寺找他。就如同活佛转世，在一任活佛圆寂之时，会指出其转世的方向，然后由寺院派出高僧分赴各地秘密寻访灵童。当然，有可能找到若干候选灵童，但最后肯定会确定其中一个为转世灵童，迎回寺庙，举行坐床。而你这次来西藏，就像是被定好了方向，即便不是因为我们，你早晚也会来。这照片里，就算看不到大勇，又如何？看得到，又如何？陈辉让你看到了，让你的心相信了，就够了。我们看得到看不到，不重要。"江湖叹了口气，"细思极恐，我很想见见陈辉。"

"也不是特帅呀，是吧？长得太正了，"高诺凑过来，拿胳膊肘顶了顶我的腰，"不阳刚，是吧？"

"你不觉得，你透着特没底气？"我瞥了高诺一眼，继续问江湖，"好，就算是怎么着都要来西藏，让我沾上了，也成。不过，这珠子那么贵，人家就白送了？我后怕呀，别里边安个炸药什么的。"我想拿过来看看，大勇左右躲着我的手，就是不让我碰那颗天珠。

"那位马店主多年以来，受这颗九眼法螺天珠困扰，想来是昼夜难眠，天天挨日子。原来我师父赠了我一颗，不过之前已尽了自己的使命，这东西的威力，你们也见识过了。法螺天珠本身很难得，是由古地中海中的螺类化石经亿万年演变玉化而成，每颗都形态各异，以珠子中间的螺体来讲，越密越珍贵，而且每颗天珠都会带有磁场。藏地的先人视这种天珠是'神佩戴的宝物'，可以说是圣物的一种。"江湖感怀之前那颗天珠，叹了口气，"你看颗法螺天珠，螺体小而密，质地好颜色丰富正如他所说，是喜马拉雅山流域所产。这种天珠磁场如果与他本身不符，那确实非常不利，家破人亡也极有可能。至于陈辉指点他来拉萨，我知道大昭寺那颗也是九眼法螺天珠，价值连城。也许，这两颗天珠大部分的磁场可以互相抵消，以保他平安无事。你这位学长能点化他还推算出了你现在走的这条路，实在非常人能及。也许，陈辉是位仁波切也说不定。"

"我靠，那不就是活佛？对了，这西藏袖犬好像就是活佛座下才会有吧。"高诺喝了口茶，"肖儿，你可离这些东西远点，太玄乎了，还是我这种平凡、很帅又多金的适合在你边上。"高诺给我递个贱贱的眼色，我真想抽他。

"不过，江哥，我觉得这里边每个螺纹好像都有生命一样。"高诺看我没理他，又探头去研究大勇顶的这颗天珠。

"有人把法螺天珠做过切片，确实发现这里边存有少量的软性活动细胞，不过，这一直是个未解之谜。这是个宝贝，难怪这小家伙喜欢。"江湖搓了搓手，"要不是大勇看得紧，我还真想碰碰，不过一想你形容的马店主的惨样，还是算了。也许我也没有这个命数能压得住，还是给我们大勇玩吧。"江湖冲大勇扬了扬下巴，小家伙特别郑重地点点头。合着你全听得懂呀！

"不过，还有个传说……"江湖顿了一下，刚要说下去，突然就见我们桌上的干果盘子飞了出去，而大勇也蹿了起来，伸脚把我踹进了高诺怀里，高诺的胳膊下意识地把我给护住了。大勇的力气，也太大了吧！

我在发蒙的过程中，看到干果盘子撞到了一把茶水壶上，然后开水溅到了高诺胳膊上和手上。

"我靠！烫死我了"高诺的声跟狼嚎有一拼。

"对不起，对不起……我帮您擦。"随着一道嗲到骨头里的声音，一股子香气直冲进我鼻孔里，只见一蜂腰大胸、尖脸大眼，长得有点像外国人的姑娘一个劲地给我们道歉，还拿了餐巾纸，一边媚笑着一边帮高诺擦手和胳膊。要知道，这位大哥进了餐厅嫌热，脱了外套直接穿的 T 恤。这一下，胳膊和手全烫红了！

我拉着他去了洗手间，打开凉水就给他冲："痛吧？你傻呀，挡个什么劲儿。"我看他疼得直吸气。

"我他妈不挡着，你这肉肉的胳膊就废了。"高诺斜了我一眼，"还好我挡了，真是开水呀，烫着你我就心痛了。"

"不过那烫了你的姑娘不错，你的菜。"我扳着他的胳膊继续冲着凉水，还给他吹着烫伤处，"一会儿回酒店，涂点烫伤膏就好了。你可别挠，会有疤的。"冲得差不多了，我用纸巾轻轻帮他擦干。

"大爷我改口味了。"高诺刮了我鼻子一下。

唉，人家帮我挡着才烫伤的，算了，我不还手了。我和他刚往回走，大勇就蹦跳着迎了过来，一下跳进我怀里。

"谢谢你，劲儿真大！"我摸了摸小家伙顶着天珠的头。出于安全考虑，我没敢让它去碰高诺的手，别再感染了。

"真不好意思，这餐算我的。没事吧，要不要去医院？"这貌美的姑娘都要贴到高诺身上了，波涛汹涌的胸够看两个半小时的。

"免了，"江湖站起来，冲我们三个使了个眼色，直接扔下四百块钱，"我带我弟弟回去上药去，不打扰了。"他站起来，拉着我俩就出去了，林嗒姐拿着我和她的包也紧随其后。

"江哥，这怎么说的？"高诺出门点了根烟问江湖。

"那桌人带着藏刀，不像善类。这颗法螺天珠太显眼了，八成你俩早被人盯上了，赶紧，咱们先回酒店。"

第二十三章　大食国夺天珠

我们快步从餐厅出来，要往大道上走，可没走几步，就见前边人影幢幢，身后也响起了脚步声。

"你们俩站中间。"江湖与高诺把我和林嗒姐围在了里边，"看来，得活动活动了。"江湖左右转着脖子。

"识相点的，把天珠留下，我们不想动手伤人。"真的是那桌人！

"我江湖出来混这么久，还真不喜欢有人跟我这么说话。"江湖大哥轻蔑一笑，"天珠是小妹友人所赠，你就别打歪主意了。要是缺钱花呢，两百以下我赏了。多了，别他妈的想！"

"打发要饭的呢！"那为首的壮汉先冲了过来。

江湖往右一躲，那汉子扑了个空，再要回转，就被江湖直接用肘顶了肋骨，坐在了地上。

"平衡力真差。"林嗒姐摇了摇头。

"嗯。"大勇在我怀里，连连点头。

"上！还治不了你们了！"那汉子发狠喊道，居然冲林嗒姐扑了过来。

"小心！"高诺刚要往前冲，林嗒姐拉了他一下，自己一个俯身躲过了攻击，右腿回旋直接给那汉子踢飞了，紧接着左脚发力，腾空一个右膝击，追上那汉子，狠狠地在他肚子上来了一下。我都能看见有个窝在那肚子上形成了。

噗！一股水从那汉子嘴里喷了出来。妈哟，这得多痛呀！

当啷！林嗒姐直接从那汉子腰上拔刀出鞘，抵在了他的脖子上。

"媳妇，你悠着点儿。"江湖那边和高诺又干掉两个，不过现在，江湖往前探着头，一脸的关心。显然，林嗒姐不用他关心呀！

"啊呀……救命呀！"刚才店里那个蜂腰大胸的姑娘背着小包走了过来，

看到这个景象，突然大叫起来。

"你他妈的给我闭嘴！"那帮人里，有个家伙直接勒住了那姑娘的脖子，"把我大哥放了！不然这姑娘就完蛋！"

"你爱怎么着怎么着呗，反正我们也不熟，她还烫了我们了。要不你们把她卖了也成，要不就让她去做什么主播、网红，你看，凭这胸也应该有不少人送东西。"我摊手表示，此女人与我们无关，你爱怎么着怎么着。

"啊啊啊，帅哥你救我呀！"那女的在被劫持状态下，居然扭动腰肢，冲着高诺抛上媚眼了。

"哥们儿，有话好说，别为难一个姑娘。"高诺看了我一眼，走到前边，"你要这天珠，不过是为财。哥儿几个不容易，要多少报个数。我想刚才你们也听见我们说什么了，这珠子就是灾星，家破人亡型那种，你们真爱要呀？你没看我们都没人拿着，是一只狗顶着。"他还指了指我怀里的大勇。

"我听说了，那个姓马的店主根本就没开过张，好像家里也出事了，北京宅子都没了……"其中的一个还真在那里反水了。

唉，你们打劫就不能坚定一点嘛！

"哥们儿，这么着，你看你们也打不过我们，而且这姑娘，跟你们跟我们都没关系。我这儿有五千块钱，就当个辛苦钱。这珠子你们真弄回去，顶不住呀。再说了，谁肯接手买？"高诺直接把钱从我包里翻了出来，塞在那个被林嗒姐压在身下的壮汉身上了。

"拿钱走，还是想流点血？"林嗒姐手里的刀使了使劲。

"错了错了，"那壮汉四下望了几眼，连连求饶，"大姐……不，亲姐，我错了，真对不住了……"

林嗒姐起身，一发力将那壮汉拎了起来："滚吧！"

"走，走。"这伙人走了。

"哎呀，谢谢你帅哥，真是感谢。你看我这回家路上遇上这个，要是没有你，我都不知道什么下场了。我叫沙沙，你叫什么呀？"姑娘拉着高诺的手来回摇上了，那腰扭的……大勇看看高诺，又看看我，眨着眼睛。

"我……我叫高诺。"人家还真如实相告了。

"这晚上好危险的，你们住哪儿呀……我能不能跟到你们住的那里再走，我怕他们跟上来。再，再……"姑娘的眼泪都在眼眶里打转了。

"绿茶婊。"我跟大勇定义了一下这个人类的品种。

"怎么说话呢！"高诺居然瞪了我一眼。这是要如何，碰上自己好的这口儿，朋友都不要了？

"先回酒店，到了再说。"江湖推着我们往酒店走。

"姐姐，你的身手好好呀，你学的什么呀？"沙沙姑娘在林嗒姐边上笑靥如花地问。

"合气道和擒拿术。"林嗒姐淡淡地说，"肖儿，少生这种气。"她不再理那姑娘，几步追上了我。

"我没生气，就是想睡觉。昨儿折腾一晚上，累了。"我带着大勇往前奔。

真没想到，沙沙姑娘一说害怕，高诺直接给人家开了一间房。我抱着大勇回了屋，林嗒姐看了看我："肖儿，不会吃醋了吧？高诺也没办法，这姑娘这会儿自己走确实有危险。"

"放心吧您。不过我估计呀，今天晚上他会去跟人家姑娘彻夜长谈。要不你去江湖哥那屋睡，我自己霸占这屋。"我一边拿热毛巾给大勇擦爪，一边回着林嗒姐。

"真的吗？那你给大勇左边前爪都擦了三遍了，后边一直没擦，你这心不在焉的。"林嗒姐托着下巴，一直在找一个最正面的角度看我。

"说了没事就没事，我谁呀！"我推了她一下，"行了，女侠，快看你微信。"

还别说，江湖真的发了一条微信，手机直接显示："媳妇，过来睡呀，高诺溜了。"

林嗒姐拍了拍我的肩膀就跑了，真是容易叛变呀！我给大勇擦好了爪爪，就去洗澡然后换了睡衣，倒在床上玩手机。看了一会儿手机，我又侧脸看了看行李箱，打开翻出了医药包，找到烫伤药膏，琢磨着该不该去打扰人家。

反正为那姑娘开的房就在斜对面，我也想好好看看那姑娘有多柔美。抱着有点犯困的大勇，我打开门。好嘛，还没敲门，就听到姑娘的娇笑声。

好吧，我按了门铃。

"你怎么来了！"高诺把门打开，眉毛拧着。

"哟，我还不能来看看了。"听他说话这语气，我火上来了。

"谁呀？"沙沙也走了过来，外套一脱是一件低胸连衣裙，还是短裙。大勇的嘴张成个 O 形。

"有事吗？"高诺又问。

"你那病，跟人家姑娘说了吗？记得安全措施呀。"我冲他挥了挥手，转身就要走。可大勇居然自己跳下来，溜了进去。

"回来！"我冲大勇招招手，那小家伙不管不顾的，直接进去了，"又没吃的，少儿不宜！"

法螺天珠在大勇的头上晃来晃去，它回头看了我一眼，假装往回跑。我刚想弯腰接它，小家伙一下跃起来，撞上了高诺的后腰，高诺一个趔趄，直接冲着我倒了过来。大勇力量之大，让高诺完全没刹住，直接冲出门把我带倒在了地板上。

沙沙冲着我们微微一笑。"砰！"房门居然自己关上了。

"大勇！"我一把推开高诺，站起来疯了一样地拍门。就算是五星级酒店的房间隔音，我也能听到里边"狗飞人跳"的各种动静。

"我去找前台要房卡！"高诺拍了拍我的肩就要往电梯间跑。

哗啦！那姑娘的房间里传来一声巨响。窗户？我和高诺对视了一眼，他拉着我就往电梯间跑。

"肖儿，你还换了睡衣。"电梯间里，高诺叹了口气，"你男人都跟别的女人进一间房了，你就这么沉得住气？"我没理他，电梯门开了就直冲到那姑娘房间窗户的下方。地上果然有碎玻璃，还有一摊血！

"肖儿，这儿！"居然是江湖和林嗒姐，两人都穿着外套，招呼我跟过去。

我们跟在他俩后边一路狂奔，到了布达拉宫广场。就见街灯下，顶着天珠的大勇和沙沙对峙着，影子拉得奇长，而离沙沙不远处，正是刚才从餐厅出来拿了高诺钱的那伙人。

"哟呵，哥儿几个都在呢。"高诺把我拉到林嗒姐边上，迈着四方步要过去。

"高诺，小心点，都带着家伙呢。"江湖把高诺一把拽住，以防高诺上来就让人打了。

"大勇，过来。"我冲它招呼道。

小家伙瞥了我一眼，又盯住了沙沙。

"你看看你，主人都这么不入流。"沙沙看了我一眼，嘴角微微一翘，夹杂了无限的鄙视。

"哟，不入流怎么了？都跟您似的，大双眼皮能夹死苍蝇，下巴能给自己胸戳漏了，那就入流了？对，您长得是欧美，八成体味儿还大呢！是吧，没下嘴吧？"我站在高诺身后，捅了他一下。

"肖儿，吃醋啦？"高诺回头一笑，就想摸我脸。

沙沙气得脸直抽抽，她身后的人也围了上来："别以为你身为鹰獒我就斗不过你。"她捂着自己的肩膀恶狠狠地盯着大勇。我这才注意到，她受了伤。

"还好，不是你受伤。"我赶紧跑到大勇身后，看小家伙没受伤我才放心。

结果人家一脸嫌弃地白了我一眼，让我靠边站。

说时迟，那时快，沙沙一扬手，居然是一条长鞭，照着我头上就甩过来！

"嗷！"大勇往上一跃，一口咬住，长鞭绷得笔直，又和沙沙较上了劲。

一看沙沙出手，身后那帮人也扑了上来。江湖一个健步上前，一把搂住刚才被他打过的那个壮汉，用膝盖顶着那人胸口："哥们儿，刚才下手轻了，不好意思了。"一个发力，那人一口酸水就吐了出来。

"嗷！"大勇发出狂力，一下给沙沙手里的鞭子拽飞了。它全身似乎被一种气所包围，连带那颗法螺天珠一起，发出金色的光。

"姑娘，有事说事儿，打打杀杀，在我这儿行不通。"江湖伸手接住林嗒姐递过的一把藏刀，又放倒一个，"你主意打得好，这么多人近身肉搏我们是吃亏，但是这鹰獒真凶起来，你应该知道它的威力。"

"我当然知道。刚才已经给了我一口，彻骨之痛。不过，等了这么多年，一定要拿回！"沙沙一笑，啪啪一拍掌，我看到一道白影飘到了她身前。是白玛，那只拿了我们鸡腿的袖犬！

"打打杀杀？不，是杀光！"一个声音在黑暗中传来，那群人闪开，来人居然是布达拉宫里那个说白玛藏了一个炸鸡腿的小喇嘛！只是，他的声音并不年轻，倒像是个中年人。

"小心白玛！"江湖想到了什么，纵身把我和高诺挡在了身后。正在这时，白玛突然一跃向我们扑了过来。

"嗷呜！"只见眼前两道金光闪过。砰！白玛和大勇如两个光球一般撞在一起，又向两边弹开。大勇翻身立起，白玛则打着滚到了沙沙脚下。

"呜！呜！"白玛踩了两下地，眼睛血红，围着我们打转，却不敢轻易上前。

"我大食国的法螺天珠，法螺天珠！"那小喇嘛盯着大勇头上的天珠，眼睛冒出红光。

"哟，看来你这个小救兵也不成嘛。"我瞪了那个小喇嘛一眼，"噢，你可不小，就是个儿矮。"我看他就不是个好玩意儿。

"给我上，抢过来！"那小喇嘛气急败坏，让那些壮汉和沙沙一起冲了过来。

"呜呜！"白玛也冲了上来，大勇和它厮打在一起。

"肖儿，你往后站！"林嗒姐转了转脖子，拧了拧手腕，伸手抓住了一个冲过来的壮汉，先是手腕向上一提，接着借他的力道又往后一拉，啪的一声直接把壮汉平拍在了地上。

冲上来的几个人吓了一跳。高诺也竖了大拇指。

"八卦掌，以后我教肖儿。"林嗒姐微微一笑，晚风吹过她的鬓角。美人擅武，格外动人心魄呀。

"姑娘，我妹妹的男人你也敢惦记，那我这当姐姐的就得出手了。"林嗒姐一掌过去，带着风声，把沙沙逼到了一角。

江湖又放倒一个，高诺护着我，时不时还抛个媚眼："你看我这搏击学得还成吧。"

可我只担心大勇，虽然白玛动不动就被大勇拱到老远，但大勇顾及同类，根本没有张嘴咬，以避为主。可白玛跟得了失心疯一样，一个劲地往上冲。我注意到，问题似乎出在那个小喇嘛身上，我看见他嘴里一个劲地叨咕着。

我趁着乱，捡起沙沙的皮鞭，使足了力道照着那个小喇嘛就甩了过去。

那帮壮汉光顾着往我们这儿冲，白玛也和大勇缠斗在一起，等我这鞭子甩过去的时候，只有沙沙注意到了。她狂奔到小喇嘛面前，用力一推，鞭子抽中了她被大勇咬伤的肩膀，同时扫到了小喇嘛的左脸。

"血！"那小喇嘛摸了自己的脸一下，跳了起来，"把他们给我咬死！这是我们大食国的国宝，抢过来！抢过来！"

我注意着沙沙，见她左右歪了歪，又努力站稳，扑向了大勇。

两个一起对付大勇，而且大勇还处处让着白玛，这白袖犬怎么给脸不要脸！只见白玛双目要冒血一般，龇着牙又扑向了大勇。

"阿弥陀佛。"一声佛号传来，我整个身心为之一振，只见白玛如电影里的慢动作一般，在空中停了几秒，直接落在了地上。它低下头，如同一般家犬吃多了一般，干呕几下。大勇似乎看出了什么，直接奔了过去，低下脑袋一头顶在白玛肚子上。

"呃。"白玛呕出了一摊白色的东西。里边，居然还有什么东西在蠕动！

"师……师父……你怎么来了？"小喇嘛的声音有些慌张。

"叶齐德皇子能叫我一声师父，我诚惶诚恐。可贵国的僵尸之物，为何给我们上师的灵犬喂服！"中年喇嘛怒目圆睁，看得出来，他极为恼怒，"还好上师圆寂之前便告知我有人要打我们圣城灵犬白玛的主意。白玛在上师去后不吃不喝，是半沉睡状态，一是想陪上师而去，二是怕误食你的污秽之物。可不承想，你居然用什么歪门邪道给它唤醒，幸好饿得不成的小家伙找了只鸡腿，少食了你一定的药物，否则，这圣城灵犬也成你大食国的国宝了吧！"中年喇嘛一把推开小喇嘛，抱起白玛，轻轻抚摸。

白玛翻转了肚子，让他看刚才被大勇撞出的包。

"好了好了，没有它这一下，你哪里吐得出来？"说罢，他又转过头，冲着大勇点点头，"谢了。"

"嘿。"大勇别过头去，法螺天珠在它头上晃来晃去。

"你们既然知道我的身份，为何还让我在这里这么久！我要找我们大食国的宝物，那是我们的，现在……现在在它身上！"小喇嘛指着大勇。

"上师当年看你一个人在布达拉宫下要饭，心疼你身材不高，有侏儒之症才将你破格收留。可你在庙里修行之余偷窥圣经，和外人勾结，还修邪教，上师不是不知道，但他总认为你有自己的因缘。我也是在上师圆寂前，才知道你是大食国后人，可是，你不应一错再错。从现在起，我不是你师父，这里也不是你的归处！"中年喇嘛盯着小喇嘛，一脸的失望，又转向那群壮汉，"我奉劝各位在西藏行走之人，他的身份比你们想的可怕，拿他的钱，不容易。白玛吐出来的，正是使活物变僵尸的污秽药物，也只有大食国才能配出。别有命拿钱，没命花钱！"

"真……真的？"还在和江湖交手的汉子们停了手，看着中年喇嘛，有些不敢相信。

"我身后就是布达拉宫，我会说谎话来骗你们？"中年喇嘛摇了摇头。

"你……你们！"小喇嘛看壮汉们停了手，气急败坏，拿起掉在地上的藏刀，居然冲了过来。我刚好离他最近，刀光一闪，直冲我而来。大勇抬头迎敌，高诺直接扑了过来。

一股香气飘来，是沙沙，她挡在了高诺前边。就听扑哧一声，那藏刀直接插在了沙沙的脖颈上。刚才走路就有些歪歪扭扭的沙沙，居然如充气娃娃一样，漏了气儿！

"你！"小喇嘛往后一退，沙沙这一举动显然是他没有料到的。

"沙沙！"高诺刚要去扶她，却见沙沙已经瘫软在地上。

"高诺，你没碰我，你是……好人。"她笑了一下，面若桃花。这是她留在人世间最后一句话。香气越来越重，似乎是从她体内散发而出，我仿佛看到许多花瓣从我们身边飘过，她好像也冲我点了点头。她就这么……走了？

"妖怪！"那伙壮汉瞬间散开，"钱不要……不要了！"打手们掉头就跑。

"阿弥陀佛。"中年喇嘛别过脸去，"叶齐德，收手吧。这天珠，能来到这里交于他们之手，就有这缘分使然。你把人首笑面花都做了行尸，你……"

"就他妈的该抽！"高诺一个巴掌甩过去。小喇嘛一愣，我也愣了。

"抽得好，打死不为过！"江湖倒是赞同了高诺一下，"法螺天珠也许原本是你大食国的国宝不假，但现在已经到了这里，你要想取走，完全可以找马店主。可是你知道，这法螺天珠天定谁拿走，就必先经谁手。如果擅自插手，会和马店主一样遭受天劫，所以现在才动手。我不管你是什么皇子，敢打我和我在乎的朋友的主意，我就让你尝尝我这拳头的厉害！"江湖一拳打过去，我好像看到什么东西飞了出来，再去看叶齐德，两颗门牙居然没有了！

江湖还想出拳，被中年喇嘛拦住了："你惩恶扬善，我深表敬意，但他对白玛下手，我还要带回去再加严惩，以给白玛一个公正！你看……"中年喇嘛看着江湖。

"师父发话了，我就不再插手。还望一定严罚，毕竟，这下药的手法太下作！"江湖狠狠地说道。看来，他极为生气。

"呜。"白玛跳了下来，在我腿前趴下，我抱着大勇蹲了下来。白玛有点怕大勇，可还是往前探着，缓缓伸出小粉舌头，舔了舔大勇的脸。

"啊呜。"大勇居然低声叫了一声，也回舔了白玛一下，还从我怀里跳下来，拿屁股拱了白玛一下。

"白玛，你别瞎绝食了，要吃饱喝足，哥哥以后没准儿还来看你。"高诺也蹲下来，伸出手摸了摸白玛的背。白玛歪着头看了看高诺，抬起两只前爪，抱着他的头，将自己的头在高诺眉心处贴了贴。

"看来白玛与你有缘。以后，真的会相见。"中年喇嘛笑了笑，抱起了白玛。他拿起地上的长鞭，在江湖的帮助下把叶齐德捆好，向我们挥了挥手，拉着叶齐德往布达拉宫走去。

江湖叹了口气："本以为，笑面花是个传说，没想到真有此物。"

"啊？"高诺一回头，发现地上只有一摊水，沙沙完全消失了！

第二十四章　318国道遇怪

我们回到酒店，进了江湖的房间，林嗒姐给我们倒了水。

江湖喝了两杯，缓缓说道："我师父告诉过我一些大食国的事情，那应该是西亚那边的一个帝国，传说这天珠是他们的国宝，是藏族英雄打败他们后得到的战利品。后来，大食国的后人一直在寻找极品天珠，想把它们带回自己的国家。马店主的这枚法螺天珠确为精品，被盯上也在情理之中。而'沙沙'，是一种传说中的花。它生于大食国西南方的山林中，是花身人首，如果你问它们话，它们便会笑，可是笑得多了，花也就败了。这大食国有秘药，可让活物变为行尸，这'沙沙'想来便是人、尸、花的结合……这叶齐德干出这种事，真是缺德……还好，上来我就看'沙沙'和这帮人不对劲，冲林嗒和高诺使了眼色。不过，肖儿，我当时也给你使眼色了，你就没看出来？"江湖托着腮看着我。

大勇还顶着法螺天珠，也学江湖的样子，伸出前爪托着头盯着我。现在回忆起来，好像我那时的注意力都放在高诺被烫的这事上了。

"算了，赶紧回去休息吧。睡个懒觉，明天我们再买点东西，出发。"林嗒把我和高诺送出房门。我这才想起来高诺单开的那间房，玻璃碎了。

"明儿再通知服务员吧，我今天凑合一晚上。"高诺拉了拉领子。

"成，没问题。"我抱着打哈欠的大勇转身就走。

"哎，哎，"高诺一把拉住我，"你还真舍得我冻一晚上呀，温差多大呀。好肖哨，今天我去你屋凑合一晚上，你看人家林嗒姐给咱俩送出来明显就那意思。"

"我可没看出来。"想了想他那间房玻璃坏成那样，我开了门，让他进来。

"唉，你说这个沙沙，居然不是人。"高诺一下倒在床上，望着天花板。

"是呀，要是个活人，就被某个笨蛋带回北京直接领证，完成终身大事了。"

我把毛巾用热水弄湿，给大勇擦着爪爪。小家伙困得不成，四仰八叉地就睡上了。

"反正比有些人聪明，连睡衣都换了。"高诺侧躺着，歪嘴冲我笑。

"对呀，也不知道危险，还给某人送烫伤膏。"我从睡衣兜里把药掏出来，递给他。

"哎，肖儿，看我和沙沙开了间房，有没有一点点吃醋？"高诺拉着我的手腕就不撒手了。我盘腿坐在床上，没接高诺的话茬，把手抽出来，给他把外套扒了，衬衣解开。

"哎呀，你说说，还是我们肖儿实在，直接进主题！"高诺说着就要解腰带。

"想什么呢，"我捏了他鼻子一下，"上药，睡觉！"

"你轻点！"高诺叫唤道，"哎哟，你温柔点！"

二十分钟后关了灯，我累了沉默着，高诺也在另一边不说话。可是适应了黑暗后，我看见他两眼睁着。

"高诺，比起吃醋，我更担心你。"说完，我闭上了眼。一只手伸了过来，把我紧紧地搂在怀里。他的胸肌发达，胸膛火热，我能觉出他呼出的气在我头发上掠过。

"我知道，我们都要好好的。"高诺又用力抱了抱我，"肖儿，我能听见你的心跳，你能听见我的吗？"黑暗中，他轻声说着，然而每个字我都听得格外清晰。

"啊？我试试。"我把头贴在了他胸前。

"呼噜噜！呼噜噜！"没有听到心跳，只有大勇铿锵有力的呼噜声。

睡梦中，我仿佛看到一团火在燃烧，越烧越旺，越烧面积越大。一个如鸟巢体育场那么大的庞然大物立在我面前，它被火苗包围着，两只黑如墨的眼睛盯着我，似乎要穿透我一般。它的头顶，居然有一颗法螺天珠！

那庞然大物在冲着我笑，那样诡异，那样可怖，在叫我："肖儿，肖儿……"

"啊！"我一下坐起了身，砰的一声，我和高诺的脑门撞在了一起。

"我的姑奶奶，疼死我了。"高诺捂着自己的脑门道。

我被撞得有点发蒙，一下又倒回枕头上。

"肖儿，肖儿，"高诺又凑过来，摇了摇我，"痛吧？做噩梦了？"

"嗯。"我有气无力地答道，顺便看了眼大勇。小家伙居然跑到梳妆台上，在对着镜子臭美！你顶了一晚上珠子，不觉得沉呀。

"没事，我在呢，不怕了。"高诺拍了拍我的脸，整个身子往我身上倾过来。

"哎，你干吗？"

"你觉得呢？"高诺的鼻尖在我脸上蹭来蹭去，他的下巴也顶在我的锁骨处，来回摩擦，"肖儿，我想……"

"高诺，我……"一句话还没说完，我的嘴就被滚烫的嘴唇堵上了。我使劲推他的肩膀，他微微皱眉，我想起昨天的烫伤，只能去推他撑着身体的手腕。

"肖儿……"高诺用力吮吸着，手也不安分了。

"够了，"我不管他胳膊上的伤势，发了狠劲，用肘关节顶上了他的咽喉，"你别太过分。"

"我知道你喜欢我……"高诺眉毛一挑，又要往下压，"哎哟！"还没发力，就觉得后背被猛踩了一下，只见大勇从化妆台上直接飞到了他后背上。

"大勇，过来。"我挣扎着伸出手托住大勇，把它放在我枕头边上。看着它顶着法螺天珠的样子，我实在不能将它跟梦里的怪物结合起来。

"肖儿，肖儿，"高诺打断了我的思绪，"继续，继续……"

"继续你个头！"我提足了气，屈起膝盖顶着他，"你再动我一下试试，现在就让你变太监。"

"呸！"大勇一下就跳到我俩中间，伸出两只小爪子和他的嘴贴上了。高诺似是呛了一下，咳嗽了好几下。

"肖儿，你们好了吗？下去吃早点吧，一会儿我们采购后还要赶路。"林嗒姐发来的微信救了我。我发力推开高诺，他看了看我手上的微信，咬了咬牙，冲进了盥洗室。

我穿好衣服，摸了摸关键时刻的"表现小能手"大勇，走到盥洗室门外："你快点刷牙呀，一会儿我要用啦。"

"那你进来一起。"高诺探出头一把我勾了进去。

"一会儿再上一下药。你简单冲冲别让伤口沾着水。"我拉着他胳膊看了看，"一会儿咱们就出发了，别闹了。"拍了拍他的脸，我转身要出去。

"肖儿，"高诺从身后抱住了我，"你就这么不想我？"

"说实话，我现在脑子里乱哄哄的，而且，我们是两个阶层的人。我就是北京胡同的串子，你是声色犬马的富二代，我们的人生观、价值观完全不契合。你是挺帅的，也符合我对男朋友的所有要求，甚至你身上痞痞的劲儿，都是我喜欢的。可是，我真的没办法去想这些事。如果放在原来，放在我在办公室里混日子的时候，有你这么对我，分分钟我可能就以身相许了，不管你以后会不会不认账甚至删了我电话拉黑我微信。可是现在，时候不对。"我拍着他的手，靠在他怀里，"高诺，我不知道为什么，离绒布寺越近，我就越害怕。我……"

"肖儿，明白了。咱们好好的，回北京后，我就这么天天腻歪你，腻歪到你特别喜欢我，离不开我，行吗？"高诺在我的脖子上轻轻吻了一下，"我不强迫你什么了，我也不知道为什么，我就是觉得抱着你特别踏实。你现在害怕，那我就不给你添乱，可你不能不让我抱，不能赶我走。还有，在你是我的人之前，你不准喜欢别人。"他的声音格外温和，他说得极认真，让我有种想哭的冲动。

我转过身去，踮起脚尖，在他的唇上啄了一下："行，在跟你之前，我不会喜欢别人。快点儿，要不林嗒姐又催了。"

大勇在门外用小爪子挠着门，我一打开，就见它嘴里叼着房卡，眼睛瞪着我。我笑了："好吧，我刷个牙洗把脸咱们就去吃早餐。"它是记住了要拿卡吃早餐的事。那么丰盛的自助早餐，大勇定然不肯错过。

吃完早餐，收拾好行囊，江湖开车拉我们去了一间大超市。大勇把脑袋从我袖口里探出来，时不时伸出小爪子指点我拿趣多多、妈妈牛肉干、海苔饼干和一系列感觉狗不能吃它却可以吃的零食。高诺在后边还给它扛了两箱鲜橙多。小家伙时不时拿眼瞥我一下，一脸的臭屁样，头上的珠子都有点跑偏。这扔我们胡同里就是个小痞子呀，我抬手去堵它鼻孔，大勇张着嘴假装要咬我。

"你别说，这拉萨还真是能买着点东西了。"高诺把鲜橙多堆到了结账处，又跑进来抱了两箱依云矿泉水。

"你买农夫山泉就成。"我拉了他一把。

"越往里走条件越艰苦，我可不能让我们肖儿受委屈。放心，我有钱。"高诺拍拍我的脸，帮我推着都要满溢出来的购物车，结了账。

江湖帮着我们把东西装上车，就开车往前走。大勇一下跳到他的椅背上，后腿站立，对着后视镜，两只前爪一推一推的，把法螺天珠给弄正了。

"呵，这爱美劲儿。"江湖没回头，笑了一声。

大勇抖了一下毛，冲着镜头嘿了一声。我心里一紧，自打大勇在布达拉宫乐了那么一下以后，我怎么就这么不喜欢它这个表情呢？

"别想了，我给你剥根香蕉。"高诺先拿了两个蛇果给林嗒姐，"姐，我刚才都洗了，你给我哥递着点儿。来，肖儿，你张嘴。"他一脸坏笑地看着我，把香蕉往我嘴边递。

我刚咬了一口，就觉得耳边生风，是大勇从椅背上一跃，张嘴就把我嘴巴和高诺手中间的一段咬走了。小家伙完美落地，转过身来，嘴巴被香蕉撑得老大。

"哎，我说兄弟，真有你的，这是你姐的，"高诺叹了口气，看着我，"真是随你呀。"

"高诺呀，我怎么一会儿听你管大勇叫弟，一会儿管我和林嗒叫哥叫姐的，这是什么辈儿呀。"江湖苦笑着摇了摇头，没等高诺解释，他又自言自语，"我怎么觉得，在哪里看到过这颗珠子，不，是这个吃东西的样子……"

"是别的西藏鹰獒吃香蕉？八成都喜欢吃吧，甜的。"高诺把剩下的香蕉，在我嘴前边晃了晃，手一转又给了大勇。

"在哪见的呢？"江湖一时没有想起来，开着车自言自语。从拉萨往日喀则，江湖选的是318国道，路边是雅鲁藏布江，沿途两侧的白杨树、蓝天、白云，和远处的雪山结合在一起，让人心醉。

"算了，不瞎想了。一会儿咱们能路过羊湖，那可是西藏的三大圣湖之一，风景特别美，可以下去拍点照片。"江湖刚说完，林嗒姐已经贴心地帮他把单反拿了出来。摄影发烧友这一路都没怎么按快门，这也太"心苦"了。

"嘿啊。"大勇一边舔着我给它倒的鲜橙多，一边附和着江湖。它的眼珠子转了一圈，想打首自己的主意一般。要不是我跟它一路熟了，我是真觉得这狗要成精。

江湖的车开得极稳，没有了高原反应，他就是"路霸"级别的。因为路好走了，高诺还换下江湖开了一段，非给我也折腾到副驾上去指路。大勇在我腿上睡得很香，都打上呼噜了。可当我们靠边停车，江湖拿出炉灶给我们煮方便面时，它第一个就醒了，还主动帮我撕方便面袋。它用嘴叼住方便面往天上一甩，自己腾空咬住，左右甩动脑袋，刺啦一声，一包方便面就在空中爆裂了。还好林嗒姐把锅放到了下边，还有半块面饼掉到锅里……小家伙还跑过来要帮我撕油包，被我按着鼻子制止了。

江湖打开后备厢，把刚才采购的火腿、鸡蛋、烧鸡、酱鸭、紫菜都拿了出来，他直接给了大勇一大块火腿。小家伙马上不再主动帮忙，在一边啃上了。林嗒姐把水烧开，下了面，卧上鸡蛋，把火腿也一片片地下进去，那味道真是香飘十里！

"啊，你看，那边有狗。"高诺指着远方。

"可能是周边藏民养的吧。没事，吃你的。"江湖给高诺盛了一碗。

"长得好奇怪呀，身子怎么一颤一颤的。"林嗒姐拿起江湖的望远镜看了看，"太远了，看不清。"

江湖听了，也端起望远镜看了看："是有点奇怪。算了，看看咱们大勇，还有啥奇怪的，它是撕方便面小能手呀。"

"嘿。"大勇屁颠屁颠跑过来，伸出左前爪，居然去碰江湖的手掌。你是在击掌吗？你跟在我边上看了多少美剧呀。

"来，给你个鸡腿。"江湖知道大勇不是来击掌，没瞧见它看着烧鸡直流哈喇子吗，"来，翅中，林嗒。"多甜蜜的夫妻档呀！林嗒姐报以一个温柔的笑，看得人都醉了。

"肖儿，你给我撕块鸡胸。"高诺一边吃着方便面，一边拿筷子指挥我。

"鸡胸是吧？"我放下碗看着他。

"嗯，蛋白质含量高而且脂肪低。"高诺喝着汤，嘴里有点不清楚。

"来吧你！"我直接把鸡屁股扔他碗里了，"真是一路上没人伺候了吧。"

"嘿嘿，你还想让肖儿伺候你呀。高诺呀，我们肖儿，真真儿是极少会主动干活的，你可考虑清楚。"林嗒姐赶紧把纸巾递给高诺，让他擦溅在脸上的汤。

"外人面前你怎么也不给我留点面子。"高诺瞪了我一眼，然后转过脸去。

"得了，快吃吧。咱们今天还要赶到日喀则。"江湖说完，我们加快了吃饭的速度。大勇中间又跑过来抓了一下高诺的脚腕子，想要块肉，结果高诺没理它。小家伙嘬着嘴，跑到我这边蹭，我把方便面里的火腿全挑了出来给它。它吃高兴了，就煞有介事地顶着天珠去一边巡逻上了。

下午继续开车，高诺一句话也不跟我说。这样正好，我可以靠着车窗睡觉。我是被林嗒姐推醒的，到羊湖了。高诺已经先和江湖下车了，我脑袋边上垫着他的外套。

"那段路上有好多小石子，高诺把外套脱了放你头下了，还不赶紧送过去？肖儿呀，我觉得这小伙儿还不错，虽然又是个富二代，不过可以试试。"林嗒姐揉了下我的头发，"咱们不能因为一棵树就放弃了整片森林不是？"

"嗯嗯。"大勇就跟听懂了一样点着头。

我从车窗望出去，一片翠蓝安静地展现在我的面前。羊卓雍措，这汪碧水构架在 4441 米的海拔上，如同一面高原的镜子，将天都映了进去。阳光洒下时，它就像一颗蓝宝石一般炫目。

"来，肖儿，帮我和林嗒拍个照。"江湖搂着林嗒的腰，背对着我，要把背影拍下来。

"江湖，我们拍过这张。"林嗒姐有些娇羞地在他怀里说道。

"嗯，我们每过十年就来拍一张，好吗？"江湖望着林嗒姐的眼睛。那一秒，我按下了快门，我打心里羡慕他们。

拍完照，就发觉大勇在踩我的脚面，低头一看，小家伙嘴里居然叼着高诺的外套，估计这一路是给拖过来的，外套上面全是土。我赶紧捡起来拍了半天，大勇还一脸骄傲的样子看着我。

"你让你高哥哥怎么往身上穿呀。"我把它抱到怀里，迎着高诺走了过去。

"赶紧穿上，冷。"我往前递了递。

"身上不冷，这儿冷。"高诺指了指心，接着别过脸去。

我刚要发火，林嗒姐冲我努了努嘴。

"真生气了呀，大少爷。我给你道歉，是我不好，下次我配合你，鸡胸肉都给你。"我强行踮着脚给他把外套穿上，又拉上了拉链，"你感冒了，不还得我照顾你呀。你舍得我衣带渐宽没日没夜地守着你，眼眶熬黑呀。"我拉了他胳膊一下。

"嗯，舍得。你眼眶黑了，那不就是国宝熊猫？那多值钱。"高诺别着脸，低着头说得还一套一套的。

"你不冷，我冷。"我抱着大勇，把它往怀里靠了靠。

"唉，你呀。"高诺猛地回过头来，把我紧紧按在怀里，"肖哨同学，人前给我点儿面子。"高诺在我耳边小声说。

"嗯呢。"我和大勇一起点头，小家伙还用后腿踹了我一下。

"扎西德勒。"一位环湖祈祷的僧人看到大勇，视为吉祥，把身上的哈达递给了我。我赶紧挣开高诺，双手接了，感谢这位僧人。看来这羊湖真是无上圣洁，远处也有零星的僧人在环湖磕长头。

"那是什么东西？"高诺指着湖西方山上的一个黑点。

"那是拉轨岗日山的主峰宁金抗沙峰，藏民把它叫作'宁金抗沙'的意思是'夜叉神住在高贵的雪山上'，海拔也有7200多米呢。它地处江孜县和浪卡子县的交界处，是西藏中部四大雪山之一。"

说完，江湖拿着军用望远镜也向那雪峰望去："好像是有东西在动，就是我们吃饭时看到的那玩意儿。"他皱了下眉头，"这儿还会遇上什么？"

"啊呜。"大勇突然一声长吠,从我怀里挣出,一阵风似的朝湖西狂奔过去。

"上车!"看起来凭我们的腿脚是追不上大勇了,江湖直接叫我们上车。

大勇在前边一路狂奔,别看它个儿小,可几乎每蹬一次地,就能在地面上飞起来一阵。江湖把车开得飞快,才让它始终保持在我们视线之中。

"快看,大勇上山了。"林嗒姐指着前方,只见小家伙往上一跳,几乎顺着峭壁开始往上奔。我们下了车,抬头看着大勇表演的"飞檐走壁"。

"那个东西过来了。"江湖把我们护在身后。随着他手指的方向,真的有一只类似狗的东西朝着我们奔过来。它翻山越岭的本事相当了得,没一会儿就到了我们正上方的山顶上。

"呜斯!"它在离我们三四百米的山顶,跺着蹄子发出了一声奇怪的叫声。居然是狗头牛身羊蹄的一种生物,整个身体肌肉发达,头部还发着红光。

这是什么怪物?

第二十五章　陈辉羊湖现身影

　　大勇已经奔到了山顶，和怪物对峙着。看体积，这家伙跟一只成年牦牛一般大，大勇站在它对面，仿佛随时都要被踩成碎末。

　　"大勇，快下来！你别惹事，江湖大哥打不过！"我扯着嗓子喊着。江湖护在我前边，回头瞥了我一眼。

　　"呼呼！"大勇用前爪刨着地，嘴里哈着气，一脸的戾气与狂躁。它头上的法螺天珠，居然发着淡淡的金光。虽然离得那么远，我却觉得耳边有无数的哀号声。

　　那怪物一步步靠近着它，我的心也提到了嗓子眼。在离大勇还有一脚宽的时候，咣的一声，那家伙居然跪了下来！我的脸都抽了……你一屁股能坐死大勇外加我好嘛！那怪物用嘴轻轻碰了碰大勇的头，然后整个身子颤抖起来。

　　"嘶——"那怪物一别脸，喷出一堆东西。大勇探过头去，从里边叼出一个绿色的三角体，冲那怪物仰了仰头，然后冲着我们跑了下来。

　　离我们还有十多米，小家伙看着我，一副想跳又不敢跳的小怂样。"你刚才的牛逼样哪去啦！"我摊摊手表示你最多跳一个试试，你姐我不一定能接得住你。

　　高诺往后退了几步，踩着一块呈三十度角的岩石发了力，身体如箭一般绷成了好看的弧度，居然往上蹿了好几米！大勇看好机会，一下跳到高诺肩头，高诺双膝微弯，带着大勇完美下落。江湖赶紧过去扶住了高诺的肩膀，帮助他缓冲。

　　"怎么样？"高诺拍拍胸口，"当年哥们儿也是区短跑队前三名，爆发力没的说。"

　　"呃，这是什么东西呀？这么味儿！"我往后退了退，怕大勇直接往我身上蹦。

"我靠!"高诺也反应了过来,"这味儿我要吐了。"

大勇才不管我是不是嫌它,一下扑了过来,叼起我脖子上哈达的一角,一下就拽走了。只见羊湖边上,一只含着绿色三角体的鹰獒在风中狂奔,哈达在后边随风飘动。这只西藏鹰獒奔得毛都往后倒着的奇异画面出现了。

我们四个人都看傻了……大勇这是疯了吧!

"我一会儿把那个天珠给它拿下来,这是闹狂犬症了吧!到我家也没打针,驱虫药也没吃。"我赶紧跟在后边追了过去。

大勇一溜烟儿已经跑到了羊湖最大一个湖的正中间,看着我在后边呼哧带喘跟过来。那颗法螺天珠又发出了淡淡的金光,大勇晃了晃口中的哈达,嗖的一声,把哈达和那个我始终没看清楚的绿三角体,一起抛进了湖中。

"你个败家玩意,人家送的!"我跑过去拉着大勇两条腿就拎了起来。小家伙扭着腰和屁股在半空中踢腾,小前爪使劲想够我的脸。

"你怎么着,还想抽你姐呀,"我用脸按了一下大勇的肚子,"小坏蛋,惹事精儿。"这一下,大勇够到了我的脸,两只爪子按着我就往湖里看。湖中生出了几圈水纹,一缕清雾升了上来。

"往后点。"江湖带着林嗒和高诺跑了过来,高诺把我拉在了怀里,"大勇,你是在用天象显影?"江湖的声音充满了不确定性,他看着大勇,一脸疑惑。

湖面上,我能看到高高耸立的雪山,天上的云随风而动。在这个蓝与白的背景中,一个青年男子盘坐在那里,他剑眉星目,却是一脸的温润。

"陈辉!"我几乎脱口而出,要挣开高诺冲过去。

"这都是显影,高诺,拉住她。我总觉得大勇不会只给你看一个影像,等会儿,别去碰坏这气带来的湖面影像。"江湖带着大家往后退了几步。

只见陈辉对着阳光看了看,站起身来,他修长的身影让人既熟悉又陌生。

"看,看他的影子!"高诺指了指湖面。阳光下,陈辉的影子却是……却是一个头上长角,发散着黑色雾气的半人半妖状的轮廓!

"夜叉!"江湖浑身一颤。

"嘿呼。"大勇哈了一口气,像是回答着江湖一般。

一阵风吹过,湖面泛起了涟漪,那画面便一阵模糊,不见了。

"陈辉!"我冲着湖面大喊,蹲在湖边,又摸着大勇的头,"大勇,陈辉这是怎么了?你一定知道什么,你快再给显现一下呀!你是不是要哈达?姐姐给你买一百条……"

"肖儿，"高诺用力拉住了我的手，"你再掐它就翻白眼了！"

我这才发现，小家伙在我两手中极为无力，像是消耗了极大的元气。

"让它休息休息。"江湖把我拉了起来，"肖儿，你别激动了，都到这儿了，开到绒布寺不就知道了？上车。"

我们随江湖上了车，大勇在我怀里四脚朝天地睡了过去。

江湖开着车，一直没有说话。高诺中间和他换了一次，因为我抱着大勇也没再让我去副驾。就这样一路没休息，晚上六点多，我们到了日喀则。

四人在酒店办理好了入住，依旧是我和林嗒姐一间，江湖和高诺一间。本来说要简单找家餐厅吃饭，大勇一进酒店房间就醒了，我去个洗手间的工夫，居然在林嗒姐的指导下拿小爪子在划着 iPad 上的大众点评看餐厅。

"肖儿，走吧，吃点东西。"高诺敲门进来，先冲林嗒姐点了点头，也张着嘴有点惊讶地看着大勇。大勇一看刷卡的来了，摇着小尾巴，使劲捅着林嗒姐的 iPad。

"我看看，我兄弟想吃什么？"高诺歪嘴笑了一下，坐在大勇边上。我过去一看，居然是肉夹馍的图片……再往上一翻，写着老峡饭庄。得，走吧。

大盘鸡、手抓羊肉、凉皮、酱羊蹄、腊汁肉拌面上来的时候，大勇已经干掉了两个肥瘦相间的肉夹馍外加五串烤羊肉串。小家伙站在我身上，指挥着我给它夹酱羊蹄，还不忘探个脑袋喝口杯子里的冰峰汽水。好在是个包间，要不然正常人看见这么小一只狗吃了这么多而且还要继续吃的时候，会是什么表情。

"肖儿，腰子不错，来点？"高诺把一串大腰子递到我嘴边，"你看看你给你姐整的呀，都没工夫自己下筷子了。再这么下去，我媳妇就瘦了。"高诺冲大勇扬了扬头。

大勇眨眨眼，啊呜一口，把江湖给它夹过来的鸡块吞了下去。

我看着大勇吃饭，本来不饿也变饿了，咬了一口腰子："骚了点。"

"不骚能好吃呀？那喝点牛肉汤吧。"高诺又给我舀了一勺汤送到嘴边，自己把大腰子吃了。大勇小鼻子动了动，对这个味道也是一脸嫌弃。

江湖和高诺碰了一杯西凤酒，吃了几口菜，大喘了一口气："这一路，开得我肩膀直酸。"

"嗯，一会儿我给你按按。"林嗒姐给江湖也盛了一碗汤，放在一边。

"那怎么着，弟弟我给你腾位置吧。"高诺一脸坏笑地看着我。

"嗯，你可以再开一间，自己睡大床，舒服。"我又掰开一个羊蹄放在盘子里，大勇直接跳桌上吃了。我赶紧下筷子吃了两口菜。

"不不不，咱们得节约着来，可以不开单间的时候，就一起睡。"高诺给我夹了一筷子羊肉，"多吃点。"

还别说，大勇选的这家餐厅的味道相当正宗，咸味让人的精神有所缓解。吃得差不多了，江湖又抿了口酒，拿筷子点着盘子看着我："肖儿，答应哥哥个事？"

"嗯，你说。"我从高诺碗里扒拉出一根拉条子，想尝尝。

"真见到陈辉，不管多兴奋，都隔着点距离，我是指拥抱什么的。"江湖想着措词，话说得都不利落了。

"那肯定呀！我在，她不能随便抱别的男的。"高诺跟着附和。

"不是指那个。"江湖放下筷子，"羊卓雍措是西藏的圣湖，很多僧人在那里绕湖，可得一年的平安幸福。本来你得了一条哈达，挺好。可是大勇今天往这湖里扔哈达和那绿色三角体，却很像当年上一任活佛圆寂时，西藏僧人寻找转世灵童时的做法。他们会把哈达、宝瓶和一种神秘药料扔进羊湖，同时祈祷，之后便可以在湖中看到显影，那也就是寻找灵童的方法。"

"嗯，之前你提过，所以陈辉的身份我表示很怀疑。不过上学的时候，他就真的很出众，会发光的那种。"我胡噜完面条点点头。

"我是觉得，大勇是在用这种方式，向你说明什么。但是，它不能说太多，或者是，它只能说这么多。"江湖一口闷了杯子里的酒，"陈辉身上，可能发生了什么我们想不到的事情。"

"你是说，他的影子？"我看向江湖。

"对，我给你讲过，宁金抗沙峰，被当地人叫作'夜叉神在高贵的雪山上'，而今天我们看到的怪物，很明显是在等待着大勇的出现。它交给大勇的东西，是羊湖显影的必备物品。同时，它在这么一座神奇的雪山周边一直等待……唉，想多了脑仁疼，我也不知道了。总之，一切小心。"

吃完饭，江湖和林嗒姐回去按摩，我带着大勇遛食，小家伙要拉完臭臭才能给它弄回酒店，以防它半夜出什么幺蛾子。高诺跟在后边，大勇还时不时回头看看他。

"肖儿，你看见陈辉是真激动。"他碰了我的手一下。

"你要有个这多年没见的朋友，也得激动。"我勾住了他的胳膊。别说，挺有肌肉感。

"你不会……这么多年一直喜欢他吧？"高诺低着头，使劲躲着我的眼神。

"你可别说这个你还吃醋。唉，他更像个大哥哥。以前我呢，横冲直撞的，他很护着我。我挺感激的，他是那种发着光让你觉得舒服的人。"我把自己的重量往他胳膊上压了压，"而且上高中呀，我真的好单纯。不像你，那会儿得泡了十个妞了吧。"

"嗯，十多个吧。"高诺特别认真地想了一下，"反正我感觉自己比他帅点。肖儿，到酒店门口了，你先上去，我去去就来。"高诺转身就要走。

"怎么了？好不容易一间房了，你倒跑了。"我抱起大勇，想拉着他回酒店。

"一会儿就回来，你正好先洗澡呗。"高诺挤了挤眼睛，大步流星地走了。

我回了房间，还好是标准间，中间还有床头柜。我给大勇擦好爪子，又洗了脸，扔到床上，自己就去洗澡。等我出来，小家伙居然在高诺那张床上四脚朝天睡了过去，小脑袋还靠在高诺的胳膊上。

"哟，什么时候回来的？"我看着高诺有点惊讶，他居然把一头绿毛给染黑了。别说，大眼睛，粗眉毛，立体的五官，坏坏的笑，特别是这头发正常了，相当迷姑娘。

我想让高诺去洗澡，他冲我做了个嘘的手势："我在理发店洗过头了。还可以吧，就是得回北京再做营养了。"他笑了笑，刚想示意我关灯，眼角突然抽了一下。

"怎么了？"

"下午那么突然发力一跳，好像左脚旧伤有点复发，刚才走急了，也有点别扭。"

"一直也没去调理调理？"我过去要看他的脚。

"唉，以前短跑队训练的老伤，好久不犯了。别，别，肖儿，睡觉吧。"高诺居然有点害羞，"有点味儿。"

"带药了吗？"我把袜子给他褪了下来。

"好久不犯了，就没带出来。"高诺摇了摇头。大勇在他胳膊上，转了个身。

"那咱们就缓解缓解。"我进洗手间投了把热毛巾，跪在床边帮他擦了擦脸和那只自由的手，又把毛巾在热水管下冲了冲，坐到床尾，把热毛巾直接敷到了他脚上，"开车也辛苦你了。"

"我没事，真舒服。"高诺笑了笑，侧躺着望着我，"唉，以前我爸有时候爬山什么的累了，在沙发上睡着了，我妈就帮他这么敷会儿。不过，都十好几年前的事了。"

来回来去敷了三回，高诺让我赶紧睡觉。我把毛巾冲干净放回去，关灯躺下了。

"肖儿，我知道，江湖说了这些，你心里乱。不过你要知道，任何时候我都陪着你。"高诺把手伸了过来。我也伸出手，就像高中生早恋那样，拉了拉手。

第二天一早，吃过早饭我们就出发了。江湖把车开上了318国道，车行至拉孜处，大勇从我怀里探出头，望着远方的山脉。

"那个怪物，还在跟着……"江湖干脆在车里点了根烟，看得出来，他有些不安。两旁的小村庄和绿洲并未给他带来丝毫的放松感，还好，多年的行车经验让他尽可能地调节着自己。

我们的车沿着318国道经过白坝村时，江湖和高诺又下车简单补充了一些干粮，加满了油，之后购买了人和车的门票。路边有不少藏族小孩在卖贝壳化石，大勇不停地翻着白眼，我看了看它，它就差跳起来拿爪子指着自己的法螺天珠显摆了。

由白坝村前行六公里，就可以看到中尼公路上的边防检查站了，按着蓝色指示牌左转住珠穆朗玛峰，之后又开了一公里，验了门票，我们正式前往珠峰风景区。

江湖平时在车里抽烟不多，而且在高原上，本来摄氧量就大，林嗒姐很是关心他。从景区大门口开始，我数了数，已经四根烟了。要知道，江湖说要戒烟的，一天不过三根。

这一路上道路主要是沙土碎石路、碎石路和搓板路几种交替混杂。要是让我开车估计时速十公里我都上不上去，太难开了。当地租来的那种越野车倒开得异常快，远远就可看到烟尘四起急速行驶的车辆，而且不停地鸣笛，显摆你家喇叭脆呀！我都要听不下去了，高诺就想停车过去理论。我拉了他一把，大勇也因为鸣笛声相当烦躁——不能好好睡觉呀！

小家伙自己站了起来，用小爪子把窗户按下来，恶狠狠地盯着一辆要超了我们的霸道。"嚯！"大勇嘴里发出了一声奇怪的回音。

"嚓啦！"只见那辆霸道左晃右晃，整个车身来了个180度大转，爆胎了。

"哼呢。"大勇翻了翻白眼，又把车窗按上，在我怀里一缩接着睡。

"作什么妖！"我捅了它一下。小家伙用后腿踹了我一下，闭着眼根本不看我。

"要成精。"我指着大勇对着江湖说。

"是得教训教训。我觉得挺好，要不它开过去，咱们跟着吃多少土。"江湖笑了笑，冲着大勇竖了大拇指。

我们找了个平缓的地方，简单吃了点东西。大勇喝了一瓶鲜橙多，然后咬着比自己身子还大的空瓶子一甩头，扔回了车后备厢。

"哟，我们大勇真是厉害。"林嗒姐给了它一块牛肉干作为奖励。

"这是它的家吧。"江湖望着前方淡淡地说，"一会儿我们要翻个五千多米的山，高诺你没事吧？哟，这头发……小伙儿真挺帅。"江湖才看到高诺染回来的头发。

"等回北京弟弟我好好做个型，"高诺有点不好意思地笑了笑，"当年弟弟我也是 MIX 里数一数二的。"

"江湖大哥是说有高反的不成就回去，不是让你嘚瑟头发的。"我瞥了他一眼。大勇在我边上学着兔子跳。我怎么觉得越快见到它的真主人，小家伙越疯狂呢。

"我没事，已经适应了。"高诺笑了笑，把红牛喝光，"昨天晚上舒服呀，现在让我跑 20 公里都没问题。"

"你俩？"林嗒姐用胳膊肘捅了捅我。

"你觉得中间有个大勇，可能吗？"我苦笑一声，顺手拿起个空瓶子就打到了高诺后背上。

"这儿，这儿舒服。"高诺指着自己的心，冲林嗒姐傻乐了一下。

我们吃完东西接着走，随着车不断前行，海拔表已经显示到了 5200 米。江湖让林嗒姐把相机准备好，镜头也换成了 200 米的长焦："这儿是通往珠峰的唯一高山，一会儿到山顶有个弯道，在那儿俯瞰，景色绝佳，有河谷、平原、绿洲，而且也马上可以拍珠峰了。山口就可以看到珠峰那万山之巅的雄姿。"江湖面露崇尚的神情。

很快我们就开到了弯道，江湖把车停好，带着我们去拍照："咱们一会儿能看到喜马拉雅山脉四座海拔 8000 多米的高峰，打左边向右排列的顺序是，玛卡鲁峰海拔 8463 米，洛子峰海拔 8516 米，珠穆朗玛峰海拔 8844.43 米，卓奥友峰海拔 8201 米。雄伟的珠峰在万山和群峰的簇拥之下，气势磅礴，显示出非凡的王者风范。"

"我超期待。"我拿着自己的单反往前走了几步。大勇跟我在边上，依然像只兔子一样围着我跳着转圈……这是中午吃了什么呀！我拉了一下镜头，又想取个亮度，看了眼天空，一个奇怪的东西，在我镜头里冲了过来。

"小心！"高诺大叫一声冲了过来，我再一看，那玩意已经在我镜头前边了。

"嗷！嗷！"大勇依旧在我身边跳着，法螺天珠在它头上跟着一起忽上忽下，又发出了淡淡的金光。

那东西近了，我才发现，是个类似老鹰的飞禽！它的头部不像一般的鹰，却长着一张狗脸。它张开血盆大口，直接扑了上来。

咣的一声，在离我只有十几厘米地方，这狗头鹰身的家伙居然被撞飞了！

大勇在我身边跳的圆圈，居然从上到下，给我环住了！

"肖儿，待好了！"江湖从车上拿出高压电棍，冲着那家伙就捅了过来。

那家伙晃了晃头，也被这一撞弄蒙了，可是又扑扇着翅膀冲我扑过来。正好被江湖的电棍逮个正着，我眼前现出一个大火花儿和一股子煳味儿。

电棍被那怪物用左爪抓住，电棍还在放着电，怪物就么一着抖着，调过头来就要咬江湖。江湖虽说力气大，和那怪物较着劲儿，却极为吃力。

"大勇，别跳了！快救你江湖哥！"我蹲下就给在我身边还学兔子跳的大勇拎了起来，小家伙踹着后腿还有点不满。

"呜！呜！"大勇冲着山上发出连续吠叫，一个小黑点出现在我们正上方的山头，是那只狗头羊蹄身子又像牦牛的怪物！它一边叫着一边飞奔而来，夹带着山上的碎石。

狗头鹰身怪看到半路杀出个"程咬金"，一撒爪子放了电棍，一瘸一拐地奔着那狗头羊蹄怪冲过去。

两个拥有狗脑袋身子却不同的家伙，对峙了一秒，便咬到了一起。大勇立在一边，仰头跺脚，似是督战一般。那狗头羊蹄怪力大无比，直接给那狗头鹰身怪撂倒在地，可鹰身子那家伙一歪头咬住了羊蹄怪的右脚。两个家伙互相噬咬，没有一个要退让。

"呜！"大勇看不下去，发出一声低吠，头上的法螺天珠又在发着淡淡的金光，全身被那金光罩着。它一个助跑，冲着两个怪物一拱，这俩家伙互不松口，居然一起滚到了山下。

那个羊蹄怪是帮我们的呀！我有点不可思议地看着大勇，小家伙眼中的神情淡漠，看我跟了过来，直接往我怀里跳。我有些不相信大勇的所作所为，那狗头羊蹄怪虽然不知道是什么，可它给了我们三角药料还帮我们抵抗了狗头鹰身怪呀，你怎么一气都给拱下山了？

　　大勇抬头看着我，一脸的不以为然。它伸出前爪指了指山口的珠峰，冲着江湖歪了歪头，似乎让我们加快速度前行。

　　江湖发动了车："林嗒，你觉不觉得，刚刚大勇头戴法螺天珠周身发光的样子，和早年我师父给我的一幅唐卡人物很像？"

　　"你这么一说，确实是。但是我记得你师父说过，这唐卡和你有缘，让你收好。咱就没有打开挂起来。"林嗒姐帮江湖解开两枚胸前的扣子，"喝点水吗？"

　　"是什么来着？"江湖琢磨了一会儿放弃了。路太不好走了，他必须集中精力。

第二十六章　扎西宗村的人面蛇身怪

　　我们从加乌拉山弯曲的盘山公路下行，绿油油的田野和树林下，零星的村庄不断闯入视线，还有一些房屋的废墟以及城墙等防御工事的遗迹，令人遐想不已。

　　"这儿原来应该有个部落，但是战争还是什么原因，突然就消失了。"江湖给我们指点着，"咱们带的那些糖葫芦，拿出来吧。"

　　"啊？打从北京出来，你就说不要随便给糖，因为一个藏族小朋友会引发一堆小朋友来抢……"我记着江湖跟我说的话。

　　"这儿不一样，一会儿我们进入绒布河谷就会碰上一个村镇，叫扎西宗。那有位支教的老师叫章路，北京爷们儿，大学毕业就过来支教，一待就是十多年。我上次来西藏这条路是七年前，认识的他。我俩喝过一次，他告诉我这儿条件差，刚来的时候只有少数孩子们学点汉字，很多女娃家里也不让来。他原本就想混两年再回北京考公务员，孩子们本身也不爱学，汉语根本说不利落。只要有开车过来的，就一哄而上去抢糖、抢本子，老章可烦了。他刚来时，高反不习惯，晚上睡不着觉还会呕吐，人都觉得要挂了。就看外边有几个小黑影，老章以为是遇到来收他走的呢，结果发现是几个课上的娃，上课发现他不舒服，把家里的酥油茶和青稞酒拿来，让他喝。这个二十多岁的北京男孩就发了誓，要把孩子们教好。每天，孩子们围着他，问他天安门有多大，几点升国旗；问他卢沟桥的狮子，到底有多少只；问他糖葫芦好吃吗……老章那回喝高了，闭着眼，真的往下掉眼泪。他在这里十几年，只回过北京一次，还把国家给的补助全买了糖葫芦背了回来。他教育他的学生，自驾路过的叔叔阿姨是来看最美珠峰的，这是我们中国人的骄傲，他要学生们给他们敬队礼。所以呀，我当时开车转，只要碰到小朋友，都会给我敬礼。我特别佩服老章！"江湖无限感慨着。

"真爷们儿。一会儿见了章哥，我得跟他喝一个。"高诺倾着身子，看着前边的路。

"肯定呀，今天我们住这儿，明天直接去绒布寺了。行吧，肖儿？"江湖通过后视镜望着我。

"得嘞，听您安排，我也得喝一个。"我把高诺扒拉到后边。

"嗯嗯嗯嗯。"大勇跳到林嗒姐的椅背上，表示自己也得喝点吃点。

到达扎西宗时，海拔降到了 4120 米，这对于从 5000 多米下来的我们来说已经算舒服了。扎西宗只有一条百米来长的小街，江湖说这是当地的"长安街"，政府也在这里。两旁均是一层或两层的藏式民居，小街中段有一个丁字路口，往右开过一个小桥就是去珠峰的路。我们在丁字路口附近找了一家四川老板开的川菜馆，这可能是离世界之巅最近的餐厅了。

江湖把硬菜几乎点了个遍，还掏出了随身带的红星二锅头，就开始给老章打电话。

"你说你也不提前打个招呼。"林嗒姐笑着看江湖，此时的江湖一脸兴奋，像个孩子。

"您拨打的电话，暂时无法接通。"我一边抓着老想伸爪子够口水鸡的大勇，一边听着电话里的声音。

"是不是上课呢，不开机？或者信号不好？"林嗒姐帮江湖倒了杯茶水，让他别着急。

"不可能呀，我从北京出来，是给老章打过电话的。算了，你们先吃着，我直接开车去学校找他，一会儿就回来。大勇呀，吃点看不出来的，别动鱼。"江湖伸出食指点了点大勇的鼻子。

"啊呜。"小家伙相当郑重地点了点头，表示自己相当听话。

江湖刚一出去，就见一个七八岁模样的小男孩端着一盘夫妻肺片上来。他看着林嗒旁边椅子上放的一大袋冰糖葫芦直冒口水，可是看着我们，又有点腼腆。

"来，给你抓点。"高诺一笑，大手抓了一把就递给小男孩。

"叔叔不用，我吃过了，你们带着路上吃。"小男孩咂巴了一下嘴，没伸手，真懂礼貌。大勇直接从高诺手上咬了两个，歪头一甩，落到了小男孩手心里。

"姐姐，你这袖犬好机灵呀。"小男孩大张着嘴，有点不敢相信。

"你给我老实点，要不一会儿把你的牛肉干都发了。"我点着大勇的鼻子。小家伙一怂，抬头看天，就跟啥也没发生一样。

"我们章老师给我们带过这个。"小男孩一脸的自豪，可这表情转瞬即逝，"可是，章老师都四天没有给我们上课了。"他的表情有些悲伤。

"林嗒，"江湖跑进了餐厅，看着我们，"老章……老章不见了！"

"别着急，别着急，咱们都到这儿了。"林嗒姐让江湖喝了口水，拍着他的背。江湖一脑门的汗，看得出来，他十分焦躁。

"对，江湖哥，反正到这儿了，大不了咱们住这儿找找章老师。我也不指着一天两天就见着陈辉。"我表示根本不怕旷工，回去晚了让老板骂我去吧。

"我问了一圈，还问了几个学生，都说老章四天前下学送学生回家，然后就没回学校。可是周边村民也没看见他出去。"江湖用手擂了一下桌子，不知怎么办了。

"你们……你们是来看章老师的？"站在一边的小男孩望着我们。

"嗯，就是给你们带糖葫芦的章老师，是这个大哥哥的好朋友。"我摇了摇他的手，让他一起坐下来。

"章老师……章老师是被妖怪咬走的……是条大蛇，可……可长着人脑袋！"小男孩望着我们，眼神里充满了恐惧。

"虎子！"老板突然出现，把小男孩拉了回去，"小孩子胡乱讲的，你们快吃吧。"

"老板，童言无忌。"江湖一把抓住老板的手腕，"我们是北京来的，章路是我亲兄弟，不管出了什么事，请您告诉我。他这么多年在这里支教，没有功劳也有苦劳。我看出来了，这孩子，知道。"

"兄弟，不是我不告诉你，是告诉你也没有办法。孩儿妈，你把虎子带下去。"老板咬了下嘴唇，喊媳妇出来带走孩子。

"当家的，你别瞎说。"老板娘扯了扯老板的袖子。

"你个婆娘，你懂啥！没有章老师，虎子能回来？"他吼道，还推了媳妇一把。

老板看着媳妇带着虎子出去，把包间的房门带上，坐在我们边上，四下看了看："哥们儿，我们这地界，不太平。"

"我知道，我们路上遇见了。狗头鹰身，我师父曾给我讲过。如有异象，这些夜叉身边的妖便会出现在人世。老板，你指的是这个？"江湖拧开二锅头，给老板斟上一杯，自己也倒上一杯。

"哥们儿，我看你也是见过世面的人，而且，章老师对我们确实有恩，我给你说说。"老板一仰脖儿，把酒喝干，"虎子说的人面蛇身怪物，这一年多，确实在这儿折腾过。我们这儿离珠峰近，本来就常有点异象，我这餐厅开这么多年，也见过不少。吃得了这个苦，才赚得了这钱嘛。可这几年，怪事连连，特别是过去这一年。本来那怪物，也就在谷底走过，有放牧的村民见到过。回家也是一通祈祷，怕惹了祟物回家。可前三个月，那东西半夜竟敢在村里晃荡了。"店老板的眼神中也充满了恐惧，"我这饭馆关得晚，进的肉都放在大厅里。我清清楚楚记得，那东西游进来，一口把我半扇猪肉叼走了！那家伙力气很大，尾巴一甩，我这椅子就散了架！因为乱，所以村里还让大人们去接娃子放学。章老师他人好，把不住村里、在山谷下的娃也送回去。那天虎子是去人家家里玩，也跟着。我有点不放心，也说一起送。当时天擦了黑，我们还有说有笑的，那人面蛇身的家伙突然就从一个山洞里蹿了出来，还缠上了我们虎子。我当时吓瘫了，章老师拿着手中的铁叉子就往那家伙身上叉，结果，那妖怪松了我们虎子直接缠上了章老师。章老师当时就喊，快走，带孩子快走！然后就被那怪物拖回山洞了。当时我已经吓得不会动了，还是……还是虎子给我搀回来的！我……我他妈就是个怂蛋！"老板啪的一声给了自己一个耳光。

"够了。一般人摊上这事，确实不能反应那么快。能告诉我，那个山洞在哪里吗？"江湖咬了下牙，望着老板。

"不用指给你们。他妈我一想我就不是个爷们儿，我带你们过去……"店老板打开门，"我去拿点东西。你们赶紧吃点，马上出发！"

老板前脚出门，我们就站起来收拾东西。大勇跳到我怀里，一点也不留恋桌上的饭菜。我拍了拍它的脑袋，给它又喂了一块牛肉。

"你不能去！太危险了。"我听到老板娘的声音。

"章老师是为救我被抓走的！妈，我爸不去，我就去！"这是虎子的声音。

没一会儿，老板手上拿了一把土枪："家里传的，还能挡挡。"

江湖要去开车，老板摆了摆手："路不好走，还是脚下给点劲儿。"

我们随着他往外走，大约走了一个小时后，天已经全黑了。高诺打开了探照灯，走在我边上。一路的碎石，路并不好走。章老师每天都要这样去送孩子，再自己回来，当真是辛苦。我看着前方，心里的预感并不是太好。

我们随着店老板连爬带跳地又折腾了一个半小时，他停了下来，让高诺把灯抬高，指着前方一个转弯处，小声说道："应该就是那里，小心。"

"我过去看看，有什么事你们就撤。"江湖往前走，我们跟在了后边。

转过弯去，果然见到一个巨大的山洞，能有三米高，探照灯照不到头。

江湖想了想，直接拿起一块石头扔进去。

"当，当，当……"石头丢进去先是有个响动，很快就没有了动静。这个洞有多深呢？

"呼嘿！"大勇突然从我怀里跳了出来，一下跳到了队伍最前方，回头看了看我们，往洞里飞奔而去。

"我跟上，留两个守在洞外。"江湖打开头灯往洞里跑。

"我守着……吧。"店老板已经全身哆嗦了。

"好，我陪着你。"林嗒姐知道大勇在里边，我是无论如何也不会在外边的。可是队伍也需要善后，她主动留了下来。

高诺把我护在身后，举着探照灯往里走。我们一脚深一脚浅地走着，大勇和江湖哥的速度太快了，转眼就没了影儿。

大约走了十分钟，我实在觉得奇怪："怎么回事？不会跑这么快吧。"我拉了一把高诺，"刚才我们是不是往左拐了？"

"我没记着，光看脚底下了。"高诺把探照灯提了提，突然呆立在那里，"我觉得这个路很熟悉，好像我走过这里。在这里，走了很久。"高诺在想着什么。

可我的整个嘴巴一下子张大了，在高诺身后，一个人头慢慢地升了起来。

"可能，只是我自己的感觉吧。"高诺皱眉看着我，我努嘴示意他的身后。

"有？"高诺冲我微微点头。

"嗯。"我也做了个微小的确认表情。那人头在不断升高，就是那只人面蛇身的怪物！我看到，它的唾液已经要滴到了高诺的脖子上了。

嗖！一道青光从我身后飞来，一把军用匕首直插向那怪物的脖颈处，咣一声，那匕首打到了蛇身上，却直接被弹开了！

"跑！"是江湖的声音。

"走！"高诺右脚发力，拉着我就往外冲。那人面蛇身怪虽未受伤，也吃了一痛，嘴里发出嘶嘶的声音，夹带着一股腥风追了过来。

江湖拉着我们往前跑，到了一个拐角处，江湖一个侧身转了过去。果然，刚才我们在这里转了个弯。高诺在我们前边跑，我听着他的脚步声停了下来。

"我靠！"高诺骂一声。

江湖赶紧冲了过去，一下掐了高诺的腰眼："小声点，别喊。"听得出来，江湖在努力压抑着自己的声音。

"呼呼。"大勇从暗处一蹦一跳地跑过来，一下跃到我怀里。它立起来，拉着我的头灯往下慢慢照去。灯影里，是一根……一根很长的"棒子"？

"我……"我再细一看，同样要爆发出声音，江湖一把捂住我的嘴。

"是章老师，"江湖声音很小，努力克制着自己的情绪，"已经被那怪物挤碎，压成了一根棍子了。这是蟒蛇吞食猎物的方法，一点点挤压，人在这期间极为痛苦……"他的拳头握紧，发出咔咔的声音。

"江哥，那家伙不像是好对付的。奇怪，它没有跟过来？我们的动静也不小了。"高诺用探照灯望向外边，

"糟糕！"江湖突然想起什么，直接往外奔去。

"林嗒姐。"我反应过来，高诺也跟在我身后往外奔去。

砰！我们跑到洞口，就听到了一声枪响。是店老板举着那把土枪，对着人面蛇身怪物开了枪。那怪物"左脸"中了枪，全是铁砂子坑，往外冒着黑色的血。它看到我们从后边过来，长长的尾巴一甩，我差点被甩倒，还好江湖拉了我一把，我扶到了身后的墙壁。这工夫，那怪物一下又溜进了山洞。

"别追，"高诺一把拉住江湖，"这洞太深了。江哥，我知道章老师的尸体在里边，但是……你要冷静！"

"这是什么？"我摸着身后的墙壁，曲里拐弯的，不像平常的岩石。

"……是藏语的石刻，"江湖让高诺打亮灯光，仰头望着，"好像是咒符一类的东西。我能认出一些……"江湖仔细看着。

"呼。"大勇跳到我肩膀上，踩着我的头，使劲往上指。我好像看见一只什么鸟在这些咒文最上方。

"嘶！嘶！"那人面蛇身怪物仿佛听到了召唤，一下从洞中又冲了出来。它带来的风，差点把江湖撂倒。

"好，既然你出来了，那就把章老师的命还回来！"江湖反应极快，一道寒光，手上多了一把藏刀，冲着那怪物就刺过去。

"大勇，大勇！"我摇晃着大勇，小家伙呆呆地看着这些石刻，好像入定了一般。

那人面蛇身怪因为刚才被土枪轰了，极怕店老板，直往江湖肩膀咬来。江湖一个侧身躲过，翻手就给了它腰部一下。藏刀划过蛇身，几张鳞片随着被划破，掉了一片。

"我怎么觉得，这不是蛇，更像是……龙？"高诺拉着我往后躲，"肖儿，和林嗒姐注意点。"他双手发力，搬起一块大石头，冲着蛇尾砸去。

又是咣的一声，我觉得这怪物的周身完全不是肉的概念。那家伙发现背后受敌，又调转过头，冲着高诺袭来。

　　"接好！"林嗒姐一嗓子，从手上扔过来车上的电棍。

　　高诺一把接住，照着它头上就是一下。嗞啦一声后，我闻到了一股肉被烫焦的味道。可那怪物居然大张着嘴，咬住了电棍！这是江湖备的高压电棍，一般我们都开最低挡，而此时，我已经能看到电流从电棍周边冒出。那怪物显然也受到了电击，可并没有影响它发力。

　　砰！那家伙咬着电棍，居然把高诺甩到了石墙上！

　　"我……"高诺咬着牙想站起来，可努力半天，居然没用！

　　"脸……脸！"店老板突然喊着，只见那怪物刚刚受伤的"左脸"，居然一点点往外冒着新肉，同时，一个类似鸡冠样的肉瘤拱在了头顶。

　　江湖大叫一声，拿起藏刀一个纵跳，照着那怪物就刺了过去……

第二十七章　陈辉父子的灭魔之路

嗖！一道金光从我肩膀上跃出，刚刚还看着石刻发呆的大勇直线上跳，居然跳到了我们头顶上的一个石台处。这完全不像它的作风，它根本没有尽力来保护我这个"主人"，而是自由散漫去了？

"大勇，在干吗？"高诺在我的搀扶下，移到了左边。

江湖正与那怪物缠斗。店老板的土枪此时离得太近，打出来还是大面积的铁砂，根本无法开枪，只能用枪托使劲砸着那怪物的尾巴。可这些对那怪物来讲，根本没有什么用。

"大勇，坐……坐下了？"高诺指着大勇的方向，有点结巴。只见大勇像僧人打坐一般，两只后爪以奇怪的姿势盘在一起，头顶的法螺天珠和它自身不断散发着金光。这些光芒像干冰一般，不断外溢。

"那……那边，"高诺又指着大勇的头上，"天……天上！"

我只觉得一阵飓风迎面而来，整个山谷都被吹得草木倒伏，如彩虹般的光把我们全包围了。"这……这是什么鸟！"高诺嘴张得老大，已顾不上身上的疼痛。

"大……大鹏金翅鸟！"江湖一瞬间也呆在了那里。那人面蛇身怪物扭动着身体，仿佛在颤抖。那大鸟足有三辆卡车大小，在夜空中周身七彩，翅膀泛着金光。我掐了自己的大腿根儿一下，痛得发麻。

"嗷！嗷！嗷！"大鹏金翅鸟在离我们五六米高的地方反复盘旋。那人面蛇身怪靠在墙上缩成一团，全身抖动，发出嘶嘶声，声音里充满了绝望。

"嗷！"我只觉得一阵劲风袭来，人已站立不稳。高诺一把拉住我护在怀里，江湖也拉住林嗒姐护着。只见那大鸟一个俯冲，伸出巨爪，抓起那人面蛇身怪，忽又飞起，咣的一声，我觉得山体都在颤动，大鸟把那怪物扔到了山壁之上。怪物从山上滚落到我们边上，抽了几抽，不再动弹。

我想叫大勇下来，可是小家伙嘴里一张一合，不知道在叨叨着什么。

那大鹏金翅鸟好像有难言之语一般在空中盘旋，最后一个俯冲，用嘴叼住人面蛇身怪，在空中一抛，吃进了嘴里。

我刚要出一口气，却看那大鸟上下翻腾，不停地哀嚎，我的耳膜都要被震破了，那声音太难听了！它掀动的气流极大，江湖赶着我们进了山洞，贴在石壁上，躲避着气流。只见那大鸟来回折腾了七次，突然自身成了一团火珠。

它在不停地挣扎哀鸣，没过几秒，它的骨架便在火珠中显现了！

"中毒了吧？"我探头看去。

"不，是自焚。"江湖搂着林嗒姐双目圆睁，看来他也被眼前这一幕震撼了，"刚才我念咒语，应该就是召唤这大鹏金翅鸟的咒文。这是失传已久的咒文呀！想不到，在这里居然会有。这人面蛇身怪，我只听我师父说过，藏地神处确有此怪，在天际大变、魔王出世之时就会来到人间，而这大鹏金翅鸟是其死对头。它自小以毒神小龙为食，但是一生吃够一条龙王及五百条小蛇后，便到了生命的终点。其体内积蓄了极重的毒气，到命终时，龙毒发作，无法再吃，于是上下翻飞七次，会在山顶上自焚命终。我想刚刚它不想食这怪物也是因为命将终了。"

"大勇！"外边的风慢慢变小，我也听不到那大鸟的哀鸣之声，这才想起刚才学人一般盘坐的大勇。我跑出去时，只见天已变暗，那火珠慢慢变小，最后一颗纯青色的琉璃珠子从中形成，并慢慢地往下坠落。那珠子极美，饱满的纯青色让人心旌荡漾。

"啊呜！"大勇一个上跃，一口把那珠子含住。它得意地看了看我，刚要从那石台上跳下来，却听到呜呜的犬吠之声。

只见绒布河谷底下，许多黑影不断飞跃而来。高诺一蹦一跳地出来，江湖也跟在后边，他把探照灯开到最亮，竟然看到了在加乌拉山弯道处袭击过我们的狗头鹰身怪物，它们正如潮水般向我们涌来！

大勇喉咙一动，直接把那琉璃珠子吞了下去，看来小家伙这是势在必得了。

那些狗头鹰身怪转眼已到我们脚边，我们除了靠着石壁，三面已被这些怪物包围了！

"呜嗷！"大勇跺着脚，周身发着金光，直接扑向了为首那只狗头鹰身怪。它身量虽小，可力量极大，一低头竟把为首的怪物撞翻。那怪物惨叫着打了滚，翻到了怪物群中。

"肖儿，这些东西数量太多，河谷中还有多少我们也不知道。店老板，放枪！"江湖手持藏刀护着我们，高诺也强撑着身体把电棍打开。两人想尽量不让包围圈变小，以致这些家伙攻击我们。

"砰！砰！"店老板连放两枪，蹲下又装上铁砂。前面几只怪物被轰得全身是血，可居然不知道痛一般，又向我们逼过来。

"嗷！"大勇一跃，跳到了怪物群中。

"我去帮忙！"江湖搬起一块大石头砸向怪物群，之后亮出一把藏刀，突到了大勇身边。

这种车轮战我们极为吃亏，不到二十分钟就见大勇和江湖满头是血，大口喘着气。而那些怪物还是往前挤着，像要把我们吞了一般。

大勇不停地扑咬，气力消耗极大。我想到了上次遇到折顿的经历，心里打着鼓。

"嗷！"我正发着呆，一只狗头鹰身怪居然从边上偷袭过来。高诺想挡，脚却发不上力，他的旧伤发作了……

"呜！"大勇一个反跃回来，直接挡在了我和高诺身前。咻啦一声，那怪物咬到了大勇的前爪，用力一扯，居然连毛带皮给大勇撕掉了一块肉！

"嗷呜！"大勇眼睛一下红了，一口咬住那家伙的脖子，血瞬间溅到了我和高诺身上。小家伙一瘸一拐地走到我们跟前，脖子一仰，咕噜一声，将那纯青色琉璃珠吐到了我手心上，点了点头，嗷的一声，又冲进了怪物群中。

"大勇！"我手攥着珠子，想起身追过去。

高诺拉住了我："肖儿，我护着你，想办法走！"他用电棍撑起身子，向左侧不断挥舞，想打开个缺口。然而，我们几个人根本没办法抵抗这潮水般的怪物攻击。江湖抱着大勇冲到我跟前，小家伙的身上又挨了几下，正大口喘着气一脸狂躁。

"这样下去不是办法，我们进洞！"江湖吼道。我和林嗒姐搀扶着高诺，店老板和江湖在后边抵挡。

"没……没铁砂了！"店老板要哭了，看来，我们今天要折在这里了。

"大勇，这一路，还没让你见着主人，都是姐姐让你费心了。"我用头抵着大勇的脑袋。小家伙用力抬起流血的前爪，碰了碰我的嘴，好像是不让我这么说一样。

就在这时，我听到一个声音跟我说："收好琉璃珠。"之后，我们身后的山洞一片光亮，耀目近盲。"肖哨，别来无恙。"

是陈辉！大勇挣扎着从我怀里立起，一下跃了过去。

"辉……辉哥……"在这种情景下遇到陈辉，是我想一万遍也不会想到的。

"大勇，辛苦了。"陈辉向我微微点了点头，他身着长及脚面的紫红僧袍，怀里抱着大勇，像凝视自己的孩子一般。这一刻，我似乎觉得自己也放下了对死的恐惧。

陈辉的右袖口闪出一把小刀，他将自己的食指割破，鲜血瞬间滴到了大勇身上。大勇刚才已经很深的伤口，居然在慢慢地愈合！我和高诺同时张大了嘴巴，有点不敢相信。

"去把你的事办了，这些家伙，让人心烦。"陈辉把大勇往上一抛，小家伙抖擞精神，如一道金光般射了出去！

陈辉来到洞前，盘腿坐下，口中念着我听不懂的经文。江湖也一愣，退到他身后。

我看到陈辉周身放着异样光彩，那光越来越亮，将整个山洞也照亮了。洞前本来堵着我们的狗头鹰身怪触到这光如遭电击一般，纷纷退后……

大勇只要咬到一只怪物便甩到陈辉的光芒之下，那怪物全身挣扎，之后突然挺直，倒在地上。我只听见耳边阵阵鬼哭狼嚎，有点想撞墙的冲动。

"肖哨，高诺，心平气和，默念六字箴言！"陈辉应该是在超度，"这些怪物本来就不应该在这世上，好像地下秽物。你们不要失了心志！"江湖带着林嗒和店老板，来到我们身边，他用力拍了拍我的肩膀。

只见那些怪物，为首的数百只已全倒在了地上，剩下的已经惊恐地往山谷中散去。大勇向前追击，不断咆哮。它在弯道边，冲着山下仰头长啸，之后蹦跳着回到了陈辉身边。

"啊……你看……"我指着一个白影儿，拉了江湖一下。

"章路！"江湖并没害怕，站直了看着那个白影儿。

"江湖，你来了。可惜，我走了。"章老师的影子直挺挺地越过了我们，向外走去。

"章路！"江湖伸手一拉，可是手却穿过了他的身子。

"我只是放心不下那些孩子。江湖，谢谢你记得哥们儿。回北京，有空带我看看我爹妈，就说我在这儿，守着孩子们读书，不能尽孝了。"章老师转过头来，笑了笑，他的表情那么安宁。

"我超度了他，不会有痛苦。"陈辉念起了往生咒。江湖双手攥拳，咬着牙，泪如雨下。林嗒姐、店老板和我也抹着眼泪。

大勇蹦跳着回到了陈辉身边，它看了看我，眼珠了转了转，一下跳到了我怀里。

江湖和店老板商量了一下，觉得章老师的遗体如果被孩子们看到会被吓着，这显然不是章老师所愿，便决定在这里挖了个深坑，做个坟包。店老板说天亮就去叫人，给章老师竖碑还要祭拜。江湖把章老师的遗体埋好，对着坟头磕了一个头："兄弟，我老江时不时过来看看你，就和你念叨……"

"他有颗善良的心，他会记得你。"陈辉拉起了江湖，"这一路，辛苦了。你有佛缘，也有担当。章老师会在心里感谢你。"

"唉。"江湖点了根烟，望向远方，"世事无常。特别是到了这边，邪门了。"

"辉哥！"我在后边拉了陈辉的披单，大勇也眨着眼望着他。

"肖哨，你长大了。"陈辉含笑看着我，他伸出双手，"大勇，来。"

大勇回头望了望我，有点扭捏。

"刚蹭完人家的血，你就不认人了。"我捅了一下它的小屁股，小家伙直接拿后腿踹我。

"我说几位呀，别站这儿了，咱们回我店里，吃饭、聊天、休息。"店老板大声说着，"这位上师也去吧。看得出来，您是有修为之人，还请光临小店。"

经老板一说，我才看了眼手机，已经凌晨一点了。我确实有点饿，因为刚才啥也没吃。

店老板走在前边，我和陈辉并排走在后面。大勇在我怀里望着陈辉，却没什么亲昵行为。

我们回到店里，老板喊起老板娘重新做了饭菜，还给烫了酒。江湖先倒了一杯，往地上一洒："章路，二锅头，你最想的。"

我们也学着他的样子，往地上洒了一杯。

"陈辉是吧，我媳妇儿这一路找你，可不容易，总算见着了。"高诺又倒了一杯，想敬陈辉。

"心领了，但是我喝不了酒。"陈辉冲他点头，又转向我，"肖哨，什么时候结的婚？"

"什么呀，别听他瞎说，他这儿不正常。"我指了指脑袋，在桌子下边踢了高诺一脚。

"没结，也快了。"高诺忍着痛，自己还找补了一句。

大勇一下从我怀里跳到了陈辉肩膀上，看来这是认主人了。它的小鼻子闻来闻去，最后在陈辉的脸上蹭着。

"大勇给你平安送回来，我们也安心了。"江湖夹了一筷子菜给林嗒姐，"本来还说要到绒布寺才能见到你，没想到，在这儿就见着了。"

"这一路辛苦了，"陈辉倒了一杯水，"我只能以水代酒敬各位了。路上有什么花销，肖哨，你算一下告诉我，我回了寺里拿给你。"

"不用，有我呢。"高诺和陈辉碰了一下杯子。

"我很想知道，这边怎么如此多的变动。"江湖吃了口菜，把筷子放下，望向陈辉。

"是呀，我也想知道。这碰上的怪物是都冲着大勇来的？"我给大勇拿水涮了一块兔肉，小家伙直接跳到桌子上啃了起来，那颗法螺天珠在头上晃来晃去，我赶紧给它正了正。小家伙伸出小前爪指了指我上衣口袋，我低头一看，小家伙要的正是那颗纯青色的琉璃珠。我把它掏出来还给大勇，小家伙揽在怀里，得意地又吃起来。

"我想起来了，"江湖瞪着大勇头上的法螺天珠，"大勇现在的造型，像我家唐卡上的魔王鲁赞！那画像上正是魔王鲁赞头顶法螺天珠，手持纯青色琉璃珠。"

"江湖兄，果然是见过大风大浪之人。如此，陈某倒可以给诸位说说。"陈辉摸了摸大勇的背，继续说，"肖哨，我们有八年没见面了吧。"

"对呀，很久了。高中联系还好，大学已经没有你的音讯了。我听说大二你休了学，和你爹去爬珠峰了，然后，我们就谁也得不到你的消息了。"我又给大勇夹了一块口水鸡涮了下水，小家伙伸出前爪指了指鸡腿，示意我来那个。

"好，给你来这个。"高诺夹了起来，涮了一下放在了自己盘里推给了大勇，"让你姐好好聊天。咱们吃东西。"他自己也吃了几口菜，盯着大勇。

"我父亲……"陈辉顿了顿，望着一盘夫妻肺片，"他原来很爱吃这个，每次还往家里带，母亲总是说这有什么好吃的，父亲就笑她不懂。"他的嘴角微微上扬，绷出好看的弧度，几乎让人痴迷。我仿佛回到了高中时代，那个满天柳絮的季节，在和煦的春风下，天与地变得温柔异常。陈辉刚从学生会回来，一个篮球抛过来，他反手接了，加速，三步上篮，在女生的尖叫、男生的嫉妒眼光中，命中。那个时候，一去不复返了吧？

"肖哨，可能我要讲的，你会有些不信，其实连我自己都不信。但是很多东西，背在了身上，就逃不开的。"

"能到这儿，我该遇到的和不该遇到的，都发生了。幸好，有朋友陪着。"我望向江湖、林嗒姐和高诺，"而且我这胆儿，你说什么我信什么。你不说出来，我也能琢磨。不过江湖大哥说的魔王鲁赞，我好像听人说起过，是格萨尔王在灭魔行动中，和自己的爱妃一起射杀了这个吃人魔王。可……可这好像是个传说吧？"我有些不相信，可是我身边发生的一些事，又逼着我去相信。

陈辉盘坐在椅子上，双手搭着膝盖："千百年前，在西藏还是蛮夷之地时，莲花生大师用誓言约束当时这里的混乱。可众多的恶魔却伺机而动，其后又发生动乱，这里被吃人的魔鬼、游牧部落所统治，分为许多小国。各国国王都是邪恶和贪婪的。天神们为了让人们获得自由，最终让白梵天最小的儿子闻喜下凡，使他生在西藏的东部，他在凡间的身份是一个龙女的儿子，叫作觉如，成为岭国的王子。觉如经过重重挑战与磨难，不断成长，终于赢得王位，被尊称为世界雄狮大王格萨尔罗布扎堆，并和珠牡结婚。格萨尔称王后，为民除害，首先杀死了北方吃人的黑魔鲁赞。之后他还有四十个功劳，至八十岁时，又亲赴地狱，救出妻子和母亲，最终和妻子一起回到天上。"

"我在很小的时候，父亲就给我反复讲这个故事。我这里还有他从西藏采集回来的《格萨尔王》音频资料。肖哨，你去过我家，也知道我父亲毕生都在研究这些。以前，我觉得这些离我很远，但是父亲却一直给我讲，就好像……好像不讲完，他就会错过，我也会听不到了……我刚刚上大二的时候，父亲匆匆从西藏赶回来。他关上门和我母亲商量了一夜，我听到母亲的哭声和父亲的叹息声。第二天一早，我还去肯德基买了早餐给他俩，刚一回家，就看见母亲正在为我收拾行李。父亲说，陪我去办理休学，我必须和他一起去西藏，他的语气是恳求的。办理完休学后，他拉着我进了一家茶馆。老板跟他很熟，给我们找了包间。父亲拉着我的手，看了又看，他说的第一句话是：'小辉你长大了，有些事，你需要面对了……魔王鲁赞的故事，你记得爸爸给你讲过吧？'我点了点头，已经不知道如何接话。父亲接着说，带着万千仇恨与罪恶怨念的人，不愿去地狱，它就是魔鬼。魔王的恨苦海也无法度，它是魔，它不在三界六道中，它不断地要再降世间，而莲花生大师的弟子们一次次将它封印。可是它的仇恨太深，这次，它从刚仁波齐爬了起来，你和我，是宿命，我们是十三世转世活佛大宝莲花法王钦定之人，我们有这个任务要再次将它封印！"陈辉的眼睛里，是满满的悲伤之情。

我突然想到，马店主说，陈辉父亲先是自己出现在他的店里，后来陈辉又过去的。

"当时父亲带我赶往西藏，在魔王鲁赞爬出刚仁波齐最虚弱之时，便将其封印在这只西藏鹰鹫体内，而父亲也在这场封印之中身受重伤，不治而亡。

父亲告诉我要将这只西藏鹰獒带到绒布寺内听经百场，以消其怨恨，便撒手人世了。我按父亲所说，将封印的西藏鹰獒带到了珠峰下的绒布寺，诵经百场，消其怨恨。在这只西藏鹰獒已与平常鹰獒无异之时，我托人将它带回了北京。我不敢面对母亲，我也答应过父亲，不能把这件事跟母亲讲。只能让它去陪我母亲了，毕竟是父亲用性命换回的。这一切，于我如梦，却又每天在面前重复。我只能长守珠峰，在此诵经，祈祷苍生万安。"陈辉说完，眼中泛着泪光，他把佛珠拿在手中，念起了《六世贡唐大师化身乘愿速来祈祷词》。

"你父亲是条汉子。"高诺拿起酒杯，往地上洒去，"我敬老先生一杯。"

陈辉努力地笑了一下，冲高诺点了点头。

那个温和谦让的陈煜叔叔过世了？我有点不相信他的话，可是，眼前的陈辉是唯一可以告诉我们事实的人。我的心里一酸，落了泪。

"然而，你让我们带大勇来，你母亲不就没人陪了吗？"江湖看了眼大勇，问陈辉。

"我在绒布寺孤守，也实在想念它，所以，在收到肖儿的短信后，便请她将它带来了。"陈辉站起身，抱起了大勇。小家伙的四爪乱踢，"天色不早了，诸位早点休息，如不嫌弃明日可以去寺中一叙。我为诸位诵经祈福。"

"对对，真是太晚了。我这店里有客房，各位凑合一晚。休息好了，明天去绒布寺，是无上的殊荣。"店老板听到我们起了身，推开了店门。

"辉哥，"我跑上前去，"让大勇再陪陪我吧。毕竟到了你手里，它就是它了，不是我的大勇了。"我撒娇说道，没等他反应，已经把大勇给抱了回来。小家伙到了我怀里，赶紧闭眼，一副"我假装睡着了，地震你也别叫我"的死样子。

"这……也好，来日方长。"陈辉笑了笑，推门走了出去。

江湖要开车送他，却被他拒绝了："这路，我闭着眼也能走的。"

高诺帮他打开了强光探照灯，想给他照照路，只开了一下就被陈辉制止住了："我们这里，用心在走路。不用这个。"高诺愣了一下，关了探照灯。

第二十八章　不对劲的陈辉

我带着大勇回了房间，高诺跟了进来："肖儿，早点休息吧。"

"没事，我想给大勇装点吃的。明天，就得送大勇过去了。"我摸了摸大勇的头，小家伙摇着尾巴，从我的大包里正一趟趟叼着各种零食，往我给它拿的一个手提袋里拖。我这个临时主人都很伤心了，你还是一副吃货本相呀！

"看来，它更在乎零食。"高诺笑了一下，"小家伙，是不想让你姐难受是吧。"高诺帮大勇把一袋牛肉棒放了进去。

大勇一屁股坐在床上，眨着眼看着我俩，然后突然就跑到我手边，蹭了起来。

"跟着陈辉乖点。明天我给你看看这村里还有啥，咱们包个小超市，给你定期送零食。我和你姐有空就过来看你。"高诺轻轻地拍了拍大勇的头。

"呜。"小家伙听懂了一般，点了点头。

"大勇。"我一下把它抱到怀里，紧紧地搂着，眼泪又止不住地流了下来。大勇抬起头，用小舌头帮我舔着眼泪，两只小前爪拍着我的脸，就像在哄我一样。

"唉，没事没事，我一定帮你好好照顾你姐。"高诺背过脸去，鼻子也发了酸，"他妈的，咱们是爷们儿！"他回头才发现，大勇眼睛里也默默地流出了眼泪。

它懂，它都懂。

我抱着大勇看向窗外的星空，还有白头的雪山。从北京我第一次抱它，到现在我已经进入抱它的倒计时了？我有点不相信，甚至有点不想见到陈辉……

"肖儿，快睡吧。"高诺伸过手来拍了拍我的背。

"嗯嗯。"大勇钻到了我枕头边上，两只小爪子按上了我的眼睛。

第二天，我十点才起来。睡得太晚，人都有点迷糊，闭着眼吃早点时，把粥都给大勇盛到脑袋上了，还是高诺给我喊住的。吃完早点，出门就看到江湖正在查看车况。

"睡醒啦，肖儿，咱们一会儿出发。"江湖打开后排座，"你看，我和林嗒把零食也整了整，回去咱们再买，挺多北京带来的没吃完，都给大勇留下了。"他指了指一个大帆布包，"小家伙，跟我也是出生入死的朋友呀。"

"嗯嗯。"大勇在我身后用力拖着我昨天给它准备的一包零食，正在下楼梯。好吧，我真给忘屋里了，小家伙真是记性好。

"哎哟，我们大勇呀……"江湖笑了，赶紧过去帮大勇拿起来，小家伙还用牙咬着包带不放，"好好，给你放车上！"

我们把大件行李先寄放到了饭店里，就向绒布寺出发。

绒布寺海拔 5100 米，是世界上海拔最高的寺庙。此时的天气趋于稳定，积雪较多。江湖一路开得很仔细，快到中午的时候，我们到了这座珠峰下唯一的寺庙。在这里可以用长焦拍到珠峰，江湖虽说没带大件，三脚架和相机还是要派上用场的。

一个小僧人已经在寺庙门口候着我们了。我们停好车，跟着他前行。在门口可见佛教信徒们为祈求好运堆的玛尼堆。整个绒布寺依山而建，共五层。想来这寺庙建得这么高，真是清静异常，陈辉在这里也是静心了。我们在正殿看到供着的释迦牟尼、莲花生等佛像。江湖带着我们一一拜过，我看到了一位比丘尼路过。江湖告诉我这里是僧尼同住的，兴盛时曾拥有僧人三百多名和比丘尼三百多名，但是现在看来，也是较为冷清之地。

大勇在我的怀里露出头来，也望着大殿出神。也许，它也在回忆吧。

"来了。"陈辉走了进来，他的身后还跟着刚刚带路的那个小僧人。今天陈辉穿了红黄两色的披单，腰身笔直，甚是让人心生尊敬。

"肖哨，不用太拘谨。"陈辉笑了笑，"随我到客房用茶吧。"他转身先进去了。我们四人一狗跟在了后边。

他的房间很大，里边的东西也很齐全。我舒了一口气，起码大勇不会太受罪。江湖和高诺把给大勇的零食放到了桌子上，陈辉看着笑了笑："你们太惯着它了。你们也饿了吧，我这边有粗茶淡饭，简单用点。"他招呼那个小僧准备去了。

我看到他房间内也供有莲花生大师像，还有格萨尔王灭魔的手拓壁画。

"是我父亲拓下来的。"他的声音有点低沉。

"叔叔也是舍己度人，他有他的选择。"我拍了拍他的肩膀。

午餐还算可口，陈辉说他平时食素，今天特地为我们准备了几道肉菜。大勇自己吃了一碗饭，还有一个鸡腿。小家伙一边打着饱嗝，一边跑了出去。

"让它去玩吧，它熟悉这里。"

午饭后，江湖想出去转转，主要还是想拍落日，林嗒姐陪着他出门。高诺坐在那里，看着我，我看着陈辉。

"高诺，走，好不容易来了，溜达溜达去。"江湖不由分说就把高诺架了出去。

我和陈辉来到后院中，他找了一块地方盘坐下来。大勇在他的四周活蹦乱跳。可是，我总觉得，陈辉离我很远。这种感觉，从见到他的第一面起便很强烈，或许在我认识他的时候，他的命运和现在完全不同吧。眼前的陈辉，已经不是我先前认识的他了。

陈辉盘腿坐在那里，问我："肖哨，一切还好？"

"嗯，还成吧，瞎混。"我走过去，坐在了他旁边的垫子上。大勇凑过来，闻了闻陈辉伸过来的手，把大毛头很是谄媚地在他手上蹭了蹭，嘴里发出呼呼的声音。这是有多高兴呀，可见着你主人了。

"随便看看，这儿是你的家。"陈辉一挥手，大勇又跑到了转经筒那里，一蹦一蹦地够着一排转经筒，就跟超级玛丽一般。别看它个子小，可是力气贼大，这我是领教过的。那一排转经筒在它的碰撞下，全部旋转了起来。

"以前，它经常这么玩。"陈辉淡淡地说，眼里有些许的暖意。

我俩就这么坐着，时光就在这静坐中，缓缓流逝。许久，陈辉指了指南方："你从这儿眺望，举世之美。"

我顺着他手指的方向向南眺望，珠峰山体像一座巨大的金字塔，巍然屹立在群峰之间，令人望而生畏。此时天气晴朗，能够见到山顶有一团乳白色的烟云，像一面白色的旗帜在珠峰上空飘扬。

"那被称为'世界上最高的旗云'，是世界一大奇观，唯有这里有。每当我想家的时候，我就在这里看看。我六根不净，我也想家，我希望旗云可以帮我跟妈妈说，祝她一切安好。"陈辉闭上了眼睛。

我还是侧着头看着他。大勇玩累了，似乎觉得热，走到了陈辉的影子下。我突然觉得，这个画面，这么眼熟……

"你在想什么？"陈辉见我发着呆，问我。

"没……没什么。你妈妈，挺好。阿姨特别好，身体倍儿棒，吃嘛嘛香！"我摆了摆手。

"你呀，就说好听的。"陈辉摇了摇头，"一切好，就最好。"他叹了口气。

我拍了他胳膊一下："你可以回去看看呀，你这身份机票给报销吧。还有，把你爸的一些东西带回来。我还记得叔叔的书房有好多老书，有一套宣纸本《红楼梦》，你这么不恋俗世的，要不回去收拾出来送我？"我配了一个灿烂的笑脸。

"好，你可以回去和我妈妈说。"陈辉尴尬地笑了笑。

"肖儿，冷不冷？"高诺打远处跑着回来了，"外边可美了，江湖大哥架上架子在取景了，你也去看看呀。"他冲我挤了下眼睛。

我看了看手机，已经下午五点了。可刚一站起身，大勇一跃，咬住了我的衣服。

"大勇，姐姐就出去看看，一会儿就回来。"我知道，这是江湖叫我走的借口。他怕我不想和大勇道别，怕我会哭得不成。

"呜呜。"小家伙居然抱上了我的大腿。

"大勇……"我一下又忍不住了，蹲下去抱着大勇，眼泪像断了线的珠子一样往下掉。

"要不然，我收拾间客房，你和大勇再住一晚？"陈辉看着我。

"不用了，我们回去了。"高诺拉着我要往外走，"你越这样，越舍不得。肖儿，听话。"他示意陈辉帮着拉开大勇。

"没事，可以住一晚，我这儿还是有房间的。"陈辉看我的样子，也极为难。大勇死抱着我的腿，根本拽不下来。就这么磨了十五分钟，最后还是找了小僧人给我找了一间房。

一进房里，大勇就一下跳到了床上，高诺也跟着进来了。

"你和江湖他们回去吧，我陪陪大勇。"

"得了吧，这地方这么偏，我陪着你。"高诺搬了椅子坐下来。

"真的没事。再说，我想和大勇单独待会儿。"我摸着大勇的背，小家伙嘴里发出呼噜呼噜的声音。

"单独待会儿？你是真的为大勇，还是为你这个一路奔来的男神？"高诺左眉一挑，看着我。

"你又胡说八道，我就是陪陪大勇。"我别过身子不看他。

"肖儿，你看他的眼神都不一样。"高诺一把抓起我的手腕。大勇一个不留神，自己骨碌到了床边上。

"怎么不一样了？你别无理取闹。"我想挣开，可是高诺的力气太大。

"你那种眼神，是对……对他妈你喜欢的人的。"高诺把我扳正，盯着我。

"你想多了！你放开，你弄痛我了！"我看着他，他没有丝毫松劲儿的意思。

"我靠！"高诺叫了一声，我直接上嘴咬了他的胳膊，"咬吧，你真下得去嘴。"高诺还是没有松开，"我就问一句，肖哨，你跟我那晚说的，是不是当真，还是涮我玩呢！"

"高诺，咱们都是成年人，我希望你能用用脑子。"我撇了嘴，喘了口气。

"行，好，肖儿，你行！"高诺声音颤着看着我，慢慢松开了手，"我他妈眼瞎！"他转身推门冲了出去。

我坐在床上，怅然若失。我的话，说重了……

在这个空房里，我抱着大勇，脑子是停滞状态。小家伙在我身边，均匀地打着呼噜，小肚子一起一伏。明天，就要分离了？

突然，我听到院子里有声音，有什么东西过来了？大勇身子绷直，它的毛居然全部竖了起来。这么半天，它没有睡？可是，它并没有起身，而是在我身边戒备着。

"咯吱。"我的房门响了一声，一个影子推门走了进来。我只觉得一道阴风冲着我床的位置扑面而来。

我一下打开了自己带的强光手电，这手电是江湖早上给我的，说是能短时间使人致盲，防身用。小电棍也是他塞给我的，我直接打开电棍，对着这个方向一通乱挥。

电棍响起来，好像打中了什么。借着这个机会，我把房间的灯打开了。

是陈辉！

"还没睡？"陈辉微微一笑，看了一眼立在我身边的大勇，"我来，想看看大勇。"他有些慌张，但马上调整回了他一向的语气。

"你到底是什么人！"我拿电棍指着他。

"肖哨，我是陈辉呀。"他双手摊开，表示自己就是这个样子。

"别他妈装了！我今天给过你很多次机会，可是你都说不上来。"我瞪着他。

"是吗？我是……是哪出错了？"他居然拉了一把椅子坐了下来，"我很想听听。"

"哼！陈辉从来不叫我肖哨，只叫我小喷子，哪怕是在他家。而你呢，一直叫我肖哨。就算陈辉身份变了，但是他记忆总没坏吧！我当时在你家第一次看到《红楼梦》，误以为是《金瓶梅》，吵着要看，结果被北冰洋汽水浸了。陈辉和陈煜叔叔见我特别喜欢，就直接送给了我。那套书现在还在我们家书架上，请问，你怎么能再送给我一次？"我站在那里，大勇一下跳到了我的肩膀上。

"你们人类，还真是不好骗呀！特别是来自皇城之地的人，很是聪明……"他说完就冲到我的面前。大勇低吠着盯着他。

"但是，来了也是送死！"他突然看向了大勇，"你是不是有病啊，死里逃生，又送上门。呵呵，非跟你老子一样吗？"他突然往后一跳，那幅度绝非人类可以达到。而地上，它的影子居然立了起来，把"陈辉"的人身整个包住。接着，那影子站了起来，四周冒着火，一个头上长着长角，青面獠牙，指甲尖利的半人半妖直接出现在我面前……那是我在羊湖时，大勇让我们看到的画面！

"其实你走了，我对付这个小东西就好，你留下，我只是多吃一次人肉。"那怪物伸出奇长的舌头，又看向我，"你以为它护得了你？它自己保命还差不多。"这个半人半妖的怪物，一步步向我逼近。

"啊呜！"大勇全身的毛都立了起来，跳到我的前边，嗖的一下冲了过去。那怪物像算准了一样，侧身躲开，一抬手，居然把飞出去的大勇狠狠抓在了手里。小家伙的喉咙被它掐住，不断地挣扎。

"你他妈给我放开！"我把枕头扔了过去，拿起电棍又杵了过去。

那怪物的指甲扎进枕头，枕头瞬间爆开。我的电棍按到了它的肩上，它全身一抖，放下了大勇。可我还没反应过来，它又冲到我的眼前，一把掐住了我的脖子："你们，太讨厌了！我吃了你！"我只觉得那手上力度极大，长长的指甲要扎破我的肉。

"要吃也轮不到你！"一个人影从门外闪了进来，我面前这个妖怪全身抖了一下。大勇一跃跳了起来，一口咬住了它掐我的手腕。这怪物吃痛，松开了手，我一下倒在床上，大口喘着粗气。

"滚开！"那怪物一用力，大勇被狠狠地甩到了墙上，一口鲜血从它口中涌出。

"肖儿。"是高诺！他一个健步来到我身边。

"你怎么过来了？"我撑着身子抱着大勇看着他。

"妈的我再不过来，你就挂了，我自己的女人，再打架我也得让着呀！"高诺一把将我搂住。

"我……我是觉得哪里不对劲，怕你也有事，才轰你走的。"我小声说着，脖子在隐隐作痛。

"还是我媳妇疼我呀！能走吗？我带你出去。"高诺架起了我。

"走？就凭你？"那怪物打量着高诺。我这才看清高诺手里拿的居然是一把铁剑，他直接劈向了那怪物。

"一把灭魔剑能奈我何？你们和陈煜那老家伙一样，太天真了！"那怪物这次没有躲闪，而是直接用手接住了高诺劈来的剑，它往上一扬，高诺被掀飞了出去。

"高诺！"我撑着身子过去扶起高诺。

"肖儿，想办法走，我拖住他。"高诺在我耳边小声说，用剑撑着地，起身再度劈去。

"送死，我成全！"那怪物身形一晃，抓到了高诺的背，哧啦一声，高诺身上连衣服带皮的一块被撕了下来。高诺后背的斑斑血点溅到了那怪物身上，它居然一阵抽搐。它盯着高诺，眼珠转了转，似乎在想什么。

瞬间，那怪物冲我扑了过来，高诺强撑着身子又挡在我跟前，那怪物又一次抓到了高诺，从腰举起，一下扔到了房间柜子上。砰的一声，高诺的头撞到了佛龛上，血很快又从头上流了下来……高诺一下子失去了知觉。

我还没起身，那怪物居然比我先到，扛起高诺，向外跑去……

"高诺！"我根本站不起身，爬到了门外，却连那怪物的影子也看不见了！

第二十九章　大勇的三重人格

"肖儿,肖儿!"江湖和林嗒姐跑了进来,把我扶起。林嗒姐给我看了看伤,大腿已经青紫了一大片,八成会有点内伤,但是我更想知道高诺被带到了哪里,那怪物会不会直接吃了他?这个王八蛋,跑回来干什么!一想到这儿,我的眼泪又不争气地掉了下来。

我把刚才的经过跟江湖和林嗒姐说了,江湖拿了点应急药让我吃了,又捡起了地上的铁剑,皱着眉说:"从见到陈辉我就觉得哪里不对劲。昨天高诺要送他时,开了探照灯又关上,这小子下午被你轰出去以后才告诉我,那一下他觉得陈辉的影子和我们在羊湖看见的影像一样。我们赶紧开车过来看你,车还没停好,这小子拿着我师父留给我的灭魔剑就冲下车了……那是什么怪物?我师父他老人家留下的东西,不会没有一点效果呀!"

大勇晃晃悠悠在地上走着,我想过去抱它,小家伙却舔起了高诺溅在地上的血迹。

"大勇,别瞎吃了!"看到那血,我心里揪得疼。

可大勇越舔越欢,居然把地上的血全都舔了个干净!之后,它跳到了桌上的佛龛边,从嘴里吐出了那颗琉璃珠,把它和头上的法螺天珠一起去蹭佛龛上边溅的血。那两颗珠子,发出了一青一金两种光。

转瞬间,那两颗珠子竟浮了起来,它们散发的光芒越来越大,让人无法直视。大勇眯眼看着,突然张开大嘴,一下把琉璃珠和天珠吞到了肚子里。

"别瞎吃了……"我摇了摇大勇。

"小喷子,委屈你了。"这……这是陈辉的声音!居然从大勇的身上发出来。我把大勇举到跟前,小家伙的嘴一张一合,它确实……确实在说话!

"委屈什么?她就是笨,要不是看她一路给我那么多牛肉干,我早咬死她了!"另外一个低沉而挑衅的声音,也是从大勇嘴里发出来的。

江湖让我把大勇放下，他把我和林嗒姐护在身后。

"这些胆小的人类，真是让人看不上。"那个低沉的声音又出现了。

"再胆小再懦弱，也是生命，也有光芒四射之时。小喷子，别害怕，我是陈辉。"大勇的嘴里，又出现了陈辉的声音。

我的脑子要炸了！虽然大勇一直很懂事，但是它张嘴说话，我……我无法接受。而且，刚刚高诺真的被那怪物逮走了吗？我掐了自己的脸一下。

"哈哈……我说这女人傻吧，还给我起了个这么难听的名字。"大勇一下跳到了我跟前，嗅着我，又是那个低沉的声音。

"你想出来吗？现在只有这个女人有可能帮你。让我来说吧。"这是陈辉的声音。那个低沉的声音似乎妥协了。

"小喷子，谢谢你，一路这么多艰难，把我带到这回忆之地。我是陈辉，你的辉哥。"大勇用小爪子抚了抚我的眉心，瞬间，我感觉身上的伤似乎减轻了一些，"那东西，是地行夜叉——醯摩嚩多。它之前说的确实如此，我们父子确为十三世转世活佛大宝莲花法王钦定之人，我们就是为了封印魔王鲁赞而前往西藏。可是在封印魔王时我和父亲均受了重伤，潜伏在四周的地行夜叉醯摩嚩多想趁此机会将魔王之魂吞噬，以增自身魔力。我父亲为保护我，将魔王鲁赞和我一同封印在了当时绒布寺住持送给我们的西藏鹰獒身上——就是大勇。我父亲牺牲自己被地行夜叉吞噬，而它也同时占有了我的血肉之身。我仅靠唯一的念力托梦给欧阳大师，将这只西藏鹰獒带回北京，与我母亲生活。同时，我也随魔王鲁赞一同沉睡。如果没有地行夜叉想打开珠峰秘咒天文，想来我也不会醒。八年了，它试了很多方法，可能终于找到些什么线索。而我和魔王鲁赞，也是因为这线索的显世而觉醒了。只要地行夜叉得到这一秘咒，便会将传说中的魔族全部放出，那时将天下大乱！所以我又再次托梦，让母亲把西藏鹰獒送到你身边，带到西藏。因为那地行夜叉用的是我的肉身，我的思维和意向它是知道的。所以，你们来此的动机，它早已经窥探。"

"那你刚才吞的珠子……还有高诺，快，他很危险！"我想去摇大勇，可是又不敢。

"我说你真是胆小，这一路摸我的时候，你可不这样。"那个低沉的声音再次出现了，"那琉璃珠和法螺天珠本身就是我的，我只是召唤来这些奇兽再次献给我！那地行夜叉真该死，明明要我召唤魔族大开杀戒，居然让它来这一道！你那个高诺，现在没大事，那家伙虽然吃人，但是此刻不会吃他的，也吃不了他。"那声音一副傲慢的语气，我真想大嘴巴抽它。

"你还想打我？此刻我的本事，不是你能动的，你来看。"那声音说完，只感觉大勇眼露凶光，江湖那把铁剑，居然自己升起，对着我就飞了过来。咣的一声，那剑又掉到了地上。

"我敬你是魔王鲁赞，你怎么会对一个一路守护你的人下手！她怎么对的你，你心里有数。你就是魔，你也有心吧。"陈辉阻止了它伤害我。

"哼！"那声音极为不屑。

"我……我求求你，陈辉，或者鲁赞，或者大勇，帮我找回高诺呀！"我还是走了过去，抓住了大勇两只前爪，眼泪不争气地往下掉。大勇有些厌恶地往后躲。

"我就看不上女的哭。"魔王鲁赞说道。

"我们一定得找地行夜叉出来。"陈辉说道。

"为什么，我魔族出来不是很好？哈哈……"魔王鲁赞狂笑。

"你为王，也是被封的王。如果放出的魔族不是你所为，而是地行夜叉醯摩嘧多，它就可以此为筹码，变成魔王。那要你还有何用？你的威力再大，你会对抗你自己的魔族吗？"陈辉说道。

"我……我为什么不敢！"魔王鲁赞有些激动。

大勇有些狂躁地转着圈。

"你忘了，我们并肩攻击折顿时的车轮战吗？如果传说中的魔界大开，会比那个还多上几倍吧！"江湖一拱手，插了句嘴。

大勇安静了下来，转着眼珠。

"好，我答应一起出手来灭了地行夜叉，同时救出那个敢和我称兄道弟的二小子！不过，我有个条件。"魔王鲁赞缓缓说道。

"如果你可以出手，此事完后，你可吞我之魂，独占这西藏鹰獒之身，更可以大涨修行，再次轮回人世。"陈辉的声音。

"你确认？八年了，你一直在努力觉醒，你父亲生前可是牺牲了自己才把你保住。陈辉，我吞你不会有丝毫留情。"魔王鲁赞有些惊讶于陈辉的提议。

"我父亲的牺牲不是为了保我，而是为天下苍生安宁。鲁赞，我们在一起这么久了，你就没有一丝觉察吗？"陈辉在大勇的身体里，我看到这只西藏鹰獒眼中闪着真挚，"我想，也只有你会知道，珠峰之中有什么。因为这本来是你要完成的事——打开魔界！"

"好。我不管你什么苍生不苍生，你只要履行你说过的话。"此时的大勇摇晃着脑袋，是魔王鲁赞的声音，它看着我，"我可以告诉你，那个可恶的跟我作对的白狼王的传世。毕竟，他对我还算不错。"

"你说的是高诺？他在哪？"我摇着大勇，它往后躲了一下。

"他倒是不会死。那地行夜叉碰了他的血，多少会觉察出什么，也怕被他吃了。唉，真是，我都不舍得下嘴……"魔王鲁赞笑了笑，大勇的嘴角也上扬着，让人极不舒服。

"其实也是一场无妄之战。醯摩嚩多为了在这里找出珠峰秘咒天文，在此地潜伏，多少消耗了自身的魔力。就算他吞了你父亲，其实对于他来讲，并没有什么帮助。陈煜那老东西一心为天下人，那颗心和地行夜叉的私己狂欲相悖，一正一负，抵消了。现在，他所有的愿望可能就是开启天文，成为魔界的王吧。"魔王鲁赞眼珠一转，看着我们，"不过我现在特别累，到睡觉的时间了，要不睡觉吧？"

"你……"我直接给大勇腾空抱了起来，"高诺现在很危险，你有点良心好不好！"

"肖哨，我没有那东西。"魔王鲁赞盯着我，又笑了。

"你他妈之前到底是个什么东西！"我把它放回了桌上，气得全身发抖。

"啊！"突然我的整个身体被整体提了起来，"你，你……"我只觉得气都喘不过来了。

"放手！她对你怎么样，你心里清楚！良心没有，记忆没有吗？"陈辉的声音响了起来。

咣的一声，我全身失重被摔到了床上。

"要不是看在她这一路对我好，她早死了十次八次了！"魔王鲁赞气呼呼地说，"我要休息了，明天势必是一场大战。"它慢慢趴在了桌子上，闭上了眼睛。

"肖儿，也对。休息一下，明天如果要上山，体力一定要足。这可是生死线，不是闹着玩的。哥知道你担心高诺，我和林嗒一样担心。我们不是路人，我们是朋友，你听我的话，赶紧睡觉。"江湖蹲下来，拍着我的肩膀。

林嗒姐也走了过来，搂着我："肖儿，一定没事的，我陪着你。让江湖回去弄点装备，咱们没有上雪山的家伙什。"林嗒姐拍着我，像妈妈的那种安慰。

"放心，那村是必经之路，应该会有相应的装备。我去找店老板帮帮忙，没有大问题。肖儿，听你姐话，睡觉。"江湖把椅子搬正，看了眼在桌子上眯着的大勇，"陈辉或者鲁赞，一路相随，生死前行，是个退出江湖时的挂念。江湖能见着此景，天赐的机遇啊。"说罢，他带上门走了。

四周静静的，我听到了江湖发动车的声音。林嗒姐给我做了热水，她这一天也极累，我让她先睡。我自己从包里拿出一块小毛巾，那是我给大勇带的，找了一个小盆用热水弄湿，坐到椅子前，抓起了大勇的小爪子。

"干什么！"是魔王鲁赞的声音。大勇龇着牙，拱着身，看着我。

"擦爪子！我现在是给我的大勇擦爪子。"我瞥了眼它。

它抬了另一只爪子，递给我。

"这身体里，还确实有这西藏鹰獒的灵在。"陈辉的声音响了起来，"小喷子，快休息吧。"

"嗯。大勇晚上还没有吃饭。"我从包里拿出罐头打开，放到了大勇的面前，拿手摸摸它的头，"不管是我的大勇，辉哥，还是魔王鲁赞，我在乎的是现在你别饿着。就像我在想高诺的伤，还有他的衣服破了，在珠峰上会不会受罪。"

"我说了，他死不了。骨头那么硬，你以为那么容易被吃。"魔王鲁赞的声音又响了起来，它张嘴吃了一口罐头，眼珠子一转，又跑去拱我的小包，里边有牛肉干和鲜橙多……

"你原来在自己的王国，也这么馋呀？"我把牛肉干撕开。它盯着，那肉干居然自己浮了起来，直接飘到了它的面前。

"我是想吃什么吃什么，不过，我最爱吃人。哈……"它本想狂笑，可看了眼床上休息的林嗒姐，居然把声音压小了。

"你都有跟魔法一样的能力了，还打不过那个地行夜叉？"我托着腮，看它在那吃得正香。

"你是不是傻啊！"魔王鲁赞瞪了我一眼，又低头吃着，"陈煜那老东西，还在地行地叉肚子里，要不然我有一百种方法秒了那傻缺！我靠，跟你时间长了，我都说脏字了。"它特别不屑地摇了摇头，盯着我，"我在陈辉妈妈那里，都很规矩。"

"他妈妈对你很好吧？"我拿了湿巾，搂着它的腿给它擦着脸。

"嗯。老女人，你懂的。"它闭着眼睛很舒服，"肖哨，你想不想看看我的样子？"它把肚皮一翻，一脸的死赖样。

"没兴趣。"我打了哈欠，准备上床睡下。

"我不比陈辉差。"魔王鲁赞在我身后小声叫着。

"没兴趣。"我趴到床上，闭上了眼睛。

我睡得不踏实，我好像听到了高诺在轻轻地唤我，但面前是模糊的，是下雪了吗？"肖儿，回家，回北京，再也不要来。"这个声音反复响着。

"高诺……"我没有任何办法碰触到他，他以往的霸道，以往的色眯眯，以往的不屑……我都要憋死了，睁开眼才发现自己哭了。

大勇站在我脖子上，用小舌头给我舔着眼泪。

"这笨狗，踩着你喉咙，能不憋。"又是魔王鲁赞的声音，"天亮啦，快给我弄点吃的。"

"小喷子，放心，高诺没事。"陈辉的声音暖暖的。我点了点头，起来简单洗漱。林嗒姐推门进来，原来江湖已经到了，还给我们带了热乎乎的早点。

"多吃点，上边冷。"林嗒姐把我的冲锋衣和羽绒大衣递了过来，"江湖这一翻后备厢不要紧，你这史祖鸟的900蓬都带着，还有加厚防滑的雪地靴。我说这后备厢被你占了一大半，感情你是搬家呢。"林嗒姐刮了我的鼻子一下。

"嘿。"我努力想笑，却发现，没有了他，笑起来竟这么难。

"我也要吃那个油条。"大勇的小鼻子闻来闻去，开口的却是魔王鲁赞。

"你吃人吧，别吃油条。"我拿了一根，就着豆腐脑喝了一口。

"啊呜。"它居然跑过来，一口咬到我手里油条的另一头，"你给我吃一根吧。"它眼巴巴地看着我。我真想掐自己一下，这是《格萨尔王传》中描写的吃人魔鬼？现在还跟我卖萌？

"他只是不想让你太想高诺的事，他的心不是那么狠。"陈辉的声音。

"你不说话不会死！"魔王鲁赞吼了一句。

"啊！这西藏鹰獒，会说话？真的会说话！"是迎我们进寺的那个小僧人送了白粥和馒头过来。看到西藏鹰獒说话，惊得差点打翻了粥。还好林嗒姐眼疾手快，一抄盆底接住了。

"没有，你是幻觉。"魔王鲁赞补了一句。

"不是，不是。我是被人送到寺门口的，是欧阳上师收留了我，刚好二十年了。我听说过，住持有一只绝世西藏鹰獒，是鹰獒中的拔萃之犬，通人性，懂人语，无人时会与住持对话。不过，除了住持，谁也没有见过这只犬。听说，是欧阳上师带去了北京。"小僧人歪头看着大勇，掏出手机想拍照。

"你敢照我就吃了你！"魔王鲁赞声音低沉，一种穿透力直扑我的脸，我差点没站稳。

"不……不……不照了。"小僧人闪身躲到了门后欲走，又回头想了想，"两位，这种声音在晚上我听到过。这几年，我们寺里越来越不太平，两位晚上如果还要留宿，一定小心。"他行了一礼，出去了。

"他妈的那个地行夜叉醯摩嚩多八成没少祸害这里，呸！"大勇一脸霸道的表情，还颠着后腿。我觉得后来它老踹我，八成是魔王的本性要暴露了。

"你祸害我还少吗？装了一路。"虽然说它，可我还是给它又拿了一根油条，它把头扎到豆腐脑碗里。我是别想吃豆腐脑了，只好喝白粥。

"以后我把我们国的宝贝给你。"它把头一抬,一脸的豆腐脑。

"你们国是不是叫邋遢国?"我喝了口粥,给它翻了一个白眼。

"大胆!就高诺那缺心眼儿的惯的你,就你这样,在我们国你连个妃子都当不上!他妈的,气死我了!"它又把脸扎到豆腐脑里一通猛喝,然后抬起头就冲着我的包过去了。

"你干吗?"我赶紧把包拿起来,别再给我弄脏了。这家伙跟我待了不到一个月,怎么一口京片子,"你缺心眼儿,你全家缺心眼!"

"给本王拿湿纸巾擦脸!"大勇的表情气呼呼的。我往后退了退,怕它突然抖毛,再甩我一身。林嗒姐摇了摇头,帮我拿出温纸巾,我拿在手里,给它胡噜了一下脸。

"肖儿,收拾好了吗?你把昨天要给大勇带的零食找找,看有没有方便食用的,上山体力消耗大。"江湖推门进来了。

"啊?"大勇,啊不,是魔王鲁赞突然意识到什么,撒腿就往院里跑。我们赶紧跟上它。

咣的一声,它自己绊了一跤,摔在院子里。

"你他妈的跟我过不去干什么。"魔王鲁赞的声音。

"你别跑,他们需要你。"陈辉的声音。

这两个人在大勇体内较着劲,大勇四只脚抽搐、翻腾。

"我他妈就是想去你那肉身屋子里看看!"魔王鲁赞此话一出,江湖脸抽了一下,它是怕我们把陈辉屋里那一大包零食给它拿了吧。

江湖摇了摇头,看着大勇立起来,跑进陈辉的屋里。我们跟在后边,那房间我昨天去过,没什么异样。大勇一下跳到了床上,扯过来大包,用前爪指着,示意我帮它把扣给解开。

"我看出来了,你当魔王的时候,真心没吃什么好吃的。不过狗不能吃巧克力,血液凝固会死的。"我翻出几个能量棒,要往外拿。

"那是牛奶的能量棒,不是巧克力。"大勇一下拉住就往后拽。

我也使劲往自己这边拽。我从来没跟大勇这么较过劲,但它的力气大到我咬了牙都不能赢一分!我干脆一松手,大勇居然也同时松了嘴。这狗真不傻!

"嗖!"一根能量棒朝着床后边的墙甩了过去,只听墙身轰隆一声,吓得我蹲了下去。那面墙塌了。大勇站在床上,轻蔑地笑了笑。

"化石!"江湖赶了赶尘土,跳上了床,又跳到了墙的另一边。

"你是故意的。"陈辉的声音从大勇嘴里冒了出来。

第三十章　珠峰秘洞寻夜叉

"我是王，能在乎这些吃的？我一进这屋，就觉得不对劲。"魔王鲁赞一边瞪着眼，一边用屁股把那大包往身后拱了下，一下也跳进了墙里，"这些全是珠峰上的久远化石，想必这地行夜叉也想从这些化石上找出些什么。可惜，这颗法螺天珠是你父亲给我留下来的，比这些东西有用多了。但是，这些化石多少会有些帮助。"

"你……你们……"那个小僧人进屋来，看到屋里一片狼藉，有点想哭。

"没事，我们赔。"我冲他点了点头，"是它指引的。"我指了指大勇。

"陈辉师父说，珠峰中有莲花生大师留下的预言，所以带着我们一些年轻的僧人，寻遍了所有能找到的山洞。这些都是从那些洞里搬出来的，他极为珍视。"小僧人说道。

"洞？在珠峰上？"江湖站起身，从兜里拿出手套戴上，拿起一块化石，"像是贝类，这得有几千年了，确实珍贵万分。"

"这个没啥，你们看这个。"小僧人也踩着床进去，弯腰把一个石堆慢慢搬开，江湖也过去帮手。最后，一个石盒子露了出来。

"空了？"小僧人小心地把石盒子打开，却一脸的失落，"那是我们上到最高处的一个洞，还被冰雪封上了，我们费了老大劲才打开。那洞很深，我们走了很久，冻得不行，可突然又热了，这个石盒子就在里边。陈辉师父把它打开过，我记得里边有个镇杵。"

"上边写了什么？"江湖追问道。

"不认识，不过陈辉师父说是经文。噢对了，那洞里有壁画，壁画中有一只怪物；还有，好像……好像山裂开了。陈辉师父让我们赶紧走，我也就记得这些。"小僧人嘟着嘴。

"你还记得在什么地方吗，能不能带我们过去？"江湖拉住他的手。

"记得。不过今天天气一般，不适合上山的。"小僧人望着他。

"你画个地图吧，精准点。"江湖跑出去拿纸和笔。

我们拿着小僧人给的地图，把装备和补给收拾好。店老板已经帮我们联系了背夫，就在大本营等着我们。

大勇在后座上立着，我从包里拿出 UGG 的懒人围脖给它套在肚子上："谢了。冷，别冻着。"

"哼。"它白了我一眼，看着江湖发动了车，突然蹿到了方向盘上："先往南开三公里，也靠近珠穆朗玛峰，不绕道。"那声音不容江湖有半分拒绝。

"行。我不管你体内是谁，我就认跟我一起拼死赶路的大勇！"江湖示意大勇把爪子移开，会按着它的命令开。

没一会儿就到了，大勇先跳下来。它在前边领路，速度飞快，我们跟在它后边。

"是个山洞！"江湖给我们指着上方，三人赶紧往上爬。大勇跑到里边，环顾四周，突然眼眶湿了。在一处类似手足印的地方，小家伙慢慢趴下，用鼻子和脸反复摩擦。

"这是莲花生大师的修行洞。"江湖拍了下脑袋。

"确实是。要不是魔王鲁赞，我真的忘了这里。我父亲曾经带我来过这里，"陈辉的声音响了起来，带着悲痛之感，"父亲说过，若是有翻天覆地的大事解决不了，就来这里，一定会有我要找的东西。"

大勇立了起来，往前走了走，立在一座石塔前："你们人类，就是喜欢把很有用的东西浪费了。"鲁赞的声音响起。我们还没有反应过来，它就往前用力一冲。

"不要……不行！"陈辉在阻止鲁赞。

砰的一声，我本以为以大勇的力度，那石塔会粉碎。可没想到，大勇竟生生地被弹到了我的脚边上。

"我擦！"大勇左右摇着头，被撞晕了。

"什么东西？"我定睛去看，只觉得那石塔和刚才大勇碰过的手足印，正发着一种令人敬畏而又舒畅的光。

"以为能难住我！"魔王鲁赞站稳，又要往前冲。

"就算你撞死，这塔也会不动丝毫的，地行夜叉来过这里。"江湖指着洞内的墙，觉得上面痕迹斑斑，像是有人在这里被摔打而撞出来的。

"莲花生大师早就看到了这次的事情，他留下的东西。唯有至纯之人可取。"陈辉的声音响起来。

"这塔里有上古宝物，"魔王鲁赞跳了起来，"只要有了这个，那地行夜叉绝对被灭！你……你想不想救你的高诺了？"它看着我。

"撞破石塔，极为不敬，"江湖挡住了我，"而且我说了，地行夜叉应该想过无数办法，但它都没有伤到这石塔毫厘。"

"我有办法。"陈辉的声音响起，"鲁赞，我现在会离身显影，跪拜请圣物。但是我只是个影子，如果宝物出世，你起誓，用它去做该做之事。"

"你疯了！离身显影，极消耗你的真神，你就不怕我在这犬儿体内就把你吞了？"魔王鲁赞极为吃惊。

"我陈家父子，只为天下苍生而生。"这个声音响起，一道白光射在了那石塔面前。

"辉哥！"我的声音一刹那颤抖了。

"别打扰他，他消耗极大。"在大勇体内的鲁赞拉住了我的衣角。

陈辉在石塔前，缓缓跪下："弟子陈辉，顽固朽木，随父陈煜来藏地，普度众生，为灭魔而来，却遇此惨状。弟子愚笨，愿以此生之德请出上师至宝，助我伏魔，以求苍生平安，天下安宁！"陈辉说罢，在石塔前不停地跪拜。

一下，两下，三下……我看着，他的额头青了、破了，血慢慢地流了下来，却没有落在地上。

"肖哨，北京姑娘。我是来救我爷们儿的，我也是来找我学长陈辉的。我不懂什么天下苍生，我只是想让一切如常。"我走过去，一下跪在石塔前，"砰砰砰"陪着陈辉一起拜着。

江湖拉着林嗒姐也跪了下去。

"你……"魔王鲁赞看着我，张着嘴。

"罢罢罢！"大勇的身子走到那石塔最前方，后腿弯曲跪下，前爪合十，头朝下拜了下去："莲花生大师，我是魔王鲁赞，你们上天的格萨尔王派来的那个西北魔王。我前世从来不听你的教诲约束，横行天下。现在，我跟着这些我曾经吃的人类，一起拜你！有什么至宝，望您给出示意，我鲁赞以魔族之无上荣耀发誓，保天下苍生安定！"

我有些不相信自己的耳朵。陈辉也停了下来，看着大勇。

"啪嗒。"我们面前的石塔顶端突然自己升了起来，白色的光芒四射，我几乎睁不开眼，一道金光从石塔中射出。

"舍利子！"江湖的嘴大到能吃下自己的拳头。

"啊呜。"大勇一跃而起，把那舍利子给吞了！紧接着，辉哥的影像消失了。

"我……我觉得我在烧！"魔王鲁赞的声音突然大了起来，整个山洞都是回音，它看了我一眼，"走，去珠峰，我要把地行夜叉醯摩嗹多捏碎！"它率先跑了出去。

江湖架起我跟在后边，林嗒姐拿着包断后。

江湖的车开得极快，也顺手。到了大本营，我们把地图拿给背夫，他看了，有些惊恐地摆着手。

"我加钱，加一倍！"江湖看着他。

"不……不行呀！这……这是魔鬼去的地方，你们不是去顶峰吗？"那背夫还是疯狂地摆着手。

"我出三倍的钱，我们不登顶，就我们身上的装备，登顶要出人命的。你的牦牛跟着，把我们送到离这个洞最近的地方。"江湖给出了选择。那背夫想了想，同意了。

江湖直接先付了一半的钱。背夫接了钱，拉上牦牛在前边带路。今天的天气只能说一般，我穿着羽绒服外边套了冲锋衣，感觉走起路来相当不便。大勇本来在我包里，想了想我把它揣到了怀里。

它抬头看着四下，居然有一种君王俯瞰王国的感觉。我把它按了回去，拉上了拉链。

中间休息了一次，我们就要求赶路。路上还算好，行了多久不知道，反正天黑的时候，背夫把我们带到了珠峰的休息处。简单吃了点煮不熟的热面条，江湖让每个人又补充了能量棒。裹着厚厚的睡袋又盖了被子，我听着外边不停咆哮的风，心说："高诺，你可千万坚持住。"

我睡得很轻，只觉得有什么在碰我的脸，我睁开眼，是大勇。它还在碰着江湖和林嗒姐的脸。

"我觉得，它就在附近。那山洞，可能还有别的入口。"是魔王鲁赞的声音，"不信我？那就睡觉。"它白了我们一眼。

"我信你，我跟你走。"我拉开睡袋，穿上外套就要走。

"肖儿，你疯了，现在是半夜！"江湖拉住了我。

"它在找什么东西！"大勇眼中一片惊慌，一下冲了出去。

"走！"江湖咬了咬牙，抄起大包，摇醒了背夫，"你在这儿等着，我会有信号，来接应。不上去！我给你再加钱！想拿就等着！"

我们跟在大勇身后，开着探照灯，深一脚浅一脚地追着。这个高度有一些地方已经结了冰，脚下一滑，弄不好就会从山上滚下去。

跟在大勇身后一路走，我好像看到了四号营地，想掏手机看看，已经黑了屏。

"是南坳，四号营地。小心，这里是 V 形地带，风速极快，甚至比峰顶还要强。"江湖拉住了我们，重心下压，小心跟在后边。

大勇在一块冰上转了一圈，然后一下跳了下去。

"嗷嗷！"我们听到它的声音，拿探照灯照去。这冰面之下，居然遮挡了另一个平台，是被风吹出来的平台。江湖拿出了绳索，反复试了连接处是否抓牢。林嗒姐第一个下去，突然而来的强风把她吹得直晃，林嗒姐咬着牙，一点点下去。然后林嗒姐在下面护着我下去，江湖是最后一个。大勇看到江湖下来，转身往山洞里跑去。

"呜！呜！"山洞外的风好像在撕裂着山体一般，又像是来自地狱里魔鬼的惨叫。

"真好听！"魔王鲁赞的声音响起来，"我在前边。那家伙极为狡诈，伤了你们我可不管。"它往前走去。江湖打开了强力探照灯，照着我们脚下。这山洞外边还是冰面，路面宽敞。

"小心点！"林嗒姐突然一把抓住我。

"哗啦！"一些石头碎块滚落了下去。抬头看，路面突然变得极窄，我们要挨着洞壁走。

"这应该是裂谷。如果有阵风，我们都要玩完。"江湖换到了第一个，"我打头，我面积大。"我有点不知道说什么好了，从上了珠峰，我们就在玩命，应该我一个人去找高诺的！

"别瞎想，姑娘，那是我兄弟。"江湖笑了笑，"走！"

我们又行进了两个小时，大勇停了下来，它往上跃着，小鼻子一动一动的。江湖把探照灯举高，照到了墙面——是血！

"前边没路了。"魔王鲁赞的声音响了起来，"地行夜叉醯摩嚩多，你有点本事。哈哈……"一阵让人发毛的笑声从大勇嘴里发出。它抖了抖身上，居然发出一圈金光，之后是一圈蓝光，之后一道白光把它围住，它嘴里好像在念着什么。我突然觉得整个身子扭了一下，大勇已经跳到了石壁上，如在平地行走一般。

"看什么看，怕了？它应该就在前边，上来！"魔王鲁赞回头看了我们一眼，之后警惕地看向四周。

"它把空间已经扭转了，这石壁可以上。"大勇的嘴里又发出了陈辉的声音，但是极为微弱。

"你省省力气吧，白天消耗了那么多的真气，别在我吞你之前就散了。"魔王鲁赞说完走在了前方，"这是高诺的血呀，都冻上了。"

江湖一咬牙，往前一蹦，整个人居然呈90度走在了石壁之上！他伸出手，拉我一把，我也走了上去，林嗒姐也跳了上来。我没有任何眩晕感，这真的是平地！

可这石壁之上，真的是血迹斑斑，高诺，你怎么样了？

"啊呜！"我还没反应过来，就见大勇如箭一般向我们前方射了出去。吭的一声，有什么东西落了下来！

是那个头上长角、指甲锋利却有着一半陈辉身体的怪物——地行夜叉醯摩嘴多！

"嘶！嘶！你来了，我们一起在这个空间，打开魔界之门如何？我们联手，先吞了这个人的魂如何？"它指了指自己身后。

"高诺！"我看到高诺躺在地行夜叉身后的石堆中，不顾一切地冲了过去。

"吭！"那地行夜叉像一道墙一下，突然立在我面前，它伸出指甲锋利的双手就要抓我。

"滚！"江湖抡起一罐氧气瓶，直接砸到了它的头上。

"你们这些该死的人类！"地行夜叉几乎暴怒，双脚一跳，像只大青蛙一样，鼓着腮。它拼命砸着地面，每一下都地动山摇！

"小心！"江湖把我往前一推，自己差点被从地上迸起来的石片击中，滚到了一边。

"魔界之门？魔王鲁赞，这也是你想的吧！这是钥匙，我把这层结界震开，你就可以开启这魔界了，你的魔王时代，要回来了！哈哈哈哈哈……嘶！"那地行夜叉发出一阵狂笑，嘴巴长大，舌头里卷出一把镇杵。

"好呀。"大勇往前走着。

"大勇！"我想要起来，却发现刚才那一下，我的右脚崴到了，根本站不起来，"别！鲁赞，不行！"

鲁赞一下跳过去，张口咬住那把镇杵，往下使劲一砸。地行夜叉还在跟着往下看，就听噗的一声，那把镇杵被它插进了地行夜叉醯摩嘴多的胸口！

"你……你……你不是也想魔界回到人世吗……"地行夜叉显然没想到

魔王鲁赞会这么做。

"这魔界之门，谁开启的谁就是王。你想和我分，你有什么资格！"魔王鲁赞跳回原地，蔑视着眼前的地行夜叉。

"嘶！"一道青光从我眼前闪过，受伤的地行夜叉居然跳到了高诺身边，他大张着嘴，"呵呵，还好，白狼王的前世能救我一命。本来我是想有了魔国再慢慢来借用他的力量，还是现在就用吧……"它下嘴就要咬高诺的咽喉。

"吭！"大勇如一枚小炮弹一般，直接撞到了地行夜叉的咽喉之上。"砰！"那夜叉直接被撞到了洞壁上，又反弹到我们边上。

"他的生命轮回，是他的。地行夜叉醯摩嘟多，你伏法吧！"陈辉的声音从大勇嘴中发出，它蹿到地行夜叉身边，抬爪子就要把那镇杵再往下按，让夜叉伏法！

"呵呵，你想好，这身体是你的……我身体里，还有你父亲陈煜的生魂！哈哈，你不想你父亲帮了一辈子的人，灭了一辈子的恶，到头来魂飞魄散，没有轮回道吧！哈哈哈……"地行夜叉口中冒着鲜血，在洞中狂笑。

"不……"大勇的前爪抖着。

"下手！"魔赞的声音出现了。

"孩子，我自己所选，我自己所受。让他伏法！"那个我熟悉的温和声音，在洞中响起，"我未有轮回道，不怕。本来生而卑微，是为众生劳苦奔波，能为众生之安牺牲，为父，心至如此。"

"爸！"大勇张大了嘴，眼泪直接流了出来。

"辉儿，你长大了，也懂事了。这么多年，为父让你受苦了。我不入地狱，谁入地狱，苍生安宁，是为父毕生所追求。牺牲是小，苍生是大。辉儿，别哭，做你要做之事！肖哨，这次，叔叔让你们受苦了。叔叔已没有肉身，无法致谢，在此，以一残躯之灵，向你道谢。辉儿，魔界不能开！天下苍生安宁，现在在你身上，为父去矣！"只见那地行夜叉醯摩嘟多突然全身挣扎，双手按住那镇杵，拼了命地往自己胸前一刺。

我只觉得眼前蓝光四射，地行夜叉醯摩嘟多在地上挣扎几下不动了，那把镇杵滚落到了地上。还没有等我喘口气，一道白光从大勇身上射出，投到了夜叉那具尸身之上。只见那尸身尖利的指甲在褪去，头上的角也在消失，那胸上的伤口，也在慢慢愈合……

"辉哥！"我爬过去摇他。

陈辉的手慢慢在动，他有些吃力地抬头，看了看我，努力露出了一个笑脸。

"好，很好，你妈妈就爱在家看这种大结局。不过，我要给你一个更大的，哈哈哈……"独占了大勇身体的魔王鲁赞突然爆发出一阵狂笑。

陈辉把我掩在身后，江湖拉着林嗒也凑了过来。

"墙……墙上！"我指着石壁，有些结巴。只见一个巨大的黑影在石壁上投射出来，它似乎在不断地长大，像要撑破这个山洞一般。它的嘴极大，身上似乎有鳞片，头上似是龙角。它的影子，居然捡起了地上的镇杵。

"哈哈哈……我说过，我才是魔界的王！只要我用这镇杵按着墙上的天文秘咒拓上一遍，我们魔界之门便会在这珠峰南坳开启。哈哈哈……还沾了地行夜叉的血……哈哈哈……助我一臂之力！"那黑影拿着镇杵，奋力朝着墙上的奇怪文字砸去。

"咣！咣！咣！"我只觉得地动山摇……

第三十一章　灭魔十二镇魂杵

"你看！"江湖指着刚才夜行地叉砸坏的地面，一股股黑气正在冒出。

我只觉耳边尽是悲泣厮杀之声，心中全是恨意。

"肖儿，宁心静气，一定有办法。"陈辉艰难地把高诺拉到我们边上，又让我们三个围着他坐下。

"有办法？哈哈哈……陈辉呀，法螺天珠在我这儿，大鹏鸟琉璃珠也在这儿，还有这颗至宝舍利子，也在我这儿，你有什么办法！哈哈哈……魔界要开了，最后一下！"魔王鲁赞狂笑着，用力砸了那天文最后一下。

"轰！"我们身边的地面一下炸开了，那些黑烟凝聚成一团龙卷风，从山谷中冒出，在我们面前不断旋转。陈辉口念经文，一道光照着我们，不被这风卷走。可我心里难受极了，我的念头里，觉得拉着高诺被那团黑风卷走不是更好？

"我魔界大军，这就来了！"鲁赞发着狂。

"啊呜！"我脚边上的大勇，猛然回头看了我一下，突然发狠一跃，头直接撞到了鲁赞的黑影之上。"砰！"大勇的头上瞬间溅出无数血点。

"小东西！本来留你一命，你居然来掺和。一只住持座下的西藏鹰獒，就算你是鹰獒中的极品，又奈我……呃！"鲁赞的影子突然颤抖，"啪！"那只镇杵掉到了地上。

"它在变淡！"江湖指着石壁，然而那巨大的黑色龙卷风在我们面前，根本无法逾越。

大勇摔到地上，头上冒着血。它艰难地捡起了那只镇杵，用尽全身力气，从黑色龙卷风的边缘爬了过来。小家伙把镇杵放到了陈辉手上，然后看了看我，把小爪子放到了我的手心。

"大勇！"我抱起小家伙，再也克制不住，眼泪扑簌簌地掉了下来。

一颗白色的宝珠，从鲁赞的黑影中，飞向了陈辉手中的镇杵！那颗呈金色的天珠，也飞了出来，在墙壁之上，来回飞转，将那一篇天文从头至尾掠光，一下映到了上边。那一篇天文如活了一般，金光四射地流动。

陈辉站了起来，看着那串天文，高声诵读。我听不懂，但是觉得身体在变轻快，那道黑色龙卷风也不像之前那么快了。

"刷！"陈辉读完那道天文，那金色之光跃出，自己附在了那镇杵之上。

"这……这……"鲁赞声音颤抖，充满了恐惧，"格萨尔王前灭魔十二镇魂杵！为什么，为什么留下来的开启魔界之至宝，是来灭魔之物！天神啊，这些人类这么肮脏……为什么，为什么不让我魔族重来世间！"它捧着脑袋，几近疯狂。

"魔王鲁赞，这世间可以有人心怀不轨，可以有恶，但是我们的心是热的，是善的。这只西藏鹰獒也热爱这个世界，可你为什么？"陈辉向它走去。

"不对，人类是贪婪的！当年如觉灭我部落，我的权力不也是被他抢走了吗？人类只会欺骗和杀戮，人类哪有我们魔族高贵，他们最卑微！"它往后躲着。

"人类是渺小，但是我们不会放弃每一次希望，更不会让生命随便折断。我们用自己的渺小在这世界上坚持，还有……请你相信，我们是善良的。这一路你感觉不到吗？我们每个人的心灵最深处，是纯净的！"陈辉走到了鲁赞的影子身前。

"不！我要打开魔界！"鲁赞往黑色龙卷风中冲去。

"陈辉以莲花生大师钦定之人，在此灭魔封印，来生望你放弃罪恶！"他高举格萨尔王前灭魔十二镇魂杵，用力钉进了鲁赞那个黑影的头颅。

"啊……我恨你们人类！"周边又是一声巨响，鲁赞的影子越缩越小。一道极小的蓝光一闪，那影子随之消失了。

"糟糕，魔界之门没有关上！"陈辉眉头一皱。

"哈哈哈……魔王在此，没有祭祀品，怎能关上！"大勇突然从我身边一跃而起，往黑色龙卷风处跑去，"千万年魔界才可开启，你以为是儿戏？你们从此没有安宁。"它把大勇的身子重新附了身，"我魔王鲁赞，在此发毒誓，我愤恨世人，许万年愿再回人世欲让魔界血洗人间！"

"不可！"陈辉一跃，抱住了大勇。

"你……你干什么？"大勇挣扎着，是魔王鲁藏的声音。

陈辉盘腿坐下，看着我，笑了笑："小喷子，好好守着身边重要的人。

这一路，辛苦你了，回去还要劳烦你告诉我母亲，父亲和辉儿，很好。"他举起大勇看着它，"我陈辉，以一人肉身为你魔国祭品，去挡这结节之裂纹。"

"不！我恨你，恨你们人类！"大勇四脚挣扎，要去咬陈辉的手。

陈辉念起六字真言。"我陈辉以此发大愿，以自己一生修行，与魔王鲁赞同挡魔界。就像这八年，我一直陪着你，我将一直诵经，洗濯你心中魔念，超度你再无心中之恶！你百年心中有恨，我陪你念百年，你千年心中有恨，我陪你千年！"

"我不要你陪，我恨这世上无公！"鲁赞停下了挣扎，看着陈辉。

"百年，千年，咱俩是个伴儿。我陈辉立誓于此，我可魂飞烟灭，望魔王鲁赞再回人世之时，无恨于世上，愿苍生安宁！"他一把抱起了大勇。

"你当真……陈辉，你要度我？我是魔王鲁赞，我……"魔王鲁赞大喘着气。

陈辉抱着这只小小的西藏鹰獒，纵身一跃，跃进了黑色龙卷风之中。那西藏鹰獒扭身看了我一眼，也是魔王鲁赞此世在这个世界上的一眼。它嘴角上扬，有些快乐地笑了……

"轰！轰！轰！"那黑色龙卷风转了一下，不断向下，最终从壁上的裂缝中钻了回去。

"陈辉！"我反应过来的时候，陈辉已经不见了。

"走！"江湖架起高诺，林嗒姐扶着我就往回奔，"这空间马上要变，我们要赶紧回去！"

果然，江湖的话刚说完，我们所处的平面就突然消失了！江湖甩手把引力绳索勾到了最近的石壁上，靠着他异于常人的臂力，我们回到了刚才来的平面上。

江湖扛着高诺，我和林嗒姐互相搀扶，狼狈至极地从山洞里钻出来。

出来时我们吓了一跳，一个人在不停地冲着山洞跪拜，仔细一看，居然是我们的背夫。他说刚才我们走后，天上突然降下流星，他觉得是神在召唤，赶紧跟着我们。只是这山洞是当地人的禁忌，他不敢进去，只能在此跪拜，祈祷我们平安归来。

有了他的帮忙，我们回到了大本营休息地。这里的医护人员因为珠峰攀爬者经常受伤的缘故，还是极为认真的。一位当地医护人员给高诺做了检查，检查完后，医生摇了摇头："穿得这么少，低温就能要了命。而且，他头部和后背都有伤，特别是头部，我怀疑有血块。天亮你们尽快下山，去拉萨的医院吧。"

我守在高诺身边，江湖和林嗒姐去收拾行李，没一会儿，天就亮了。我们在背夫的帮助下，快速下了山。

江湖把车开得飞快，高诺躺在我怀里，体温极低。我把他的手放在我的脖子上："高诺，你得坚持。"

江湖时不时看看后视镜，他在找什么？对呀，少了一个活蹦乱跳的大勇……

当晚到了拉萨，高诺的情况很严重，医生摇了摇头："姑娘，就算你送回北京，这人能不能醒都不知道。说不好听点，他能熬过今晚，就是奇迹了。"我的腿一软，差点坐在地上。

"肖儿，没事没事，不成我们这就回北京。我订票，车先扔这儿，哥给你订票。"江湖说话有些乱了。

我抱着林嗒姐，眼泪止不住地流。高诺躺在床上打着点滴，心跳一直在三四十下。我坐在他身边，江湖和林嗒姐劝我去休息，我摇了摇头："他是护着我才受了这么重的伤，我要守着。一天不醒，两天；两天不醒，三天。辉哥不是说，一世，来生，都可以吗？"

江湖拍了拍我的肩膀，林嗒姐倒了热水给我，之后两人去办理存车和买机票的事。

我帮高诺擦了擦脸，那高高的鼻梁真是代表着他的个性，还有那粗粗的眉毛："高诺，你一定得醒过来。我还答应，跟你之前不能喜欢别人。你还得叫我小胖子，你还得给我讲你原来多牛……高诺……"我哭得恍恍惚惚的，晕在了病床边。

"肖儿，肖儿，醒醒！"我整个人一激灵，是……是魔王鲁赞的声音！我瞬间坐直，挡在高诺身前。

"你冲我来，不许碰他！"我四处找着。

"我在这儿。"一个小小的熟悉的身影，从门外慢慢进来。大勇！它歪头看着我，一下跳到了高诺的胸上。

"别碰我，"它拿小爪子打开我递过去的手，"别说话！我时间特别短，陈辉那小子疯了，你们都疯了！想度我？我是魔王，你们想什么呢！我擦……我这些话，都是你教的！我是尊贵的王！"它瞪着眼，"呵，人世有什么好？陈辉这小子，有了肉身，还想度我！我心里的恨，根本没人懂。傻缺，我跟着他往下坠的时候，我看了眼高诺这小子，千百年前，我与他并肩作战过。没想到，我这一世，他一路送我，还他妈老给我买吃的，我喜欢的人，还是他在这破人世最惦记的妞儿！丫要不醒，你不得难受死？罢了！唉，不过这头上的疤是他前世就有，多个印迹吧。"大勇的影子突然淡了，它用小舌头舔了我的手一下，继而在高诺的嘴上，吻了下去。它的影子越来越淡，最后一丝青光一闪，钻入了高诺的嘴里。

"大勇！"我大叫一声，挣扎着直起了身子

周围什么也没有。但床边的显示仪上，高诺的心跳到了70，他的手指在动……

"医生！医生！！医生！！！"我大声叫着，疯狂地按着紧急铃。

"肖儿……"

番　外

一个月后，高诺康复得差不多了，他靠着一辆 GLK55，一大早就在我家小区楼下候着。我是被电话生生叫起来的，一脸睡意下了楼。

"豆汁、焦圈，还是三明治煎蛋？"他嬉皮笑脸。

"哎呀，你快走，我爸一会儿遛黑妹回来了。"我往车里推着他。

"正好呀，你老不让我见老丈人！早晚的事。"高诺往车里一坐。

"啊，"我一下被他搂进了车里，"臭流氓！"

"当，当，当……"我俩吓了一跳，我爸贴在车窗那敲着玻璃。

"这光天化日之下可不成呀。那边，那边找没人的地方。"他摇了摇头走开了。黑妹跟在我爸后边，摇了摇头，扭着屁股。

江湖和林嗒姐约着我和高诺去了雍和宫，参拜了宗喀巴大师像后，我来到开光处等着林嗒姐，她要给妈妈开光一个玉坠。

一位老师父在那里扫着地。

"我帮您吧。"我走过去行了一礼。

"你是想跟我要玉米粒喂鸽子吧！"老师父一抬头，竟是欧阳大师，"回来啦，回来就好。"

"不好。大勇没了，辉哥也没有了。"我叹了口气。高诺过来抱了抱我的肩膀。

"有缘，都会见的。姑娘，记不记得二十五年前，大勇一百岁的时候，你俩就见过？"他笑着从兜里拿出一把玉米粒，让我喂他的鸽子。

"啊？"我有些发蒙。

"你们那个还没拆的百货商场，当时绒布寺的住持去买大哥大。大勇自己走丢了。"他笑着望着我。

我心里一紧，二十五年前，一个胖胖的小姑娘坐在大商场门口，爸爸进去买雪糕，她嫌累，不想走。一只跟老鼠一样的小家伙，溜到了她边上，一屁股坐在那里，喘着气。它看了看她，她也看了看它……

欧阳上师看了看喂鸽子的我："宝莲花法王今未转世，你知道是什么意思吗？"

"陈辉，还活着？"

"我相信胡吃海塞，我相信睡觉不动，我相信明天我就能瘦……"这个手机铃声把我给吵了起来。

"喂？"我睡得迷迷糊糊接了电话。

"滕逮逮，你的书稿什么时候给我，都拖了多久了！"

"啊？忘忘呀，写完了写完了，马上写完了，还差几个字。"我一下坐了起来，冲着电话点头哈腰。

"几个字，几个？"范忘忘在办公室研究着辣胖子火锅订位。

"一、二、三……"我有点含糊。

"到底几个？"忘忘订了晚上七点位子，"我们主编兼老板说了，晚上要请这位作家吃饭。他那么多局，平时这个时间不是在 MIX 就是在拿铁，怎么想起这个来了？还有啊，他对这个小说特别上心……噢不，是这个小说的作者。"

"我才写了五万……"我说了实话。

"我不管，你下午六点过来，然后我们吃火锅去！记住，收拾收拾自己。"范忘忘挂了电话。

介绍一下，忘忘是我的经纪人，主要负责我的小说影视合作这块。之前的《长白诡话》《天池秘境》《我的极品老板》都是在她伟大的指导与帮助下，拍成了电影、电视剧。她有个爱好，吃……嗯，我也是。我们俩从任何话题都能聊回到吃……

六点，我认真洗了脸，抹了油，拿着笔记本上的"存货"出现在她办公桌前。

"我老板也是主编要见你，就是投了你好多作品的大老板。"范忘忘冲着主编办公室努了努嘴。

我敲门。

"进。"

我推开门，一个人背对着我坐着："您好，感谢您的赏识。"我客气了一下。

"哎哟，你跟我还这么客气！"他转过身来，坏坏地笑着，望着我。

"高诺……"我呆在了那里。

"怎么了，大作家？毕业那年跑我公司干了一年，帮我拿了融资自己跑了？说要当作家去，说要把作品拍电影……那底气呢？"

"我……"我脸居然红了。

"然后我就说，那他妈就去当。你想写什么就写什么，我给你出书，我给你开个影视公司，咱出书，拍摄，圆梦！"高诺走过来，拉起了我的手，"妞儿，你做到了，我也做到了……"

"高诺，你头上怎么有个疤？"我看着他侧脸，虽然有头发盖着，还是能看出个大概。

"唉，还说呢，看你的小说稿子，没看路，一下撞我家老太太的佛龛上了。"